中央高校基本科研业务费专项资金资助
2014年度青年学者文库出版基金资助

# 五世纪到七世纪风景诗审美范式研究

刁文慧 / 著

北京语言大学出版社
BEIJING LANGUAGE AND CULTURE
UNIVERSITY PRESS

© 2015 北京语言大学出版社，社图号 15080

图书在版编目（CIP）数据

五世纪到七世纪风景诗审美范式研究／刁文慧著．
－－北京：北京语言大学出版社，2015.6
　　ISBN 978-7-5619-4181-2

　　Ⅰ.①五…　Ⅱ.①刁…　Ⅲ.①古典诗歌－诗歌研究－中国　Ⅳ.① I207.22

中国版本图书馆 CIP 数据核字（2015）第 095323 号

## 五世纪到七世纪风景诗审美范式研究
WU SHIJI DAO QI SHIJI FENGJINGSHI SHENMEI FANSHI YANJIU

排版制作：北京创艺涵文化发展有限公司
责任印制：姜正周

| | |
|---|---|
| 出版发行： | 北京语言大学出版社 |
| 社　　址： | 北京市海淀区学院路 15 号，100083 |
| 网　　址： | www.blcup.com |
| 电子信箱： | service@blcup.com |
| 电　　话： | 编辑部　　8610-82303647/3592/3395 |
| | 国内发行　8610-82303650/3591/3648 |
| | 海外发行　8610-82303365/3080/3668 |
| | 北语书店　8610-82303653 |
| | 网购咨询　8610-82303908 |
| 印　　刷： | 北京京华虎彩印刷有限公司 |
| 版　　次： | 2015 年 6 月第 1 版 |
| 印　　次： | 2015 年 6 月第 1 次印刷 |
| 开　　本： | 710 毫米 × 1000 毫米　1/16　　印　张：16.5 |
| 字　　数： | 250 千字 |
| 定　　价： | 48.00 元 |

PRINTED IN CHINA

# 目　录

**导论　"风景"的源起** ……………………………………… 1

 第一节　"风景"概念的内涵与山水审美意识的兴起 ……… 1
  一、"风景"一词在文学中的衍生过程 ………………… 1
  二、"风景"作为理论术语的阐释 ……………………… 7
 第二节　风景诗兴起的语言背景 …………………………… 20
 第三节　五世纪至七世纪风景诗题材辨析 ………………… 25

**第一章　谢灵运：山水风景纪游范式** ……………………… 28

 第一节　山水风景纪游诗的内涵 …………………………… 28
  一、具体化的制题方式 ………………………………… 29
  二、谨严灵活的章法 …………………………………… 32
  三、纪行、写景、玄理三元素的交错 ………………… 41
  四、句法：风景骈句的生成、特征及对谢灵运
    山水诗风景骈句的形态分析 ……………………… 51
 第二节　山水风景纪游范式与元嘉诗坛 …………………… 72
  一、元嘉诗坛山水审美题材：深杳重密的原始
    自然与精致细腻的清丽风景 ……………………… 73
  二、鲍照羁旅风景：意象的发现 ……………………… 85

**第二章　谢朓：都邑风景审美范式** ………………………… 93

 第一节　对山水纪游体的承传 ……………………………… 94
 第二节　都邑风景审美范式的内涵 ………………………… 98

    一、"细密"化的写景艺术 …………………………… 98
    二、"窥情风景"的多元因素 ……………………… 112
  第三节 都邑风景审美范式与永明诗坛 ……………………… 130
    一、永明诗歌思潮与文人集会活动对体物
      技艺的推进 …………………………………… 130
    二、永明诗坛多样化的风景题材 ………………… 133

## 第三章 何逊与阴铿：羁役风景审美范式 ………………… 147

  第一节 羁役风景审美范式的内涵 ……………………………… 148
    一、由古人评价看阴、何风景审美的风格与特征 … 148
    二、精微的笔墨与景语的诗意配置 ……………… 150
    三、羁心与风景的双重关照 ……………………… 162
    四、雄浑朴质与精致婉美相兼的整体风格 ……… 188
  第二节 羁役风景审美范式与梁陈诗坛 ……………………… 192
    一、"文笔之辨"与梁代细腻体物技艺的普及化 … 192
    二、以宫廷为中心的"赋得"诗创作与陈代
      体物技艺的新气象 …………………………… 201

## 第四章 沈佺期与宋之问：宫廷风景审美范式 ……………… 208

  第一节 宫廷应制风景审美范式的内涵 ……………………… 208
    一、沈、宋之前隋唐宫廷诗中的风光物色 ……… 209
    二、宫廷风景审美的元素 ………………………… 214
    三、宫廷写景范式的题材延展 …………………… 228
  第二节 山水纪游诗体的复兴与创新 …………………………… 231
  第三节 沈、宋与初唐诗坛 ……………………………………… 240
    一、武后、中宗时期宫廷诗人笔下的风光物色 … 240
    二、羁旅行役途上的广阔山水风貌 ……………… 241

## 结语 …………………………………………………………………… 248

## 参考文献 ……………………………………………………………… 255

# 导论
## "风景"的源起

山水风景成为独立的审美对象进入诗歌，成为诗歌中的主要描写内容，开始于晋宋之际，在五世纪到七世纪（从南朝至初唐时期），随诗歌由古体向近体的演进而获得了长足的发展，并在古体向近体的转变过程中发挥了重要的作用。在这一时期，产生了谢灵运、谢朓、何逊、阴铿、沈佺期、宋之问等以山水风景描写见长的著名诗人，在他们的手中，山水诗艺形成几大类型，逐渐成熟起来，初步奠定了写景艺术的基本规范，对盛唐诗产生了直接的影响。自此以后，"古人绝唱句多景语"[①]，"作诗不过情景两端"[②]，便成为诗人们的共识，写景成为衡量诗艺高下的重要标准。因此我们选取五世纪到七世纪的诗歌作为研究对象，对其风景审美艺术进行细致的分析，以期归纳与总结出这一时期风景诗的几大范式，探索风景诗艺演进的脉络轨迹与内在规律。

## 第一节 "风景"概念的内涵与山水审美意识的兴起

### 一、"风景"一词在文学中的衍生过程

"景"的本义为由光照产生的阴影。《说文解字》曰："景，光也。

---

[①]（清）王夫之等撰《清诗话》，上海古籍出版社，1999年6月第1版，第14页。
[②]（明）胡应麟《诗薮》，上海古籍出版社，1958年10月第1版，第63页。

从日，京声。"段玉裁注："光所在处，物皆有阴。光如镜故谓之景。"①《诗经·邶风·二子乘舟》中的"泛泛其景"②，《荀子·解蔽》中的"水动而景摇"③，都直接用其本义。由于阴影因光产生，总与"光"相连，因此"景"也逐渐被用以指称日光。如东方朔《谬谏》曰："虎啸而谷风至兮，龙举而景云往"④，曹操《陌上桑》："景未移，行数千。寿如南山不忘愆。"⑤ 随着"景"作为日光之义得到广泛应用，到晋代时，"影"字出现，以之来代指阴影。《集韵·梗韵》云："景，物之阴影也。葛洪始作影。"⑥《广雅》云："至晋世葛洪《字苑》，傍始加彡，音与景反。"⑦自从"影"字出现以后，"景"作为阴影之义便较少出现了，一般都以"景"来代指日光，有时也指月光。我们看下面这些晋宋时期的诗句：

风驰电逝，蹑景追飞。——嵇康《四言赠兄秀才入军诗》九⑧
朱光驰北陆，浮景忽西沉。——张载《七哀诗》二
明月曜清景，昽光照玄墀。——张华《情诗》二
清川含藻景，高岸被华丹。——陆机《日出东南隅行》
凉风起将夕，夜景湛虚明。
　　　　——陶渊明《辛丑岁七月赴假还江陵夜行途中诗》
露凝无游氛，天高肃景澈。——陶渊明《和郭主簿诗二首》
怀新道转迥，寻异景不延。——谢灵运《登江中孤屿诗》
张组眺倒景，列筵瞩归潮。
　　　　——谢灵运《从游京口北固应诏诗》

在这些诗中，除了最后一例中的"景"为阴影之外，其他诗句中的

---

① （汉）许慎《说文解字》，（清）段玉裁注《说文解字注》，上海古籍出版社，1988年2月第2版，第304页。
② 程俊英、蒋见元《诗经注析》，中华书局，2006年版，第120页。
③ 王先谦《荀子集解》，见《诸子集成》第2册，中华书局，2006年版，第270页。
④ 洪兴祖《楚辞补注》，中华书局，2003年版，第255页。
⑤ 逯钦立《先秦汉魏晋南北朝诗》，中华书局，1983年9月第1版，第348页。本章中引用的魏晋南北朝诗均引自此书。
⑥ 徐中舒主编《汉语大字典》，湖北辞书出版社，2003年版，第1520页。
⑦ 同上。
⑧ 见逯钦立《先秦汉魏晋南北朝诗》，中华书局，1983年9月第1版，第483页。

"景"均指光。可见,自魏晋以后,以"景"来代指光已经成为了非常普遍的现象。

自然万物,都离不开光的照射辉映。光的映照,使得万物的色彩得以显现,有光才有色调丰富的宇宙自然;光的强弱,会使同一物象的色彩发生微妙的转换。在上述诗文中已经流露出人们对光色关系的认识和表现光色关系的尝试。《谬谏》中,以"景云"来形容阳光映照下色彩斑斓绚丽的云霞之美,又如上面诗中出现的"浮景""清景""藻景""肃景"等意象,展现了光景的丰富形态。在对光与物象关系的认识过程中,"景"的意义也逐渐得到了拓展,具有了泛指观览视野中的自然物色的意义。如山水游览诗的开创者谢灵运在《拟魏太子邺中集诗八首》的序中说:"天下良辰、美景、赏心、乐事,四者难并"[1],已经用"景"来表示自然物色之美,"景"已经成为一个独立的审美范畴。

在影响自然物色的气候条件中,除了光的作用以外,还有一个基本的自然要素,就是风。风是气的流动,对风的自然属性,古人早已有科学的理性认识。《庄子·齐物论》曰:"夫大块噫气,其名为风。是唯无作,作则万窍怒号。"[2]在《文选》注中,李善在《风赋》下注曰:"有物有文曰色。风虽无正色,然亦有声。《诗注》云:风行水上曰漪。《易》曰:风行水上,涣。涣然即有文章也。"[3]风气的流动使物与物之间互相摩荡,产生各种声响,使自然界变成有声世界;气的流动又会直接引起物的形态变化,为自然界增添动态的灵妙之美。可以说,宇宙万象的色彩之美来自于光,动态之美则借力于风。

正是基于"风"与"景"对物色表现作用的认识,古人在描写物色时便常常融入"风"与"景"的因素;而且,人们也发现如果把关于"风"与"景"的意象组合在一起,就会极大地增强景色描写的表现力,所以在文学中早已有了把"风"与"景"的景象并置表现的尝试。这种尝试是自文学发生之初、物色描写产生之初便存在的,与中国特殊的骈对语言形式有密切的关系。在两两互出的骈句中,往往一句写

---

[1] 谢灵运《拟魏太子邺中集诗八首并序》,见逯钦立《先秦汉魏晋南北朝诗》,第1181页。
[2] 陈鼓应《庄子今注今译》,中华书局,1983年4月版,第33页。
[3] (梁)萧统编、(唐)李善注《文选》,岳麓书社,2002年9月第1版,第407页。

"风",一句状"景"。上面提到的《楚辞》中的"虎啸而谷风至兮,龙举而景云往"便是最早的例子,呼啸的山谷之风与布满霞光的彩色云霓搭配,富有绝佳的视听效果,充满了奇幻的想象;嵇康诗"风驰电逝,蹑景追飞"则以追风蹑景来形容纵马奔驰的速度感。这种"风""景"相对的诗意配置方式在文学作品中是常见的模式。除了上文已经引用过的诗句以外,再如:

惊风飘白日,光景驰西流。——曹植《野田黄雀行二首》
飞腾踰景云,高风吹我躯。——曹植《仙人篇》
微阴翳阳景,清风飘我衣。——曹植《情诗》
遗芳结飞飙,浮景映清湍。——陆机《长安有狭斜行》
景澄则岩岫开镜,风生则芳林流芬。——支昙谛《庐山赋》①
春燕差池风散梅,开帷对景弄禽雀。
——鲍照《拟行路难十八首》三

  这些诗句,都是以写"风"的景句和写"景"的景句对举,光色美与动态感兼备,呈现出立体化多层次的诗意时空。如曹植的"惊风飘白日,光景驰西流"一联,以拟人化的"惊"来写"风",可见风的迅猛,"惊风飘白日"抓住了疾风突起白日西沉的瞬刻,捕捉到了璀璨与黯淡的交替之际的大自然特征。再如支昙谛的"景澄则岩岫开镜,风生则芳林流芬"二句,描写出了日色澄明山岩焕彩,风气流动芳香满林的美景,突出了光与风对自然造化的作用。
  魏晋以前,将山水自然作为美的对象来欣赏还没有成为普遍的现象,儒家观赏山水,是"智者乐水,仁者乐山",将山水作为道德的比附;道家观山水,称"山林、皋壤"之乐,也是借山水比喻妙道。晋宋之际,玄学兴起使士人心灵获得释放与超脱,江南的佳山胜水又正与这种超脱的心灵两相契合,一方面士人们在山水中畅悟玄理,一方面山水之美也令人心怡神畅,山水游赏的风气盛行。士人们由以玄对山水,在山水中畅怀肆志,进而对自然山水之美进行诗意的吟咏。在山水游赏的潮流中,山水自然美成为独立的审美对象,人们也开始具备独立的山水审美意识。在这种新的时代背景下,不仅山水物色美的具体描写技巧得

---

① (清)严可均辑《全晋文》,商务印书馆,1999年版,第1827页。

## 导论 "风景"的源起

到了丰富,而且出现了一些有关山水自然美的概念性指称,"景物""景气""风物""物色""风景"这些称谓相继出现在时人的言语之中:

> 薄云罗景物,微风翼轻航。——谢安《兰亭诗》
> 
> 时运,游暮春也。春服既成,景物斯和。偶影独游,欣慨交心。
> 
> ——陶渊明《时运诗》序
> 
> 景气多明远,风物自凄紧。——殷仲文《南州桓公九井作诗》
> 
> 饯行临高阜,怡衿睦景气。——卞裕《送桓竟陵诗》
> 
> 辛酉正月五日,天气澄和,风物闲美,与二三邻曲,同游斜川。
> 
> ——陶渊明《游斜川诗》序
> 
> 物色延暮思,霜露逼朝荣。——鲍照《秋日示休上人诗》
> 
> 祜乐山水,每风景,必造岘山,置酒言咏,终日不倦。尝慨然叹息,顾谓从事中郎邹湛等曰:"自有宇宙,便有此山。由来贤达胜士,登此远望,如我与卿者多矣!皆湮灭无闻,使人悲伤。"
> 
> ——《晋书·羊祜传》①
> 
> 过江诸人,每至美日,辄相邀新亭,藉卉饮宴。周侯中坐而叹曰:"风景不殊,正自有山河之异。"皆相视流泪。唯王丞相愀然变色曰:"当共戮力王室,克复神州,何至作楚囚相对泣邪!"
> 
> ——《世说新语·言语》三十一则②
> 
> 怨咽对风景,闷瞀守闺闼。——鲍照《绍古辞》
> 
> 辟牖期清旷,开帘候风景。——谢朓《新治北窗和何从事诗》

在"景"的概念产生之前,"物"的概念早已出现,如《荀子·解蔽》"观万物而知其情"③,《老子》"有物混成而天地生"④"天下万物生于有,有生于无"⑤,都用于指客观万象。与"物"相比,"景""景物""景气""风物""物色""风景"这些概念性词语则更带有主观审美色彩,源于晋宋以来对自然美的发现,显示出魏晋以来诗人们对风光作用之下

---

① (唐)房玄龄撰《晋书》,中华书局,1974年11月第1版,第1021页。

② 余嘉锡《世说新语笺疏》,上海古籍出版社,1993年12月第1版,第92页。下文中所引《世说新语》资料均出自此书。

③ 见王先谦《荀子集解》,见《诸子集成》第2册,中华书局,2006年版,第270页。

④ 陈鼓应《老子注译及评价》,中华书局,1984年5月第1版,第163页。

⑤ 同上,第223页。

自然物色的综合性把握，具有如下三个特征：

第一，这些表示山水自然整体美感的概念性词汇，都是在山水美游赏过程中出现的，透露出山水美的游赏意识。如上述诗歌描绘的场景都带着山水游览的意味，谢安的兰亭禊饮、陶渊明的暮春游赏与斜川之游、羊祜的岘山之乐、王导等人的新亭之饮、鲍照与谢朓的庭院山水观览，都具有浓厚的"游"兴，体现着玩赏的情趣。这种风景游赏情趣是山水风景诗的一大特点，如谢灵运在《初往新安至桐庐口诗》中说："景夕群物清，对玩咸可喜"[①]，《初发入南城诗》中说："弄波不辍手，玩景岂停目"[②]。

第二，这些词汇都与风和景明的气候条件密切相关，多用以表示这种气候条件下的美景。殷仲文诗中的"景气""风物"指的是明澈高朗的秋光风气中的自然；陶渊明《游斜川诗》序中也指明是"天气澄和"时的"闲美""风物"；羊祜性好山水，每每选择光色融朗、风气和畅之际去登临，"风景"是造访"山水"的气候条件。在诗歌中，具体的风景描写也主要围绕这两大自然因素来进行，在鲍诗与小谢诗中，"风景"作为表示自然整体美的词都出现在诗歌的开端部分，把具体风景细节的描绘留到下文中展开。在鲍诗中，具体的风景是"春风夜媊娟，春雾朝晻霭。软兰叶可采，柔桑条易捋"，春风骀荡，"软兰""柔桑"随之轻摇，霞光初露，渐渐冲破蒙笼的春雾，光影与春风雾气交织的世界，一片氤氲。谢朓诗中的描写是"泱泱日照溪，团团云去岭。岩峣兰橑峻，骈阗石路整。池北树如浮，竹外山犹影"，在这个以"北窗"为框剪取的黄昏风景片断中，充分展示了风与光的作用。可以说，在风光的作用之下，山水自然方能在人的审美视野中显现出形色之美，方具备美的形质。在具体的物色描绘中，诗人正是要以独具匠心的笔触，来表现风与光交织而成的动态时空中的生机。

第三，除了山水美的游赏意识与对美的气候条件的整体把握与细节描绘之外，在对山水自然美的体悟中，还熔铸着审美主体的生命意识。羊祜面对山川美景，不禁发出宇宙永恒、人生短暂的感慨。从山水审美

---

① 见逯钦立《先秦汉魏晋南北朝诗》，第1179页。
② 同上，第1180页。

中获得了对生命的体认，这也是风景审美意识的一个重要内容。

总之，"风景"一词与这一系列表示风光物色的词汇，都凝聚着晋宋士人的山水游赏意识，不仅是对山水自然客观之美的整体把握，更是带有主观审美色彩的自主选择，比单纯的"物""象"更能体现自然山水多层次的空间美感。在这些词汇当中，"风景"一词将直接关乎山水美的两大自然因素都含纳其中，显然是最具概括力，也是最富有审美色彩的。"风景"一词是在诗人们对表现风气流动和光色映照技巧的不断探索中逐渐产生的，与"风""景"的自然意义直接相关，由表现风与光的专指意义拓展到表现风光之下一切展现出形色之美的物色。最重要的是，"风景"一词不但从时人的日常口语词汇进入了诗歌创作，到南齐时代的《文心雕龙》，又从诗文创作进入创作理论，成为文学理论的概念性术语。因此，在对南朝至初唐时期景物描写艺术的分析中，我们运用了风景诗这一称谓。针对"风景"一词作为理论术语的阐释，将在下文详尽展开。

## 二、"风景"作为理论术语的阐释

### （一）《文心雕龙·物色》篇中的"风景"意识

"风景"作为特定的诗学理论用词，第一次出现于刘勰《文心雕龙·物色》篇中：

> 自近代以来，文贵形似，窥情风景之上，钻貌草木之中。吟咏所发，志唯深远，体物为妙，功在密附。故巧言切状，如印之印泥，不加雕削，而曲写毫芥。故能瞻言而见貌，即字而知时也。①

在《物色》篇中，刘勰明确提出了自南朝以来文学中普遍注重风景描写的时尚。值得注意的是，刘勰的"风景"一词，是出现在南朝文学背景之下的，与南朝这个特定的历史阶段相连。而在对南朝之前写景技

---

① （南齐）刘勰著，范文澜注《文心雕龙注》，人民文学出版社，1958年9月第1版，第694页。下文中引用的《文心雕龙》内容均出自此书。

巧的回顾和总结中，刘勰使用的是"物"这个普通名词，用以代指客观自然。刘勰从"感物"说讲起，言"春秋代序，阴阳惨舒，物色之动，心亦摇焉"，"岁有其物，物有其容；情以物迁，辞以情发"。①感物兴情，发而为辞，这是文学发生学的基本原理，自《诗经》、《楚辞》和汉赋以来的诗文无不如此，不过南朝之前的诗人们主要运用"赋""比""兴"的方式来体现物与情之间的这种感发关系，在这几种方式中，都是由物而情，"物"是感发情的引子，物与情之间皆有脉络界限可循；在"情""物"的两端，要表现的主要部分是人的"情"，景物的描写，多作为对"情"的烘托、映衬物出现，在内容上尚处于附属的地位。但即使如此，人们也已经开始探索写景的技巧，逐步积累了丰富的经验。刘勰认为"写气图貌，既随物以婉转；属采附声，亦与心而徘徊"是自《诗经》以来就有的传统，并描述了《诗》、《骚》、汉赋的写景迁变，认为《诗》的状物特点是"以少总多，情貌无遗"，《离骚》是"触类而长，物貌难尽，故重沓舒状，于是嵯峨之类聚，葳蕤之群积"，汉赋的状物特点则是"诡势环声，模山范水，字必鱼贯"②。可以发现，在对南朝以前物色理论的阐释中，"物"与"情"、"物"与"心"、"物貌"与"情貌"构成了相对的概念，"物"与主观感情相反，专指客观自然。

在接下来对南朝文学的论述中，"风景"一词才出现，这并不是偶然的现象。从上一节的分析中，我们已经知道随晋宋山水游赏风尚的兴起和自然美的发现，"风景"这样表示整体形色之美的词才开始使用，因为"风景"一词比侧重于指客观自然的"物"更带有主观的审美色彩，更能体现自然山水的光色与空间美感。在刘勰看来，"近代以来"的"风景"区别于前代之"物"的特质，正是"文贵形似"。而风景物色的"形似"之美，具体可以分解成形态美和色彩美，"风"之流动，正使物之形态美借以凸现，"景"之流布，恰让物之斑斓色彩美得以展现，故以"形似"美作为"风景"的特质，本来就是"风景"一词的本有之义。

注重形似之美，便意味着以精微纤细的笔触去摹写自然物色的光

---

① （南齐）刘勰著、范文澜注《文心雕龙注》，第694页。
② 同上。

色形态。"体物为妙，功在密附"，"巧言切状，如印之印泥，不加雕削，而曲写毫芥"，都说明在南朝以来的文学中，诗赋作者们正是以精微细致的工笔，以不遗余力地再现物色之美为创作的主要目的。这也说明在南朝，人们对写景技巧的重视发展到了一个全新的阶段，"物色"不仅仅作为感发"情"的媒介出现，而且被当作独立的审美对象进入了文学的视野。"窥情风景""情必极貌以写物"，都说明山水自然美成为审美情感的内容，描写风景美的过程本身也就是在表达自然物色的形色美带给人的审美愉悦。这里的"情"，不再是社会性、功利性的情感，而是面对风景物色之美时的赏爱之情。如诗人谢灵运，徜徉在山水自然美的世界中，以"寓目辄书"的方式来表达心中对山水美的热爱，常常感叹"情用赏为美"①、"赏心不可忘"②；画家宗炳因为"眷恋庐衡，契阔荆巫"③，"于是画象布色，构兹云岭"④。在诗人、画家这里，对山水自然美的赏爱之情，都通过对形色之美的描摹体现出来。

总之，"风景"是在对"形似"之美的追求中体现出来的。"形似"之美，也正是南朝文学艺术的重要特征。但长久以来，"神"高于"形"成为人们的固有观念，普遍以为中国艺术的追求是重"神似"而略"形似"，"形似"的价值得不到应有的重视。因此在这里，我们有必要先对形似美与神似美的问题进行辨析。一般认为，顾恺之首先在艺术领域提出"传神"论，引起"形""神"之辩。

凡生人无有手揖眼视而前亡所对者，以形写神而空其实对，荃生之用乖，传神之趋失矣。⑤

一般美学史对此的理解是顾恺之在这里明确区分了"形""神"之别，指出"形"的描画是为了"写神"，"形"对"神"处在从属的地位，脱离了"写神"的"形"不具有艺术的意义和价值。这强调了"神"

---

① 谢灵运《从斤竹涧越岭溪行诗》。
② 谢灵运《田南树园激流植援诗》。
③ （南朝宋）宗炳《画山水序》，见沈子丞编《历代论画名著汇编》，文物出版社，1982年6月版，第14页。
④ 同上。
⑤ （东晋）顾恺之《魏晋胜流画赞》，见沈子丞编《历代论画名著汇编》，文物出版社，1982年6月版，第5页。

对"形"的决定作用，但这只是问题的一个方面。另一方面，"形"与"神"实是体用不二，"神"固然重要，但是"神"并不能离"形"而独存，"神"为气度、风韵、灵气，存在形式为虚，只能依赖"质有"的"形"的刻画传达出来。真正能够达到"传神"效果的作品，必然是形神的统一，必然能以形的准确刻画传达出形中的灵妙之趣。要做到这一点，是需要有高超的写形技巧的。"以形写神而空其实对，荃生之用乖，传神之趋失矣"的表述，说明了这样一个道理：如果对"形"的表现不到位，绘画就不能准确传达对象的生机和灵气。这也正从一个侧面说明了写形传神之难。不仅如此，顾恺之对形之美的价值还有充分的正面肯定，在论《北风诗》一画时，他以为"美丽之形，尺寸之制，阴阳之数，纤妙之迹，世所并贵"①，在顾恺之看来，要表现出精微细致的形之美，须得合乎"尺寸之制，阴阳之数"，即依照一定的比例，熟谙物之理，在绘画技法尚不成熟的魏晋时代，这还是难以达到的境界，由此才"世所并贵"。可见当时人对形似美不是忽略，而是因为不易达到而格外珍视。人物画发展到齐梁之际，谢赫在《古画品录》中提出"六法"，力主"气韵生动"②的同时，还不忘强调"骨法用笔""应物象形""随类赋彩"，着力于对人物形体姿态的逼真生动的描写，这是对顾恺之追求形神兼备、强调"形似"美的技巧与理论的自觉继承和发展。正是因为在顾恺之的时代，写形技巧还处于粗疏不精的阶段，顾恺之才会慨叹写形之难，重视技巧的谢赫也才会依据客观的标准，仅把顾恺之这位晋宋大画家列在第三品，批评他"迹不逮意，声过其实"③。而我们从顾恺之的《画评》中已能看出，"迹不逮意"的现象其实正是顾恺之本人及东晋时代画界的困惑。

当然，顾恺之画论中透出的对"形似"与"神似"关系的辩证认识与对"形似美"的重视在当时还是就人物画言之，但人物之美与风景物色美的问题，自东晋以来，本就是纠合在一起的，互有交叉，互相发

---

① （东晋）顾恺之《画评》，见沈子丞编《历代论画名著汇编》，文物出版社，1982年6月版，第8页。

② （南齐）谢赫《古画品录》，见沈子丞编《历代论画名著汇编》，文物出版社，1982年6月版，第17页。

③ 同上。

明。拿这位对人物画论有系统阐释的顾恺之来说，他本人就是一个山水物色之美的狂热爱好者。《世说新语》有这样的记载：

> 从会稽还，人问山川之美，顾云："千岩竞秀，万壑争流，草木蒙笼其上，若云兴霞蔚。"——《言语》八十八①

> 桓征西治江陵城甚丽，会宾僚出江津望之，云："若能目此城者，有赏。"顾长康时为客在坐，目曰："遥望层城，丹楼如霞。"——《言语》八十五

> 顾长康画谢幼舆在岩石里。人问其所以，顾曰："谢云：'一丘一壑，自谓过之'。此子宜置丘壑中。"——《巧艺》十二

顾恺之爱好山水物色，且善以美丽的言辞描述风景之美。"千岩竞秀""万壑争流""云兴霞蔚"，不正是在以诗化的语言，对山水风物的形色之美进行直接咏叹吗？而在"遥望层城，丹楼如霞"的品赏中，我们又分明能感觉到时人对风景的赏爱不仅限于山水风景，还在于美的人文景观。正因为对风景美如此赏爱，加之时人又有以自然山水美来品鉴人物美的风气，所以才有了"此子宜置丘壑中"的绘画布置法，以山水物色与人物形神互相映衬。在《画云台山记》中，顾恺之甚至还具体描绘了作为人物背景的山水布局、画象布色、经营位置，表述甚是详细明确，处处流露出对山水形貌色泽的要求之高。而且在最后还提出"下为涧，物景皆倒作"②，强调有倒影方能似真实景物。显然，顾恺之认为画山水要达到的标准，必然要体现自然真实美的"形似"！从今天保存下来的寥寥无几的画作看，由于技术的限制，绘画的实际水平与理想的"形似"标准显然是有很大距离的。但是在魏晋这样一个思辨的时代，理论的自觉先于实践是很正常的现象，正因为这些先验性的理论，推动了具体的技术实践向着更高的层次进境；也正是通过这些先验性的理论，我们方能探得一些被埋藏在历史现象背后的思维的真相，比如这里所说的顾恺之对形似与神似美的认识。

再如东晋流行的山水画人物品鉴，颇具诗意，若"王公目太尉：

---

① （南朝宋）刘义庆撰，余嘉锡笺疏《世说新语笺疏》，上海古籍出版社，1993年12月第1版，第143页。以下两则分见于第141页、第720页。
② （东晋）顾恺之《画云台山记》，见沈子丞编《历代论画名著汇编》，文物出版社，1982年6月版，第9页。

'岩岩清峙，壁立千仞'"①，"见裴叔则，如玉山上行，光映照人"②，以山水自然之美赏誉人物风神之美，也首先是基于对山水形色之美的欣赏。

接着东晋赏好山水形色之美的思潮而来的是宗炳的山水画论著《画山水序》，曰：

圣人含道应物，贤者澄怀味象。至于山水，质有而趣灵。……夫圣人以神法道而贤者通，山水以形媚道而仁者乐，不亦几乎？③

山水是有形质的东西，而且在形质中又散发出灵妙的趣味。这美丽之形中散发的灵妙之趣，可以使人忘却俗累，涤荡心胸，使人进入超功利的直觉状态，这正是达"道"的境界④。由此作为媒介的山水形色之美自然要引起诗人、画家的强烈兴趣，宗炳自述"余眷恋庐衡，契阔荆巫，不知老之将至。愧不能凝气怡身，伤跂石门之流。于是画象布色，构兹云岭"，"况乎身所盘桓，目所绸缪，以形写形，以色貌色也"。⑤"画象布色""以形写形，以色貌色"也就是刘勰所说的"写气图貌"，强调了对山水形色客观特征的把握。宗炳又说山水绘画的效果："是以观画图者，徒患类之不巧，不以制小而累其似，此自然之势"⑥，指出不能因为尺幅之间的规模限制而忽视"巧""似"，即好的绘画作品一定要达到"巧构形似"的效果，这与文学中"巧言切状"的追求也是一致的；而构得形似方能卧游畅神的思维，也正是对顾恺之"以形写神"思想的发展。与宗炳同时的山水诗人谢灵运，以"繁富"之笔对山水形色之美做了详尽的描绘，具有"尚巧似"的特征。

再就刘勰所处的齐梁时代而言，画论是以谢赫论人物画的《画品》为代表的。虽然是人物画论，但是也与《画山水序》有同工之处。在

---

① 《世说新语·赏誉》三十七，上海古籍出版社，1993年12月版，第442页。
② 《世说新语·容止》十二，上海古籍出版社，1993年12月版，第611页。
③ 见沈子丞编《历代论画名著汇编》，文物出版社，1982年6月版，第14页。
④ 关于宗炳的"道"，因为与本书讨论的问题不直接相关，所以不予深论。读者可参照李泽厚、刘纲纪《中国美学史·魏晋南北朝编》下册（安徽文艺出版社，1999年5月第1版）第486页，李、刘两位先生对此有详细论述。
⑤⑥ 同③。

"六法"中,"应物象形""随类赋彩"①的语言与"画象布色""以形写形,以色貌色"颇为相似,"应物象形"与"随类赋彩"并合在一起,正是"形色"。谢赫评论蘧道愍、章继伯的人物画做到了"人马分数,毫厘不失。别体之妙,亦为入神",这里的"人马分数,毫厘不失",一方面是顾恺之"美丽之形,尺寸之制,阴阳之数"理论的具体实践应用,另一方面也与同时代的刘勰文论中对"巧构形似"的时代风气的描述相呼应,这里写"人马分数"是"毫厘不失",刘勰那里写物色则是"如印之印泥,不加雕削,而曲写毫芥",好尚相同。而"别体之妙,亦为入神",则正是顾恺之所说的"以形写神",传神写照之意。谢赫画人物,"点刷精研,意在切似,目想毫发,皆无遗失。丽服靓妆,随时变改。直眉曲鬓,与世事新。别体细微,多自赫始"②,不仅已经把画中人物由风流名士拓展到宫廷仕女,而且还能以成熟的技法对人物的形体姿态做逼真生动的摹写。这时期南朝文学风景描写的技巧,也朝着细密入微的方向进境,且由原始的自然山水拓展至日常生活中的园林草木,以至能"瞻言而见貌,即字而知时"。

在诗歌领域,以写景见长的南朝诗人更是越来越讲究风景描写技巧,且以"形似"作为诗歌描写的重要标准。除了刘勰以外,钟嵘在论述五言诗的长处时也指出:"五言,众作之有滋味者也。岂不以指事象形,穷情写物,最为详切者邪!"③钟嵘特别强调五言诗适宜"写物""象形"的特征,"象形"正是体物得其形似之意,显然五言诗更适宜南朝人体物写景的需要,更能曲尽自然风物的美。在对诗人诗歌的评述中,钟嵘也多次强调某些诗人作品具有"形似"的特征。如称张协"文体华净,少病累,巧构形似之言"④,张协是谢灵运之前晋代最善写景的诗人;钟嵘认为山水诗的开山鼻祖谢灵运"杂有景阳之体,故尚巧

---

① (南齐)谢赫《古画品录》,见沈子丞编《历代论画名著汇编》,文物出版社,1982年6月版,第17页。
② (南陈)姚最《续古画品录》,见沈子丞编《历代论画名著汇编》,文物出版社,1982年6月版,第23页。
③ (梁)钟嵘著、曹旭集注《诗品集注》,上海古籍出版社,1994年10月第1版,第36页。
④ 同上,第149页。

似"①。谢灵运是旅行家，他以移步换景的方式来展现异时异地的风景，以骈句的形式高度还原出大自然的原始生态之美。元嘉时期另一位重要诗人鲍照，钟嵘认为"其源出于二张，善制形状写物之词，得景阳之诙诡"②，其体物也颇有"形似"之肖，善于描写苍茫的行旅风景。齐梁时期，诗人把对大自然的关注从原始山林转移到都邑园林风物，笔触更加婉转细腻，对"形似"的要求自然也更高了，专门的咏物诗也发达起来。《南史·王昙首附王筠传》中对齐梁诗歌有这样的记载："约于郊居宅阁斋，请筠为草木十咏书之壁，皆直写文辞，不加篇题。约谓人曰：'此诗指物呈形，无假题署。'"③当时文坛领袖沈约"指物呈形，无假题署"的咏物标准，说明了时人咏物所追求的是如绘工笔景物的效果，曲写毫芥，瞻言见貌。

综上所述，通过对魏晋南朝以来文学艺术领域中形神问题的回顾与辨析，我们可发现从人物画到山水画，从绘画到文学，为达到"以形写神"的目的而追求"巧构形似"之美已是普遍的时代风尚。诗人面对自然美时的审美愉悦与主体情趣，势必要通过对形色美的逼真描摹来体现，刘勰拈出"形似"作为"风景"描写的特征既符合艺术自身的规律，也是时代的趋势使然。

除了对南朝风景诗艺的整体阐释以外，刘勰还总结了南朝以来人们对写景之术的探索：

物有恒姿，而思无定检，或率尔造极，或精思愈疏。且诗骚所标，并据要害，故后进锐笔，怯于争锋。莫不因方以借巧，即势以会奇，善于适要，则虽旧弥新矣。④

"物有恒姿"，物色都有天然的姿态，这种客观的自然美是"风景"构成的基本元素；但是自然的物色一旦被作为"风景"展现出来时，就已经成为诗人"窥情"的结果，诗人们以目会心，以心应手，"思无定检"，同一片"物色"，因诗人作者的审美趣味不同，观察的角度不一，

---

① （梁）钟嵘著、曹旭集注《诗品集注》，上海古籍出版社，1994年10月第1版，第160页。
② 同上，第290页。
③ （唐）李延寿《南史》，中华书局，1975年11月第1版，第609页。
④ 《文心雕龙·物色》。

表现的方式各异，会形成各具特色的"风景"，由此就必然带来风景的多样化特征，这也就是刘勰所说的诗人们"莫不因方以借巧，即势以会奇，善于适要，则虽旧弥新"之意。西方风景画中也有这样的理论，认为"客观的视觉景象是没有的，而形与色总是依据各人的气质而有种种不同的感受"。

因此，我们可以对"风景"与"自然"的概念做出如下的界定："风景"基于对自然美的发现，以自然美为基本元素，同时"风景"又是诗人主体从一定的审美视角出发捕捉到的物色，是诗人主体独具慧心的发现，是主观化了的"物色"，人化了的自然美，没有诗人作者们美的眼睛，便没有"风景"，"风景"具有社会性。

另外，刘勰还提出了面对风景时的心态：

是以四序纷迴，而入兴贵闲；物色虽繁，而析辞尚简，使味飘飘而轻举，情晔晔而更新。①

当把山水自然作为美的对象来描摹时，此时的心境，已经不是简单的"物感"说所能概括的。"应物斯感"②"悲落叶于劲秋，喜柔条于芳春"③"献岁发春，悦豫之情畅；滔滔孟夏，郁陶之心凝；天高气清，阴沉之志远；霰雪无垠，矜肃之虑深"④，只是具有了文学创作最初的冲动，但要把眼前的物色之美化为语言之美时，还需虚心静气以涵养天机，"疏瀹五脏，澡雪精神"⑤，以虚静闲适的心态来关照自然。"入兴贵闲"也就是"陶钧文思，贵在虚静"⑥之意。之所以强调"入兴贵闲"，一是诗人主体在观物时要先对自己的精神进行过滤和净化，尽量避免在景物中投射上过多的主观色彩，以尽量保证风景的客观纯度和风景本身的独立性，二是在这种心境之下方能对繁富的风景物色进行主观的择取，以简要精致的言辞出之，达到"味飘飘而轻举，情晔晔而更新"的

---

① 《文心雕龙·物色》。
② 同上。
③ （西晋）陆机《文赋》，见郭绍虞主编《中国历代文论选》，上海古籍出版社，1979年8月第1版，第170页。
④ 同①。
⑤ 《文心雕龙·神思》。
⑥ 同上。

效果。这种虚静闲适的心态,是刘勰期望的一种理想状态,类似于后来王国维所说的"以物观物"。实际上,在这种方式以外,移情入景式的"以我观物"在风景描写中也是普遍存在的。

基于以上的阐释,我们可以对刘勰《物色》篇提出的"风景"概念做一个小结了:"风景",是在晋宋以来"以玄对山水"的背景中和山水自然美的发现中形成的概念词。"风景"以自然美为基本元素,以追求风光物态的"形似"之美为特质;同时"风景"又带有主观审美色彩,因审美主体的差异而显现出多样的形态。为保证风景美的客观纯度,主体的心境应是虚静闲适的。

## (二)西方与现代对"风景"的阐释

刘勰言"窥情风景",则"风景"一词形成于"窥情"的语境下,"风景"本身就是一个包蕴了主客体而言之的词汇,是审美者对自然美的自主选择,融入了审美主体的情趣,"风景本身已经是包含情感在内的心物合一而生成的审美化自然形象"[①],是以不同于"物色""自然""山水"称谓。"窥情风景之上""情必极貌以写物","情以物兴""物以情观",都提出了情景互动的命题:言情却并不直接写情,欲言情而必写风景,从能够"瞻言而见貌,即字而知时"的极逼真的物色描写中委婉地寄托主体的思绪与意兴。"写气图貌,既随物以婉转;属采附声,亦与心而徘徊",以互文的骈句形式,说明诗人作者对风景的选择并不是随意的,并非任何自然山水都能成为"风景","风景"的选择应符合诗人作者的审美眼光,应能恰切地传达诗人的气质、精神和情感,可以说刘勰的"窥情风景"之语已经初步建立起"情景交融"的框架。

正是因为"风景"一词在其衍生之初就具有整合主客而言之的审美特性,而感受自然之美、寻求审美化的自然又是诗人作者乃至全人类的共同需求,因此"风景"一词具有极强的生命力,不仅沿用至今,且其内涵也不断被丰富着。

日本著名风景画家东山魁夷说:"风景是什么?我们所认识的风景

---

① 韩经太、陶文鹏《中国诗学意境阐释的若干问题——与蒋寅先生再讨论》,北京大学学报,2007年第6期,第77页。

是通过每人的观察并感知于心灵的东西。"① "我所喜欢描绘的不是人迹罕至的景致，而是富有生活情趣的自然风物。……我所描绘的风景是人们心灵的象征。我是通过自然景物本身抒写人们的内心世界的。"② 东山先生特别注重风景作为心灵象征的意义，认为风景寄寓着人们的生活情趣，是有意味的也是生活化的。在美丽的自然风景中，人与自然和谐交融，人以平等之心与宇宙万物相视相待，以清澄的心境感悟着自然的美，在宇宙自然的轮回中体悟生命真正的意义，身心得到真正的放松与安顿，这与古人纵情山水、于山水审美中畅神悟道的传统是一脉相承的。

齐美尔《风景的哲学》认为："虽然它的物质基础或者各个部分也完全可以认为是自然，但作为风景来理解，则要求光学的、美学的，或者是情调的自我存在，需要从自然的不可分割的统一中独特地脱离出来"③，"自然界就其深刻的本质和意义来说是没有个性的，但是，通过人把它这样那样地分成特殊的单位以后，看起来就变成了各具个性，即'风景'。"齐美尔特别强调"风景"与"自然"之不同，特别肯定"风景"的审美性，强调"风景"是美的存在，是审美主体从自然中提取出的个性存在，讲究"光学""美学"与"情调"。

纽拜在《对风景的一种理解》④中，着意强调了风景的社会功能，认为：

> 风景不单纯是一个自然的事物，它主要是人们用以满足自身基本欲望和社会需要的手段的产物。风景与其说是自然所提供的一种形式外表，不如说它更主要是文明继承和社会价值的体现。

他认为风景具有三个特征，首先是"规模"和"协调"的功能：

"规模"意指风景欣赏是从内部而不是从外部观察事物，与其他的

---

① 《心灵的镜子》，〔日〕东山魁夷著，见陈德文译《东山魁夷散文选》，百花文艺出版社，1989年版，第160页。
② 《大树叶》，〔日〕东山魁夷著，见陈德文译《东山魁夷散文选》，第257页。
③ 〔德〕齐美尔著，涯鸿、宇声等译，《桥与门——齐美尔随笔集》，三联书店上海分店，1991年版，第160页。
④ 见李泽厚主编《美学译文丛书》，中国社会科学出版社，1982年4月第1版，第178页。

艺术相比，欣赏风景是一个持续的发展的经验，这里没有框架以供观察。在每一种情况下，风景展现在人的面前而且包含着完全不同的物理形态；"协调"意指人和自然在创造风景中的相对贡献，人所创造的风景反映了他的生活方式以及生活所依据的价值体系，当风景根据审美意图创造出来时，最主要的推动力是社会的功能，并且其中任何设计的要素是无意识的，本质上是社会的。

  虽然他对风景的理解着眼于社会功用的角度，与刘勰从文学技巧角度出发的阐释有别，但是对我们更加深入地挖掘"风景"的内涵也不无裨益。相比于中国的文论，他更强调"风景"为人所创造，"风景"与时代文明和社会的价值息息相关，这就比刘勰文论中隐约透出的风景是人对自然美的发现的信息更深入一层。这就提示我们，在对下文将要展开的风景诗描写范式的考察过程中，对"风景"的社会性、社会学的意义要引起足够的重视。实际上，南朝至初唐时期的每个时期，风景描写都具有不同的特征，谢灵运侧重于原始的山水自然美，谢朓则从日常都邑生活中挖掘风景美感，阴、何又把风光拓展到羁旅行役途上，沈、宋诗中的风景则是典型的宫廷范式。

  纽拜对"风景"第三个特征的说明是围绕风景构成的内部因素，也就是自然界本身对"风景"的影响进行的，他认为：

时间的流驶对风景较之对其他艺术更有意义，根据这一尺度，可以肯定自然过程对风景的重要性。在一定程度上，风景是受季节变幻支配的，因此气候变化的广泛样式是很重要的。气候条件能够增强对风景的意识，阳光的明媚对于提高景色的价值可能是一个特别重要的因素。风景不仅顺应自然力因时而变，而且它也作为人类活动的结果因时而变。因此时间的流驶使人面临的不是一个风景而是一个风景序列。风景是一组活动画片，它是在空间中也是在时间中展开的。

  在上文中，我们已经提到过风景以自然美为基本的元素，纽拜在这里则详细说明了自然因素对风景的制约。风景随季节与气候这些自然条件的转变而变化，在变幻的时间与空间中展开，不是静止的而是一组动态画面。这一点切入的是风景作为一种艺术品本身具有的特质，涉及了风景艺术表现中的具体内容。我们的写景诗艺术研究当然也有这样的特质，考察诗人们如何描写不同时空中的物色之美正是风景诗艺研究的重要内容。

我国现代园林学科领域的开创者丁文魁先生认为：风景的本质是人与环境之间的边际文化信息，风景既非环境（客体），也非人（主体）；风景既是环境的边缘，又是人的边缘；风景只存在于人和环境的关系之中，风景是人与环境之间的中介物；风景是动态的，它不仅在时空中处于变化之中，而且在天人关系中也处于变化之中；边际包括空间、地理环境、时间、古代与现代、生态、文化、政治等多种关系①。丁先生对风景的阐释侧重于模拟自然人工营造的园林风景，全面地把握风景的政治、经济、文化和社会本质，突出了风景与时代发展的密切关联性，对当今社会的古典园林遗产保护及风景名胜区的规划建设有着重要的启示意义和积极的现实意义。

综合各家对风景概念的界定，可以发现无论是在古代还是现代、东方还是西方，"风景"存在的最大价值正在于其连接自然与人类生活的特性。古人遵循着"天人合一"的思维模式，对风景的审美基于人与自然间亲和的态度，在他们眼中，"风景"就是另外一个我，是审美化的自我表达，因此古人写诗必写"景"，"情景交融""意境"成为诗歌的理想境界，专注于风景审美的山水诗传统绵延数千年。陶渊明《饮酒》之"采菊东篱下，悠然见南山"，东篱之秋菊、南山与诗人一起构成了一幅美妙的风景，物之美与人之趣相互感发，人的行迹完全融化于自然之间。王维《山居秋暝》"空山新雨后，天气晚来秋。明月松间照，清泉石上流。竹喧归浣女，莲动下渔舟"，宇宙自然的律动与其间人的活动，相融无碍，相互生发，于清澄的风景画面中传达着悠然自适的主体情趣。古人在面对风景时，总是流露出一种化入自然的忘情与惬意。

然而现代文明的极速发展，破坏了自然和人类、人和人之间的平衡，生态遭到严重的破坏，生存环境日渐恶化，生活于钢筋水泥中的现代人热衷于消费，被物欲充斥的心灵也逐渐远离大自然的清和宁静，代之以焦虑与躁动。在当今的社会环境下，重新认识"风景"的意义、在"风景"中体认人与自然的关系便尤为重要。为此，我们固然有必要也

---

① 参见丁文魁《风景科学导论》，上海科技教育出版社，1993年版。

会出门远行，徜徉在山水自然中感悟自然之美，领略异地的风情趣味，然而，就是在我们身边庭院的一草一木间，在对花开花落的用心体察中，也能深刻体会到生命的含义；或者是翻翻古人山水诗，在对自然美的美妙想象中也可进入人我合一的境界。

## 第二节　风景诗兴起的语言背景
### ——"诗赋欲丽"与新型语言艺术自觉

　　风景描写诗的兴起，除了以玄对山水的背景和山水自然美的发现这些因素以外，还与诗歌语言本身的发展相关。魏晋以来，五言诗逐渐取代四言诗成为诗歌的主要形式，人们对风景描写艺术的探索与对五言诗体特征的体认密切相关，二者是同步进行的。我们下文便就这个问题展开阐释。

　　汉末以来，社会动荡，传统的社会秩序土崩瓦解，士人的内心世界，由传统社会化的"言志"转向趋向于私人化的"缘情"，反映到文学中，不仅赋由"体物写志"的大赋转向"体物缘情"的小赋，诗歌也从作为"正体"的四言转向了原本只是"流调"的五言。从诗赋同体的角度出发，人们普遍认为五言诗具有"丽"的特征。"丽"强调的是诗歌的审美特性，与诗歌的形式美直接相关，南朝以来，五言诗歌"丽"之美的特征正体现在对"巧构形似"的风景诗语的语言追求上。

　　早在先秦时代，文学作品已经显示出了"丽"的特色，扬雄《法言·吾子》提出："诗人之赋丽以则，辞人之赋丽以淫"，以"诗人之赋""辞人之赋"分指先秦时代的文学经典《诗经》与《楚辞》，说明它们的艺术风格的异同。在扬雄这里，"丽"强调的是美诉之于人的视听感官的愉悦方面，这从扬雄把文章的文采与女色的美相比拟，承认"书亦有色"可以明显看出。到了汉代，"铺采摛文"的汉大赋更接续《楚辞》，把对华辞丽彩的形式美的追求发挥到了极致，所谓"楚艳汉侈"是也。

建安时代,"五言腾踊"①,曹丕针对当时文学创作的风气进行了理论总结,在《典论·论文》中言"诗赋欲丽",将"诗"与"赋"这两种文体并列,赋予了发展之初的五言诗和"赋"相同的特征:"丽"。这正说明五言诗最初是从赋这种已经成熟化的文体中吸取了各方面经验的。陆机《文赋》进一步发展了曹丕的观点,把"诗赋欲丽"的表述发展为:"诗缘情而绮靡,赋体物而浏亮"。"缘情"是要与传统四言诗的"言志"特征相区别,"诗言志"侧重于表达一种公共化的感情,强调"发乎情而止乎礼","诗缘情"则是要突破儒家礼义的桎梏让真情流露。关于"绮靡"的含义,历来有多种说法,最早的是李善注《文选》的解释,曰:"绮靡,精妙之言。""浏亮,清明之称。"②"绮靡"之言,又在"丽"的基础上添加了精致美妙之意。而萧统在《答湘东王求文集及诗苑英华书》中说:"夫文典则累野,丽亦伤浮。能丽而不浮,典而不野,文质彬彬,有君子之致"③。显然,"丽"在当时人看来是美不可忽略的特性。在《文选》序中说:"踵其事而增华,变其本而加厉"④,意思是由质朴而华丽是事物发展的规律,华丽是文学发展的必然方向。总之,五言诗歌重"丽"的特征在整个南朝始终备受关注。

而由于"丽"本是"赋"这种诗体的鲜明特性,魏晋以来对五言诗"丽"的特性的诠释又直接来源于对"赋"体的认识,所以在对"丽"之美的表现方式上也必然借鉴了"赋"体的经验,使五言诗具有赋性。刘勰在对"赋"与五言诗特征的诠释上,使用着近乎雷同的语言,正可说明这一点。《诠赋》曰:"赋者,铺也;铺采摛文,体物写志也。""情以物兴,故义必明雅;物以情观,故词必巧丽。""写气图貌,蔚似雕画"。⑤再看诗的特征,《明诗》曰"情必极貌以写物,辞必穷力而追新,此近世之所竞也。"《物色》曰:"吟咏所发,志唯深远,体物为妙,功在密附。故巧言切状,如印之印泥,不加雕削,而曲写毫芥。故能瞻言而

---

① 《文心雕龙·明诗》。
② 见(梁)萧统编、(唐)李善注《文选》,岳麓书社,2002年9月第1版,第529页。
③ 见郁沅、张明高编选《魏晋南北朝文论选》,人民文学出版社,1996年10月第1版,第331页。
④ 同上,第328页。
⑤ 《文心雕龙·诠赋》。

见貌，即字而知时"。刘勰认为，南朝以来五言诗的特点是极貌写物，巧言切状，这与对赋铺陈写物、蔚似雕画的要求简直如出一辙。这正说明自魏晋南朝以来，诗歌的表现艺术已经由《诗经》、《楚辞》惯用的比兴托物法逐渐转向赋的铺陈写物方式了，且呈现出明显的"巧构形似"趋向。

刘勰在《明诗》篇通过四言诗与五言诗比较的方式来说明五言"丽"的特征，认为"四言正体，雅润为本；五言流调，清丽居宗"。钟嵘《诗品》则以四言与五言比较的方式来说明五言适合体物的特征，认为"四言，文约意广，取效《风》、《骚》，便可多得。五言，众作之有滋味者也。岂不以指事造形，穷情写物，最为详切者耶？"[①] 显然，在刘勰的"五言清丽"与钟嵘的五言适合"穷情写物"之间是有着必然的联系的。这种联系是怎样的呢？

刘勰对"五言清丽"的解释是"景阳振其丽"[②]，认为张景阳即张协诗是五言诗清丽风格的代表。关于张协，钟嵘《诗品》的评价也很高，把张协列为"上品"，一流诗人，说他"文体华净，少病累，巧构形似之言，雄于潘岳，靡于太冲，风流调达，实旷代之高手。词采葱蒨，音韵铿锵，使人味之亹亹不倦"[③]。

从"华净""靡于太冲"之言，可知钟嵘以为张协诗是具有华净靡丽特征的，这与刘勰所说的"清丽"之辞如出一辙，而且这特征还直接体现于"巧构形似"的体物之言中。因为"巧构形似"，也使所用的五言诗体呈现出"穷情写物，最为详切"的特征。可见在具体的诗歌创作中，以张协体为代表的五言诗歌"丽"的特征主要是落实在对风景诗语"巧构形似"的追求上面的，也就是说，通过对风景诗语"巧构形似"效果的追求，五言诗歌呈现出"清丽"的风格。下面，我们便通过对景阳诗歌的分析来说明这一点。

最早将自然景物当作审美的对象来描写的五言诗篇始于建安的公宴诗，在邺下文人的笔下已经有些许对园池风光的描绘，如曹植的"秋兰

---

① （梁）钟嵘著、曹旭集注《诗品集注》，上海古籍出版社，1994年10月第1版，第36页。
② 《文心雕龙·明诗》。
③ 同①，第149页。

被长坂,朱华冒绿池。潜鱼跃清波,好鸟鸣高枝"[①],曹丕的"卑枝拂羽盖,修条摩苍天"[②],刘桢的"芙蓉散其华,菡萏溢金塘"[③]等,以细致的笔触写出花草鱼鸟的动态,动词准确,颜色清丽。西晋时期左思的《招隐诗》描写隐士生活的环境为"白云停阴冈,丹葩曜阳林。石泉漱琼瑶,纤鳞或浮沉",在工致的野居生活的描绘中见出对隐士的企羡之意。建安诗人与左思诗中的风景描绘已经透出"巧构形似"的味道了,"冒""散""停"等句中动词的选择显然是经过诗人精心锤炼的,使我们在千载之下仍能感受到扑面而来的鲜活之气。但是这些写景句也存在着一个最大的不足,就是句式过于单调,几乎都采用名词居两端、动词居中的结构,且连续两联结构雷同,缺乏变化;由于采用的是散文式的构句方式,句意都清明单纯,一目了然,但也缺少了令人回味的余地。如陆机《赴洛道中作诗》二首描绘旅途的景色"清露缀素辉,明月一何朗",潘岳《河阳县作诗》"川气冒山岭,惊湍激岩阿。归雁映兰畴,游鱼动圆波。鸣蝉厉寒音,时菊耀秋华",在构句炼意方面,都有上面的不足。

张协则把写景的技艺往前推进了一大步,今天能看到的他的写景诗主要是《杂诗》十首,从中可总结出他诗中风景描写的特点:

第一,题材多样,有纯写风景的,如第二、三、四、十首都写的是或者夕阳或者清晨或者雨中的精细小景;有边塞题材写边塞风光的,如第七首、八首;有记叙山水游览的,如第五首。

第二,工于构句与炼意。他也很擅长诗句的结撰,注意诗眼的锤炼。在《杂诗》第二首中,他描绘出从雨前到雨后的动态过程,"浮阳映翠林,回飙扇绿竹。飞雨洒朝兰,轻露栖丛菊"。其中,"扇"字、"栖"字都是拟人化的手法,"扇"字传达出了飞雨欲来时风在翠竹间回旋的动态,"栖"字写出了雨后菊花瓣上沾染着淡淡水露的清逸宁静,相比于建安公宴诗中的景物描写,更加体物入微。再如第三首中的"轻风摧劲草,凝霜竦高木"中的"摧"字、"竦"字,把形色都比较虚因而难以状写的"风""霜"与身边可见的"草""木"结合起来,构成一

---

[①] 曹植《公宴诗》,见逯钦立《先秦汉魏晋南北朝诗》,中华书局,1983年9月第1版,第449页。本节所引的曹丕、刘桢、左思、陆机、潘岳、张协诗均出自此书。

[②] 曹丕《芙蓉池作诗》。

[③] 刘桢《公宴诗》。

种感觉中的形象，而绘画却是不能传达的。用诗笔写出可以感觉而不可图绘的形象感，也是张协对"巧构形似"的艺术语言的一个贡献。还有"流波恋旧浦，行云思故山"类的佳句，以"恋""思"这样完全主观化的动词把"流波""行云"这两个本就有着漂泊意味的形象充分拟人化了，从"恋"与"思"的字眼中，我们可看出流水在浦岸边回旋、游云在山间盘绕的缠绵之态，也透出身居边城的诗人对故园的思念之情。"腾云似涌烟，密雨如散丝"则以比喻的方式达到"巧构形似"的效果。他还尝试以新的诗艺配置方式来结构诗句，"翳翳结繁云，森森散雨足"就是绝妙佳句，先以形象感强的叠字凸显直觉印象，这是采用《诗经》惯用的方式，能达到"以少总多，情貌无遗"的效果，又继之刻意锤炼过的动词"结""散"，令人有身临其境之感。

张协诗的第三个特点是讲究光色，景物色彩鲜丽；注重表现动态的景致，诗境灵动，还原出自然物色的本真。为此，钟嵘说他"词采葱蒨，音韵铿锵"，王夫之《古诗评选》说："二陆虽为陶、谢开先，而方在驱除，尤多耰耡棘矜之色。景阳亭立其际，独以天光映拂，被尘土而纳之春柳秋月之前，开人眉目，以获人心，'清气荡暄浊'，殆自谓矣"[①]。在《杂诗》中，有四首是写秋景的，一般来说，秋景的色彩很容易被渲染得悲凉重涩，肃穆凝重，如陆机的《赴太子洗马时作诗》，其中的风景描写是"谷风拂修薄，油云翳高岑"，虽然在景物位置上经过了精心的布置，但因不注意光感的调和而使整体色调显得滞重。张协诗则很讲究表现光的变幻下万物光鲜的色彩，也很讲究整体诗境的灵动圆融，因此他笔下的风景世界就更加真实可感。他很喜欢捕捉黄昏或清晨时分天气忽然由晴而雨的系列片断入诗，《杂诗》二"大火流坤维，白日驰西陆。浮阳映翠林，回飚扇绿竹。飞雨洒朝兰，轻露栖丛菊。龙蛰暄气凝，天高万物肃"，但看字面，就觉得"浮阳""回飚""飞雨""轻露"与相映衬的"翠林""绿竹""朝兰""丛菊"诸景物之间交织成一种光影变幻的效果，"浮""回""飞""轻"几个形容词轻盈灵妙，竹的翠、兰的白、菊的黄本来就色调清纯，加上阳光雨露的参与，真是"天

---

① （清）王夫之评选、张国星校点《古诗评选》，文化艺术出版社，1997年3月第1版，第190页。

光映拂"，一片明亮清澈。《杂诗》三"金风扇素节，丹霞启阴期。腾云似涌烟，密雨如散丝。寒花发黄采，秋草含绿滋"，"涌烟""散丝"的比喻再现了江南云雨的轻举缠绵之态，"采"字、"滋"字附在颜色词的后面，突出了黄绿的花草色在雨中特有的润泽感觉。《杂诗》八是行旅题材诗，"述职投边城，羁束戎旅间。下车如昨日，望舒四五圆。借问此何时，胡蝶飞南园"用笔省净，特别是以"蝴蝶飞南园"的形象描写代替一般化的叙述，点出了时令，给全诗带来了春意盎然的斑斓之色。

可见，张协是非常讲求风景描写技巧的诗人，他的五言诗已经体现出明显的"巧构形似"特征，这使他的诗歌呈现出"华净""清丽"的风貌，成为对南朝风景诗艺具有直接影响的一位诗人。以风景描写诗发端之际的两位重要诗人谢灵运和鲍照来说，谢灵运就"杂有景阳之体，故尚巧似"[①]，鲍照也"其源出于二张，善制形状写物之词，得景阳之诙诡"[②]。可以说，在风景描写艺术朝着详明真切发展的时候，人们对五言诗体特征的体认也日渐清晰；随着人们对五言诗体特征的体认，风景描写艺术愈加精工细密了。

## 第三节　五世纪至七世纪风景诗题材辨析

"风景"一词虽然在南朝就已经出现，但它并不是目前学界在讨论南朝诗人的体物观念时常用的概念，一般来说，学界常用的是与"风景"相关的"山水"一词，且惯用一个诗学范畴："山水诗"。然而同时，学界对"山水""山水诗"概念和指称范围又缺乏明晰的界定，在使用中，往往出现比较混乱的情况。因此，我们在这里先从古代文论入手，对"山水"和"山水诗"范畴进行追本溯源的探讨，以明确"山水""山水诗"在古典诗歌中的指向，同时藉此对"山水诗"与风景诗的关系予以辨析，进而厘清南朝至初唐时期的风景诗题材范围。

---

[①] （梁）钟嵘著、曹旭集注《诗品集注》，上海古籍出版社，1994年10月第1版，第160页。

[②] 同上，第290页。

与今人相比，古人对"山水"和"山水诗"概念的诠释是比较明确的，刘勰《文心雕龙·明诗》篇是这样叙述的：

宋初文咏，体有因革。庄老告退，而山水方滋。

宋初年间，随着山水游览活动的兴盛，东晋玄言诗中的玄言成分逐渐减少，山水描摹的笔墨愈增，因此刘勰言"庄老告退，山水方滋"，此时的山水艺术代表是谢灵运的山水游览诗，这里的山水，指的是原生态大自然的佳山胜水。至盛唐诗人王昌龄，在《诗格》中提出"山水诗"概念：

欲为山水诗，则张泉石云峰之境极丽绝秀者，神之于心。处身于境，视境于心，莹然掌中，然后用思，了然境象，故得形似。①

王昌龄对山水诗的诠释是比较完整而系统的，他认为山水诗的内容是"泉石云峰之境极丽绝秀者"，也就是强调不仅要选取大自然山水风景，而且要选取山水自然中最美丽的风景；"神之于心，然后用思"，意为要把这些自然美的素材融会于心，反复地进行琢磨构思，寻取最佳的表现方式；"了然境象，故得形似"则指出把自然之美以诗的语言表现出来后，要达到"形似"的效果。王昌龄的"形似"也就是要生动逼真地表现出"泉石云峰之境极丽绝秀者"的形与色，再现出自然之美。可以看出，王昌龄认为"山水诗"的内容乃是"泉石云峰之境极丽绝秀者"，且以"得形似"为山水诗语言的特征，明显沿刘勰对"山水"的诠释而来。

因此，在五世纪至八世纪（南朝至初盛唐）文学理论家的观念中，"山水诗"并非是一个泛化的概念范畴，它专指容纳了"泉石云峰之境极丽绝秀者"的山水风景，且以模山范水求"形似"为特征。如果以这个有着特定指向的概念来衡量南朝至初唐时期日渐成熟起来的各类写景题材，许多写景诗便都被排除在山水诗范畴之外了。比如我们常以谢灵运作为山水诗的鼻祖，是就其山水游览诗而言，大谢确实是穷尽思力描写山水，写出游览之地山水的独姿异彩、个性风貌。称谢灵运这些诗为"山水诗"，没有问题。而到了小谢就有问题了，小谢不是旅行家，很少刻意去游山玩水，专门地描摹山姿水态的诗也较少，因此他没有多少

---

① 见张伯伟撰《全唐五代诗格汇考》，凤凰出版社，2002年4月第1版，第172页。

大谢模式的游览诗，他以描绘自己衙署周围的都邑风景、园池风光为主，在自然景观中又添加了人文景观，"泉石云峰"类的自然景致虽然有但不多，而且他擅长观察身边像风竹月露这些小景的细腻姿态，做细致的咏物诗；后来的何逊和阴铿，以下层文人的身份长期漂泊在宦游的旅途中，自然就常常采撷途中特定景致入诗，浸淫着诗人们浓重的羁旅之思，已经不是"寓目辄书"式地描山刻水了，在他们的诗中很难见到个性化的山水风貌；沈、宋的初唐时代，情况又有不同，承平年代，闲居多暇，诗人们陪侍在王公贵族的周围，优游于宫苑园林，以精美的宫苑应制诗独领时代风骚，也并非都是纯粹的山水诗作，倒是沈、宋等诗人在后来的贬谪途中，留下了许多刻画沿途奇山异水的佳作。

显然，上述提到的诗人之诗，诗中描写的风景不一定就是"山水"，因而他们的诗也不能统一以"山水诗"概念冠之。从第一节的论述我们已经知道，"风景"一词，在晋宋时期已经被作为泛指物色之美的概念词反复使用，"风景"的使用范围很宽泛，上囊括了壮阔的山水，下涵盖了细微的草木，甚至还包括人文的景观。因此，为了研究的方便，在本书中，我们特以"风景诗"这个概念来指称景物描写诗。

# 第一章
# 谢灵运：山水风景纪游范式

## 第一节　山水风景纪游诗的内涵

晋宋之际，随山水游赏风气的盛行，山水以其美丽的形质成为士人澄怀观道的媒介，山水自然之美也成为诗人吟咏的对象，风景审美意识逐渐建立。不过晋宋之际的山水风景描写还多杂列在大量的玄言陈述中，尚未获得独立地位。南朝宋之时，谢灵运（385—433）结合自己登山涉水的切身体验，整合了前辈诗人吟咏山水风景的经验，开创出了山水游览诗的写作范式，成为我国历史上第一位山水风景诗大师。

谢灵运一生徘徊在仕隐的矛盾之间，"自谓才能宜居权要，既不见知，常怀愤愤"①，屡屡借山水化其郁结，以饱览山水之美为人生至乐。他自称"山水，性之所适"②，每到一处，都要极尽山水游赏之趣。出为永嘉太守时，"郡有名山水，灵运素所爱好，出守既不得志，遂肆意游遨，遍历诸县，动逾旬朔"③；在永嘉郡一年后，谢灵运辞官归乡，隐居始宁。此时，他"修营别业，傍山带江，尽幽居之美。与隐士王弘之、孔淳之等纵放为娱，有终焉之志"④；三年后，他再赴京城就职，因文

---

① 《宋书·谢灵运传》，见（梁）沈约撰《宋书》，中华书局，1974年9月版。
② 谢灵运《游名山志》，见顾绍柏《谢灵运集校注》，中州古籍出版社，1987年版，第272页。本章中所引谢灵运诗文均出自此书。
③④　同①。

## 第一章 谢灵运：山水风景纪游范式

帝仅以文士见接而意多不平，常托称有疾而不入朝，"穿池植援，种竹树堇"，"出郭游行，或一日百六七十里，经旬不归"①；元嘉五年，他再次回乡隐居，与谢惠连等人"以文章赏会，共为山泽之游"，"寻山陟岭，必造幽峻，岩嶂千重，莫不备尽"②；出为临川内史后，他"在郡游放，不异永嘉"③。在当时的社会条件下，谢灵运可谓将山水游赏风气推到了极致，而"山林皋壤，实文思之奥府"④，山水自然给了他丰富的心灵滋养，使他从旅行途中发现了独具特色的地理风光，将风景描写的内容由晋宋士人游乐的园林郊野扩展到了原生态的大自然山水，开创了山水风景纪游诗的写作范式。

谢灵运的山水风景纪游诗不仅是题材的开拓，在艺术上更有许多新创。他在制题方式、篇章结构、风景的布置及句法上都别开生面，其中纪行—写景—玄理性议论的三段式结构为主而又能根据需求灵活适变的章法结构、移步换景而与时铺叙的布景方式、以骈句铺排来穷尽繁富物色的独特句法等，都成为大谢范式的典型特征，为后人楷式。下面，我们将就谢灵运山水风景纪游诗的艺术成就展开详尽分析。

## 一、具体化的制题方式

谢灵运的山水游览诗总是以诗人变换不定的游踪为线索的，这一特点使谢灵运发明了专用于山水游览诗的新的制题方式。

谢灵运之前的游览诗和行旅诗，因为活动的范围有限，题目也较简单，一般只是概述性地点明所游的地点而已，如曹丕《芙蓉池作诗》、殷仲文《南州桓公九井作诗》、谢混《游西池诗》、潘岳《河阳县作诗二首》和《在怀县作诗二首》、陆机《赴洛道中作诗二首》等。谢灵运少数诗歌的题目也继承了前人的这种方式，如《游岭门山》、《游南亭》，但谢灵运的大部分游览诗都能根据游览地的特色而因地制宜，采取个性

---

①-③《宋书·谢灵运传》。
②《文心雕龙·物色》。

化的制题方式,这使他的题目有了具体化的倾向①。他的制题方式有如下几种:

(一)增加了许多个性化的动词和表示特定时空的词。登临之作的题目中常出现"登"字,如《登池上楼》、《登石门最高顶》、《登江中孤屿》、《登永嘉绿嶂山》、《登上戍石鼓山》等。前人所作多是园林或郊野游览诗,视线以平视为主,"游"字可表现徜徉游览的闲适之意;谢灵运的游览多是"山泽"之游,"寻山陟岭,必造幽峻,岩嶂千重,莫不备尽。"②于是,自然就有了"登"。"登"字正暗含着游览过程是在"寻山陟岭",从而将山水诗之中心意象"山"突现出来。《登永嘉绿嶂山》中,先以"裹粮杖轻策,怀迟上幽室"写出自己作为登山者的形象,接以"行源径转远,距陆情未毕"概述溯流寻山的旅程和诗人高昂的兴致,为"登"山做好铺垫,而后,诗人集中笔力描写登山途中所见的重重景象:"澹潋结寒姿,团栾润霜质。涧委水屡迷,林迥岩逾密。"这些描写皆围绕着"登"字做文章,申足"登"字之意。《登石门最高顶》的题目更有意思,不是普通的"登石门",而是具体到了"最高顶",诗人为表现"登"与"最高顶"之意,没有按照登览顺序由山脚而山巅,而是登到最高顶后,以"最高顶"为视觉中心俯瞰来时之路,由近而远地写出石门暮色,由近前之疏峰高馆、对岭回溪,到脚下之罗穴长林、拥阶积石,再至更远处已经渐入沉冥的叠连的山石、繁密的竹林、隐约入耳的溪流活活、夜猿嗷嗷,层次脉络井然有序,写尽题中之意。谢灵运作于贬谪赴任途中的诗歌的题目也很有特色,常常用"发""过""入""去"这样具有特定时空指向的字眼表明进入了旅程的某个时空阶段。如《过始宁墅》、《过白岸亭》、《入彭蠡湖口》、《入华子岗是麻源第三谷》、《初去郡》、《初发石首城》。诗人自京城赴任永嘉之时,绕道回故乡一游,逗留几日,作《过始宁墅》。诗中以"剖竹守沧海,枉帆过旧山"与题内"过"字相呼应,以"山行穷登顿,水涉尽洄沿"申明"过"字具体含义,由于"过始宁墅"是一段绵延几日的旅

---

① 关于谢灵运的制题方式,李雁的《谢灵运研究》(人民文学出版社,2005年9月第1版)有较详细的分析,可参见。

② (梁)沈约《宋书·谢灵运传论》,见郭绍虞主编《中国历代文论选》,上海古籍出版社,1979年8月第1版,第215页。

程，因此所见的风景就不局限于一时一地的范围，我们也能明白为何在一首诗内既有"岩峭岭稠叠，洲萦渚连绵"这样的繁密景观，也有"白云抱幽石，绿筱媚清涟"这样的清美风光。谢灵运在题目中还常以时间词对诗中所写场景进行具体的限定，如《初去郡诗》的"初"字就具体规定了此诗所写之情景当在辞去永嘉令返归故乡的旅程之初，《晚出西射堂》则必定是西射堂外晚景，《夜发石关亭》、《石门岩上宿》由题目便可知诗中必为入夜景致。

总之，谢诗中个性化动词与表示特定时空词汇的运用，意味着他对诗中描写的内容进行了比前人更严格的限定，这就要求诗中内容更加写实，避免虚化。

（二）当专门描写一地风景时，谢灵运的题目往往比古人还要简单，有时干脆直接以游览地命题，以突出一地的景物特征，如《七里濑》、《富春渚》。《富春渚》集中笔力描写了此地水之险恶："溯流触惊急，临圻阻参错"；《七里濑》中风景描写的笔墨也很集中，"石浅水潺湲，日落山照耀。荒林纷沃若，哀禽相叫啸"的景象，宛如一幅层次错落、动静结合的晚景落照图。

（三）谢灵运游览诗题目的另一个特点是有的诗题采用了散文的叙述性笔法制题，在题目中以几个小分句交代游踪，使得行程一目了然，以便于在诗歌正文中展开详细的叙述。这样的题目一般较长，如《初往新安至桐庐口》、《舟向仙岩寻三皇井仙迹》、《从斤竹涧越岭溪行》、《于南山往北山经湖中瞻眺》、《游赤石进帆海》、《石门新营所住四面高山回溪石濑修林茂竹》、《发归濑三瀑布望两溪》、《登庐山绝顶望诸峤》等。这种诗题纪游的笔致很明显，由于题目已经把游览的线索介绍得一清二楚，诗中便可省去许多交代笔墨，集中写景，而且诗歌中的描写也都是以题目中的游踪为先后顺序，读者读诗就如跟着诗人在山水中游览一般。

在元嘉诗坛初期，诗人们的游览诗与行旅诗写作还没有形成规模，山水诗作的题目也还比较单调，多取自前人体式。如刘义隆《登景阳楼诗》、宗炳《登半石山诗》和《登白鸟山诗》、颜延之《北使洛诗》和《还至梁城作诗》等。谢灵运的山水诗为元嘉诗坛注入了鲜活的气息，在他的影响下，山水纪行诗逐渐流行，制题方式也多样化了，如元嘉后出诗人谢庄的《游豫章西观洪崖井诗》、《北宅秘园诗》，鲍照的《登庐山诗二首》、《登翻车岘诗》、《自砺山东望震泽诗》、《还都至三山望石头城诗》、《行京口至竹里诗》、《发后渚诗》等，题目都已经非常灵活。谢灵运对游览诗和行旅诗制题方式的变革和创新直接影响了后代诗人，后代诗人写游览诗和行旅诗，无不循大谢的体式而来。如谢朓《之宣城出新林浦向板桥诗》、《敬亭山诗》、《休沐重还丹阳道中诗》、《晚登三山还望京邑诗》、《京路夜发诗》，江淹《望荆山诗》，丘迟《旦发鱼浦潭诗》，沈约《早发定山诗》、《新安江水至清浅深见底贻京邑游好诗》等，这些题目都有大谢诗题的影子。后来宋之问的贬谪诗大部分做于行旅途中，更是大规模地采用谢灵运式的制题方式，如《渡汉江》、《入崖口五渡寄李适》、《过函谷关》、《经梧州》、《度大庾岭》、《初至崖口》、《自湘源至潭州衡山县》、《游陆浑南山自歇马岭到枫香林以诗代书答李舍人适》等。

## 二、谨严灵活的章法

谢灵运诗歌的章法之妙，历来为人所称道。方东树说："康乐终是有怀抱本原，皆自己胸中发出，不是借口客气假象。而其每一篇经营章法，皆从古人来，高妙深曲，变化不可执著。"[①] 这里的"从古人来"，也就是说谢灵运诗歌的章法亦是继承前人而来，说的是谢灵运山水纪游诗的渊源问题。

东晋初期，庾阐等人已经将风景描写的范围从田园郊野拓展到广阔的大自然山水，写出一系列以模山范水为主旨的山水纪行诗，对谢灵运确实也起到了"导夫先路"的作用。如：

命驾观奇逸，径骛造灵山。朝济清溪岸，夕憩五龙泉。
鸣石含潜响，雷骇震九天。妙化非不有，莫如神自然。
翔霄拂翠岭，绿涧漱岩间。手澡春泉洁，日玩阳葩鲜。

——庾阐《观石鼓诗》[②]

---

① （清）方东树著、汪绍楹校点《昭昧詹言》，人民文学出版社，1961年10月第1版，第132页。以下所引方东树评论均出自此书。
② 此诗与下面二诗均出自逯钦立《先秦汉魏晋南北朝诗》，分见第873页、第874页、第857页。

北眺衡山首，南睨五岭末。寂坐挹虚括，运目情四豁。
翔虬凌九霄，陆鳞困濡沫。未体江湖悠，安识南溟阔。

——庾阐《衡山诗》

旋经义兴境，弭棹石兰渚。震泽为何在？今唯太湖浦。
圆径萦五百，眇目缅无睹。高天森若岸，长津杂如缕。
窈窕寻湾澳，迢递望峦屿。惊飙扬飞湍，浮霄薄悬岨。
轻禽翔云汉，游鳞憩中浒。黯蔼天时阴，苕峣舟航舞。
凭河安可殉，静观戒征旅。

——李颙《涉湖诗》

《观石鼓》开篇打破了建安游览诗一般化的叙述方式，采用了与游程相吻合的流动性的纪行法，首先以朝夕对举的句式交代了完整的游览过程，随后就依照流动的视线纪写山中景致的变幻，初游时，山谷间风声鼓噪，惊雷震天，骤雨将至，待风停雨散之后，太阳复出，翔云蔼蔼，轻浮于翠岭之间，清涧活活，在岩石中欢腾而过。置身此间的诗人玩赏着洁净的春泉与鲜丽的山中奇葩，陶然自醉。此诗只有纪行与写景两部分。《衡山》诗重在抒发面对山水的感悟，化用了庄子"相濡以沫，未若相忘于江湖"和《逍遥游》的典故，传达出山水使人产生的"神超形越"之感。《涉湖》诗在结构上则有整合上二诗之意，开篇"旋经义兴境，弭棹石兰渚"纪录诗人游览行踪，将游览地点与方式一一交代清楚，而后以大量篇幅重点描绘动态的太湖风景：先是烟波浩渺，远岸齐天，湾浦窈窕，峦屿迢递，一派宁静气象，突然惊飙飞来，湖面顿时湍流涌动，暗云屯集，诗人的小舟摇摇，如在浪尖舞动。这段写景是充分体现了纪行诗以游程为线索描写景物的特点的，而结句的议论也恰到好处，表达了诗人处变不惊的从容之态。范文澜在《文心雕龙·明诗》注中说"写山水之诗起自东晋庾阐诸人"，从我们上述分析来看，这是很有道理的。东晋初期的庾阐等诗人流动性的纪行笔法、风景描写多对偶铺排的语言和重玄理阐发的思维方式，都已经与谢灵运山水诗的体例相似。

山水风景与玄理的缘分在东晋以后愈发深厚起来，晋室南渡以后，士大夫一面挥麈谈玄，一面徜徉山水，在山水中澄怀味象，畅神悟道。在士人的心目中，"山水以形媚道"，大自然的一丘一壑、一草一木皆是抽象的自然之道的外在呈现，在对清丽山水的游赏中，便能体悟到玄远之理，在许多玄言诗中，山水与玄言杂陈。如著名的《兰亭诗》[①]：

流风拂枉渚，停云阴九皋。莺语吟修竹，游鳞戏澜涛。
携笔落云藻，微言剖纤毫。时珍岂不甘，忘味在闻韶。

——孙绰

鲜葩映林薄，游鳞戏清渠。临川欣投钓，得意岂在鱼。

——王彬之

松竹挺岩崖，幽涧激长流。消散肆情志，酣畅豁忘忧。

——王玄之

散怀山水，萧然忘羁。秀薄粲颖，疏松笼崖。
游羽扇霄，鳞跃清池。归目寄欢，心冥二奇。

——王徽之

在丘壑林泉之间，士大夫们方能暂时放下名缰利索的现实羁绊，在酣畅淋漓的风景游赏中抛却"五情"之累，达到与天地造化同冥的至境。这几首诗皆是由眼前鲜活的美景而畅悟玄理的，在章法上已经是由景而理了，玄言诗人这种以景释情、畅悟玄理的思维模式与从眼前景象中生发出玄理感悟的写作方式，都在谢灵运诗中得到了明显的体现。

谢灵运出身于晋宋时代最有影响的名门望族，承袭祖父谢玄的爵位为康乐公，自谓"才能宜参权要"，而晋宋江山易主之际的政治局势却使他的仕宦之路充满坎坷，屡次遭受贬谪外放的打击，于是他把政治理想不能实现的苦闷外放到了"性之所适"[②]的山水中，以畅叙幽情，消散肆志。为真实完整地纪录探幽寻异的山水游览过程，谢灵运汲取了庾阐等人以纪游笔法写山水的经验，将建安游览诗中一般化的开篇叙述置换为庾阐等人记述游程的纪行，且以移步换景的方式来写景；谢灵运对老庄哲学与佛学都有着精深的造诣，是当世著名的学问家，甚至他的山水诗被后人称为"学者之诗"[③]，这又能够使他继承东晋以来玄言诗人们"以玄对山水"的思维模式，将建安游览诗歌中感慨式的简单抒情置换为东晋以来玄理形式的议论，使纪行、写景、玄理性议论成为谢诗章法

---

① 以下四首诗均出自逯钦立《先秦汉魏晋南北朝诗》。
② 谢灵运《游名山志并序》。
③ （清）方东树《昭昧詹言》，第131页。

## 第一章 谢灵运：山水风景纪游范式

中的三个基本要素，而在具体创作实践中，又根据实际需要使三要素交叉进行，形成谢诗灵活多变的章法结构。

纪行—写景—议论的三段式结构是谢灵运诗歌最常见的体式。一般来说，诗人会先记叙行程，然后描写行程风景，最后藉风景释去凡情，畅达玄理。如名作《登江中孤屿》①：

> 江南倦历览，江北旷周旋。怀新道转迥，寻异景不延。
> 乱流趋正绝，孤屿媚中川。云日相辉映，空水共澄鲜。
> 表灵物莫赏，蕴真谁为传？想象昆山姿，缅邈区中缘。
> 始信安期术，得尽养生年。

首四句纪行，叙述游览的打算；中四句写景，描绘孤屿美景；末六句抒发自己的感悟。诗人说自己江南游历已久，渐生厌倦，江北未遑周游，心生向往。于是便带着"怀新""寻异"的兴致踏上新的旅程。旅程中道路迥远，不觉已经日色将昏。正当诗人在乱流中奋力横行之际，突然发现一座孤屿巍然屹立于江心，云日空水，交相辉映，一片澄明。诗人置身于这等胜境中，不觉感慨万千，浮想联翩，他感叹世人连这蕴涵着天地灵秀之气的美景都不能欣赏，更如何能传述其中蕴涵的自然真趣？诗人从眼前孤屿遥想到传说中的昆山之姿，不禁飘飘欲仙，有凌云之志了，顿时觉得只要像安期生那样远离俗尘，隐居仙山，便能如《庄子·养生主》所言，"可以尽年"。此诗运思精凿，取势婉转屈伸，纪行—写景—议论的三段之间，并不是各自孤立的，而是前后呼应，婉转开合。诗人欲写江南孤屿秀媚灵异之美，却先叙江北游历之倦，以见游程之远，游兴之高，可谓步步铺叙。而孤屿胜境的突然发现，与前一层倦游江北的心情相比，又大有柳暗花明、陡然突转的妙趣。随后藉美景展开的道教神仙世界的联想，更使犹如仙境的孤屿增加了奇幻的色彩。如此前皴后染、虚实交错，既突出了孤屿之美，也有效寄寓了诗人孤傲的人格。方东树称赞此诗："大约谢诗顾题交代，则如发之就栉，毫末不差"②，就肯定了此诗章法井然有序而又意脉连贯的特点。

再如《石壁精舍还湖中作》：

---

① 逯钦立《先秦汉魏晋南北朝诗》，中华书局，1983年9月第1版，第1162页。本节所引谢灵运诗均出自此书。

② （清）方东树《昭昧詹言》，第146页。

> 昏旦变气候，山水含清晖。清晖能娱人，游子憺忘归。
> 出谷日尚早，入舟阳已微。林壑敛暝色，云霞收夕霏。
> 芰荷迭映蔚，蒲稗相因依。披拂趋南径，愉悦偃东扉。
> 虑澹物自轻，意惬理无违。寄言摄生客，试用此道推。

此诗题目为《石壁精舍还湖中作》，因此全篇皆围绕"还"字做文章。"昏旦"二句，总写晨间向晚之际的山水清晖之美，点出诗人对清晖的眷恋，说明久久不忍归还的原因，"游子"句直接点出题中"还"字。"出谷"二句说明了诗人一日的游程，与首句"昏旦"呼应，又自然逗引出下文的归途晚景。随后六句，进入写景部分。"林壑"二句写将夕的山间昏景，"芰荷"二句写湖中细景，"披拂"二句写诗人欣欣归还之态，一路写来，线路井然有序，画面远近参差，写足题中"还"字之意。由此情此景，自然细推物理，发出第三部分关于养生之道的议论：人只要思虑淡泊，身外之物就自然看得轻了；只要感到惬意满足，就不会违背自然之理。

在谢灵运的山水纪游诗中，有17首都采用了这种层次清晰的三段式结构。除这两首外，《富春渚》、《七里濑》、《晚出西射堂》、《登永嘉绿嶂山》、《东山望海》、《登上戍石鼓山》、《石室山》、《过白岸亭》、《游赤石进帆海》、《舟向仙岩寻三皇井仙迹》、《过瞿溪山僧》、《田南树园激流植援》、《从游京口北固应诏》、《发归濑三瀑布望两溪》、《石门岩上宿》、《登石门最高顶》等诗都是这种结构。三段式结构初看起来似乎过于机械板滞，但从以上我们对谢诗的细致研读中方可体会到，谢诗纪行、写景、议论三部分之间绝不只是简单的拼加，而往往是紧扣题目，前后呼应，以或隐或显的意脉贯穿全诗始终。而且每篇虽然都采取大致相同的篇法布置，但在详细的记叙中又各有不同的笔法。关于谢灵运诗的这种三段式结构，历来有许多不同的评价。很多人对谢诗结尾部分的玄理议论颇有微词，讥之为"玄言尾巴"。实际上，就某些诗篇来说，结尾的玄理议论确实过于繁缛晦涩了，但是在有些诗篇中，如果结尾部分是藉眼前景色而展开的合理议论，且议论的篇幅并不冗长，不影响到诗歌整体结构的话，则会成为点睛之笔，使诗境获得哲理性的升华，像上面两篇就是这样的。

谢灵运山水纪游诗的章法灵活多变，纪行—写景—议论的三段式结构并不是谢诗中的唯一结构体式，只是基本体式，谢诗中还有其他几种结构方式，都以这一种为基础衍变而来。在有的诗中，诗人也会先发议论，这样便形成了议论—纪行—写景—议论的四段式结构。这种结构与三段式结构不同的是，在纪行部分开始以前，常常引经据典，反复陈述，以议论的形式将自己的状况与心志进行一番剖析，在其中寄寓着诗人深沉的人生感慨。如《过始宁墅》：

　　束发怀耿介，逐物遂推迁。违志似如昨，二纪及兹年。
　　缁磷谢清旷，疲苶惭贞坚。拙疾相倚薄，还得静者便。
　　剖竹守沧海，枉帆过旧山。山行穷登顿，水涉尽洄沿。
　　岩峭岭稠叠，洲萦渚连绵。白云抱幽石，绿筱媚清涟。
　　葺宇临回江，筑观基曾巅。挥手告乡曲，三载期归旋。
　　且为树枌槚，无令孤愿言。

　　永初三年，诗人谪赴永嘉，途经始宁故乡，稍作停留，即赋此诗。前八句诗人陈说了自己入仕后的人生历程，对自己违志做官进行了检讨，道出了贬谪的愁怨心绪。此时诗人心中虽暗怀幽愤，还尚能以"静者"的恬淡之语出之。接着，诗人倒插入"剖竹守沧海，枉帆过旧山"，结束了开篇的议论抒情，转入本题来写故乡之行。"剖竹"四句总写了自己赴职外郡，绕转回乡的踪迹，以及山行水涉的行程，为纪行部分。而后的六句又具体分三层来描绘旅途之景，诗人山行水涉，但见山石峭耸，密岭迤连，洲浦萦回，水渚连绵，正是山重水复之景象，这第一层的风景何等的繁富！忽然柳暗花明，一派明丽静谧的风景凸现于眼前：白云朵朵，浮游在蔚蓝的天际，低得几乎要覆笼在远处的岩石上，近处水边，绿竹丛丛摇曳，在微风中轻抚涧水，仿佛要以美妙的舞姿取悦于水上涟漪。这第二层的风景又是何等清丽，且从清丽中透出人境的味道！从拟人化的"抱""媚"二字中，我们分明读到了诗人轻快起来的心情！因为这清妙的风景，原来是诗人祖父谢玄建造的始宁墅周边风光，诗人见到这样的风光，就知道已经渐近故园了。于是第三层风景自然是围绕诗人在故园的行踪展开：诗人舍筏登岸，回归故园，临江葺宇，依山筑观。故乡的山水使他得到了心灵的休憩，他以"挥手"四句誓约还山。而誓约还山却偏要加之以"树枌槚"的典故，表示要为自己备棺木，决绝的言辞之间，还隐约可见诗人欲解而不能的幽愤之情。此诗四层，叙述的线索明晰，井然有序，在开篇与结尾的两度抒怀中，蕴涵着诗人感情上经历的几度顿挫曲折。中间部分步步铺叙的三重风景，看似各自独立，了不相涉，如果我们不把它们纳入整体行程中来理解的话，就难以明了其中关系，只有我们读懂谢灵运每一句的用意，方能体会谢诗章法之严谨。但从整体结构来看，此诗开篇的议论部分太过冗长了，各部分之间的衔接也稍欠紧密，斧凿痕迹较重，而《登池上楼》的结构就精深完密得多：

  潜虬媚幽姿，飞鸿响远音。薄霄愧云浮，栖川怍渊沉。
  进德智所拙，退耕力不任。徇禄反穷海，卧疴对空林。
  衾枕昧节候，褰开暂窥临。倾耳聆波澜，举目眺岖嵚。
  初景革绪风，新阳改故阴。池塘生春草，园柳变鸣禽。
  祁祁伤豳歌，萋萋感楚吟。索居易永久，离群难处心。
  持操岂独古，无闷征在今。

此诗作于景平元年初春，诗人谪赴永嘉已经半年之久。此诗起二句即用《易经》"潜龙勿用""鸿渐奋飞"的典故横空突写，寄托着诗人希望似潜龙般保真自媚、如飞鸿般扬声寰宇的理想；三四句承上，借引入己，将自己与"潜虬""飞鸿"对比，寄托诗人的"愧""怍"之意；五六句具体写进退两难的矛盾心理。这六句三层承递，以细腻笔触交代了诗人心绪，构成了诗歌开篇的议论部分。"徇禄"六句倒叙入题："徇禄"二句交代自己贬居永嘉卧疾衾枕的生活，透出心情的烦郁；"衾枕"二句写节候转换，开褰窥望；"倾耳"承写窥临之态，这是第二部分，也分三层交代，铺叙详明，是为纪行。"初景"四句，正面写登眺之景：久不出门的诗人惊喜地发现，初春的和暖日光已将残冬的绪风一扫而尽了，池塘边春草复生，园柳上的鸣禽也已然变换了种类，"生""变"二字传达出的既是景致之变化，也是诗人心情之变，诗人的心弦为之一震，心情遂由晦暗逐渐开阔；以下"祁祁""索居"二句分别引用《楚辞》《礼记》的典故表达诗人被春景引动的思归之情；"持操"二句再引《易经》典故，以示自己欲避世隐居、坚持操守的决心，与开始的"潜虬"二句遥相呼应，表达了自己此时精神的升华。方东树说：

"康乐诗，章法脉缕衔递整比完密如此，此正格中锋也"①，此诗先写久病初起，满怀抑郁，复写开窗窥望，顿见风景一变如画，而心情亦随之振奋，可说是以风景描写为中介，道出屈曲变化的复杂心绪。

《过始宁墅》、《初去郡》、《初往新安至桐庐口》、《游岭门山》等也采用了这种结构。我们知道，谢灵运的山水诗创作，与其生活经历有着密切关系，他的山水诗创作，依生活经历可分为贬谪永嘉、初隐始宁、再隐始宁、贬谪临川四期，每当他的仕宦生活发生变化，被贬谪外放的时候，或者辞官归隐的时候，诗人的心绪总会发生一次大的转变，在诗中，也必然要先吐之而后快。《过始宁墅》作于永初三年（422年）秋，当时刘裕死，少帝即位，实权落在徐傅集团手中，谢灵运受到权臣排挤，被派赴荒僻的永嘉郡任太守，心中的郁愤可知，因此《过始宁墅》开篇以八句来追悔自己误入仕途之迹。次年初春，诗人谪赴永嘉已经半年，而不满情绪未有稍减，以致积郁成疾卧病一冬，《登池上楼》上来便道出这种进退两难的矛盾心理。这年初秋之时，谢灵运在永嘉任职一年，终于决心辞官回乡，《初去郡》开篇就自叙隐居之志，抒发获得解脱的愉悦心情。这种结构的山水纪游诗创作，始终有诗人的感情变化潜注其中，在某种程度上，兼具咏怀诗的性质。而与前人咏怀诗不同的是，这里的情感抒发是与眼前真实客观的山水风景描写黏合在一起的，清丽的山水风景不仅是真实的旅途所见，而且也往往是诗人心绪转换的触媒，诗人原本不快的情绪，常随扑面而来的美景逐渐消解，而代之以玄理的感悟。在同一首诗内，诗人的心绪往往因为清丽山水的触动发生一波三折的转变，这种议论—纪行—写景—议论的结构恰能完整地体现这一变化的过程。

有时，诗人先写景，而后纪行，便形成写景—纪行—写景—议论的结构。如《游南亭》：

时竟夕澄霁，云归日西驰。密林含余清，远峰隐半规。
久痗昏垫苦，旅馆眺郊歧。泽兰渐被径，芙蓉始发池。
未厌青春好，已睹朱明移。戚戚感物叹，星星白发垂。

---

① （清）方东树《昭昧詹言》，第143页。

药饵情所止,衰疾忽在斯。逝将候秋水,息景偃旧崖。

我志谁与亮,赏心唯良知。

此诗起笔四句,勾勒出一派雨霁之后的清澄晚景。而后复以"久痗昏垫苦,旅馆眺郊歧"逆笔补写出羁宦异地而久为淫雨所苦的心境与登临远眺的观览方式,既点了"游南亭"之题,又透露出诗人试图以游览摆脱苦闷心绪的愿望。之后诗人为清景吸引而漫步郊野,自然折入眼前所见的第二层景观:兰草逐渐铺满小径,荷花也花蕾初绽。这时序更迭的迅速,触发了诗人心中沉潜的幽思,诗人感物叹息人生易老,衰疾在身。反观自身,感叹应等秋水上涨之际,归乡隐居,才是真正的赏心之事。在这首诗中,诗人本欲借自然清景排解幽思,而幽思非但没有解去,反而潜注于景物之中,这种反复曲折的情思也使谢诗的层次变得曲折而复杂。在两次景语之间,诗人分别间之以一逆一顺的叙述与感慨做顿束收结,使写景、叙述、抒怀三者圆融一体。

此外,谢灵运有时也在景物描写间穿插议论,使景物描写构成了前后的层次,形成纪行—写景—议论—写景—议论的结构。如《于南山往北山经湖中瞻眺》:

朝旦发阳崖,景落憩阴峰。舍舟眺迥渚,停策倚茂松。
侧径既窈窕,环洲亦玲珑。俯视乔木杪,仰聆大壑淙。
石横水分流,林密蹊绝踪。解作竟何感,升长皆丰容。
初篁苞绿箨,新蒲含紫茸。海鸥戏春岸,天鸡弄和风。
抚化心无厌,览物眷弥重。不惜去人远,但恨莫与同。
孤游非情叹,赏废理谁通?

此诗是谢诗中的名篇。发端二句,诗人先紧扣"于南山往北山"的题面,叙写清晨自南山出发,傍晚憩于北山的游踪;又以"舍舟"二句写出诗人倚松回眺的形象,点题中"经湖中瞻眺"之意。这四句叙游历,把题目中"于南山""往北山""经湖中瞻眺"之意,一一交代分明。"侧径"而下进入写景部分,而在风景描写中,诗人以"解作竟何感,升长皆丰容"的议论将写景部分隔为前后两层,这是此诗在章法经营上的特色。在风景的第一个层次,诗人上下俯仰,山水林壑尽收眼底。"解作竟何感"句结上,承前面之乔木密林的宏大气象;"升长皆丰容"句生下,启后面初篁新蒲、海鸥天鸡的逍遥自在的生命形态。"抚化"二句顿结上文，石横而溪水分流，林密而蹊径绝踪，初笋绿节滋生，新蒲紫茸绽放，海鸥游戏春岸，天鸡弄羽和风，这些均为自然万物之"化"，至此，由景入理，诗人已经将题目中之意写得十分完足。此后四句，申之以无知音与之同赏的感慨，将感情再折进一层。方东树称："此诗精魄之厚，脉缕之密，精深华妙，元气充溢，如精金美玉，光气烂然。柳记谢诗，造化机缄在手，独有千古，虽杜、韩无以过之。"①

总之，谢灵运继承了前人的传统，将纪行—写景—议论的章法结构固定为山水纪游诗的基本写作模式，同时，谢灵运在具体的写作实践中又将纪游的笔法运用得灵活巧妙，使他的山水纪游诗能够波澜迭起，引人入胜，有反复回味的余地。

## 三、纪行、写景、玄理三元素的交错

以上我们已经剖析了大谢诗的几种基本结构体式，而为了更加深入地了解谢灵运的诗歌艺术，我们还要对纪行、写景、议论这三个因素进行独立的细致分析。

1. 纪行

在纪行部分，诗人一般用来交代游程、时间，或者游览时诗人的心理状态，为后面的集中写景做好铺垫。在魏晋游览诗中，纪行部分多简短扼要而且程式化，只是一种简单的叙述，典型的方式是这样的：

兄弟共行游，驱车出西城。——曹丕《于玄武陂作诗》②
乘辇夜行游，逍遥步西园。——曹丕《芙蓉池作诗》③

谢诗中也偶有类似的发端，如《晚出西射堂诗》：

步出西城门，遥望城西岑。

但由于谢灵运进行的多是探幽寻异式的游览，游览过程远比园林郊野之游曲折、精彩，因此谢诗的叙事纪行部分的内容自然就丰富而多样。

---

① （清）方东树《昭昧詹言》，第151页。
② 逯钦立《先秦汉魏晋南北朝诗》，第400页。
③ 同上。

首先，由于谢灵运游览山水往往弥日累月，谢诗常常将表示早晚的时间词与处所词搭配到一起，以朝夕对的形式来叙述风景游览的整体行程，如：

朝旦发阳崖，景落憩阴峰。——《于南山往北山经湖中瞻眺》
迎旭凌绝嶝，映泫归溆浦。——《过瞿溪山（饭）僧》
宵济渔浦潭，旦及富春郭。——《富春渚》
朝发飞猿峤，暮宿落崄石。——《题落崄石》
晨策寻绝壁，夕息在山栖。——《登石门最高顶》

而且，在纪行过程中，还常常透出诗人的心绪。如：

羁心积秋晨，晨积展游眺。孤客伤逝湍，徒旅苦奔崄。
——《七里濑》
徇禄反穷海，卧疴对空林。衾枕昧节候，褰开暂窥临。
——《登池上楼》
江南倦历览，江北旷周旋。怀新道转迥，寻异景不延。
——《登江中孤屿》
久痗昏垫苦，旅馆眺郊歧。——《游南亭诗》
开春献初岁，白日出悠悠。荡志将愉乐，瞰海庶忘忧。
——《郡东山望溟海》
旅人心长久，忧忧自相接。故乡路遥远，川陆不可涉。
泪泪莫与娱，发春托登蹑。
——《登上戍石鼓山》
客游倦水宿，风潮难具论。——《入彭蠡湖口》

这些都是大谢纪行部分的典型写法。因为谢灵运的游览多是独游，没有酬唱赠别等性质，所以几乎都非常真实地表露出自己的情感与心理状态。谢灵运少怀济世之意，在仕途上却屡遭挫折，心中常存幽抑，排解幽愤便成为他游山玩水的基本动机，这一点，在纪行部分总是表露无遗。在纪行的诗句中，总是有"苦""倦""忧""伤"等字眼出现。在《七里濑》中，诗人开篇便以"羁心"点明自己有着满腹忧患，后面"孤客伤逝湍，徒旅苦奔崄"更将诗人内心的羁思投射到眼前景物上，使急流崖岸都感染了悲哀的调子。《游南亭》"久痗昏垫苦"道出了诗人久受淫雨之苦的心绪,《入彭蠡湖口》发端的一个"倦"字可见诗人饱受行旅之苦的疲惫之态,也成为贯穿全诗始终的情绪。

同时,谢灵运又是酷爱山水之游的旅行家,他浓烈的游兴也在对游程的纪录过程中表露无遗。

裹粮杖轻策,怀迟上幽室。行源径转远,距陆情未毕。
——《登永嘉绿嶂山》

江南倦历览,江北旷周旋。怀新道转迥,寻异景不延。
——《登江中孤屿》

清晖能娱人,游子憺忘归。——《石壁精舍还湖中作》

山遥水阻,林野幽深,谢灵运裹粮杖策,逶迤而行,沿着山涧延伸的方向寻绿嶂山之幽胜,山径愈转愈深,游览的情致反愈加深厚;诗人对孤屿美景的发现也全因游兴之浓厚:怀抱着求新索异的兴致,方全然不顾依依向晚的日色,愈游愈远、愈深。在前两首诗中,诗人游之兴致全从"径转远""道转迥"般千回百转的旅程描述中见出。在《石壁》一诗中,"清晖能娱人,游子憺忘归"则直接写出了诗人在山水清晖中流连忘返的情态。

此外,谢诗中的纪行部分还常常概述性地描绘出游览过程中风景的整体风貌,纪行与写景相兼。如:

首夏犹清和,芳草亦未歇。水宿淹晨暮,阴霞屡兴没。
——《游赤石进帆海》

昏旦变气候,山水含清晖。 ——《石壁精舍还湖中作》

朝搴苑中兰,畏彼霜下歇。暝还云际宿,弄此石上月。
——《石门岩上宿》

逶迤傍隈隩,迢递陟陉岘。过涧既厉急,登栈亦陵缅。
——《从斤竹涧越岭溪行》

南州实炎德,桂树凌寒山。——《入华子岗是麻源第三谷》

《游赤石进帆海》开篇直写出初夏清和的气氛和芳草依旧茵茵的场景,在交代了日夜于水中游走的行程之时,还顺便将天边晨兴暮散的云霞携入诗境,使纪行部分更为生动可感。《石壁精舍还湖中作》首先概写出昏旦之际变幻莫测的山水清晖之美,为下段的具体描绘埋下伏笔。《石门岩上宿》则采用叙述与描写交错的方式,写出了朝夕之间的行程，同时把我们带入了苑间采兰、云际弄月的清妙意境；《从斤竹涧越岭溪行》叙述与描写的笔触已混然难辨，"傍隈隩""陟陉岘""过涧""登栈"一气流转，勾勒出诗人的行踪，同时"逶迤""迢递""厉急""陵缅"这一系列的双声叠韵词则生动地再现出沿途的地理风貌。

## 2. 写景

吴小如先生曾经谈到："山水诗大抵有两种写法。作者以某一风景胜地为据点，静观周围山水景物，这是一种写法；另一种，则是作者本人在旅途之中，边行路边观赏，所见之景物是不断变化的。"① 这两种方式，我们可以分别概括为静物写生式和移步换景式。静物写生式以某个地方为观察点，视点相对固定，这种方式注重于对景物间罗列分布的层次关系的处理，以体现整体的和谐层次。移步换景式用来描写行旅途中的风景，所见景物是不断变换的，这种山水诗中的风景描写注重表现的是旅途中异时异地的风景序列，以不同风景的转换来标志行程，将繁富多样的风景连缀为整个旅程。

谢灵运为探得常人未曾发现过的风景佳胜，常常跋山涉水，昼夜兼行，弥日累月，这使得他的山水纪游诗主要采取移步换景的方式来纪录一段段探险之旅。如《游赤石进帆海》：

　　首夏犹清和，芳草亦未歇。水宿淹晨暮，阴霞屡兴没。
　　周览倦瀛壖，况乃陵穷发。川后时安流，天吴静不发。
　　扬帆采石华，挂席拾海月。溟涨无端倪，虚舟有超越。

此诗题目即包括"游赤石"与"进帆海"两段内容，诗中写景也是紧扣诗题，一一铺叙。叙述过时令之后，即以"水宿淹晨暮，阴霞屡兴没"二句迤逦点出"游赤石"之情状，游览赤石时，日日水行水宿，看惯水上烟霞在阴晴变幻的天气中卷舒出没。倦游赤石风景后，扬帆入海，顿见奇景忽开，海水浩瀚无涯，水平如镜，传说中的水神都收敛起来了暴虐的脾气，仿佛正静待诗人到来。诗人云帆高悬，遨游海上，随意采撷那光洁的石华与海月，心胸开张，觉得脚下轻舟仿佛都要凌空而去。游览的兴致，也随游程的变换达到高潮。又如《富春渚》：

---

① 出自吴小如对《从斤竹涧越岭溪行》的赏析文章，见《汉魏六朝诗鉴赏辞典》，上海辞书出版社，1990年9月第1版，第664页。

宵济渔浦潭，旦及富春郭。定山缅云雾，赤亭无淹薄。

溯流触惊急，临圻阻参错。

诗人从渔浦潭前往富春郭，一路乘船，日夜兼程，无暇停船细细观览沿途风景，只能远远地望一眼定山伫立在云雾中的绰约影姿，赤亭的风景，也只好遗憾错过了。进入富春江后，水势转入险急，诗人逆水行船，时时遭遇惊涛急流，两侧崖岸参差交错，态势奇险，这些都令人触目惊心。

总之，谢灵运总能按照行程与时间的转换来铺叙一路所见，次第衔承，前后贯通，章法至为精密。《从斤竹涧越岭溪行》更是移步换景而与时铺叙的典型之作：

猿鸣诚知曙，谷幽光未显。岩下云方合，花上露犹泫。

逶迤傍隈隩，迢递陟陉岘。过涧既厉急，登栈亦陵缅。

川渚屡径复，乘流玩回转。蘋萍泛沉深，菰蒲冒清浅。

山深谷幽，曙光来迟，诗人只能从猿鸣中推知天将拂晓，于是起身上路；在微明的曙色中，依稀可见岩下云气正腾漫缭绕，花间朝露泫然欲滴，这些均是朦胧的晨间仅能把握的一些视觉和听觉形象。接着，"逶迤"四句，细叙行程，分两层点出题中"越岭"与"溪行"二事。"隈隩"，意为山之拐弯处，"陉岘"，意为小而险的山岭，"厉急"，形容涧水水流之急，"陵缅"，形容栈道之高悬入云。这四句是说，诗人先在连绵的山岭间曲折地前行，翻山越岭，前路迢迢，似乎没有尽头；结束了漫长的山行，诗人又涉过湍急的涧水，登上了高悬入云的空中栈道。随后的四句详细写越岭溪行之所见：水中洲渚迭现，使得溪行之路更显盘旋曲折，复杂多变；连片的浮萍紧贴着水面晃漾，与诗人的小船一样载浮载沉，看不出水的深浅；在溪水清浅的地方，蒲草初生，已有亭亭茎叶冒出水面。此诗写景的章法十分严谨，一一将题目中"从斤竹涧""越岭""溪行"三事道出，同时用字也精确到位，"逶迤""隈隩""迢递"这几个联边词，"厉急""沉深""清浅"这几个双声叠韵词，与诗人不断变换的行程相适应，在跳跃的节奏中流露出诗人登山临水的无穷兴致。

总之，谢灵运发展了庾阐等人以游程为线索描写景物的方式，以变换的景物来标志时空的流动，以移步换景而与时铺叙的方式，来融涵纪行与写景二元因素。因此我们读他的山水游览诗，就如同在浏览一幅幅流动的山水游览图卷。谢灵运的同时代人、著名画家宗炳也有山水之癖，自称："余眷恋庐、衡，契阔荆、巫，不知老之将至。"[1]老疾俱至时，凡所游历，皆图之于室，以澄怀观道，卧游畅神。谢灵运与宗炳为自然山水作传神写照的方式虽有诗画之别，但所达到的艺术效果却殊途同归。正如李白所说："且从康乐寻山水，何必东游入会稽"[2]，谢诗游览的脉络如此清晰可循，我们只需跟随诗人的脚步，用心体味，就能尽享"卧游山水"的乐趣了，谢灵运可以说是以诗的形式实现着同时代人宗炳的画学理想。

静物写生式的风景描写多为登眺之景，多驻足于高处一点，如绘画般定点透视，依照远近高低的空间层次来陈置景物。这种方式在谢灵运诗中也时常可见，魏晋诗歌大多布景比较随意，谢灵运则如绘画般铺陈布势，讲求空间层次。清代蒋骥《读画纪闻·章法》说："山水章法如作文之开合，先从大处定局，开合分明，中间细碎处，点缀而已。"[3]谢灵运诗之布景便谙得此道，这类风景，可称得上是"诗中有画"。如：

石浅水潺湲，日落山照曜。荒林纷沃若，哀禽相叫啸。

——《七里濑》

这是一幅典型的黄昏游眺写生图，几乎可作为山水画的构图范本。近前，小流清浅通透，潺潺流过密集的小石；天边，落日镕金，晚霞列锦，远山沐浴在金色的晖光里，通体明灿。这已经勾勒出了一幅山水写生图的大致轮廓，而后，诗人又在其间点缀以"荒林"与"哀禽"两笔细景，遂在静谧华美的黄昏情调中透出荒寒的深秋味道，寄托着诗人羁居他乡的孤苦之情，这正是中国山水画的典型意境。而同时，诗歌有着与绘画不同的表现方式，绘画以笔墨，诗歌以语言，此段景语连用"潺湲""照耀""沃若""叫啸"四组叠韵词，动静结合，铺写出水声潺潺、晚景落照的山情水态，荒木纵横丛杂、

---

[1] （南朝宋）宗炳《画山水序》。
[2] 李白《与谢良辅游泾川陵岩寺》，见（清）王琦注《李太白全集》，中华书局，1977年9月第1版，第959页。
[3] 见周积寅编著《中国画论辑要》，江苏美术出版社，1985年8月第1版，第426页。

鸟声起伏莫辨的景象。又如《晚出西射堂诗》：

连鄣叠巘崿，青翠杳深沉。晓霜枫叶丹，夕曛岚气阴。

这是谢灵运黄昏时分伫立于永嘉城外，遥望西山所见。如果说《七里濑》诗中意境仿若中国山水画的话，此诗图景便类似注重空间透视感与色彩感的油画。"连鄣叠巘崿，青翠杳深沉"二句以颇为繁复的字句写出了夕晖中的朦胧远山的形态与光色。上句写出远眺的视线中群山连绵重叠的层次，在沉沉的暮霭里，群山连亘，似一道道坚实的壁障，山崖交叠，深深浅浅，或明或暗。"连"字，勾勒出望中群山连绵而成的一条条曲弯轮廓线；"叠"字，形容山岩交错叠合的纹理；"巘崿"，皆是山崖的别名，以形象的联边字增加了重叠之感。下句写出了远望中林木的青翠之色渐渐暗沉的景象。"杳"字，写出西山与诗人之间相隔的杳远空间，"深沉"，以叠韵字描绘出青翠之色逐渐没向深冥的过程。这样，上句就从平视与纵观两个方向写足了夕望中远山的形，下句则从空间与时间感上写出了远山的色，且形色流动相辅相成，山形之丰富，莫不因光色的变化；光色之多彩，也依山形而各异。在写完远山的朦胧形色以后，诗人又以"晓霜枫叶丹"为近景、"夕曛岚气阴"为中景补足整幅画面。诗人眼前的几株枫叶，经过早上的一阵严霜浸染，到傍晚已经红透，在黄昏的逆光中呈现出几近透明的效果，为这幅模糊的背景色涂上一笔鲜亮的红色，"夕曛岚气阴"则以黄昏的岚气烟霭补足近处透亮的枫林与模糊远山间的巨大空间，亦点明题中"晚"字，写足黄昏遥望之景。

可以看出，当视点相对固定时，诗人对景物的远近层次关系、明暗对比的效果都是有着精微的体察的，因此能够以类似于静物写生的方式再现出层次错落的如画之境，这种方式已为谢朓等后来诗人提供了有益的布景经验。

3. 玄理性议论

在对大谢诗中的纪行与写景部分进行详尽的分析后，我们可对谢诗中景与理、风景物理与玄学哲理间的关系做一点探讨。谢诗多分为三大段，开篇叙述行程，中段集中笔墨写景，结尾申之以玄理。一直以来，人们普遍以为谢诗末端部分冗长多余，讥之为"玄言尾巴"。但如果我们从正常思维逻辑出发，设身处地为诗人着想的话，就会有不同的结论。白居易称谢灵运写诗的目的是"壮志郁不用，泄为山水诗"[①]。的确，诗人长期为外在的烦恼困扰，深为外物所累，羁旅他乡的忧虑、抱负不得施展的抑郁、出处进退的矛盾，都时常萦绕在诗人心头，使其心思不得舒展。当专注于美丽的风景时，人的心结打开，愉悦之情便充溢胸中，当以理性的思索领会到自然风景表象背后的构成之理与客观规律时，愉悦之感便进一步上升为悟彻了自然物理的满足感与自由感，在这一刻，俗世的种种情欲纷扰都暂时散去，而老庄抱朴守一、自然无为的境界瞬时间了然于胸，这时，由对风景物理的揭示上升到对老庄玄理的感叹，便是水到渠成，顺理成章了。王夫之说："谢灵运一意回旋往复，以尽思理，吟之使人卞躁之意消"[②]，就是指大谢的山水风景诗皆具有以自己的情感思维转换过程一意贯穿的特点。我们只要来细读几首诗，就能对此有所体会。

永初三年，谢灵运被徐傅集团排挤出京师，任永嘉太守。在永嘉太守任上，谢灵运心中郁郁不乐，过着名仕实隐的生活，常肆意在山水中遨游，聊以解忧。如《登永嘉绿嶂山》就是这时所作，诗人先不惜笔墨地渲染出林暗幽密、日夜不辨的风景："澹潋结寒姿，团栾润霜质。洞委水屡迷，林迥岩逾密。眷西谓初月，顾东疑落日。践夕奄昏曙，蔽翳皆周悉。"诗人专注在探索自然的奥秘上，当把握了这一奥秘且以诗语表现出来后，诗人感受到心胸涤荡的快感，就自然有幽人坦步、高尚难匹的心境，领悟到老庄抱朴守一、缮性无为的追求，于是发出"蛊上贵不事，履二美贞吉。幽人常坦步，高尚邈难匹。颐阿竟何端，寂寂寄抱一。恬如既已交，缮性自此出"的感慨。《初去郡》是诗人为永嘉太守一年后称病离职时所作，抒发了去官还家、获得解脱时的愉悦心情。在归家途中，诗人的心情畅快而轻松，触目皆成佳趣，"野旷沙岸净，天高秋月明"的清旷明朗景象正是诗人心境的写照。而由愉悦的心情、悠然的意趣，诗人就自然引发出一番情景理相融的议论："战胜臞者肥，止监流归停。即是羲唐化，获我击壤声！"高尚的隐逸之志战胜了富贵

---

[①]（唐）白居易《读谢灵运诗》。

[②]（清）王夫之《姜斋诗话》，见《清诗话》，上海古籍出版社，1999年6月第1版，第6页。

的欲望，人胸襟开阔，便能心宽体胖；如流水回归到静止的状态一样，人杂乱的思想归于淡泊清净，就不再为外物所扰。达到了这样的状态，就好像回到了上古羲唐时代，过着返璞归真、自由无拘的生活。

从景平元年到元嘉三年，诗人去官后第一次隐居于始宁庄园。在这两年的隐居生活中，诗人流连于庄园的山山水水间，与知己故交交游唱和，闲适的生活，恬淡轻松的心境，都使他山水诗中的美景散发着恬静和谐的味道，诗人也由此觉得真正体悟到了老庄淡泊无为的至道。比如著名的《石壁精舍还湖中作》，善于玄理思辨的诗人便从"林壑敛暝色，云霞收夕霏。芰荷迭映蔚，蒲稗相因依"的和谐图景中悟彻到了玄理："虑淡物自轻，意惬理无违。寄言摄生客，试用此道推。"即若思虑淡泊的话，名利得失、穷达荣辱这些身外之物就自然看得轻了；心中常觉得惬意满足，自己的心性就不会违背宇宙万物的至理常道，一切皆可顺情适性，随遇而安，而养生的真正道理，诗人也觉得应该从这样的方面去推求。由这几首诗的分析可见，在谢灵运的诗中，由对风景美构成的探询升华到玄理的感悟，正体现了诗人自然的思维理路，展现着诗人心灵净化升华的过程；在典型的谢氏结尾的玄言部分，诗人开始的"卞躁之意"几乎都已经消融殆尽了。除了上面的例子，这样的结尾还有许多，如：

矜名道不足，适己物可忽。请附任公言，终然谢天伐。
——《游赤石进帆海》

抚化心无厌，览物眷弥重。不惜去人远，但恨莫与同。
孤游非情叹，赏废理谁通？
——《于南山往北山经湖中瞻眺》

情用赏为美，事昧竟谁辨。观此遗物虑，一悟得所遣。
——《从斤竹涧越岭溪行》

感往虑有复，理来情无存。
——《石门新营所住四面高山回溪石濑茂林修竹》

在以知性的思索表现出美丽风景的肌理之后，诗人屡屡发出这样的喟叹。可以看出，谢诗中玄理的阐释，大都以老庄之道为主要内容，间或杂之以《易经》的思想，表达的是遗物自适、缮性无为的核心理念。

由物理悟到老庄玄理，是谢灵运理性思维的自然延展；而从思维方法上，又恰是晋宋之际流行于思想界的"顿悟"论与"以玄对山水"的风尚影响于诗歌领域的具体表现。

　　在中国传统中，自王弼到郭象，都认为圣人虽有情却不可学不可至，而同时在士人中影响极深远的佛学则认为圣人可学亦可至，谢灵运《辨宗论》曰"释氏之论，圣道虽远，积学能至"①，故而"学术界二说并立相违似无法调和，常使人徘徊歧路堕入迷惘"②。晋宋之际，竺道生"去二方之非，取二方之是，而立顿悟之说，谓圣人可至，但非由积学所成而在顿得自悟也。自此以后，成圣成佛乃不仅为一不可至之理想，而为众生均可企及之人格。"③谢灵运《辨宗论》调和了儒佛，阐释竺道生顿悟说，"谓圣人可至，但非由积学所成，要在顿得自悟也。自生公以后，超凡入圣，当下即是，不须远求"④。

　　所谓的神、理、大道，并不是在我们生活的世界之外另外存在的东西，而是具体地显现在我们身边实有的生活中。"体冲和以通无"的圣人境界并非遥不可及，常人皆可达到，而关键在于当下顿悟。"山水质有而趣灵"⑤，"山水以形媚道而仁者乐"⑥，山水美在晋宋之际被士人发现后，就成为了常人获得顿得之悟，从而超凡入圣的介质与通道，藉由对山水风景美的体悟，常人便能达到圣人逍遥无累的境界。因此风景之美与宇宙大道的关系，是有无相生，体用不二；玄学妙理的悟得，可以通过对山水风景美的把握来实现。这种观念在晋宋之际已经深入人心，不仅在诗歌领域有谢灵运要以推求风景物理来畅达玄理，而且在绘画领域也有宗炳明言"神本无端，栖形感类，理入影迹，诚能妙写，亦诚尽矣"⑦，以对透视技法的科学探求来"以形写形，以色貌色"⑧，最终达到"畅神"⑨的目的。这时我们再来理解谢灵运诗中的"理来情无存"之"理"，便可明确此"理"既是形而下的自然物理，又是与形而

---

① 顾绍柏《谢灵运集校注》，中州古籍出版社，1987年版，第285页。
② 汤用彤《谢灵运〈辨宗论〉书后》，《魏晋玄学论稿》，上海古籍出版社，2001年版，第103页。
③ 同上，第103页。
④ 同上。
⑤-⑨ （南朝宋）宗炳《画山水序》。

上的至妙玄理，兼二为一。由此，我们来总结谢诗的观物方式的话，就可得出如下不同于"情景交融"说的结论：人禀七情，应物斯感。理来"情"①去，景理交融。

## 四、句法：风景骈句的生成、特征及对谢灵运山水诗风景骈句的形态分析

在句法方面，与前人相比，谢灵运的风景描写句呈现出明显的骈偶化倾向。沈德潜就充分肯定了谢灵运诗歌以骈句为擅场的特色，称"陶诗合下自然，不可及处，在真在厚。谢诗经营而反于自然，不可及处，在新在俊。陶诗胜人在不俳，谢诗胜人正在俳"②，王世贞也认为："谢氏俳之始也；陈及初唐俳之盛也；盛唐俳之极也。"③可以说谢灵运正式揭开了中国古典诗歌中骈偶化倾向的序幕，开启了由古诗逐渐向律诗转变的进程，在诗歌史上具有开创之功，而谢诗"新""俊"的特征也正体现在他独具匠心的骈句经营中。综观前人论述，虽多有涉及谢诗的艺术风格者，但对谢诗多风景骈句这一特色尚缺乏系统的分析。因此，我们在这里试图对大谢的风景骈偶句进行深入研究，着重分析大谢风景骈偶句的各种形态，以便把握谢灵运山水诗风景描写的特色。

### ■（一）骈句的基本特征

要研究谢灵运的风景骈句，首先我们要解决的一个问题便是，在谢灵运的时代，什么样的句子算是骈句，在诗歌发展史上，风景骈句是如何形成的，在一首写景诗的内部，骈句与散句又构成怎样的关系。

骈偶作为一种语言修辞的技巧，在中国文学发展史上可谓由来已

---

① "情"有两种形态，一种是"情必极貌以写物"，是体物写真的审美情感，从这个意义上说，谢灵运山水风景诗是"情景交融"的；另一种是五情之"累"，谢灵运藉山水之美释去凡尘之累，体悟玄理，故曰"理来情去，景理交融"。

② （清）沈德潜《说诗晬语》，见《清诗话》，上海古籍出版社，1999年6月第1版，第532页。

③ （明）王世贞《艺苑卮言》，见丁福保辑《历代诗话续编》，中华书局，1983年8月第1版，第1007页。

久，刘勰《文心雕龙》就专设《丽辞》篇讨论骈偶艺术的问题。"丽辞"之"丽"，《说文解字》云"丽，旅行也"。范文澜在《丽辞》注中说："'丽'像两两相比之形。丽辞，犹言骈骊之辞耳"。可见，"丽辞"，即是讲究骈骊对偶的意思。关于"丽辞"的形成原因，刘勰认为"造化赋形，支体必双；神理为用，事不孤立。夫心生文辞，运裁百虑，高下相须，自然成对"①。宇宙万物本就是"有无相生，难易相成，长短相形，高下相盈，音声相和，前后相随"②，物象之间构成天然的和谐、对称、平衡、匀融关系，相辅相成，相对相生。骈对之句不过是把物象间客观存在的各种自然关系、自然法则以特定的语言方式表现出来而已，因此在刘勰看来，骈偶这种修辞方式出于自然，为表现自然之理而生。这与《原道》篇文生于自然的观点也是一以贯之的。

而从刘勰行文的表述中，我们还可总结出当时文坛对对句特征的认识。刘勰说"易之文系，圣人之妙思也：序乾四德，则句句相衔；龙虎类感，则字字相俪；乾坤易简，则婉转相承；日月往来，则隔行悬合：虽句字或殊，而偶意一也。至于诗人偶章，大夫联辞，奇偶适变，不劳经营"③。可以看出，虽然早期的骈对之句只是"率然对尔""不劳经营"，质朴无文，没有刻意修饰之意，但却已经初步奠定了作为文学语言的对句应具备的基本特征，即"句句相衔""字字相俪""婉转相承""隔行悬合"。也就是说在骈句内部，句与字要求基本相对，意思前后承接，互相呼应。此后，对句便在此基础上沿着由质朴而华丽的方向发展，这便是刘勰所说的"扬马张蔡，崇盛丽辞，如宋画吴冶，刻形镂法，丽句与深采并流，偶意共逸韵俱发。至魏晋群才，析句弥密，联字合趣，剖毫析厘"④。在汉魏以来尚"丽"的文学风气中，对句的发展也踵事增华，以至于成为华丽藻采的代名词，于是，藻采也渐成为骈句的重要特征。在文章最后一段，刘勰又以三个排比句式提出几个运用骈骊修辞时应注意的问题，曰："若两事相配，而优劣不均，是骥在左骖，驽为右服也。若夫事或孤立，莫与相偶，是夔之一足，趻踔而行也。若气无奇

---

① 《文心雕龙·丽辞》，见范文澜《文心雕龙注》，人民文学出版社，1958年9月第1版，第589页。
② 陈鼓应《老子注译及评价》，中华书局，1984年5月第1版，第65页。
③④ 同①。

类，文乏异采，碌碌丽辞，则昏睡耳目。"①也就是说两句之间须结构平衡，风格统一，立意新奇，行文有独特的藻采，这是对骈句特征的进一步阐释。

但刘勰对骈句基本特征的表述，毕竟是就诗文赋统一而言之，而又偏重于文赋，因此是比较笼统而宽泛的。南朝至唐宋以来，随诗歌艺术的发展，对偶艺术成为诗艺探讨的重要内容，对偶的形式也逐渐固定化。今人王力先生在对前人的诗格进行总结的基础上，认为近体诗的对仗，和骈体文的对仗一样，句法结构相同的语句相为对仗，这才是正格。词类相同的词构成对仗：名词对名词，代词对代词，动词对动词，形容词对形容词，副词对副词，虚词对虚词。除此以外，律诗对仗，还有声音对仗的要求，是很严格的。刘勰对骈对特征的阐释较宽泛，近体对仗的要求又相对严格，谢灵运诗歌尚处于古体诗与近体诗的过渡阶段，谢诗的对句，自然就处于宽泛与严格的中间状态。从谢诗中的风景对句来看，这种中间状态的对句，应该具有这样的特征，即两句结构大体相同，意义相对，主要名词与动词（或者形容词）相对。在我们下文的讨论中，我们所说的对句，主要是以此为标准来衡量。

### ■（二）骈句写景相对于散句写景的拓进处

实际上，骈偶作为一种修辞方式最初多用于文赋的创作中，在魏晋之前的诗歌中很少运用。严羽说："汉魏古诗，气象混沌，难以句摘。"②正是指古诗具有浑朴不重骈偶修饰的风貌。古诗以散句结构诗篇、单线叙述，上下散句在意思上步步相承，逐层递进，共同表达出一个完整的意义，这样的形式符合人的感情发展与思维想象的逻辑，很适宜于它以叙事抒情为主的内容。如第一首：

    行行重行行，与君生别离。相去万余里，各在天一涯。
    道路阻且长，会面安可知。胡马依北风，越鸟巢南枝。
    相去日已远，衣带日已缓。浮云蔽白日，游子不顾返。

---

① 《文心雕龙·丽辞》。
② 《沧浪诗话·诗评》，见郭绍虞校释《沧浪诗话校释》，人民文学出版社，1961年5月第1版，第151页。

思君令人老，岁月忽已晚。弃捐勿复道，努力加餐饭。①

此诗可看做一封思妇写给身处远方久游不归的爱人的家信。这封书信先从回忆思妇与爱人的离别情景写起，爱人踯躅前行，步步回首，纵有千般不愿，最终还是消失在女子的视野中，与亲人生生地别离了。自此以后，便是"相去万余里，各在天一涯。道路阻且长，会面安可知"了。山重水隔，路阻且长，两人好似胡马越鸟，相见无期。思妇日日盼归，在流逝的时光中，腰身清减，衣带渐缓，而"浮云蔽白日，游子不顾返"，在杳无音信的等待中，思妇悄然发现自己的容颜正随时光老去。叙述至此，心中的哀怨已达极致，而思妇却没有让自己继续沉浸在悲哀婉转的咏叹中，而是振作精神，笔锋一转，将这些悲叹、嗔怨一扫而净，跳到远方游子的角度上，让他别把自己的牢骚放在心上，劝他"努力加餐饭"。可以看出，此诗两句一层，按人感情自然的发展而层层递接，娓娓地倾诉出人情之常。王夫之说："《十九首》该情一切，群怨俱宜。诗教良然，不以言著。"②《十九首》正是以这种不事雕琢、质朴而婉转的单线叙述方式传达出温柔敦厚、含蓄蕴藉的情感的。可以说，《古诗十九首》是散句的言语方式、单线叙述的表达方式与叙事抒情内容完美结合的典范。

而风景描写与叙事抒情不同，风景是由许多具体物象组合而成的特定的空间存在，物象之间构成着各种对称和谐的关系与层次，物象本身又各自具有鲜活的形态与色泽，由此表达出整体空间美、丰富的层次美、具体细节美，势必是风景描写的客观要求。那么，散句的方式是否能穷形尽相地表现风景的客观之美呢？我们来比较《古诗》中出现的以散句和骈句写景的句子。

在汉末古诗中，写景还没有成为独立的内容，景物的描写主要起到为叙事抒情做烘托的作用，在有的诗中，就是以一组散句来写景的，如《古诗》第七首，前六句有五句写景："明月皎夜光，促织鸣东壁。玉衡指孟冬，众星何历历。白露沾野草，时节忽复易。"③这五个散句的描写

---

① 逯钦立《先秦汉魏晋南北朝诗》，中华书局，1983年9月第1版，第329页。
② （清）王夫之《古诗评选》，张国星校点，文化艺术出版社，1997年3月第1版，第140页。
③ 同①，第330页。

都集中指向"时节忽复易"这一个主题,皆为深秋零落之景,但散句与散句之间却缺乏有机的联系,几个散句的景物随意罗列,不能构成一幅具体完整的风景画面,形象感不足,不能给人留下深刻的印象。而对句的特征正在于,在纷繁复杂的物象中,仅仅抓住最具有代表性的两端来写,以这两端来涵括整体,从而以简驭繁,构成一个相对自足的整体结构,完整地表达一层意思。相比于直线叙述造成的章法不清、篇幅冗长局面,这种方式无疑是简约凝练的,可以避免散句铺陈方式写景的弊病。对句写景的长处,在《古诗十九首》中也已经初露端倪。在《古诗十九首》中已经存在一类重叠式的对句,如"青青河畔草,郁郁园中柳"①,用于诗歌开端的起兴,同时在比兴之中,也已经稍稍带出风景描写的味道。以低处的草与高处的柳相映衬,烘托出美女所居的蓊郁园亭景观,比第七首的描写更有视觉空间的完整感。再举一首谢诗中的风景描写为例:

> 朝旦发阳崖,景落憩阴峰。舍舟眺迥渚,停策倚茂松。
> 侧径既窈窕,环洲亦玲珑。俛视乔木杪,仰聆大壑淙。
> 石横水分流,林密蹊绝踪。解作竟何感,升长皆丰容。
> 初篁苞绿箨,新蒲含紫茸。海鸥戏春岸,天鸡弄和风。
> ——《于南山往北山经湖中瞻眺》

谢灵运以对句的形式,于俯仰顾盼之间,将山水的巨细之景尽收眼底。将散句和对句这两类写景方式一比较,我们便会发现,当需要表现风景整体的空间感,穷形尽相地展示风景细节时,对句的形式显然更具优势。

魏晋以来,在"诗赋欲丽""诗缘情而绮靡,赋体物而浏亮"的思潮中,辞赋俳偶的倾向影响于诗歌,对偶在诗歌中方成为重要的修辞方式。同时,"窥情风景之上,钻貌草木之中"的赏好山水风尚渐兴,亦使得风景物色的描写成为诗歌表现的新内容。而且诗人们在诗歌创作实践中也渐渐发现,骈偶这种新的修辞方式恰好能满足于新的表现内容的需要,于是以对句写景的倾向也日益明显了。当然,过多地以对句来写景也会造成板滞密涩的弊病,散句写景也自有其流转自然的妙处,对此,我们都将在下文中进行详尽分析。

---

① 逯钦立《先秦汉魏晋南北朝诗》,中华书局,1983年9月第1版,第330页。

## （三）魏晋以来风景骈句的发展历程

魏晋以来，诗歌中的风景描写日益增多，而且逐步摆脱附庸于情志表现的状况，朝着成为独立的审美内容的方向发展。这个时期，游宴活动盛行，诗人们酒酣之际常借诗歌吟咏情性，身边的园林风景便开始作为客观描写对象进入诗歌。此外，在行旅诗、赠答诗、隐逸诗、游仙诗中也常见对眼前实景的描绘。如果我们对魏晋时期诗歌中的写景句进行考察的话，便会发现，这段时间中的风景句在外在形式上正处于由散句向对句的过渡状态，存在散句、排比句和骈句三种形式。

先来看风景散句。散句也有两种。一种多用在诗歌的开端部分，以两个风景散句搭配或者一个景句和一个叙事句搭配，前后以顺承关系一意承接，描绘出大体的风景印象。因为这种承接方式来自于古诗单线叙述的形式，所以我们不妨称这种描写方式为叙述性描写。以两个写景散句搭配的，一般含有交代下面即将展开的风景描写的时令与整体氛围的意思，如王粲《从军诗》，在"白日半西山，桑梓有余晖"[①]的叙述性描写之后，便继之以更加细致的黄昏景致铺陈；刘桢《公宴诗》，在"月出照园中，珍木郁苍苍"的交代后，展开的是详细的月下园池景物描写。这样的用法，还有：

秋风吐商气，萧瑟扫前林。——张载《七哀诗》

秋夜凉风起，清气荡暄浊。——张协《杂诗》一

而一句写景与一句叙事搭配的情况则是这样的：诗人先叙述行踪或者指出自己的登望点，而后自然接一个风景散句来表达对眼前风光的总体感受。如潘岳《河阳县作诗二首》之一"登城眷南顾，凯风扬微绡"写出了登城南顾的视线中碎屑飞舞的场景，陆机《苦寒行》"北游幽朔城，凉野多险艰"概括出幽朔天气寒凉、地形艰险的特征，陆机《招隐诗》"驾言寻飞遁，山路郁盘桓"则写出远望中山路萦曲盘旋的总体态势。有时为了突出风景的效果，就把景句置前，诗人的行踪置后。如潘

---

① 逯钦立《先秦汉魏晋南北朝诗》，中华书局，1983年9月第1版，第362页。除谢灵运诗以外，本小节中所引诗歌均出自此书第357—748页。

岳《河阳县作诗二首》之一"日夕阴云起，登城望洪河"，写日色将晚，大河之上，波涛涌动，阴云密布，一开篇就使读者置身于磅礴阔大的氛围中。

在某些诗中，这种用在开端的风景描写方式还兼有起兴、烘托感情的作用。如曹植《赠徐干诗》的著名开端"惊风飘白日，忽然归西山。圆景光未满，众星粲以繁"，就含有时光流逝、志不我与之意，与下面展开的慷慨议论相得益彰。《七哀诗》"明月照高楼，流光正徘徊"的景象则象征着高楼望叹的女主人公婉转的情思。

在谢灵运的写景句中，写景的散句主要置于每一个写景部分的开端，继承了魏晋以来两句相承的叙述性描写方式，写总体的山水印象。如：

首夏犹清和，芳草亦未歇。水宿淹晨暮，阴霞屡兴没。
——《游赤石进帆海》
开春献初岁，白日出悠悠。——《郡东山望溟海》
暝还云际宿，弄此石上月。——《石门岩上宿》
春事时已歇，池塘旷幽寻。——《读书斋》
南州实炎德，桂树凌寒山。——《入华子岗是麻源第三谷》

由于很多谢式风景诗是移步换景而与时铺叙，诗歌中常常会有几个独立的写景部分，在这样的诗歌中，叙述性描写便可能出现两次。如在《舟向仙岩寻三皇井仙迹》中，在以"弭棹向南郭，波波浸远天"的叙述性描写之后，接之以两个对句展开了对眼前江山风光的细致铺写："拂鯈故出没，振鹭更澄鲜。遥岚疑鹫岭，近浪易鲸川。"而后诗人到达仙岩山，伫立在梅雨潭边时，又以"蹑屦梅潭上，冰雪冷心悬"完成了对自己游踪与眼前潭水印象的描述。

在谢诗中，关于风景散句的应用，还有一种情况，就是以之做结尾。如《舟向仙岩寻三皇井仙迹》：

仙踪不可即，活活自鸣泉。

这种以叙述型的风景散句开端或结尾的方式，能自然起到引领下文或总结上文的作用，还可拓展诗境，使诗歌具有涵咏不尽的文外之旨，因此便成为写景诗的一种常用模式，被后来的诗人继续沿用。同时，这种风景散句还与中心部分的风景骈句交相呼应，在整饬中透出流动的风趣，避免了诗歌形式的呆板。《丽辞》篇最后言之："迭用奇偶，节以杂佩，乃其贵耳"，正指出在运用骈俪修辞法的同时，也要恰到好处地杂以散句，骈散结合，才能保持诗歌整体结构的平衡。

除了用在开端结尾的叙述型描写方式外，散句写景还有一种类型，这种类型为纯粹风景描写，几乎不含有叙述抒情的成分。如陈琳《诗》"春天润九野，卉木涣油油。红华纷晔晔，发秀曜中衢"，刘桢《公宴诗》"清川过石渠，流波为鱼防"。从这几句诗中，我们已经能看出诗人已具有安排景物层次的经营意识，但散句的形式似乎有碍于这种层次感的清晰表达，因此这种写景方式在建安时代的诗中还有时可见，到西晋时代就已经被更为齐整的骈句取代了。

在罗列式的散句与严格的对偶句之间，有一种不太严格的对句，是一种过渡形态的对句。这种过渡形态的对句，也像骈句一样由两个句子组成，但并不像对偶形式那样严格，排比句的两个句子间，只要意义相偶，主要名词相对，两句之间构成互相补充、互相映衬的关系即可，结构不一定完全相对。这可说是辞赋铺排法的简缩形式，说明诗人们在风景描写中，已经开始有意识地摆脱辞赋大肆铺排写景的方式，而选择风景整体中那些最具代表性的细节特征，以两句一组的简约化形式来勾勒出整体化的印象。这是邺下文人描写风景时最常用的一种方式。我们试比较刘桢《公宴诗》与曹丕《芙蓉池作诗》写景部分的句式，便可明白对句应用的好处。

先看刘桢《公宴诗》：

　　辇车飞素盖，从者盈路旁。（散句）

　　月出照园中，珍木郁苍苍。（散句）

　　清川过石渠，流波为鱼防。（散句）

　　芙蓉散其华，菡萏溢金塘。（过渡形态对句）

　　灵鸟宿水裔，仁兽游飞梁。（骈句）

　　华馆寄流波，豁达来风凉。（散句）

再看曹丕《芙蓉池作诗》：

　　承辇夜行游，逍遥步西园。（散句）

　　双渠相灌溉，嘉木绕通川。（过渡形态对句）

　　卑枝拂羽盖，修条摩苍天。（骈句）

惊风拂轮毂，飞鸟翔我前。（过渡形态对句）
　　丹霞夹明月，华星出云间。（过渡形态对句）
　　上天垂光彩，五色一何鲜。（散句）

这两首诗题材相似，皆为夜游园林之景，且二首的写景部分皆为十二句。而在形式上，刘桢诗中除一组过渡形态对句、一组骈句外，皆为散句，可以说以散句写景为主，随意地点染出了月下草木、渠池、菡萏、鸟兽这些风物，虽也生动华美，却因句式间缺乏有机联系而使风景显得杂乱无序；即就其中的过渡形态对句与工整的对句说，也还存在诸多问题。"芙蓉散其华，菡萏溢金塘"二句语意重复，"灵鸟宿水裔，仁兽游飞梁"的对仗又比较机械老套，缺乏真实感。曹丕诗中则有三组比较整齐的过渡形态对句和一组对句，以对句写景为主。相比于前一首诗，这一段园林小景就有次序得多，首句叙明游览的时地，而后就将夜游西园的景况一一道来，先是西园大体风貌："双渠相灌溉，嘉木绕通川。"两条清渠流灌小园，葱郁的林木萦绕在曲折的河岸边。而后对眼前的"嘉木"进行特写："卑枝拂羽盖，修条摩苍天。"诗人对"嘉木"上下打量，看到低枝谦卑地轻拂着羽盖，高枝则奋力地要与苍天相摩荡，俯仰之间，"嘉木"的风情意态，已经尽收眼底；接着诗人又将眼光投向左右，以"惊风拂轮毂，飞鸟翔我前"点出一路相伴的清风飞鸟，最后，诗人还不忘指出"夜"的特色："丹霞夹明月，华星出云间。"初升的明月与尚未归去的彩霞交相辉映，璀璨的星辰在飘忽的云间若隐若现，这乘辇夜游的景致，何等的绮丽！这两诗相比较，就可看出，运用对句的句式，可以更好地突出景致的重点，协调好写景诗中各部分的关系，便于将整个写景部分组成为一个有序的整体。

建安诗中这种过渡形态的对句还有很多，如：
　　凯风飘阴云，白日扬素晖。——陈琳《宴会诗》
　　细柳夹道生，方塘含清源。——陈琳《宴会诗》
　　玄鹤浮清泉，绮树焕青蕤。——刘桢《赠徐干》
　　高台多悲风，朝日照北林。——曹植《杂诗》一
　　高台多悲风，海水扬其波。——曹植《野田黄雀行》

在晋代诗中依旧沿用着。如：
　　兰蕙缘清渠，繁华荫绿渚。——张华《情诗五首》

　　　　回溪萦曲阻,峻阪路威夷。——潘岳《金谷集作诗》
　　　　瓜瓞蔓长苞,姜芋纷广畦。——潘岳《在怀县作诗》
　　　　清泉荡玉渚,文鱼跃中波。——陆机《招隐诗》
　　过渡形态对句在谢诗中也时有所见,且不乏名句:
　　　　时竟夕澄霁,云归日西驰。——《游南亭诗》
　　　　连鄣叠巘崿,青翠杳深沉。——《晚出西射堂诗》
　　骈句是过渡形态对句的高级形态,是句式精致化的结果。在形式上,骈句更工整,两句结构基本相同,主要名词与动词相对;在精致的骈句中,甚至修饰语也要两两相对。而且,骈句既然具有"对"的特征,那么就不会只是同类风物的简单排列,风物之间势必要在位置、光色、意义等方面体现出互补的特色。建安诗歌语言直致而少对偶,写景句主要由散句和过渡形态对句构成,结构基本相同的对句只是偶然一现,至于句子结构精致、风物又互补相对的对句几乎不存在。如曹植《公宴诗》"秋兰被长坂,朱华冒绿池"句,铺陈出秋兰长坂、朱华绿池的园林风物,二句基本结构类似,但修饰语并不相对;曹丕《芙蓉池作诗》"卑枝拂羽盖,修条摩苍天"虽有高下相映的"反对"之意,但从字面看,"卑""修"显然也不构成对仗;倒是颜色对在建安诗中已经开始萌芽,如陈琳《诗》"嘉木凋绿叶,芳草纤红荣"中红绿相对,王粲《杂诗》"曲池扬素波,列树敷丹荣"中"素""丹"相对,使对句显得比较工巧。
　　到西晋太康诗中,比较工整的对句已经比比皆是,成为写景的主要句式。我们来看当时诗歌中的写景部分:
　　　　青天散翠采,朝日含丹辉。(反对)——傅玄《杂诗》
　　　　白蘋齐素叶,朱草茂丹华。(反对)——张华《杂诗》
　　　　朝发晋京阳,夕次金谷湄。(反对)
　　　　回溪萦曲阻,峻阪路威夷。(排比句)
　　　　绿池泛淡淡,青柳何依依。(正对)
　　　　滥泉龙鳞澜,激波连珠挥。(正对)
　　　　前庭树沙棠,后园植乌椑。(反对)
　　　　灵囿繁石榴,茂林列芳梨。(正对)
　　　　　　　　　　　　　　　　——潘岳《金谷集作诗》

日夕阴云起,登城望洪河。
川气冒山岭,惊湍激岩阿。(反对)
归雁映兰畤,游鱼动圆波。(反对)
鸣蝉厉寒音,时菊耀秋华。(反对)
　　　　　　——潘岳《河阳县作二首》二

朝游游层城,夕息旋直庐。(反对)
迅雷中宵激,惊电光夜舒。(排比句)
玄云拖朱阁,振风薄绮疏。(正对)
丰注溢修溜,潢潦浸阶除。(排比句)
　　　　　　——陆机《赠尚书郎顾彦先诗二首》

谷风拂修薄,油云翳高岑。(正对)
亹亹孤兽骋,嘤嘤思鸟吟。(正对)
　　　　　　——陆机《赴太子洗马时作诗》

山泽纷纡余,林薄杳阡眠。(反对)
虎啸深谷底,鸡鸣高树巅。(反对)
　　　　　　——陆机《赴洛道中作诗二首》

轻条象云构,密叶成翠幄。(正对)
激楚伫兰林,回芳薄秀木。
　　　　　　——陆机《招隐诗》

大火流坤维,白日驰西陆。(散句)
浮阳映翠林,回飙扇绿竹。(正对)
飞雨洒朝兰,轻露栖丛菊。(正对)
龙蛰暄气凝,天高万物肃。(正对)
　　　　　　——张协《杂诗》二

金风扇素节,丹霞启阴期。
腾云似涌烟,密雨如散丝。(正对)
寒花发黄采,秋草含绿滋。(正对)
　　　　　　——张协《杂诗》三

白雪停阴冈,丹葩耀阳林。(反对)
石泉漱琼瑶,纤鳞或浮沉。(散句)
　　　　　　——左思《招隐诗》

在上述诗歌中，对句众多，俨然已经成为写景的主要句式，在很多诗中，几乎已经通篇皆对，根据"反对为优，正对为劣"[①]的标准，技巧成熟的"反对"句式明显增多了，而且对句的营构也愈加精巧。在写景的技巧方面，已经积累了一些成功的经验。首先，状物写景惟妙惟肖，细致生动，开始讲究琢词炼字。如"灵囿繁石榴，茂林列芳梨"中"繁""列"二字，"浮阳映翠林，回飚扇绿竹"中的"映""扇"二字，用词都精当准确，透出自然生命的勃勃生机；"轻条象云构，密叶成翠帱""腾云似涌烟，密雨如散丝"运用了比喻的方式，前一组写出了山间草木覆盖之状，后一组写出了江南烟雨若有若无的朦胧之态。其次，在写景部分内部，也已经开始注意各组对句间的联系。如潘岳《河阳县作二首》中以三个对句描写登高所见的景象，"川气冒山岭，惊湍激岩阿"为远大的山水景象，"归雁映兰畴，游鱼动圆波。鸣蝉厉寒音，时菊耀秋华"则是眼前细致风物，阔大之景与精微之景相配，方构成基本完整的风景全貌。对句间的这种结构方式在谢灵运的写景诗中成为主要模式。

但是作为对句来看，魏晋时期的风景对句显然存在着许多不足。

对仗的种类越细致，对句就越工整。在这时期的对句中，虽然主要名词与动词基本相对，但最能体现风物间映衬关系的修饰语的对仗还很粗疏。这时期修饰语的对仗多体现在颜色词上，而主要是红、绿二色的对比，如"白蘋齐素叶，朱草茂丹华""青天敷翠采，朝日含丹辉""嘉木凋绿叶，芳草纤红荣"。而除了颜色对比以外，风景作为空间的存在，应该是以多种多样的映衬关系表现出来的，比如位置的远近高低、布景的疏密等，而这些因素在魏晋对句中都还没有明显的体现。多数情况下，对句内部的修饰语间甚至还不能构成对映关系。如"秋兰被长坂，朱华冒绿池"句，"秋"与"朱"、"长"与"绿"之间明显不能归属为一类，不具备两两相对的特征；在"兰蕙缘清渠，繁华荫绿渚"句中，"清""绿"二字的对属也不工整；"浮阳映翠林，回飚扇绿竹"中"翠""绿"二字则语意重复。之所以出现这样的情况，也是因为魏晋诗中的风景多为寻常的园林或旅途之景，诗人们尚缺乏强烈的表现兴趣，

---

[①]《文心雕龙·丽辞》。

对如何表现风景的空间感、层次感还缺乏深入的理性思索。

可以说，谢灵运之前的诗人们对风景对句的艺术已经进行了许多卓有成效的探讨，但由于魏晋时期专门的写景诗还没有出现，没有诗人集中才力专门创作山水风景诗，因此风景对句只是散落在各种诗歌题材中，并没有形成一定的规模，风景对句的艺术也尚处于萌芽初生阶段。要真正发掘出风景骈句的光彩，还有待于山水诗人谢灵运。

### ■（四）谢灵运风景骈句的形态分析

谢灵运山水风景诗的题材迥异于前人，每到一处，他都要以旅行家的身份游历奇异的原始自然景观，面对奇异的大自然，他多次感叹"如与心赏交"[①]，"情用赏为美"[②]，自言与山水悟对，就如与知己相交一样快乐。因此，在创作心理上，谢灵运具有比前人更强烈的激情。而相对于园林景致，原始自然景色本来就有繁富芜杂的特点，要客观再现出大自然繁富的形貌，又是对诗人语言表达能力的挑战。谢灵运充分发掘了骈句适宜于风景描写的特征，以骈句这种具有"以少总多"的包容性的语言形式，将无秩序的自然做出了有秩序的美的排列，从各种角度表现出自然风景的多重风貌。大致说来，谢诗中的风景骈句有如下几种形态。

#### 1. 立体空间美的营构

风景是由许多具体物象组合而成的立体空间存在，要表现风景的整体面貌，首先就得表现风景的空间层次。表现风景的立体空间层次是绘画之所长，中西方绘画在长期摸索中都形成了一套行之有效的模式。在西方写实绘画中，人们运用科学的焦点透视法来处理景物的远近关系；在中国传统绘画中，早在晋宋之际，与谢灵运同处一个时代的画家宗炳就在《画山水序》中说明了透视学中按照比例远近布置景物的法则，认为"且夫昆仑山之大，瞳子之小，迫目以寸，则其形莫睹，迥以数里，则可围于寸眸，诚由去之稍阔，则其见弥小"[③]。到了宋代，又出现了"高远""深远""平远"的"三远"法，利用这些法则，就能在平

---

① 谢灵运《石室山》。
② 谢灵运《从斤竹涧越岭溪行》。
③ （南朝宋）宗炳《画山水序》。

面的绘画中展现出景物间远近错落的层次，体现出风景的立体空间感。而语言与绘画的性质不同，语言是词语按先后承继的次序进行的直线性排列，在艺术的本质上说是时间性的，要以具有时间叙述性的语言描述出由同时并存的部分组成的整体空间风景，显然很困难。因此西方美学家莱辛在论述诗画的区别时就认为，诗与画在构思与表达上都有着明显的差别，"画所处理的是物体（在空间中的）并列静态"，"只有绘画才能显示出物体美"，"诗的图画远远落后于线条和颜色所能表现出来的图画。"① 但是晋宋以来的中国古典诗歌有着与西方诗歌和现代白话诗的单线叙述相迥异的言说方式，那就是双线并行的骈偶化语言。双线并行的方式使骈句本身具有了互补性的美学功能，在一组骈句内部，两个单句间相互映衬、相互补充，共同构成一层完整自足的意义。以骈句方式来体现风景的整体空间美，就可以避免面面俱到而缺乏层次的细节铺陈，而只需选取风景整体中具有空间对应关系的代表性风物，将之并陈于笔端，读者通过想象就能在头脑中构造出一幅层次错落的立体画面。这样，以语言形式表现层次丰富的空间就成为了可能，也由此开启了诗中有画、诗画相通的法门。

晋宋以来，诗中的玄言色彩逐渐隐去，山水描写成分日益滋长。作为开风气之先的山水诗人，谢灵运的山水诗呈现出明显的"尚巧似"② 特征，以写实的笔法将大自然的美做了艺术的再现。在他的风景骈句中，已流露出空间透视的意识。远近空间的对照是谢诗常用的一种构图方式，在一组骈句内部，他常以一近景、一远景的布置制造出景深的效果，逼真地再现出立体的空间之美。如《过白岸亭》"近涧涓密石，远山映疏木"这组骈句的景象，就是一幅层次错落的山水写生图：涧水密石构成了画面的前景，淡淡的一脉远山自是远景，而在前景与远景之间，还隔着疏疏落落的林木构成的中景，这中景正恰到好处地加深了整幅画面的纵深感。《七里濑》中"石浅水潺湲，日落山照耀"这组骈句则从远近对举的精致构图中传写出了晚景落照时刻的空间美感。"潺湲"

---

① 〔德〕莱辛著、宗白华译《拉奥孔》，人民文学出版社，2005年版。以上引文分别出自第80页、第111页、第94页。
② （梁）钟嵘著、曹旭集注《诗品集注》，第160页。

与"照耀"的叠韵形式,以听觉与视觉的对照铺排出清流潺潺、日照金山的美景,共同酝酿出日暮静谧华美的独特情调。中国绘画向来有"远则取其势,近则取其质"①的空间透视意识,即远景把握整体的浑融之势,近景注重细节雕刻之意,这在上面两组骈句内部语言的结构中也得到了很好的体现:远山绰约的影姿与日落时通体明灿的印象,都是远观中的整体态势,同时脚下潺潺的流水,历历可数的密石,又无不充满着细腻的质感。

当诗人处于登高临眺的视角时,天地景观尽收眼底,所见空间是辽远而开阔的。《游南亭》中"密林含余清,远峰隐半规"这组骈句就再现了春日黄昏雨霁后的澄明空间。这密林余清与远峰落日,分处于诗人视线的两端,勾勒出了眼前空间的整体轮廓。同时,骈句内部对应的"余"与"半"二字同有剩余之意,"含"与"隐"两个动词皆带有持续性,还传达出这样的信息:林端清氛在渐渐淡去,日隐西山也正逐渐沉没,这是一个日色渐暗的动态空间。《晚出西射堂》中的"晓霜枫叶丹,夕曛岚气阴"二句捕捉的是逆光中的城西山岭印象。眼前的几株枫叶,遭遇了清晨的严霜,此时已殷红如火,在强烈的逆光中几近透明,远望中,云霞余晖与山中的雾霭混成一片,山色深沉,没入昏暗。前景中的枫叶之"丹"与远景中的山色之"阴"形成了冷暖色调的强烈对比,恰好体现了画面的深度与空间的杳远。同时,"晓霜"对"夕曛","晓"为虚,"夕"为实,虚实之间流露出的迁逝之感,使这深杳空间更添苍茫。

美国学者高友工认为:"一联对偶就为我们提供了互相对应的两幅同时出现的画面,而且更重要的是,对偶中的画面具有其自身的完整性……两行诗中的成分起着互相补充的作用,二者隔着一个空间两两映照。"②此语可说是道破了以骈句写风景的本质。以上所举的风景骈句,都是以具有远近、前后、疏密、明暗等对称关系的风物,营构出了层次清晰的立体构图,再现了真实的空间感。

---

① (五代)荆浩《山水节要》,见周积寅《中国画论辑要》,江苏美术出版社,1985年8月第1版,第415页。

② 高友工《律诗的美学》,见《美国学者论唐代文学》,上海古籍出版社,1994年,第40页。

## 2. 光色印象美的捕捉

"风景"之"景"的原意就是日光，光的映照，使万物的色彩能够呈现，有光才有色调丰富的宇宙自然；光的变幻，光的强弱，都会使同一物象的色彩发生微妙的转变。古人凭着长久的直接细致的观察，已经逐渐认识到了光与色的表现问题。宗炳《画山水序》就提出"以形写形，以色貌色"，谢赫"六法"有"随类赋彩"一法，都在理论上提出了色彩表现问题。顾恺之在绘画笔记《画云台山记》中设计出的水色空青、竟素映日的图景，以及庆云、紫石、丹崖的意象，设色都浓重富丽，更有力地说明了时人对光色表现的自觉认识。在文赋中，鲍照的书信文《登大雷岸与妹书》再现了夕晖中光色瑰丽奇崛的庐山之美："上常积云霞，雕锦缛。若华夕曜，岩泽气通，传明散彩，赫似绛天。左右青霭，表里紫霄。从岭而上，气尽金光，半山以下，纯为黛色。"总之，在一个注重写实美的时代，光色是必然要成为艺术领域的审美追求的。流连于山水之间的诗人谢灵运自然也不例外，他感叹"昏旦变气候，山水含清晖。清晖能娱人，游子憺忘归"[①]，对光色印象美非常专注，而骈句形式的运用，恰能够使诗人以细节之间的呼应来传写整体的光色印象。

在一天的光色之中，黄昏时段的空气清澄，光感柔和，景物的色调变化丰富精微，尤为诗人所钟情。当夕阳洒落到平滑如镜的水面时，水天一色的光景更是令人心旷神怡，《初往新安至桐庐口》中"江山共开旷，云日相照媚"与《登江中孤屿》中"云日相辉映，空水共澄鲜"两组对句便描绘出了这种相似的江上清境：日照云，云媚日，此乃日落之时的天空景观；江水澄澈，倒映群山清姿，一片开旷，此乃水中风景。而云日江山一旦相逢于黄昏的清氛中，就立刻融合成一片水天莫辨的绮丽之色，胜却人间景致无数。在这两组骈句的两端，一端是"江山"（或"空水"），一端是"云日"，江山空水之开旷澄鲜，莫不因云日之照媚辉映，而云日之明艳绚烂，也正由于江山空水的烘托渲染。一组小小的骈句，竟能涵容进黄昏时分天地间的整体气象！夕阳西下是一个缓慢的时间过程，要如实地纪录下这个过程中每个瞬间的光影变化，即使

---

① 谢灵运《石壁精舍还湖中作》。

是最精于追光蹑影的印象派画家与现代摄影师恐怕也是无能为力的,因为绘画与摄影毕竟是平面艺术,难以直接表现时间的流动过程。在这一点上,诗人尽可发挥诗歌语言的叙述性功能。与绘画相比,诗歌更加适合描绘效果相对动态的事物,表现那些全体或部分在时间上具有延续性的事物。《石壁精舍还湖中作》中的"林壑敛暝色,云霞收夕霏"这组骈句就充分发挥了语言之所长,以具有持续性的动词"敛""收"二字形象地写出了林间日色由明亮而黯淡、天边云霞由绚烂而消散的过程。可见,骈句这种特殊的形式,不仅能以互相对应的典型风物表现整体印象,而且又能将语言善于表现时间流动感的优势融入其中,从而传达出静中之动与动中之静的妙趣。

  黄昏时段的夕晖是如此丰富多变,月下"清晖"也以清朗开旷的美让人惊叹。《初去郡》中的"野旷沙岸净,天高秋月明"这组骈句,一句地面,一句天空,仅以野、岸、天、月四物,就将高旷明净的月夜之美展现于眼前。无垠的原野静寂而空旷,绵延的沙岸随之延展到天际,原野的旷远,衬托得沙岸愈发洁净;秋高气爽,头顶的苍穹深迥而高远,使得高悬的秋月分外明亮。而俯仰之间,空旷的原野与高寥的夜空、澄净的沙岸与明亮的秋月又交相辉映。在这组骈句中,单句内的景物间与单句之间的景物间,都构成了映衬关系,从而使这组笔触简练的骈句内部充满了张力,能将广阔的空间之美含纳其中。

  黄昏月夜之时,万物披着一层柔美的金色或皎洁的银光,统调感很强,诗歌也往往忽略掉景物间颜色的个体差异,而主要表现风景总体的光影情调。但在晴朗的日色照耀下,万物的支配色自然显现的时候,色彩的丰富差异就成为诗歌必须正视的内容,要求诗人按照人们的欣赏习惯和审美要求有序地组合色彩。魏晋时期的风景对句已经开始注重光色的表现,而对于不同色彩之间的对比与互补关系,却依旧缺乏清晰准确的把握。谢灵运显然在这方面已经取得了进一步的突破,对色彩搭配艺术进行了有效的探索。诗人发现,阳光下鲜亮的红绿对比色一在诗歌里出现,就很容易渲染出生动活跃的氛围。《从游京口北固应诏》有这样两组骈句:"远岩映兰薄,白日丽江皋。原隰黄绿柳,墟囿散红桃。"此四句由远而近地写出了阳光照耀下的灿烂春景,近景中,江岸的新柳与墟落间依依点缀的红桃以鲜亮的色彩对比涵咏出春日的生机,而且远景色调的幽暗与近景色调的明亮也形成了强烈的对照，凸现出整幅风景画面的层次感和真实感。再看《入华子冈是麻源第三谷》中的"铜陵映碧涧，石磴泻红泉"二句，虽也是红绿对比，但冬日的"碧涧""红泉"却透出苍劲奇丽的味道。

白绿色调的搭配，则能渲染出清幽的氛围。如《过始宁墅》中有"白云抱幽石，绿筱媚清涟"这组骈句，在单句内部，"白"与"幽"、"绿"与"清"并举，一定的颜色恰与适当的风格映衬；在骈句之间，云"白"筱"绿"，石"幽"涟"清"，两两对应，使上下二句结构均衡，色调一致。这组骈句展示的画面，以明净的白和绿为主色调，静谧的天蓝为过渡色，再辅之以近前清亮的溪涧和远处幽暗的岩石，格调是清幽明快的。相比于上一首诗的轻灵，《入彭蠡湖口》中的"春晚绿野秀，岩高白云屯"的绿白色调则十分浓重，色块巨大，宛若油画，于清幽中传达出晚春安详沉静的气氛。而《登上戍石鼓山》中"白芷竞新苕，绿苹齐初叶"中的点点色彩对比则透出细微生命竞相勃发的生机。

在前人写景诗中几乎从未出现过的紫色也多次引起诗人的注意，他挖掘出紫色搭配性强的特点，时常白紫对举，营造雅致宁静的格调，如"白花皜阳林，紫虆晔春流"①；时常红紫相映，表现色彩的绚烂，如"山桃发红萼，野蕨渐紫苞"②。而且，谢灵运已经意识到，大自然丰富多姿的颜色，莫不与光的作用有关，在他的颜色描写中，处处可见闪烁不定的光影之变幻，"陵隰繁绿杞，墟圃粲红桃"的成对出现的"繁""粲"二字，"白花皜阳林，紫虆晔春流"的"皜""晔"二字，无不准确地捕捉到了那时刻在物色之上流动的缕缕灿烂阳光。

由以上我们的分析可见，山水清晖的印象之美，是通过细节传写出来的。而一旦细节被融汇到骈句的形式中，以相互呼应的姿态出现，便能演绎出统一的意境与格调，演绎出整体之美。

### 3. 原生态地理风貌的发现

王夫之曰："谢诗有极易入目者，而引之益无尽；有极不易寻取者，

---

① 谢灵运《郡东山望溟海》。
② 谢灵运《酬从弟惠连》。

而径遂正自显。然顾非其人，弗与察尔。"①所谓"极易入目者"的风景，也就是谢诗中风格清新明媚，有"初发芙蓉"之美的那一种，我们在上面两种形态的骈句中已经多有论述。而那"极不易寻取者"的风景，往往是徜徉于深山大壑间、富有探险精神的诗人才有可能关注的具有新奇险怪、繁富细密特色的原始山林景观，这些风格迥异的原生态地理风貌，是寻常生活不常见而寻常语言亦难以表现的。与之相应的，为达到"状难写之景如在目前"的逼真效果，诗人必然会"辞必穷力而追新"，因此这种骈句在内在结构、下字用语方面往往都具有生新奇巧的特色。这种骈句根据表现对象的不同可分为三类：

一类是对某处山水意象进行的特写。如《石室山》"石室冠林陬，飞泉发山椒"二句突写了石室山高耸挺拔而又不失秀美的绰约风姿；《发归濑三瀑布望两溪》中的"积石耸两溪，飞泉倒三山"二句却将巨石横空拔起、耸立在两溪之上的突兀之态与飞瀑倾泻直下的声势展示得淋漓尽致。同是仰望视角中的高远景象，前者景象秀拔，后者则景象奇险，皆充满着个性之美。这两组骈句的构造也很耐人寻味，诗人的目光都是先由下而上，由山脚到山巅，观望到山石之高；而后又由上而下，顺山巅下望，捕捉到泉瀑之长，写出了山水相映生辉的生动感。

第二类抓住了旅途风景"移步换形"的特征。当诗人正处于旅途之中时，没有固定的观景角度，移步换景，山水在人的眼中是一组移动的风景片，谢灵运以高度的整合思维能力，在一个又一个的风景片断中提炼出了最具说明性和表现力的特征，写出了处于时空流动中的整体山水印象。《过始宁墅》中的"岩峭岭稠叠，洲萦渚连绵"二句，是舟行途中的始宁山水印象。山石峭耸，壁立千仞，这是山的纵向特征；山岭稠密，在横向上沿诗人的行进路线交错叠合成一片模糊的影踪；水中洲浦萦回，水渚连绵，山随水转，水路的逶迤曲折更加深了山岭的稠叠感觉。在骈句中，"峭""萦"二字及"稠叠""连绵"二词的成对运用，单从字形与发音上已经自然使人产生了山重水复之感。《入彭蠡湖口》中"洲岛骤回合，圻岸屡崩奔"二句则紧紧抓住水中洲岛与水边堤岸两种物象，两两相对的"回合""崩奔"二语皆是连动结构，不仅摹写出了

---

① （清）王夫之《古诗评选》，张国星校点，文化艺术出版社，1997年版，第217页。

小舟在洲渚中的急速绕转之态与时有塌陷的崖岸的兀嵲之状，还隐含着诗人惊骇的神情在内，颇具现场感。在《富春渚》的"溯流触惊急，临圻阻参错"这组骈句中，意义相近的"触""阻"二字看似生硬，实则正好讲出了逆水行船的艰难与崖岸形势的奇险，"惊急""参错"以双声结构相呼应，以重涩的语感与描写的对象相协调，强调了"惊险"的特征。

总之，这类骈句常用来概括行旅途中某处移动的山水风貌，极尽山水的逶迤曲折之态和诗人遇到激流险滩时的惊愕感，是谢灵运风景骈句艺术的独特创造。除了上面所举的两组骈句外，谢诗中还有许多这样的句式，诸如"逶迤傍隈隩，迢递陟陉岘""川渚屡径复，乘流玩回转"①等皆是。在表现方式上，诗人将生新的字眼与拗口的双声叠韵字含纳进骈对的形式中，以描绘山水奇险多变的万千风貌。这种风格的骈句，并不像注重光色表现的景句一样清丽，而且有晦涩之感，但却也能从生新重涩的词句中感受到直觉的真实。

第三类骈句则带有明显的知性分析色彩，在状写出地理风貌的同时还对自然奥秘进行了探索。谢灵运对原始自然中山水林木这些风物流衍变化的体察有着远超出其他诗人的细致入微，他试图以诗语来表达现象背后物物相生的客观联系乃至客观规律。如《登永嘉绿嶂山》中有这样的对句："涧委水屡迷，林迥岩逾密。"诗人沿着溪涧遥观，只见涧水逶迤蛇行，明灭于青林之端，诗人屡次不能辨清流水的去向；林野之色幽深杳远，掩映其间的岩石参差罗布，且随林丛向远方延伸，越往深远处，就愈发显得密集。这类似于绘画中的"深远"之景，具有"重晦""重叠"②特征，是前人诗歌中未曾出现过的景观。谢灵运寻绎到了涧水、林木、层岩这些山中风物间相互映衬的关系，依此关系来构造诗句，使简短的对句包含了丰富的层次，将晦涩的"深远"景色刻画得细腻逼真。对句中"委"与"迥"、"屡迷"与"逾密"相对而出，不仅再现了深林大壑繁密、委折、杳远、阴暗的原始风貌，而且也可从中窥见诗人面对神秘大自然时敬畏而新奇的心态。《石门新营所住四面高山回

---

① 这两例均出自谢灵运《从斤竹涧越岭溪行》。
② （宋）郭熙《林泉高致》，见周积寅《中国画论辑要》，江苏美术出版社，1985年8月第1版，第449页。

溪石濑修竹茂林》中有这样两组骈句："早闻夕飙急，晚见朝日暾。崖倾光难留，林深响易奔。"在前一组骈句中，诗人将"早闻""晚见"的主观感受分别与"夕飙急""朝日暾"的客观景象交错对照，以骈句形式上的颠倒与时间上的相互矛盾，巧妙地写出了深山中白日短暂、晨夕交替迅速的特殊自然现象，也写出了深山密林光线幽暗、山风浩荡的整体印象。在这个骈句中，诗人可说是利用时间上的错觉写出了特殊的空间特征。后面一组骈句则以"难""易"对比的句式剖析出阳光稍纵即逝与音声浩荡的成因。石门居所深林密布，且四面高山簇拥，四围山崖向中心居所倾斜，由此造成"一线天"地貌，使得阳光难留，而这样的地形也最容易形成浩荡的回声。在骈句中，"崖倾"与"林深"、"光难留"与"响易奔"之间是互文见义的。《登上戍石鼓山》中的"日末涧增波，云生岭逾叠"显然是从表现落日与涧波、晚云与山岭间关系的角度来结构骈句的。"涧增波""岭逾叠"是由于"日末""云生"而使人产生的错觉，在形象的直觉把握中流露出知性分析的色彩。《于南山往北山经湖中瞻眺》中的"石横水分流，林密蹊绝踪"二句也带有水因石横而分流，蹊因林密而绝踪的知性分析意味。《石门岩上宿》中的"鸟鸣识夜栖，木落知风发"则是从"鸟鸣""木落"这些美妙的细节中辨识到"夜深""风起"的讯息，靠听觉传达出了夜宿的神理。

在这类的风景骈句中，诗人以细细寻绎物理的方式，写出了风景物色的构造肌理，独具"远者皆近，密者皆通"[①]的特色，将不易用诗语表现的远、密之景写得细腻可感，有迹可循。在这样的景句中，诗人知性分析的痕迹是比较清晰的，诗人常依照风物间的关系结构骈句，以体现出宇宙自然运行的秩序；还常有"屡"与"逾"、"识"与"知"这些具有识辨性的字眼成对出现，作为物物之间交互相生的明显标志。有时候，诗人对物物之间交互相生关系的把握，还会触及到自然原理的层面，"日末涧增波，云生岭逾叠"就体现出水面因阳光照射不均，会产生明暗面对比的基本光学原理，"崖倾光难留，林深响易奔"则同时体现出光色透视与回声学的原理。

综观以上我们对谢诗中几类风景骈句的形态分析，可发现无论是对

---

[①] （清）王夫之《古诗评选》，张国星校点，文化艺术出版社，1997年版，第216页。

清丽风景空间构图的经营、光色印象的捕捉，还是对形态万千的山水构造肌理的把握，抑或是对宇宙自然奥秘的探索，皆显示出诗人将直觉把握与理性思索结合起来构造诗语的思维特点。谢灵运热衷于玄学和佛学思辨，理性思辨能力很强，而可贵的是，诗人对美的感受力与想象力不但没有被理智冷静的思维束缚住，反而因为理性的参与而被规范化、条理化了。诗人是以科学化的态度去探询客观形色之美的构成，沿着揭示形色美构成原理的道路去描绘物色之美的。因此谢灵运的风景骈句，既有"扣其两端"的简练和概括，又最具有还原本真的客观、精确。

而且，经过以上对谢诗风景骈句的分析，我们也可以明确地认识到，谢灵运作为第一位山水诗人，他的贡献，不仅在于他把风景描写的题材由园林小景拓展到了广阔的原始自然景观，而且在于他在描写风景过程中，寻找到了骈句这种有效的形式，因此能够"寓目辄书，内无乏思，外无遗物"[1]，能够以简驭繁地展现大千世界的多样风景，从而为后代诗人树立了以骈句写景的范式。

## 第二节　山水风景纪游范式与元嘉诗坛

谢灵运是一代名士，其诗歌在当时就名满天下。《宋书·谢灵运传》记载，他"每有一诗至京邑，贵贱莫不竞写，宿昔之间，士庶皆遍，远近钦慕，名动京师"。谢灵运以实笔抒写大自然客观本真之美的山水纪行诗，集中代表着元嘉诗坛的独特风格与成就。在元嘉诗坛，无论是谢诗中那种描写原始自然山水的深杳重密之景，还是刻画光色物态的清丽风景，都被其他诗人模仿沿袭，成为元嘉诗坛的独特风景。元嘉诗坛上的另一位杰出的诗人鲍照，就对谢灵运十分赞赏，称"谢五言如初发芙蓉，自然可爱"[2]。他在学习谢灵运山水纪行诗的同时，写出了独具个性的羁旅风景。

---

[1] （梁）钟嵘著、曹旭集注《诗品集注》，第160页。
[2] （唐）李延寿《南史》，第877页。

# 第一章 谢灵运：山水风景纪游范式

## 一、元嘉诗坛山水审美题材：深杳重密的原始自然与精致细腻的清丽风景

### （一）深杳重密的原始自然

元嘉时期，诗人们的丘壑之癖也如谢灵运一样，逐渐由优美的园林郊野延伸到荒幽深僻的原始自然，使深杳重密的山林之美成为元嘉诗人笔下的独特风景。如宗炳《登半石山诗》、《登白鸟山诗》，谢惠连《泛南湖至石帆诗》，刘铄《过历山湛长史草堂诗》，鲍照《登庐山诗二首》、《从登香炉峰诗》、《从庾中郎游园山石室诗》、《登翻车岘诗》，宋孝帝《游覆舟山诗》、《登作乐山诗》、《登鲁山诗》、《济曲阿后湖诗》等，都记载了当时诗人登山临水所见的带有蛮荒色彩的风景：

清晨陟阻崖，气志洞潇洒。嶰谷崩地幽，穷石凌天委。
长松列竦肃，万树巉岩诡。上施神农萝，下凝尧时髓。
——宗炳《登半石山诗》[①]

兹岳蕴虚诡，凭览趣亦瞻。九峰相连接，五渚逆萦浸。
层阿疲且引，绝岩畅方禁。溜众复更寒，林交昼常阴。
尹余久缁涅，复得味恬淡。愿逐安期生，于焉惬高枕。
——刘铄《过历山湛长史草堂诗》

束发好怡衍，弱冠颇流薄。素想终勿倾，聿来果丘壑。
层峰亘天维，旷渚绵地络。逢皋列神苑，遭坛树仙阁。
松磴含青晖，荷源煜彤烁。川界泳游鳞，岩庭响鸣鹤。
——刘骏《游覆舟山诗》

修路轸孤辔，竦石顿飞辕。遂登千寻首，表里望丘原。
屯烟扰风穴，积水溺云根。汉潆吐新波，楚山带旧苑。
壤草凌故国，拱木秀颓垣。目极情无留，客思空已繁。
——刘骏《登作乐山诗》

悬装乱水区，薄旅次山楹。千岩盛阻积，万壑势回萦。
巃嵷高昔貌，纷乱袭前名。洞涧窥地脉，耸树隐天经。

---

① 逯钦立《先秦汉魏晋南北朝诗》，中华书局，1983年9月第1版，第1139页。本节中所引诗歌均出自此书第1137—1250页。

松磴上迷密,云窦下纵横。阴冰实夏结,炎树信冬荣。
嘈囋晨鹍思,叫啸夜猿清。深崖伏化迹,穹岫阀长灵。
乘此乐山性,重以远游情。方跻羽人途,永与烟雾并。

——鲍照《登庐山诗》

访世失隐沦,从山异灵士。明发振云冠,升峤远栖趾。
高岑隔半天,长崖断千里。氛雾承星辰,潭壑洞江汜。
鸡鸣清涧中,猨啸白云里。瑶波逐穴开,霞石触峰起。
回亘非一形,参差悉相似。倾听凤管宾,缅望钓龙子。
松桂盈膝前,如何秽城市。

——鲍照《登庐山望石门诗》

辞宗盛荆梦,登歌美凫绎。徒收杞梓饶,曾非羽人宅。
罗景蔼云扃,沾光扈龙策。御风亲列涂,乘山穷禹迹。
含啸对雾岑,延萝倚峰壁。青冥摇烟树,穹跨负天石。
霜崖灭土膏,金涧测泉脉。旋渊抱星汉,乳窦通海碧。
谷馆驾鸿人,岩栖咀丹客。殊物藏珍怪,奇心隐仙籍。
高世伏音华,绵古遁精魄。萧瑟生哀听,参差远惊觌。
惭无献赋才,洗污奉毫帛。

——鲍照《从登香炉峰诗》

暮冬霜朔严,地闭泉不流。玄武藏木阴,丹乌还养羞。
劳农泽既周,役车时亦休。高薄符好蒨,藻驾及时游。
鹿苑岂淹睇,兔园不足留。升峤眺日轨,临迥望沧洲。
云生玉堂里,风靡银台陬。陂石类星悬,屿木似烟浮。
形胜信天府,珍宝丽皇州。白日回清景,芳醴洽欢柔。
参差出寒吹,飔戾江上讴。王德爱文雅,飞瀚洒鸣球。
美哉物会昌,衣道服光猷。

——鲍照《蒜山被始兴王命作诗》

荒途趣山楹,云崖隐灵室。冈涧纷萦抱,林障沓重密。
昏昏磴路深,活活梁水疾。幽隅秉昼烛,地牖窥朝日。
怪石似龙章,瑕璧丽锦质。洞庭安可穷,漏井终不溢。
沈空绝景声,崩危坐惊栗。神化岂有方,妙象竟无述。

## 第一章 谢灵运：山水风景纪游范式

至哉炼玉人，处此长自毕。
——鲍照《从庚中郎游园山石室诗》
幽愿平生积，野好岁月弥。舍簪神区外，整褐灵乡垂。
林远炎天隔，山深白日亏。游阴腾皓岭，飞清起凤池。
隐暧松霞被，容与涧烟移。将遂丘中性，结驾终在斯。
——谢庄《游豫章西观洪崖井诗》

这些都是不同于优美清丽的兰亭小景的原生态风光，元嘉诗人繁富生涩的语言风格皆与谢灵运相似。精致的园林风景是人境之内的，给人的感觉是亲切的，因此简文入华林园，便自然发出"会心处不必在远，翳然林水，便自有濠、濮间想也，觉鸟兽禽鱼自来亲人"[①]的感叹。原始自然则是境外风光，与生活在尘世中的人们有着先天的距离感与陌生感，在见惯了精致园林的诗人们眼中，大自然的原始山川是雄奇壮伟的，"巘谷崩地幽，穷石凌天委""九渚相连接，五渚逆萦浸""层峰亘天维，旷渚煜彤烁""千岩盛阻积，万壑势回萦""高岑隔半天，长崖断千里"描写的都是峰石参天、川渚浩渺的大境象，人在浩瀚的自然面前是如此渺小；又是幽深荒寒的，荒寒得不带有一丝人境的温度，"溜众夏更寒，林交昼常阴""屯烟扰风穴，积水溺云根""汉潦吐新波，楚山带旧苑""冈涧纷萦抱，林障杳重密""阴冰实夏结，寒树信冬荣""林远炎天隔，山深白日亏"的景象，都与屈原在《涉江》中所写的"深林杳以冥冥兮，猿狖之所居。山峻高以蔽日兮，下幽晦以多雨。霰雪纷其无垠兮，云霏霏而承宇"的景象相仿佛，皆是一片未经人工开发的荒蛮气象。

在这些诗中，谢灵运纪游诗移步换景且与时铺叙的笔法，以骈句的铺排来描写风景的语言特色，以及繁富工密的造句风格，都成为诗人们惯用的方式。如上面引到的宋孝武帝刘骏的《登作乐山诗》，首四句记叙登山之事，而后六句以三组对句写登山临眺之景，景象奇异，句法拗折，很有元嘉之风，"屯烟"二句，精雕细琢，以"屯""积"这样的静态词与"扰""溺"这样的拟人化动词及流动性的"烟""水""风"

---

① （南朝宋）刘义庆撰、余嘉锡笺疏《世说新语笺疏》，上海古籍出版社，1993年12月第1版，第120页。

"云"意象相搭配,摹写出了烟气屯聚在岩穴之间,与风浮游,流水积累成潭,云层萦抱的石根都浸溺其中的山泽之景;"汉潦"二句则句法流畅,酣畅淋漓,大笔泼出汉水之上新波翻涌,楚山之间旧苑隐约的气象;"壤草"二句以象征着宇宙自然恒长的壤草拱木与故国颓垣的残败衰朽相映衬,寄寓着历史沧桑之感。最后,诗人顺理成章,将全诗结束在一片虚空与纷乱相交织的情绪之中。谢庄《游豫章西观洪崖井诗》也采用了纪行—写景—议论的三段式结构,但谢庄笔致清澹,即使描写深山密景,他也能以疏朗纯净之语出之。"林远炎天隔,山深白日亏"写林木密集阻隔住了炎热之气,山岩遥深,从中上望,白日似乎有残缺的错觉,与"冈涧纷萦抱,林障杳重密"描写的景象相似,而炼意更为奇特,"游阴腾鹄岭,飞清起凤池。隐暖松霞被,容与涧烟移"四句更以动态的"游""腾""飞""起""被""移"等字写浮游的阴云在皓岭飞腾,水汽从凤池水面生起,暖暖霞光披上松林,涧中烟气悠然浮动的景象,写出了诗人对静中之动的体悟,从大自然的悄然流转中传达出闲适的韵趣。元嘉诗坛的另一位代表性诗人鲍照更是与谢灵运一样"寓目辄书",他的山水纪行诗总是意象纷呈,以上下、左右等空间位置的对称来展现山水的全景,以工整的对句来描绘繁密的景象。如《登庐山诗》,先以"千岩盛阻积,万壑势回萦。巃嵸高昔貌,纷乱袭前名"两组对句总写出庐山雄奇的风貌,而后以"洞涧窥地脉,耸树隐天经。松磴上迷密,云窦下纵横。阴冰实夏结,炎树信冬荣。嘈囋晨鹍思,叫啸夜猿清"四组对句将庐山的原始蛮荒之美做了面面俱到的描绘。在诗歌语言的细节构造上,元嘉诗人也与谢灵运相似,如"溜众夏更寒,林交昼常阴""林远炎天隔,山深白日亏"中,每个单句都是由具有因果关系的两个主谓小分句组成,意思是因为溪流众多而使夏日山林更加寒凉,因为林木交错映蔽所以白天山间也阴晦不明,与大谢"石横水分流,林密蹊绝踪""涧委水屡迷,岩迥林逾密"的构句法如出一辙。

如果我们稍加注意的话,便可发现这些元嘉诗人山水纪行诗虽与大谢有基本相似的写作模式,但也有细节上的差别。谢灵运常能从眼前景象中获得体悟,使诗歌中的风景描写升华到玄理境界,以玄理性议论来结尾,在元嘉时期其他诗人的诗歌中,有的诗并不像谢灵运那样以大段玄理性议论结尾,甚至只有纪行与写景两部分。我想这种差异与诗人的自身经历与社会风尚相关,谢灵运出身于素以清谈雅道相传的谢氏大族,《宋书》记载其"少好学,博览群书,文章之美,江左莫逮"。他是当时著名的学问家,从他流传至今的《佛影铭》《庐山慧远法师诔》《与诸道人辨宗论》《答纲琳二法难(师)并书——〈辨宗论〉续一》《答王卫军问并书——〈辨宗论〉续二》等著作中,我们也可看出谢灵运于玄佛之学的造诣之深,是非一般诗人所能及的。这些都使他能够循着兰亭诗人"即色游玄"的思理一路写来,在穷形尽相地写出自然风景的同时,也能恰当地保留着玄佛之理作为山水诗的结尾。入宋之后,一则寒族出身的武官掌权,王谢等世家大族风光不再,清谈之风消歇,士人的玄学素养与魏晋时代已难相较;二则自谢灵运以来,山水逐渐作为独立的审美客体进入诗人们的视野,把握原始自然的客观之美本身成为诗人们探访山水的主要目的,而不再只是于山水中畅神悟道,"庄老告退,而山水方滋",藉山水而畅悟玄学之道的思维方式在谢灵运之后日益式微;再者,从诗歌史的发展来看,诗歌在篇章结构上要朝着整体浑融的境界发展,景理分别出之的格局也被改变,理的因素已经逐渐融化到景语之中,因此,大部分元嘉诗人虽然能如谢灵运那样以实笔摹写山水,却不再如谢灵运那样出之以相当篇幅的玄理议论。可以说谢灵运既是元嘉诗风的领军人物,又是东晋玄言诗人与元嘉后起诗人的过渡者。刘勰所说的"宋初文咏,体有因革。庄老告退,而山水方滋"的现象,与政权的更替、社会风尚的变革、诗歌自身的发展规律是息息相关的,在谢灵运诗中,还是"庄老尚存,山水方滋",而至一般的元嘉诗人,就已经是"庄老告退,山水方滋"了。

  元嘉诗坛上以山水纪行诗著名的诗人,除了谢灵运,当属鲍照,他的山水纪游诗师法大谢,而又能自出机杼,别具一格。鲍照继承了谢灵运以繁密的语言极写原始蛮荒之美的传统,具体的风格与笔法又能自抒己意,自成一体。谢灵运的山水游览诗建立在耳闻目见的真实体验的基础上,注重从精致的细节刻画中再现出原生态自然的构造肌理,是以细推物理的方式来还原客观自然之真实的,谢诗的语言虽然生新繁富,却很工谨细腻。上面已经说过,像"岩峭岭稠叠,洲萦渚连绵""涧委水屡迷,林迥岩逾密"这样的对句,每个句子都是由两个具有映衬或因果关系的分句构成的,如"岩峭岭稠叠"便包含"岩峭"与"岭稠叠"这两个主谓句,意思是因为山岩陡峭多峰面所以形成了山岭连绵稠迭的形态,"洲萦渚连绵"也包含"洲萦"与"渚连绵"两个主谓句,意思是因为水流曲折回环而愈使洲渚显得连绵不断。即使在"洲岛骤回合,圻岸屡崩奔""溯流触惊急,临圻阻参错"这两组只有一重主谓关系的景句中,"回合""崩奔""惊急""参错"则都以双声形式写出奇险的旅程,很有现场感。谢灵运看似繁富的语言实际上理路清晰,层次分明,以表现物理为宗旨。与大谢相比,鲍照缺乏这种细推物理的精神,在语言安排上自然就没有谢灵运那样独运的匠心,他凭直觉将一些体现深密景观的字眼罗列到一起,形成一个大概的印象,没有谢诗那样清晰的层次,如"千岩盛阻积,万壑势回萦""冈涧纷萦抱,林障杳重密"即是。鲍照山水游览诗的语言特色在于带有强烈的夸饰色彩。鲍照是著名的辞赋家,将大赋表现山水自然的方式引入他的山水诗文,使文字中充满了夸张想象之辞,由此体现出来的,便不可能是深林大壑中暗藏的精细物理,而是大自然雄奇深阔的整体气势。

谢灵运的山水诗与他的山水赋《山居赋》都体现出共同的"繁富"特色,鲍照的山水诗与山水文也具有相似的风貌。鲍照著名的骈体书信文《登大雷岸与妹书》就摹写出了庐山一带的景观,气象雄阔而瑰丽:

> 南则积山万状,负气争高,含霞饮景,参差代雄,凌跨长陇,前后相属,带天有匝,横地无穷。……
>
> 西南望庐山,又特惊异,基压江潮,峰与辰汉连接。[①]

鲍照形容庐山山脉巍然屹立在天地之间的雄伟气势,是"积山万状,争气负高","带天有匝,横地无穷","基压江潮,峰与辰汉连接",鲍照是以充满着想象色彩的语言,传写出庐山磅礴阔大的气势的。他的山水纪行诗的语言风格与其山水文的特征类似,也常以具有时空包容性的意象来体现宏大的气象,使他诗中的山水具有了无限的开阔性。如在《庐山诗》中,就以"千岩"与"万壑"、"地脉"与"天经"、"深崖"与"穷岫"对举,在《登庐山望石门诗》中,以"高岑"与"长崖"、"半天"与"千里"、"星辰"与"江沔"、"百年"与"千祀"对举,在《从登香炉峰》中,以"星汉"与"海碧"对举,都有"碧海掣鲸"

---

① 钱仲联增补集说校《鲍参军集注》,上海古籍出版社,1980年10月第1版,第83页。

的气魄。鲍诗中的动词也都带有横绝天地的气势，与宏伟的意象组合，以奇峭生警的语言呈现出了包罗天地的雄奇境象。"高岑隔半天"用一"隔"字，写出坚实的高峰耸峙，遮蔽住半边天空的景象，"长崖断千里"用一"断"字，写出山崖连绵、横绝千里的场景。"氛雾承星辰，潭壑洞江汜"中的"承"字传达出远望中山上氛雾浓结，似乎可承托住空中星辰的心理感觉，"氛雾"可承托"星辰"的感觉，正体现了石门之高，高不可攀。"洞"字是名词活用为动词，极写三泉交会而成的潭壑之明净幽深，似与江水水脉通连。"青冥摇烟树，穹跨负天石"这一句，"摇""跨"二字本来平常，但用在此句中却有不凡的意态。"青冥摇烟树"是仰望的视线中，远烟里摇曳的树影叠加在广阔无垠的青暗天空背景上的影像，"穹跨负天石"写巨石从山峰间横亘而出，凌空悬映，如《逍遥游》中的鲲鹏那般承负天之势，仿佛要跨过苍穹，这二句的风景，皆如线条简练、轮廓清晰的现代艺术摄影，凸现直觉印象之美。这两句都采用了倒装结构，通过改变语序，"青冥"与"烟树"、"穹"与"负天石"构成了形式上的施动与被动关系，以宇宙苍穹作为景象的主体，体现出了大自然强大的主宰力量，写出了人对宇宙造化的景仰与敬畏之情。

为体现山水之雄奇，鲍照取景的视角是上下俯仰的，而且他俯仰的目光，总是能突破现实中的视力所见，任想象力自由翱翔，上达天际星辰，下至地脉泉根。看他诗中的描写：

洞涧窥地脉，耸树隐天经。——《登庐山诗二首》之一
氛雾承星辰，潭壑洞江汜。——《登庐山诗二首》之二
青冥摇烟树，穹跨负天石。——《从登香炉峰诗》
霜崖灭土膏，金涧测泉脉。旋渊抱星汉，乳窦通海碧。

——《从登香炉峰诗》

鲍诗以语不惊人死不休的精神，极写庐山之森然气魄。他言洞涧之深，可直窥地脉，通连碧海，峰树之高，能直耸入天，烟雾缭绕，能承接星辰。这些都把我们带入了一种奇谲瑰丽的想象世界中。同时，这种巍然耸立于天地之间的庐山形象，也自然让我们想到诗人自身的个性。鲍照"北州衰沦，身地孤贱"，却胸怀远大，自称"十五讽诗书，篇翰靡不道。弱冠参多士，飞步入秦宫。侧睹君子论，预见古人风"。元嘉

十六年（439年），他初次踏上仕途，任临川王刘义庆的临川国侍郎，约六年之久，《登大雷岸与妹书》与庐山诸诗大概都作于此时。据说他去见临川王之前，有人说他身份低卑，劝他勿去，鲍照愤而答道："千载上有英才异士，沉没而不闻者，安可数哉！大丈夫岂可遂蕴智能，使兰艾不辨，终日碌碌与燕雀相随乎？"①可见鲍照虽是一介寒士，却自有一股凌厉超迈之气，这雄奇壮伟的山水境象，何尝不是诗人个性的写照呢？与其说他在写庐山真容，不如说他在塑造自己心目中的庐山。方东树认为鲍照的庐山诗："此不必定见为庐山诗，又不必定见为鲍照所作也。换一人换一山，皆可施用"②，此说"此不必定见为庐山诗"一句尚有理，的确鲍照并没有描绘出庐山的独特之处，换一山照样施用，但"不必定见为鲍照所作"则值得商榷，因为这些诗确实带有鲍照个性，是鲍照风格的山水游览诗。

此外，鲍诗还将夸饰手法与巧构形似的追求结合起来，以奇异的比喻来写幽奇险怪的景致。如"崭绝类虎牙，巑屼象熊耳"③ "怪石似龙章，瑕璧丽锦质"两组，前一组以"虎牙""熊耳"比喻形态奇异的庐山之石，下启韩愈《南山》诗；后一组形容园山怪石纹路似龙鳞，石室中苔藓斑驳如五彩的织锦，都带给人生新奇异的感受。"陂石类星悬，屿木似烟浮"就以想象把登高临眺视野中的陂石、屿木这些眼前景象幻化成了仙灵之境，造境十分奇妙。

正因为鲍照的写景诗带有明显的夸饰特色，因此，他描写原生态的自然山水多是以粗线条勾勒的方式进行的，大开大合，笔走龙蛇，很少拘泥于某个细节的描绘。在谢灵运的山水诗中，诗人在介绍过行程之后，便续之以井然有序的细节铺陈，将美景历历再现于眼前。如《于南山往北山经湖中瞻眺》的写景就全由触手可及的细节组成："侧径既窈窕，环洲亦玲珑。俯视乔木杪，仰聆大壑灇。石横水分流，林密蹊绝踪。解作竟何感，升长皆丰容。初篁苞绿箨，新蒲含紫茸。海鸥戏春岸，天鸡弄和风。"鲍诗虽也是对句铺陈的方式，但所写景象，皆为

---

① （唐）李延寿《南史·临川烈武王道规传附鲍照传》，中华书局，1975年11月第1版，第360页。
② （清）方东树《昭昧詹言》，第170页。
③ 鲍照《登庐山诗》。

充满想象色彩的印象式大景。如《庐山诗》也聚集了诸多意象：千岩阻积，万壑回萦，洞涧之深，直入地脉，峰树之高，耸入云霄，松磴迷密，云窦纵横，阴冰夏结，炎树冬荣，晨鸟啼鸣，夜猿清啸。这些意象皆以粗线勾勒，给人以宏大的空间感受，缺乏谢诗那样对景写生式的真实感。此外，在诗歌的结构上，鲍诗虽然采取的也是三段式的结构，但是最后一段不是谢式那样的即景悟理，而是即景而生游仙之想。当然这些不同也是与诗人自身的经历密切相关的。谢灵运出身名门望族，资业甚厚，从无生计之忧，即使隐居家乡，无俸禄资养，也能带童仆数人，开山辟道，专意于探索山水的生新幽奇之美。谢灵运又精于玄理，擅长思辨，自然能够由物理而感悟玄理，体会自然宇宙之大道。而鲍照却是一介寒士，为衣食而不得不常年奔波于仕途之中，他对山水，本缺乏谢式的闲适之心与探幽寻奇之趣，因此不免缺乏谢诗那种精微细致的细节真实，鲍照的游览山水之作，又多为奉和酬唱的应景之作，这也决定了鲍照对山水美的描写不可能像谢灵运那样工细，他惯用的方式便是从擅长的辞赋中汲取营养，以夸张想象之辞虚写山水之美，而从这夸饰的美景中也自然会生发出结尾瑰奇的游仙之想，从这一点上说，鲍照山水纪行诗又与郭璞的游仙诗相类似。

## （二）细腻精致的清丽风景

谢灵运诗中的风景有繁密深杳的一种，也有"如初发芙蓉"般清新明媚的一种，注重光色与物态的细微呈现，清丽精致，这也代表了元嘉诗坛的另一种风格倾向。鲍照就是一个对光色变化很敏感的诗人，在《登大雷岸与妹书》中，他就对晚景落照时分的庐山瑰丽光色进行了传神写照：

>上常积云霞，雕锦缛。若华夕曜，岩泽气通，传明散彩，赫似绛天。左右青霭，表里紫霄。从岭而上，气尽金光，半山以下，纯为黛色，信可以神居帝郊，镇控湘、汉者也。

鲍照对光色的敏感也表现在他的写景诗中：

>怪石似龙章，瑕璧丽锦质。——《园山石室诗》
>丰雾燊草华，高月丽云崿。——《临川王服竟还田里诗》
>朱华抱白云，阳条熙朔风。——《望孤石诗》

晨光被水族，晓气歇林阿。——《还都至三山望石头城诗》

"粲""丽""抱"这些动词在谢灵运诗中常用，如"墟囿粲红桃""白日丽江皋""白云抱幽石"，意象清新而明晰，鲍诗中的类似之景就不是这样明了易晓了。"丰雾粲草华，高月丽云嶂"这两句是归途中的夜色。入夜之后，空气中弥漫的雾气逐渐凝结，化成草间花瓣上的滴滴清露，草间花瓣上都闪烁着月光的清晖，朗月高悬，连那山尖上停驻的云也明亮无比。"丰雾""云嶂"的意象虽十分新颖，但还不太令人费解。而要理解"瑕璧丽锦质"的景象就得费些琢磨了。这句本是来描写石壁上苔藓的，"瑕璧"形容石壁上苔藓斑驳，如有瑕疵，比喻已很奇异，而又接以"丽锦质"，再次运用比喻，言斑驳的苔藓纹络分明，一如织锦上的花纹般美丽，于一句之中，两用比喻，句式十分奇异，而他的想象又如此大胆出奇，真是远异于寻常诗人！再看"朱华抱白云，阳条熙朔风"，远望中，石上漫开的红花正与天际的白云相接，"抱"字写出了这种花云之间没有距离的错觉，迎着阳光飞舞的枝条在依然料峭的春风里起舞，春枝竞萌的气氛也全从"熙"字上传达出来了。"晨光被水族，晓气歇林阿"写眺望中的晨光清氛，却以"水族"二字代指江流，以人化的"歇"字形容林端清气，虽也奇异，却过于生僻了。

谢氏家族的谢惠连与谢庄也是诗赋兼擅的诗人，东汉以来，咏物抒情的小赋流行，谢惠连的《雪赋》、谢庄的《月赋》皆是六朝小赋的代表作，其中的写景部分都相当精彩：

于是河海生云，朔漠飞沙。连氛累霭，掩日韬霞。霰淅沥而先集，雪纷糅而遂多。其为状也，散漫交错，氛氲萧索。蔼蔼浮浮，瀌瀌弈弈。联翩飞洒，徘徊委积。始缘甍而冒栋，终开帘而入隙。初便娟于墀庑，末萦盈于帷席。既因方而为圭，亦遇圆而成璧。眄睐则万顷同缟，瞻山则千岩俱白。于是台如重璧，逵似连璐。庭列瑶阶，林挺琼树，皓鹤夺鲜，白鹇失素，纨袖惭冶，玉颜掩姱。

——谢惠连《雪赋》[①]

若夫气霁地表，云敛天末，洞庭始波，木叶微脱。菊散芳于山椒，雁流哀于江濑；升清质之悠悠，降澄辉之蔼蔼。列宿掩缛，长

---

[①]（梁）萧统编、（唐）李善注《文选》，岳麓书社，2002年9月第1版，第414页。

河韬映；柔祇雪凝，圆灵水镜；连观霜缟，周除冰净。

……

若乃凉夜自凄，风篁成韵，亲懿莫从，羁孤递进。聆皋禽之夕闻，听朔管之秋引。于是弦桐练响，音容选和。徘徊房露，惆怅阳阿，声林虚籁，沦池灭波。

——谢庄《月赋》①

  谢惠连的《雪赋》将瑞雪初降到雪霁天晴的过程做了详尽的描绘，在这个过程中，充满了生动的细节，雪降之前凝重的气氛，雪花飘舞的情态，雪后天地之间一片缟素的景象，诗人都娓娓道来，笔致婉转轻灵。谢庄《月赋》，先以"白露暧室，素月流天"写皓月东升，而后写月光中的清澄秋色，在清澄的月光中，秋色如此凄清，如此空灵，几乎不似人间之景，诗人心头也自然涌起了淡淡的幽思忧愁。从题材上说，《雪赋》《月赋》都是以自然节候之景作为专门的吟咏对象的，这类题材的写景诗在元嘉时期也很流行，除了雪、月以外，雨、秋、冬这些节候之景都是常见的题材，如谢惠连就有《泛湖归出楼中望月诗》、《喜雨诗》、《咏冬诗》，袁淑有《咏寒雪诗》，颜延之有《秋夜诗》、《斋中望月诗》，鲍照有《玩月城西门廨中诗》、《喜雨诗》、《苦雨诗》、《咏白雪诗》、《咏秋诗》、《冬至诗》、《冬日诗》等。而且，写景小赋这种在时间流动中传写景致变化过程的笔法，以及在景致中逐渐融入诗人轻淡情思的方式，在元嘉诗歌中已时有表现。我们来看几首诗：

    屯云蔽曾岭，惊风涌飞流。零雨润坟泽，落雪洒林丘。
    浮氛晦崖巘，积素惑原畴。曲汜薄停旅，通川绝行舟。
         ——谢惠连《西陵遇风献康乐诗》第三首
    日落泛澄瀛，星罗游轻桡。憩榭面曲汜，临川对回潮。
    辍策共骈筵，并坐相招要。哀鸿鸣沙渚，悲猿响山椒。
    亭亭映江月，飚飚出谷飙。斐斐气幂岫，泫泫露盈条。
    近瞻祛幽蕴，远视荡喧嚣。晤言不知罢，从夕至清朝。
         ——谢惠连《泛湖归出楼中望月诗》
    轨息陆途初，枻鼓川路始。涟漪繁波漾，参差层峰峙。

---

① （梁）萧统编、（唐）李善注《文选》，岳麓书社，2002年9月第1版，第419页。

萧疏野趣生，逶迤白云起。登陟苦跋涉，瞵盼乐心耳。
即玩玩有竭，在兴兴无已。

——谢惠连《泛南湖至石帆作诗》

夕天霁晚气，轻霞澄暮阴。微风清幽幌，余日照青林。
收光渐窗歇，穷园自荒深。绿池翻素景，秋怀响寒音。
伊人倘同爱，弦酒共栖寻。

——谢庄《北宅秘园诗》

　　《西陵遇风献康乐诗》依照时间顺序平叙雨前、雨中、雨后之景，笔法与《雪赋》如出一辙，《泛湖归出楼中望月诗》亦是依照游程，一一点出题中"泛湖归""出楼中""望月"之事、下语轻妙流转，而又不失汉魏古诗之浑朴，从中可见出元嘉诗上承汉魏、下启永明的过渡特征。《泛南湖至石帆作诗》纪录了诗人陆途结束后的川上之行，只见一片繁波荡漾，水光旖旎，群峰参差，峙立江岸；当白云自身边逶迤而起的时候，诗人心头也渐次生起了萧疏的趣味。此诗笔墨清淡，大谢诗中那具体化的玄理感悟，于此诗已悄然淡化成了一种萧疏的感觉，"萧疏野趣生，逶迤白云起"二句，已经隐隐含有"行到水穷处，坐看云起时"的意味了。《北宅秘园诗》沿袭了大谢钟爱黄昏景致的传统，在特定的时空之间，在现实的场景之间，写出了黄昏中秘园风景的渐变过程，"夕天霁晚气，轻霞澄暮阴"由谢灵运《游南亭诗》中"时竟夕澄霁，云归日西驰"二句幻化而来，先写雨过天晴，一片澄净，暮色阴沉，霞光绚烂。诗人于窗边久伫，静静体味这黄昏之味。当一缕清风微微摇动着幽深的窗幌时，夕阳的一抹余光正照耀在青林之端，光色渐暗，随着最后一缕阳光沉没下去，密园的荒深景象顿时显现。此时，绿色的池水在将黑的暮色里呈一片素白的流光，秋槐间也传来了孤鸟的寒音。这首诗与大谢一样，有效地利用了骈句两两对仗的特色来写秘园的黄昏景致之"变"，按照时间顺序以四组骈句传写出了四组精彩的黄昏片断。王夫之说此诗："物无遁情，字无虚设。两间之固有者，自然之华，因流动生变而成其绮丽。心目之所及，文情赴之；貌其本荣如所存而显之，即以华弈照耀，动人无际矣。古人以此被之吟咏，而神采即绝"①。所谓"自然之华,因流动生变而成绮丽",真真道出了此诗写景之妙处。此外,《泛南湖至石帆诗》与《北宅秘园诗》这两首诗还以骈句形式将客观风景与诗人的感觉融合到一起,写出了诗人心中随风景变幻生起的感觉,不过,这种感觉不再是谢灵运那种具体化的玄学之悟,而是一种审美的情趣。《泛南湖至石帆诗》中诗人的萧疏之感与逶迤的白云相伴而生,《北宅秘园诗》中诗人的荒寒之感在夕阳沉没的最后一刹那涌现,同时这白云、余光也都被附着上了萧疏与荒寒的色彩。

可以说,谢惠连、谢庄这两位后起的谢氏诗人将谢灵运清丽风景的描写又往前推进了一步,在谢灵运客观化的景物描绘中巧妙地融入了主体的审美趣味,以此来取代玄理感悟,这也使得他们笔下的风景开始带上孤芳自赏的幽独情趣,从他们的诗中,我们是可窥见由元嘉诗风向永明诗风进境的契机的。

## 二、鲍照羁旅风景:意象的发现

鲍照作为元嘉诗坛谢灵运之后最杰出的诗人,前人对他的关注多投向乐府诗,《宋书》与《南史》都提到鲍照"尝为古乐府,文甚遒丽",文学史家们最重视的也是鲍照的乐府诗,但一位杰出的诗人的成就往往是多方面的,人们只注意了他在乐府诗方面的成就,却往往忽视了鲍照在写景诗方面的创见。在写景诗方面,鲍照除了继承了谢灵运以原始自然与清丽风景入诗的传统外,还开创了另一类独具特色的羁旅风景。这类写景之作主要分布在他的行旅诗及一些送别诗、赠和诗中,多在沿途景物的描写中融入诗人悲怆的羁旅情怀,在鲍诗中有二十几首,数量可观,集中代表了鲍照写景诗的成就。

鲍照笔下的行旅风景与谢灵运风格迥然不同。谢灵运将山水视为身心安顿之处,即使在险恶的羁旅途中,他也总能发现大自然的本真之美。如他的《富春渚》、《过始宁墅》、《入彭蠡湖口》,都创作于贬谪途中,但对途中风景的描写,皆能随物赋形,尽显客观之美。如"岩峭岭

---

① (清)王夫之《古诗评选》,张国星校点,文化艺术出版社,1997年3月第1版,第231页。

稠叠,洲萦渚连绵""溯流触惊急,临圻阻参错""洲岛骤回合,圻岸屡崩奔"写的是水路之险,"白云抱幽石,绿筱媚清涟""春晚绿野秀,岩高白云屯"写的是风景之清美。谢灵运山水风景诗中的"情",是对自然的赏爱之心,《文心雕龙·物色》曰:"情必极貌以写物",当审美情感的内容就是山水审美时,写山水之美便是在抒写山水情怀,这是一种特殊形态的情景交融。

鲍照只是奔波在羁宦途中的匆匆行者,对大自然山水并没有谢灵运那种赏爱之心,缺乏与山水悟对的闲情逸致,在《登大雷岸与妹书》中,诗人曾这样诉说旅人心绪:"栈石星饭,结荷水宿,旅客贫辛,波路壮阔。……去亲为客,如何如何!"这种深沉而凄怆的羁旅之思,处处沁染在他笔下的旅途风景上,将非关山水风景的情感注入山水写照之中,这是另一种形态的情景交融。如《上浔阳还都道中作诗》:

昨夜宿南陵,今旦入芦洲。客行惜日月,崩波不可留。
侵星赴早路,毕景逐前俦。鳞鳞夕云起,猎猎晚风遒。
腾沙郁黄雾,翻浪扬白鸥。登舻眺淮甸,掩泣望荆流。
绝目尽平原,时见远烟浮。倏忽坐还合,俄思甚兼秋。
未尝违户庭,安能千里游。谁令乏古节,贻此越乡忧。

此诗开篇六句记述行程,昨夜还宿于南陵,今早船儿已到芦洲,由地点的转换,见出船行之快。"客行惜日月,崩波不可流"化用"子在川上曰:逝者如斯夫"之意,形容日复一日地行船水上,时光就如奔涌而去的江水般逝去,可惜不能挽留。在这二句中,"客行惜日月"与"崩波不可流"一气相生,"崩波"的意象已有情景相生之意。"侵星赴早路,毕景逐前俦"中"侵星""毕景"也都是鲍照自出机杼之语,意思是从晨星未落时已经踏上路程,到落日黄昏还在追逐着前行者,写出日程之紧。以下转入旅途黄昏风景,分两层描写。随天边夕云如鳞般层层迭生,遒劲的风声也自耳边猎猎响起。空中沙尘飞腾,漫天黄雾郁结,江上波浪翻卷,浪尖有白鸥惊飞。如此暮景,与前面之"崩波"相应,苍茫中透出险恶,映衬出诗人背井离乡、匆匆赶路的凄凉心绪。"登舻"二句顿束,"绝目"四句次第承写登望之景。诗人中途稍歇,"掩泣"回望,他的视线越过浩渺的荆水,望到尽头处的平原上,有远烟轻轻浮动,这都勾起了他对安乐的故乡生活的美好向往,而为生计奔波不已的

心此时愈发觉得疲惫了。在这里,尽头处的平原人烟,皆是故乡生活的象征,寄寓着诗人的思乡之情。再如《发后渚诗》:

> 江上气早寒,仲秋始霜雪。从军乏衣粮,方冬与家别。
> 萧条背乡心,凄怆清渚发。凉埃晦平皋,飞潮隐修樾。
> 孤光独徘徊,空烟视升灭。途随前峰远,意逐后云结。
> 华志分驰年,韶颜惨惊节。推琴三起叹,声为君断绝。

此诗也分三部分。前六句入题,直书即目所见,交代诗人此行是为"从军"而去,照理天气寒冷本应多备衣食,诗人却因家境贫寒不得不在缺衣少粮的境况下被迫动身,诗人凄怆的神情已溢于言表。陈祚明《采菽堂古诗选》说:"起句迤逦而下。别家固悲,方冬犹惨。"① 第二部分以六句写旅途之景。寒凉的埃尘蒙笼在平远开阔的皋原上,天色晦暗而阴沉,以致诗人不能辨清前行的路途;凄烈的秋风翻卷起波波江潮,不断地朝岸边腾涌,遮住了诗人的视线,连两岸树木交错而成的林荫道都仿佛隐没其间了。在这种苍茫阴晦的天气中,连阳光都是惨淡的,太阳如失意的人一般,在空中孤独地徘徊,围绕着太阳的团团雾霭飘忽不定,时而升起,时而消逝。此种景象,既是开端六句中"江上气早寒,仲秋始霜雪"时令之景的具体化,又是诗人"萧条背乡心,凄怆清渚发"心绪的外化。诗人即目所见,乃是凉埃弥漫、飞潮横溅,交织着晦暗与动荡,这自然使诗人产生前途茫茫生死未卜的不祥预感,而徘徊的孤光,又何尝不是诗人自身的写照!"途随"二句更是情景交织,以工致的笔法写旅途之景,传旅人之情。前途渺渺,前面的山峰已能望见,要到达却还需要一段很长的路程,这是每个有过长途旅行体验的人都有的感觉,着一"远"字,便写出了前路无涯的茫然感与疲惫感。重云叠雾已经被抛在了身后,诗人心头随之而起的迷惘怅恨还依旧盘旋不去,所以诗人说他的思绪好像依然在追逐着后云。"华志"二句接着以奇警的构句叙诗人心中之"意",他感叹自己的华年之志,已随这趋驰四方的生活消散,青春的年华,也在这年复一年的让人惊悚的节序变化中衰老惨淡下去。从凄怆离家的场景,到"凉埃"四句荒凉凄迷的旅途风景,再到"途随"二句的情景相生,最后到"华志"二句的人生悲慨,

---

① (清)陈祚明《采菽堂古诗选》,《续修四库全书》版,上海古籍出版社,2013年。

步步写来,皆以强烈的羁旅之思贯穿始终,风景在鲍照诗中也成为感情的载体,而不是如大谢诗那样成为情感的过滤器。

　　鲍照总是能选取与自己的情感基调相吻合的风景,在客观的风景描写中融入主观化的羁旅之思,使景物呈现出诗人特定的心理动向。也因此,鲍照诗中的行旅风景的个性化色彩浓重,普遍具有苍茫晦暗的色调,他常用的意象是雾、风、烟、尘、江流等,这些自然物都有着流转动荡的性状,象征着诗人辗转飘零的宦游生涯。如在鲍照行旅风景中屡屡出现的"雾":

　　　　乱流灉大壑,长雾匝高林。——《日落望江赠荀丞诗》
　　　　连山眇烟雾,长波迥难依。——《吴兴黄浦亭庾中郎别诗》
　　　　高塘宿寒雾,平野走秋尘。——《送盛侍郎饯候亭诗》
　　　　霭对冥寓岫,濛昧江上雾。——《还都道中三首》
　　　　洲迥风正悲,江寒雾未歇。——《阳岐守风诗》
　　　　腾沙郁黄雾,翻浪扬白鸥。——《上浔阳还都道中作诗》

　　他眼中的"雾"有着具体的性状,是黄色的,绵长的,寒凉的,蒙昧的,笼罩在高林间,寒江上,原野中,无处不在,雾使天地之色阴沉晦暗,也阻隔了诗人的视线,使人油然而生迷茫无依之感。

　　再如鲍照笔下的"风":

　　　　风起洲渚寒,云上日无辉。——《吴兴黄浦亭庾中郎别诗》
　　　　急流腾飞沫,回风起江濆。——《还都道中诗》一
　　　　风急讯湾浦,装高偃樯舳。——《还都道中诗》二
　　　　鳞鳞久云起,猎猎晚风遒。——《上浔阳还都道中作诗》
　　　　冰闭寒方壮,风动鸟倾翼。——《行京口至竹里诗》
　　　　洲迥风正悲,江寒雾未歇。——《阳岐守风诗》

　　鲍照笔下的水流:

　　　　乱流灉大壑,长雾匝高林。——《日落望江赠荀丞诗》
　　　　急流腾飞沫,回风起江濆。——《还都道中诗》一
　　　　时凉籁争吹,流浔浪奔趣。——《还都道中诗》三
　　　　连山眇烟雾,长波迥难依。——《吴兴黄浦亭庾中郎别诗》
　　　　木落江渡寒,雁还风送秋。——《登黄鹤矶诗》

　　鲍诗中的"风"都是急风、悲风、晚风,风具有遒劲的力量,急风

一起，寒气顿生，江流奔涌，天地愀然变色；这里的水流，从来不是潺潺地平缓流淌，都是纵横交错、互相崩激的"乱流"或"急流"，这些或阴沉或险恶的景象常使孤独的旅人觉得惊心动魄，不胜仓皇，这都是诗人真实的行旅体验，是诗人心象的外化。

鲍照行旅诗选取的都是秋冬之际的风物，呈现出苍茫晦暗的整体色调。东晋时顾恺之在游历会稽风景时，曾感叹"若秋冬之际，尤难为怀"[1]，鲍照的行旅风景可说是为"秋冬之际，最难为怀"做了最好的注解。鲍照诗中的旅途情景，如江寒木落、风萧雁还、高塘寒雾、平野秋尘、急流飞沫、江溃回风、日隐没岫、瑟风发谷等，几乎都取自这两个最令人感怀的季节。秋冬之际的风物，总是最能撩动旅人的怀乡之思。面对这种景象，善感的诗人经常凄恻难安，发出万千感慨："物哀心交横，声切思纷纭。叹慨诉同旅，美人无相闻"，"恻焉增愁起，搔首东南顾。茫然荒野中，举目皆凛素"，"夜分霜下凄，悲端出遥陆。愁来攒人怀，羁心苦独宿"。鲍照自称"推其感物情，则知游子心"，他作为天涯羁客的种种心情，我们的确也都可从他对景物的描绘中体会到。

然而在描写风景时，个性化色彩浓重并不意味着就要背离物色本身的客观之美，而只是意味着诗人对风景的选择具有倾向性，也就是说诗人的个性色彩是要通过对风景的选择与对风景本身的摹写体现出来的。钟嵘《诗品》是专论五言诗的著作，他认为鲍照的五言诗"其源出于二张，善制形状写物之词，得景阳之𬤇诡，含茂先之靡嫚"[2]。"𬤇诡"当指张协诗"巧构形似之言"[3]的特点，正是鲍照诗"善制形状写物之词"的同义语，"靡嫚"指张华诗"巧用文字，务为妍冶"[4]的体貌，都着眼于语言之"巧"。可见，在钟嵘看来，鲍照是擅长以别致新巧的语言来描写风景物色的自然之美的。试以钟嵘此语来关照鲍照诗中那些具有苍茫晦暗色调的行旅风景，可知钟嵘此语确实不错。如：

乱流灇大壑，长雾匝高林。——《日落望江赠荀丞诗》
高塘宿寒雾，平野走秋尘。——《送盛侍郎饯候亭诗》

---

[1] （南朝宋）刘义庆撰、余嘉锡《世说新语笺疏》，上海古籍出版社，1993年12月第1版，第145页。
[2] （梁）钟嵘著、曹旭集注《诗品集注》，第149页。
[3] 同上，第290页。
[4] 同上，第216页。

> 广岸屯宿阴，悬崖栖归月。——《阳岐守风诗》
> 密雾冥下溪，聚云屯高岸。——《苦雨诗》
> 腾沙郁黄雾，翻浪扬白鸥。——《上浔阳还都道中作诗》
> 复涧隐松声，重崖伏云色。冰闭寒方壮，风动鸟倾翼。
> ——《行京口至竹里诗》
> 木落江渡寒，雁还风送秋。——《登黄鹤矶诗》

鲍照以讲求字句闻名，在他的这些写景句中，我们能深刻地感受到这一点。每个诗句都充塞着大量生新奇警的字句，使我们为之震撼。"乱流灇大壑，长雾匝高林"中的"乱"字、"灇"字绘出无数条水流争相向大壑汇拢的壮观形态，"长"字赋予了浮游的雾气有形的质感，与形象化的"匝"字一起传达出了绵延的浓雾将高耸的林木团团包裹的情景，以至让人有密不透风的感觉；"广岸屯宿阴，悬崖栖归月"是一幅夜景写生图：阴云屯聚在广阔的水岸，明月高挂在深黝的悬崖边。而在此以拟人化的"宿""归"二字来修饰"阴"与"月"，便使晚云与月具备了人的情味，仿佛晚云与月都与人一样正在夜色中安详地休憩，"屯""栖"两个静态动词更有夜色沉沉之感。诗人总能以奇异而恰切的字眼传达出景物的性状，"腾沙郁黄雾，翻浪扬白鸥"二句，写黄沙四下腾飞，使漫天黄雾郁结，波浪翻卷，使白鸥在浪尖惊飞，"腾"字与"郁"字，"翻"字与"扬"字，字字精确，互相搭配得又那么和谐。"复涧隐松声，重崖伏云色。冰闭寒方壮，风动鸟倾翼"中前二句写山涧一层又一层，只能隐隐听到松涛阵阵，山崖一重又一重，在其间似乎密伏着些许阴云的旅途见闻，句中"复"字与"隐"字、"重"字与"伏"字，前后呼应，"隐""伏"之景，由"复涧"与"重崖"的地形造成，而"隐""伏"的拟人化特征也使松声与层云成为有所伏匿、有所等待的东西，暗含着诗人自己的处于压抑中的心灵状态。后二句形容天寒地冻，不说"冰凝""冰结"，却说"冰闭"，不说"寒方浓"，却说"寒方壮"，下字真是生新而奇警，拟人化的"闭"字有强大的力量感，似乎冰要把整个世界给封冻起来，"寒方壮"的"壮"字用来形容寒气逼人，也使人有一种压迫感。

"木落江渡寒，雁还风送秋"二句是鲍照名句，方东树说"起句兴象，清风万古，可比'洞庭波兮木叶下'。孟公'木落雁南渡，北风江

## 第一章 谢灵运：山水风景纪游范式

上寒'，全脱化此句，可悟造句之法。若云'秋风送雁还'、'寒风送秋雁'、'木落秋雁还'，皆不及此妙"①。在这一联中，"木落""雁还"是典型的秋日风物，具体可见，江上寒气与瑟瑟秋风却是无形的，要以触觉感知，诗人以"木落"配以"江渡寒"、以"雁还"配以"风送秋"，就在实景与虚景之间产生一种张力，展现出萧瑟清秋的阔大气象。这一联还运用了倒装的方式，前一句意为寒气渡江而来，这里却不说"寒渡江"，却曰"江渡寒"；后一句意为"秋风送雁还"，却曰"雁还风送秋"，通过改变语序，不仅在语言上产生了顿挫的节奏之美，而且使"寒""秋"二字成为"诗眼"，凸现出整体的秋寒之感与诗人心中无限的悲凉之意。鲍照锤炼字句达到字字炼、步步留的境地，他对于诗句中每个字眼都要精心雕琢润饰，使一句中的前后字眼相互呼应，在意趣上互相生发，构成一股合力，在传写出行旅风景之本真的同时，也传达出鲍诗的特殊意趣与羁旅之思。

在诗中描写行役风景，《诗经》中已有先例，"昔我往矣，杨柳依依；今我来归，雨雪霏霏"就在对途中景物的精彩描绘中透出诗人依依的情思。《古诗十九首》中虽然透出浓重的羁旅之思，但多是直抒其事，少有以景写情之作。葛晓音先生曾以王粲《七哀诗》与《从军诗》为例，认为"在行役诗中借景物描写以抒情言志的作法，始于建安文人"②。如王粲《七哀诗》第二首，写流亡途中所见暮景："荆蛮非我乡，何为久滞淫。方舟泝大江，日暮愁我心。山冈有余映，岩阿增重阴。狐狸驰赴穴，飞鸟翔故林。流波激清响，猴猿临岸鸣。迅风拂裳袂，白露沾衣襟。独夜不能寐，摄衣起抚琴。丝桐感人情，为我发悲音。羁旅无终极，忧思壮难任"③。此诗虽然有以景物描写来烘托羁旅之思的倾向，但由于写景技巧的限制，诗中的景物描写还都比较浮泛，尚停留在粗笔勾勒的阶段。陆机《赴洛道中作》其一描绘途中的荒凉景色："永叹遵北渚，遗思结南津。行行遂已远，野途旷无人。山泽纷纡馀，林薄杳阡眠。虎啸深谷底，鸡鸣高树巅。哀风中夜流，孤兽更我前"④。诗人采用

---

① （清）方东树《昭昧詹言》，第177页。
② 葛晓音《山水田园诗派研究》，辽宁大学出版社，1993年1月第1版，第14页。
③ 逯钦立《先秦汉魏晋南北朝诗》，中华书局，1983年9月第1版，第365页。
④ 同上，第684页。

的纪行的方式，随由南赴北的方向来铺写景物，展示出一路行程，在荒凉的景物中隐隐透出心中的哀思。但总的来说，在魏晋古诗中借景抒情的行旅诗数量是很少的，诗人们不过是偶一为之，在他们的行旅诗中景物描写尚粗疏不精，也还没有形成一些与情思相对应的固定意象，魏晋行役诗虽然已经有景物描写抒情言志的作法，但诗中的风景描写还远没有达到情景交融的境界。鲍照描写行旅风景的诗有二十几首，已经形成一定的规模，而且他的行旅风景中已经形成一些与特定心理状态相对应的意象，如"风""雾""烟""尘"等，这些意象在描写中反复出现，在以巧构形似的语言传写出了客观物色之真的同时，还营造出了晦暗苍茫的整体意境，从中传达出了迷惘的旅人之思，达到了情景交融的境界，已开谢朓、阴何等羁旅行役诗以特定风景物色传达特定情绪之先河。

# 第二章
## 谢朓：都邑风景审美范式

上一章已经论述过，谢灵运的写景诗歌，主要由山水游览诗组成。谢朓（464—499）的写景诗歌中，虽然也有以大谢笔法写作的山水游览诗，但比例较小。总的来说，谢朓写景诗的题材与谢灵运很不相同，小谢不像大谢那样偏爱探索生新幽奇之境，以饱览奇山胜水为人生至乐，小谢短暂的一生，都在宦海中载浮载沉，从21岁正式入仕到36岁英年早逝，他一直辗转往来于建康、荆州、宣城三地，在三地居官任职，可以说小谢从没有过真正意义上的隐居生活经历，因此，他诗中的风景描写多取之于日常的都邑生活，作于赴任或返京的行途之中、公务之余郡斋闲望之际、与同僚酬唱赠和之中、与友人送别之时。风景描写在小谢这里已经逐渐日常化了，由元嘉时代的自然山水，渗透到了都邑生活与羁旅生活中，体现在行旅、郡斋、送别、赠和、咏物等种种题材里，他的写景诗歌，主要是与大谢山水游览诗有别的都邑风景诗。

谢朓诗歌风景描写日常化的趋向，与他"朝隐"的生活态度有关。所谓"朝隐"的生活，也就是要有"身存魏阙之上，而心无异于山林之中"的超然心态，身居庙堂，同时不废山林之趣。对于这种生活情趣，谢朓在诗中一再表明：《之宣城郡出新林浦向板桥》说"既欢怀禄情，复协沧州趣。嚣尘自兹隔，孤游昔已屡"[1]；《始之宣城郡》说"疏散谢公卿，萧条依掾吏"，"江海虽未从，山林于此始"；《始出尚书省》说："因此得萧散，垂竿深涧底"。既然"大隐隐于朝"，那么就不必抛弃官

---

[1] 曹融南《谢宣城集校注》，上海古籍出版社，1991年11月第1版，第222页。本书所引谢朓诗均出自此书。

禄荣利，到原始山林中去寻取美景以畅神了，日常生活中的景致已完全能让人涤荡心神，于是诗人的审美对象，自然由原始山林转向日常风景了。因为有"疏散""萧条"的"山林"之趣，所以谢朓取之于都邑生活的诗歌，总能去其繁华喧嚣之意，别有清雅韵致：如《直中书省》，在"紫殿肃阴阴，彤庭赫宏敞"的庄丽背景下，点映着"红药当阶翻，苍苔依砌上"的盎然生命情态；早年任职荆州时期所作的《奉和随王殿下》是一系列组诗，诗人将宫宇城池融入自然清景，有无限的清逸飘散味道，如"闲阶涂广露，凉宇澄月阴""云阴满池树，中月悬高城""严气集高轩，稠阴结寒树""累榭疏远风，度庭丽朝日"之句皆是；宣城的一系列郡斋登望诗，作于案牍生活之余，取材于身边的园林风景，更是都邑风景的典范。又因为诗人的一生都辗转在都市之间，对都市特别是帝都抱有深深的眷恋，所以谢朓诗中的风景描写总与都市风景息息相关，即使在外放的羁旅途上、外任的客居之地，也始终不忘以含情双目凝视帝都风光。如他著名的《暂使下都夜发新林至京邑示西府同僚》，在秋河耿耿、寒渚苍苍的旅程中遥望到"金波丽鳷鹊，玉绳低建章"的灿烂宫城；在《晚登三山还望京邑》中，一边是"白日丽飞甍，参差皆可见"的日华流瓦，一边是"余霞散成绮，澄江静如练"的自然瑰丽。总之，都市与自然，人文景观与天赐美景，在谢朓诗中总能和谐共融，相映成趣，呈现出一派旖旎的都邑风光。

  谢朓诗歌中的风景描写艺术相比于谢灵运也有了新的进境，他承传了谢灵运山水游览体的模式，来纪录山水游览过程；他开辟出的都邑风景诗中的风光描写，朝着"细密"化的方向发展，谢朓善于捕捉流动的光色与瞬间的动态入诗，也更擅长经营景物间的层次；谢朓诗中的物我关系，从大谢式的从山水感悟玄理，以玄理来消释胸中五情，转为以情对山水，以情来统摄外物，他从鲍照诗中汲取了情景融合的技巧，情景交融已经成为谢朓诗歌的典型特征。

## 第一节　对山水纪游体的承传

  元嘉诗人树立了山水风景纪游诗的写作范式，在小谢的几首纪游诗中，我们可以明显看到这一范式的影响。小谢的几首游览诗，分别是《游山》、《游敬亭山》、《将游湘水寻句溪》、《游东田》、《和王著作融八公山》、《和刘中书绘人琵琶峡望积布矶》。其中前三首诗游赏的皆是原始自然景观，在笔法上多取法谢灵运和鲍照。在写景的部分，采用了大全景式的观物方式，依诗人脚步的转换铺陈出山间水际的万千景象。如《游山》"凌崖必千仞，寻溪将万转"的景语意味就酷似谢灵运《从斤竹涧越岭溪行》中的"逶迤傍隈隩，迢递陟陉岘"句，而语言却明白如话。《和王著作融八公山》中的四句风景描绘，"阡眠起杂树，檀栾荫修竹。日隐涧疑空，云聚岫如复"中前一个对句以双声叠韵字摹写物态的方法来自大谢，"檀栾荫修竹"更是直接由"团栾润霜质"幻化而来，后一个对句从句法与诗意上都从大谢"日末涧增波，云生岭逾叠"句脱胎而来。

此外，谢朓写山水整体意境的荒远幽奇，又和鲍照十分相近。谢灵运虽然性好山水，但诗中几乎没有以整首诗的篇幅穷形尽相地描写一座山的全貌的，他对山的描写，多数情况下只是抓住最突出的特征，寥寥数笔，而且谢诗笔下的山水描写，都从细微物理的捕捉或者精微物态的刻画中流露出诗人在远离人境的山水中自得的情趣，风格有时清丽，有时生新，却不会带给读者惊悚感。小谢诗却与鲍照的庐山诗一样，以繁密的笔法写出长期生活于人境之中的诗人眼中原始自然的荒幽、神秘。如《游敬亭山》，开篇"兹山亘百里，合沓与云齐"先点出远望中敬亭山连绵高耸的整体气势，让我们想到鲍照笔下"高岑隔半天，长崖断千里"[1]的庐山，然后细写山野中的原始景象：

上干蔽白日，下属带回溪。交藤荒且蔓，樛枝耸复低。
独鹤方朝唳，饥鼯此夜啼。渫云已漫漫，夕雨亦凄凄。

再看《游山》的景象，也一样透出凄寒：

坚崿既崚嶒，回流复宛澶。杳杳云窦深，渊渊石溜浅。
傍眺郁篻簩，还望森柟梗。荒隩被葳莎，崩壁带苔藓。
鼯狖叫层嵁，鸥凫戏沙衍。

我们只需把谢朓的游山诗与鲍照的放在一起，便能发现原始自然在

---

[1] 鲍照《登庐山诗二首》。

他们眼中何其相似：

>龖崷高昔貌，纷乱袭前名。洞涧窥地脉，耸树隐天经。
>松磴上迷密，云窦下纵横。阴冰实夏结，炎树信冬荣。
>嘈囋晨鹍思，叫啸夜猿清。

——鲍照《登庐山诗》

在鲍照与谢朓这些诗人眼中，原始山林中密布着交藤荒蔓、樛枝回溪、鹤唤鼯啼、漫云凄雨，绝非久留之地，哪里还能有大谢"企石挹飞泉，攀林摘叶卷"的轻快心情？他们与原始自然保持着一种心理的距离，大谢那种与原始大自然心息相通的感应，我们从鲍照与小谢诗中是感受不到的；鲍照与小谢在原始自然中感受到的，与其说是审美的愉悦，还不如说是因距离而生的敬畏。因此大谢在荒幽景象中能够养生怡性，畅悟玄理，鲍照小谢却往往因自然之陌生神秘而生神奇灵异之想，鲍照面对庐山感叹："深崖伏化迹，穿岫阈长灵"[①]，"访世失隐沦，从山异灵士"[②]，小谢面对敬亭山也有"隐沦既已托，灵异居然栖"[③]"要欲追奇趣，即此陵丹梯"[④]之感慨。

虽然谢朓山水游览诗在题材与写作路数上承继了元嘉诗人的传统，但他毕竟是永明诗人，永明诗人主张"易见事""易识字""易读诵"[⑤]，学习民歌天然明转的优点，风格浅易流畅，小谢的山水游览诗自然也会隐隐透露出永明味道。谢鲍那种以形态复杂的联边词与拗口的双声叠韵词状写山水之貌的方式在小谢诗中虽时常有之，但并不多见，他转以较平易的叠词来描写景物之状貌，如在"渫云已漫漫，夕雨亦凄凄""杳杳云窦深，渊渊石溜浅"；为使语气灵活流转，永明诗人也改变了谢、鲍纯以实词结构诗句的方法，多以副词斡旋句中，如在"交藤荒且蔓，樛枝耸复低""渫云已漫漫，夕雨亦凄凄"句里，副词"且"与"复"、"已"与"亦"成对出现，为繁富的山景描绘注入了疏朗之气，这样就

---

①② 鲍照《登庐山诗二首》。
③④ 谢朓《游敬亭山》。
⑤ （北齐）颜之推《颜氏家训·文章篇》，见郭绍虞主编《中国历代文论选》，上海古籍出版社，1979年8月第1版，第352页。

## 第二章 谢朓：都邑风景审美范式

在一定程度上克服了元嘉诗人纯以实笔写山水带来的滞重之感。经过这样的改造，小谢游览诗在语言上就平和容易了许多，但同时元嘉诗人那种写景精确而奇警的优点也就不明显了，因此方东树说小谢《游敬亭山》诗："大致亦同康乐、明远，但音节易之以和耳，精警似逊之"①。

如果说《游山》、《游敬亭山》、《和王著作融八公山》尚以对元嘉风格的继承为主的话，《将游湘水寻句溪》与《游东田》则更多地显示出小谢独有的色彩。

既从陵阳钓，挂鳞骖亦螭。方寻桂水源，谒帝苍山垂。
辰哉且未会，乘景弄清漪。瑟汨泻长淀，潺湲赴两岐。
轻蘋上靡靡，杂石下离离。寒草分花映，戏鲔乘空移。
兴以暮秋月，清霜落素枝。鱼鸟余方玩，缨绶君自縻。
及兹畅怀抱，山川长若斯。

——《将游湘水寻句溪》

戚戚苦无悰，携手共行乐。寻云陟累榭，随山望菌阁。
远树暧阡阡，生烟纷漠漠。鱼戏新荷动，鸟散余花落。
不对芳春酒，还望青山郭。

——《游东田》

《将游溪水寻句溪》以"瑟汨"六句正面写句溪清景，"轻蘋"二句写水面浮萍轻盈飘转，水中杂石历历可数的大概印象，句法朴拙明快，带有永明平易的特色。"寒草分花映，戏鲔乘空移"写溪岸上寒草与秋花交杂点衬，鱼儿水中戏乐的活泼小景，精微细致的小景刻画与讲究的句法也都能见出永明趣味。特别是这"戏鲔乘空移"一句，写出溪水清澈以至让人产生鱼儿在空中游移的错觉，正是柳宗元《小石潭记》"潭中鱼可百许头，皆若空游无所依"的蓝本。《游东田》与谢灵运《游南亭》等一样，表现郊野之游的乐趣，但却抛弃了大谢层层铺陈的繁冗章法，只选取最有特色的风景，浓缩在短短十句的新体形式中。此诗将大谢移步换景与静物写生的观景方式融为一体，"寻云"二句继承了大谢移步换景的方式，写诗人追循着云迹一步步登上重叠的台榭，随着起伏的山势观望檐如菌芝的华美楼阁，在叙写流动的游程的同时，兼工写

---

① （清）方东树《昭昧詹言》，第190页。

物。"远树"四句则写站在高处的临眺之景，一远一近，远景朦胧，近景精微，言尽东田风味。

总之，谢朓这些为数不多的山水游览诗，在风格与笔法上，是以对大谢元嘉游览体的继承为主的，这也说明谢灵运的山水游览诗确实建立了一种写作的范式，垂范后人；同时，在继承中又逐渐透出永明时代的痕迹，我们正可从中窥见以谢朓为代表的永明诗歌风景描写的特出之处。关于小谢都邑风景描写的特色，我们在接下来的两节中将作重点分析。

## 第二节 都邑风景审美范式的内涵

### 一、"细密"化的写景艺术

钟嵘《诗品》评谢朓诗说："其源出于谢浑，微伤细密，颇在不伦。一章之中，自有玉石，然奇章秀句，往往警遒，足使叔源失步，明远变色。"[1]钟嵘赞赏谢朓以警遒的奇章秀句取得了迥出前人的诗歌成就，但又指出谢诗"微伤细密"。从《诗品序》来看，钟嵘所言的"细密"，应该主要是从声律方面着眼。永明之时，诗人首倡声律，将"四声八病"之说运用到具体诗歌创作中，在《诗品序》中，钟嵘对这种风气提出了批评：

王元长创其首，谢朓、沈约扬其波，三贤或贵公子孙，幼有文辩。于是士流景慕，务为精密，襞积细微，专相陵架，故使文多拘忌，伤其真美。[2]

"精密""细微"，整合言之，正有"细密"之意，虽然钟嵘所言是批评之语，却也从反面道出了以谢朓诗为代表的永明诗声律方面的特征。实际上，从诗歌史进化的角度看，永明诗歌以渐趋"细密"的诗歌追求，逐渐革除晋宋诗重浊晦涩之病，实是重大的历史进步。而且，"细密"不仅是声律方面的特征，还是那个时代整体的诗歌艺术趋向。在写

---

[1] （梁）钟嵘著、曹旭集注《诗品集注》，第298页。

[2] 同上，第1页。

景艺术方面,以"细密"化来形容谢朓诗呈现的时代特征,也是十分恰当的。元嘉以后,随着诗歌题材由原始自然转到日常化的都邑风景,风景描写的方式也渐渐由谢鲍式的"繁富"向"细密"转变:诗人开始以敏锐的感受捕捉日常生活中的细节之美,在生活的常境中挖掘饶有兴味的诗意瞬间,且以细腻熨帖的语言来呈现这些细节之美。这种趋向,在元嘉晚期诗人,如谢庄等人的诗中已经初露端倪,至永明年间已成为诗坛之普遍趋向,小谢风景描写之"细密",体现在他对流动的光色、瞬间动态的细腻描摹中,体现在他细致多样的景物层次安排上。

诗歌中的风景之美,实质上是要通过想象的力量,把以诗歌语言描绘的风景在大脑中转化成具体可感的视觉形象。因此,从这个角度来说,风景描写的艺术,也是一门探讨如何再现风景之美的视觉艺术。随着风景描写的细密化,诗歌中视觉艺术之美的表现力也就愈加丰富了。

## (一)光色物态的细微化

谢朓继承了元嘉诗人从光色与物态入手描写景物的方式,而笔触更加细密灵动。元嘉诗中的光色之美,多为自然美景传神,小谢"以山水作都邑诗",善于从日常的都邑生活中发现"清丽"之美,因此自然光辉映照下的城市胜景,也为小谢所倾心追慕。"金波丽鳷鹊,玉绳低建章"写银河与金碧辉煌的宫殿交相辉映的夜间胜景,"白日丽飞甍,参差皆可见"则描绘出了远望中华光流布的灿烂宫宇,"炎光丽近邑,白苹望已骋"写出盛夏时分遍布宣城的炎热阳光,《和江丞北戍琅邪城》"春城丽白日,阿阁跨层楼"则展示了登望之中春城的明媚气象。

谢灵运诗中之光色,或者是表现光色映照下天地之间澄澈空明的整体印象,物象多为云、日、空、水等广阔之景,如"云日相辉映,空水共澄鲜""野旷沙岸净,天高秋月明"皆是;或者是对特殊光色现象进行科学化的探讨,如"崖倾光难留,林深响易奔"就揭示出由于四周崖壁簇拥形成的"一线天"地貌而造成山中光稍纵即逝的现象,带有强烈的理性分析色彩;或者以强烈的对比再现阳光下鲜亮的色彩,如"白云抱幽石,绿筱媚清涟""原隰荑绿柳,墟囿散红桃"。总的来看,谢灵运光色表现的特点是将直觉把握与理性思索相结合的,主要还是对光色总体的把握，还不太善于从细微处分辨光色本身之变。小谢则对光本身的变化抱有特别的兴趣，善于从精细间以极熨帖的诗语来描摹光色之变。在他的诗中，光总是与风处处相连，在风的作用下，光呈现出万千的流动之态。如《登山曲》中"天明开秀崿，澜光媚碧堤"写出清晨第一缕阳光在秀丽的山峰间闪现，水面顿时波光流溢的瞬间之景，活化出朝晖带给山水的第一缕生机。《京路夜发诗》"晓星正寥落，晨光复泱漭。犹沾余露团，稍见朝霞上"绘晨光熹微之景，又于霏蓝翕黛的天色中透出微微清爽之气。《直中书省》诗中"风动万年枝，日华承露掌"二句互文见义，捕捉到的是阳光在微风的作用下在浓密的枝叶间、金铜色的承露掌上晃漾的微妙之景。《奉和随王殿下》之"规荷承日泫，影鳞与风泳"则写出日光在荷间清露、鱼儿鳞背上闪烁的动态。光色之流动，本是难以入画的细微之景，谢朓诗体物之生动处，正在于将此难以状写的细景描绘得有声有色，带我们一同欣赏光的万千意态。再看《和徐都曹出新亭渚》中的名句：

　　　　日华川上动，风光草际浮。

　　此诗中，"日华"与"风光"互文，谓日出而恰值有风，于是草木江流，触目皆成光色。金色的霞光泼洒在广阔的江面上，江水苍苍，光影粼粼；芳草青青，沐浴在氤氲的晨光里，远远望去，只见草尖一片光影闪烁，阳光正在浮动。阳光本是没有动感的，这两句却通过精确的光色透视，传达出了清晨阳光初出时刻的流动感，最能体现谢朓诗体物细密的特色。成倬云曰："风华旖旎，句句皆熨帖而成，何等细密！""'日华'二语，景实难绘，看他自在写出，能不推为绝唱！"①的确，这样的景象，以中国绘画之笔法显然是难以表现的，如果要以绘画比之的话，则只有善画瞬间光色的西方印象派绘画差可拟之，印象派大师莫奈的名作《印象：日出》描绘的景象，不正与"日华川上动"的景象仿佛吗？

　　莫奈的好友克列孟梭在《教堂的革命》中这样评价莫奈的创作："光既然是画的主题，本应是不动的，但对莫奈来说，光是流动易变的。这是一大创举，一种新的观察方式、新的感觉和表达的方式，是一

---

① 曹融南《谢宣城集校注》，上海古籍出版社，1991年11月第1版，第325页。

场革命。"[1] 从谢灵运到谢朓，光色之变化流动本身成了风景表现的一大主题，这在风景诗歌艺术的发展史上，也是新的观察方式、新的感觉与表达方式的转变，谢灵运那种科学理性与视觉印象相结合的表现方式，到谢朓这里已经几乎完全变成从视觉印象出发来捕捉这种特定瞬刻的视觉印象之美了。

　　有光自然有色，执着于光之变幻的诗人如何能不对色彩抱有审美的热忱呢？上文已经提到，谢灵运是常以鲜明的固有色对比直接形容光色作用下的绮丽世界的，这种描写方式精确实在，以强烈的视觉之美将我们带入历历如画的诗境。小谢诗则不同，他极少刻意追求红黄紫绿这些鲜艳色彩的对比，即使偶尔有之，他也要尽量地将色彩淡化，使自己的诗歌带上一份含蓄之美。如《送江水曹还远馆》有"塘边草杂红，树际花犹白"之景，这里的"红"，只是夹杂在青草丛中的星星点点；这里的"白"，是花事过后的残存，不似大谢笔下的色彩那样灿烂浓重。更多的时候，小谢采用以物象比喻来曲意形容的色彩表现方式。如被李白一再称道的"余霞散成绮，澄江静如练"，形容云霞满天绚丽如五彩绮缎，江水澄静如素白之练，传达出诗人对黄昏特有光色情调的敏锐感觉，在状写出如画之境的同时，更添一分想象之灵妙。再如《别王丞僧儒》中"花树杂为锦，月池皎如练"，《与江水曹至干滨戏》中"花枝聚如雪，芜丝散犹网"之句，也具同样妙致。言语方式总是与语言技巧相搭配的，大谢直陈色彩的表现方式，是与他以实词构造诗境的语言风格是一致的；至于小谢，无论是淡化色彩的方式，还是以比喻来曲意形容物之意态色泽的方式，在诗歌语言上总是要以虚词斡旋其中，这样就可以尽量避免将诗境填充得过满，而把想象的空间延伸到了语言之外，使诗歌带有流转含蓄之美感。这样，小谢诗中的色彩之美，恰如初放的花蕾，初上的新月，带有江南山水的独特情调，朦胧、轻盈、清幽、素淡、优雅。

　　月光下的静景在谢朓诗中也是一道优美清恬的风景，可惜一向不为以前的研究者所注意，这里我们特提出几篇与大家共赏。与谢灵运笔下

---

[1] 〔法〕Sylvie Patin《莫奈·捕捉光与色彩的瞬间》，张容译，上海译文出版社，2004年初版，第110页。

"野旷沙岸净，天高秋月明"的清朗开旷月色相比，小谢诗中的月色独具恬细渊润的风致。大谢诗中的月色是野外旅途之所见，小谢诗中的月色则得之于公务之余的园居休闲中，熔铸着诗人从精致的日常生活中感悟"山林"之趣的闲情雅致。如《奉和随王殿下》十六首就几次写到月夜静景：

> 高秋夜方静，神居肃且深。闲阶涂广露，凉宇澄月阴。
> 婵娟影池竹，疏芜散风林。
> ——之二
> 星回夜未央，洞房凝远情。云荫满池树，中月悬高城。
> 乔木含风雾，行雁飞且鸣。
> ——之四
> 清房洞已静，闲风伊夜来。云生树阴远，轩广月容开。
> ——之七

这几首诗，绘出的皆是随时间悄然推移的月下清境，展现着静中之动的妙趣。之二由高秋静夜、肃肃神居，到闲阶密露、凉宇清阴，再到婵娟竹影、疏芜风林，诗人视角由广入细，景致由静而动，自生无限清凉之意；之四由云集池树、荫影满池，进而月破重云，升到中天，高悬宫城，加之以乔木风雾，行雁飞鸣，则有不胜清旷之感；之七由清房寂寂，闲风徐来，进而云生影动，轩广月开，又含有不尽清静之妙。夜色本来是宁静安谧的，似乎一切都静止了，谢朓却能从如水的静谧中发掘出一系列微妙的动态景致，传月色之神。这几首诗的情境相似，不同处又都从略有差异的细节中见出，谢朓心思之细敏，实在是令人叹服。而且，这其中每一首诗所再现出的月下情境，无不精美绝伦，几乎可作为现代电影镜头的绝佳脚本。再如《移病还园示亲属》，在时间推移中写尽月夜不同时段的美：

> 停琴伫凉月，灭烛听归鸿。凉薰乘暮晰，秋华临夜空。
> 叶低知露密，崖断识云重。

诗人停琴伫立，静待明月东升，明月既升，自然熄灭烛光，一任明亮月光之照耀，此时，诗人身边万籁俱寂，唯有归鸿的号鸣时时自野外传来，更增寂寥之感。诗人以"停琴""灭烛"营造出人月静对相赏唯恐他物干扰的宁静气氛，"伫"字为久立之意，与"听"字一起传达出诗人痴望凝听之神态,"凉月"与"归鸿"的物象相对而出,正体现出诗人对清凉幽寂之境的审美偏好,也寄寓着诗人"疲策倦人世,敛性就幽蓬"的幽居心意。"凉薰"二句写出朗月高悬时的夜色之清凉:薰草影姿摇曳,在如水的夜色中散出悠悠清凉意,皓月当空,蔼蔼澄辉洒落,天地一片澄静空明。诗人对景赏心,不觉时移,直至木叶低垂,始知露密夜深,看到远崖似断,方觉夜云转浓。这"叶低"二句取法自大谢"鸟鸣识夜栖,木落知风发"笔意,从真实的细节雕刻中暗示着静伫已久、夜渐深沉的时间推移。

赏好音乐是六朝的时尚和名士生活的重要内容,乐器之中,琴又最能体现士大夫的情调与风度。在流传至今的谢朓诗中,琴的意象共出现过18次。《移病还园》写停琴望月,《和王中丞闻琴》则专写夜月闻琴:

凉风吹月露,圆景动清阴。蕙风入怀抱,闻君此夜琴。

萧瑟满林听,轻鸣响涧音。无为澹容与,蹉跎江海心。

首二句先渲染闻琴时的自然清境,露珠泛着月华的璀璨,被凉风撩动微微颤抖,树影随月光流动的脚步暗自轻移,这一切,如此细微,如此轻妙,诗人以精细如丝的心眼把握住了夜月微妙的光影变化,以静谧之中的微动来传"静"字之神,而闻琴人此时心无纤尘的清润与安静也自在不言中了。"蕙风"句从嗅觉着眼,将风写得充满灵性,风携着兰蕙的香气而来,多情地投入听琴人的怀抱,我们由此可以想见听琴人陶然自醉的神情,这就委婉地传达出了听者的适畅感与愉悦感。如此三句,已经从不同角度将月夜之清凉、静谧、芬芳描绘得极富诱惑力,因此接下来只需"闻君此夜琴"轻轻一点拨,已足以引发人们对这月夜琴声的无限联想。接下来两句方才正面写"闻",诗人从自己的主观感受着笔,写他在琴声中听出了在树林中掠过的秋风之萧瑟,在溪间跳跃的涧水之淙淙,这样,通过摹声造境,将要靠听觉分辨的抽象音乐美与目击可图的绘画美融为一体,描绘出了美妙的琴音使人达到的天籁合一的浑然境界。闻琴至此,已经使人心驰神远,渐生翛然尘表之致,于是,自然便有"无为澹容与,蹉跎江海心"之嗟叹了。月夜的良辰佳景,是微妙而朦胧的,月色中的生活趣味,也因此更加优美雅致,这样的景色情致,在澄心净虑、凝神理气的状态下才能得之,也全赖谢朓的精细熨帖之笔才能传其神。

小谢写景诗之精细入微，细密妥帖，与当时咏物的创作意识相关。谢灵运诗中的物态描摹还比较少，而且大多比较粗疏，永明诗人不唯善于描摹物态，而且专门的咏物诗已经非常流行。《南史·王昙首附王筠传》中对齐梁诗歌有这样的记载：

约于郊居宅阁斋，请筠为草木十咏书之壁，皆直写文辞，不加篇题。约谓人曰："此诗指物呈形，无假题署。"①

当时文坛领袖沈约"指物呈形，无假题署"的咏物标准，说明了时人咏物所追求的是如绘工笔景物的效果，曲写毫芥，瞻言见貌。谢朓的咏物诗就十分细致。如《咏风》"徘徊发红萼，葳蕤动绿葹。垂杨低复举，新萍合且离"，从红萼绿葹、垂杨新萍的摇曳之姿中，写尽清风之意态。《咏蔷薇》"低枝讵胜叶，轻香幸自通。发萼初攒紫，余采尚霏红。新花对白日，故蕊逐行风"，从枝叶、香气、花朵等多个角度展示了蔷薇之美，特别是"新花对白日，故蕊逐行风"一句，新花粲然笑白日，故蕊飘飘逐行风，光风流转的细景中颇带几许风流韵致。

从这两首小小的咏物诗，我们已经能看出谢朓诗有从工笔细描处见出细微瞬间之"媚"力的好处。只有体物入微，才能刻画工细。小谢心思之细腻敏感，使他能够从细节中体察宇宙自然之"微动"，捕捉住那些妩媚小景的动态瞬间。这样精彩的瞬间景象，除了"日华川上动，风光草际浮""凉风吹月露，圆景动清阴"之外，还有许多。如《直中书省》"红药当阶翻，苍苔依砌上"二句就描摹出微风拂过之刹那，红药花瓣当阶翻转、苍苔依砌上攀的动人情态，《临溪送别》之"叶上凉风初，日隐轻霞暮"传写出了第一缕凉风在叶上初起的时候，落日恰好从满天云霞中隐没的瞬刻，《登山曲》之"风荡飘莺乱，云行芳树低"写出当春风骀荡，飞莺受风而方向紊乱之时，行云也因风流走，低贴芳树飘过的盎然生意。再如《游东田》之"鱼戏新荷动，鸟散余花落"的名句，描写的是这样的景致：鱼儿在池塘中追逐嬉戏，不经意间触碰到亭亭的风荷，新荷晃动，莹亮的清露一下子从碧绿的荷叶间滚出；同时，林间喧嚣的鸟儿也被某种声响惊动，突然一哄而散，枝间的残英亦在鸟儿飞起的瞬间飘落。

---

① 见（唐）李延寿《南史》，中华书局，1975年11月第1版，第609页。

这些稍纵即逝的妩媚瞬间,大多是最细微的动态小景,虽然是动景,却只存在于某个细微的瞬间,几乎是没有声息地静静发生,是静中的"微动"。大自然的悄然流转,宇宙的无穷变幻,正蕴涵在这一个个无穷的瞬间里。谢朓这位心思细腻而笔触清丽的诗人,独具慧心地体察着自然这些极细微的因果联系及因此而来的变化,以类似于"慢镜头"的方式来精心展现每一个妩媚的瞬间,洞鉴肌理,细现毫发,赋予了平凡琐细的小景致让人惊叹的美,展现出一个个有画意却以画笔难绘出的诗意境界。

流动的光色,妩媚的瞬间动态,这些都是细密精致的诗家之景,是绘画等视觉艺术形式所难表现的。拿绘画来说,这些景致虽然都称得上是"诗中有画",但绘画却难以绘出,因为诗画虽然相通,但毕竟描写的手段不同,造成了它们表现内容的差异,绘画的色彩与线条适合于表现静态空间之美,诗歌的语言描述则偏重于表现时间流程中的动态之美。德国美学家莱辛认为:

诗想在描绘物体美时能和艺术争胜,还可用另外一种方法,那就是化美为媚。媚就是在动态中的美,因此,媚由诗人去写,要比由画家去写较适宜。画家只能暗示动态,而事实上他所画的人物都是不动的。因此,媚落到画家手里,就变成一种装腔作势。但是在诗里,媚却保持住它的本色,它是一种一纵即逝而却令人百看不厌的美。它是飘来忽去的。因为我们回忆一种动态,比起回忆一种单纯的形状或颜色,一般要容易得多,也生动得多,所以在这一点上,媚比起美来,所产生的效果更强烈。①

虽然莱辛上述发论,主要是就西方人物画与叙事诗言之,但毕竟道出了诗歌的语言表现相对于绘画的线条、色彩表现的长处,因此在风景诗画的比较中,依然是适用的。莱辛所说的诗歌与绘画等艺术形式相比,优势在于"化美为媚",而"媚"又是"动态中的美",是"一种一纵即逝而却令人百看不厌的美",也就是说诗的特点是要在动态中,尤其是转瞬即逝的动态中体现物体之美,谢朓诗中对光色流动与精细物态的描摹,正称得上是"化美为媚"了。巧的是,"媚"也是六朝时人

---

① 〔德〕莱辛著、朱光潜译《拉奥孔》,人民文学出版社,1979年8月第1版,第121页。

的一个常用字眼，宗炳《画山水序》说"山水以形媚道"，谢灵运诗中有"绿筱媚清涟"，谢朓诗中有"澜光媚碧堤"的句子。六朝人将形容女子妩媚之态的词语移用来形容清丽秀美的江南山水的万千姿态，说明"媚"所体现的是一种婉转柔和的审美趣味，这种审美的趣味，偏向于王国维所说的"人唯于静中得之"的"优美"[①]之境。这种审美的趣味与视觉的美感，自小谢之后，便在中国古典诗歌中普遍流行了。

同时，我们稍加注意便可发现，上面所举列之秀句，多数都是以骈句的形式出现的。骈句是中国古典诗歌特有的言语方式，其"两两相对"的特性使一组风景骈句本身便能构成一个自足的整体，具有整饬精工的形式美感，以之来表现轻清流转的动态之美，自然会突破元嘉骈句因刻意求工而略显板滞的局限，使风景骈句朝着工致而兼灵动的方向进境了，而谢朓诗歌"圆美流转"的艺术追求，也由此中体现出来。

### （二）层次布置的精密化

谢朓风景描写的"细密"特色，不仅体现在流动的光感世界与瞬间动态之美的发现上，而且还体现在精致细腻的景物层次布置中。上一章已经说过，谢灵运诗中已有一类静物写生式的风景，以远近位置的空间透视与明暗有别的光色透视来构造出错落的整体层次，这种远近搭配的风景结构方式到以写园林风致见佳的谢朓诗中已经成为主要的模式，而且愈发地精致工细。此外，谢朓还发明了依照时间流动来安排景物的方式，在时间的流程中记叙风景物色的渐变过程。下面我们便分而述之。

谢朓诗中的风景，多是典型的园林风物，很多都得之于高斋闲望或窗中远眺之中，因此鸟瞰的平远视线成为他观景的主要方式。在平视的视线中，景物往往依照远近关系参差递进，前景、中景、远景依照由清晰而朦胧的视觉原理罗布，这一点，与写实绘画"远则取其势，近则取其质"的艺术讲求是相通的，所以这样的风景描写，也会呈现出写实绘画般的空间透视质感。如《冬日晚郡事隙》：

案牍时闲暇，偶来观卉木。飒飒满池荷，翛翛荫窗竹。
檐隙自周流，房栊闲且肃。苍翠望寒山，峥嵘瞰平陆。

---

[①] 王国维《人间词话》，上海古籍出版社，1998年2月第1版，第2页。

诗人案牍闲暇，偶来观赏卉木，因此首先映入眼帘的自然是面前池荷窗竹翛翛飒飒的衰微之态，而后诗人的目光又越过檐隙房栊，眺向远方苍茫的寒山平陆。诗人的目光由近而远，景物也由精微真切而渐渐苍茫，正是遵循着近景清晰远景模糊的视觉原理的。

谢朓诗中的风景，多为园林艺术之美，可说是以诗歌的形式纪录下了时人筑园的美学思想。如《新治北窗和何从事》：

国小暇日多，民淳纷务屏。辟牖期清旷，开帘候风景。
泱泱日照溪，团团云去岭。岧峣兰橑峻，骈阗石路整。
池北树如浮，竹外山犹影。

六朝人筑园已熟知"借景"的方法，也就是开凿窗牖以借园外之景色，此诗便是为新开了"北窗"而作。诗人以"北窗"为框裁取了一个黄昏风景的片断：落日的余晖洒满溪池之水，在微风的吹拂下，光亮如流动的绮缎，池北的树倒映水中，树与影在炫目的落日辉映中，已泯然难辨，好像都在随池水的摇曳而浮动；落晖在细密的竹叶上浮动，使竹林的翠色斑斓跳跃起来，微风拂过，竹影轻摇，时而闪出丝丝缝隙，从中恰可隐约瞥见一抹淡淡远山的暗影。由近前的溪池之水，水边嶙峋的山石，委曲的石路，延展到池北模糊的树影，再到淡若水墨的远山，层次一一分明。钟惺称赞此诗"思路清密，渊然洽然"，又说："往往以排语写出妙思，康乐亦有之。然康乐排得可厌，却不失为古诗；玄晖排得不可厌，业已浸淫近体"①。小谢此诗以排偶之语出之，但比之大谢一山一水、整体铺排的长篇古体方式，形式与语言毕竟都已经凝练许多，显出向近体演变的迹象。特别是"池北"二句，将景物的空间层次放到风光作用下景物摇摆的动态中来展现，较之谢灵运"近涧涓密石，远山映疏木"的静态呈现方式的确是一种艺术的进步。

远景与近景的搭配，在谢朓那些篇幅较短，与近体相接近的小诗中几乎已成为风景描写的固定模式，这一模式后来成为律诗两对景联的典型。如《游东田》"远树暧纤纤，生烟纷漠漠。鱼戏新荷动，鸟散余花落。""远树"二句则写登高望远之景，烟气升腾，不绝如缕，弥漫于水际树间，远远望去，只见株株朦胧的芊芊绿影隐约其间，飘飘欲动，正

---

① 见（明）钟惺、谭元春《古诗归》卷一三，《续修四库全书》第1589册，上海古籍出版社，2013年版，第492页。

是"平林漠漠烟如织"的景象，而"生"字又下得极妙，写出烟树迷蒙，云烟似乎从树间生出，不绝如缕的错觉，于朦胧中含蕴着灵动之意。"鱼戏"二句捕捉到了鱼戏而引起新荷颤动、鸟散而使得余花轻落的瞬间小景。如此一远一近、一朦胧一清晰的描写，便在我们眼前澹然浮现出一幅云烟渺渺又灵动活泼的夏日风情图。再如《后斋回望》："高轩瞰四野，临牖眺襟带。望山白云里，望水平原外。夏木转成帷，秋荷渐如盖。"视线尽头，是远岫入白云、流水连平野的无穷之景，近处则夏木阴阴，密如帷帐，秋荷亭亭，宛如华盖，景致巧妙真切。又如，《与江水曹至干滨戏》也是由远入近之景："远山翠百重，回流映千丈。花枝聚如雪，芜丝散犹网。"远山叠翠，回流曲折，"百重""千丈"都是写大概印象，而花枝如雪、芜丝如网则是眼前的逼真所见；《送江水曹还远馆》之"高馆临荒途，清川带长陌。……塘边草杂红，树际花犹白"的布景方式也是如此。

总之，谢朓诗中的布景方式，是以阔大的远景与精微的近景搭配为主的，近景的刻画，专力于表现其清晰真切的特质；远景的描写，则主要集中在其迷蒙、澹远的特点上。关于细密的近景刻画，我们在上一节中已有细致分析，这里就不再赘述，谢朓的远景描写，则值得我们进一步分析。平远视线里的迷蒙、清远之景，带有鲜明的江南烟水特征，显然为生于斯长于斯的诗人所偏爱，在他的诗中，无论是视线尽头的远山平陆、荒途长陌，还是烟波云岫，疏林淡影，都被青烟淡雾所笼罩，消逝在茫茫无穷处，诗人也藉此将诗意的空间扩展至无穷之远。这与绘画中"平远之意冲融而缥缥缈缈"[①]的"平远"一境可谓异曲同工。中国绘画中著名的"三远"透视法，"平远"一法是最早出现的，甚至在南朝画论中已有记载：

今张绡素以远映，则昆阆之形可围于方尺之内。竖划三寸，当千仞之高，横墨数尺，体百里之遥。

——宗炳《画山水序》[②]

---

[①] （北宋）郭熙、郭思《林泉高致》，见周积寅《中国画论辑要》，江苏美术出版社，1985年8月第1版，第449页。

[②] 见沈子丞编《历代论画名著汇编》，文物出版社，1982年6月，第15页。

水因断而流远。

路广石隔,天遥鸟征。

高岭最嫌邻刻石,远山大忌学图经。

——(传)南朝梁·萧绎《山水松石格》①

萧贲。雅性精密,后来难尚。含毫命素,动必依真。尝画团扇,上为山川,咫尺之内,而瞻万里之遥;方寸之中,乃辨千寻之峻。

——南陈·姚最《续古画品录》②

在《画山水序》中,"横墨数尺,体百里之遥"提出的是符合透视学的远景画法;《山水松石格》中,"水因断而流远""路广石隔""天遥鸟征"都是"平远"之境的具体布置法,"远山大忌学图经"也指出画远山不能像绘制地图那样清晰明白,要画出远山隐约层迭的真实视觉感受;根据《续画品》的记载来看,萧贲已经是一个能表现精密的远近透视的画家,"咫尺之内,而瞻万里之遥;方寸之中,乃辨千寻之峻",正是平远透视才能体现的视觉效果。至相传为王维所作的《山水诀》、《山水论》中,对平远境界的表现方式就更具体丰富了:

远岫云容窑相接,遥天与水色交光。远景烟笼,深岩云锁。

远山须要低排,近树唯宜拔近。

远人无目,远树无枝;远山无石,隐隐如眉;远水无波,高与云齐。此是诀也。

远山不得连近山,远水不得连近水。③

早期画论中的这些平远构图法则,在谢朓诗的远景中也常出现,"苍翠望寒山,峥嵘瞰平陆"④"望山白云里,望水平原外"⑤"远树暖纤纤,生烟纷漠漠""落日飞鸟远"⑥等均是诗中之画,堪作画本。而且,谢朓诗中的平远之景,不仅仅出现在远近之景的对照中,他还常常专写远景,精心描摹出远景中的层次。如:

---

① 见沈子丞编《历代论画名著汇编》,文物出版社,1982年6月,第21页。
② 同上,第24页。
③ 同上,第30页。
④ 《冬日晚郡事隙》。
⑤ 《后斋回望》。
⑥ 《和宋记室省中》。

> 白水田外明，孤岭松上出。——《还涂临渚》
> 云端楚山见，林表吴岫微。——《休沐重还丹阳道中》

白水在田外闪烁，孤岭从松上冒出，山影远岫从云端树尖隐现，这样的景象安排，看似不合逻辑，却展现出了第一眼的直觉印象，是平远视线中的视觉真实。如果依照这种视觉真实来布画，绝对是蕴涵巧智的上好风景。

绘画讲究布局的灵活多变，清沈宗骞《芥舟学画编卷一·山水·布置》中就说"布局之际，务须变换；交接之处，务须明显。有变换无重复之弊，能明显无扭捏之弊。且日求变换，则心思所至，生发无穷"[①]。诗歌中的布景也遵循着同样的法则，谢朓诗中的平远景象，置陈布势也是不一而足，具有多样的形态。这里再举两例：

> 寒城一以眺，平楚正苍然。山积陵阳阻，溪流春谷泉。
> 威纡距遥甸，巉岩带远天。切切阴风暮，桑柘起寒烟。
> ——《宣城郡内登望》

> 沧波不可望，望极与天平。往往孤山映，处处春云生。
> 差池远雁没，飒沓群凫惊。
> ——《和刘西曹望海台》

《宣城郡内登望》诗写登望中的"苍然"暮色。"寒城"十字，领起有力。接下六句正写望中之景：山势险阻，蜿蜒起伏，遥接远天；溪流潺潺，透迤曲折，没入郊野。暮色沉沉，山间水际的桑柘都笼上了阴冷的寒烟。这正是一幅典型的中国画之平远图卷。同为平远景象，《和刘西曹望海台》则是另一番意趣：沧波漫漫，直与天齐。水天相接处，孤山隐现，春云迭生，雁影出没，凫群争飞。这两首诗中的景象，皆与善作江南平远之景的董源山水神形肖似。诗画相通，中国山水画家本有自诗句中寻找入画之景的传统，这两首诗中的景象，不正是现成的寒林山水图与烟江平远图吗？

值得我们注意的是，除了依照空间透视法以远近层次布置景物的方式外，谢朓心思细腻、感觉敏锐的个性也使他能精察出时间流动中的物色之变，依照时间流动的顺序来构造景物的层次。如《京路夜发》：

---

① 见周积寅《中国画论辑要》，江苏美术出版社，1985年8月第1版，第412页。

## 第二章 谢朓：都邑风景审美范式

> 扰扰整夜装，肃肃戒徂两。晓星正寥落，晨光复泱漭。
> 犹沾余露团，稍见朝霞上。故乡邈已夐，山川修且广。

此诗紧紧扣住题目写"夜发"之景，依照时间变化绘出由暗趋明的眼中所见。诗人整理行装，连夜出发，刚踏上旅程时，仰望夜空，但见晨星寥落，正渐渐隐去，晨光熹微，若明若暗，已在微呈蓝黛之色的天空闪现。将明的时刻，天气是寒凉而清爽的。诗人继续前行，看到路边的蔓草还沾着团团未消的露水，而天边的冉冉朝霞，不经意间已悄悄跃出了地平线。天色逐渐大亮，诗人的视野越发地广阔清晰了，故乡已愈行愈远，化为一片邈远不可及的风景，前面的山川已触目可见，要到达却也还有一段漫长艰辛的跋涉。这一段在时间的客观推移中暗写出"京路夜发"的行旅进程，层次细致而分明，其中虚字运用得尤为巧妙，一"正"一"复"，一"犹"一"稍"，以轻清流转的细腻笔致写出了悄然推移的时间进程。

再如《高斋视事》写斋中远眺之所见，也是以时间流程来结构景物空间的：

> 余雪映青山，寒雾开白日。暧暧江村见，离离海树出。

这四句是高斋闲望所得的冬日风景。脉脉青山之上，还点映着缕缕余雪，太阳冲破重重寒雾的阻积，冉冉升起，"开"字饶有兴味，形容太阳如奋力拼搏的人一般，在寒雾中开出一条路来，但毕竟雾气浓重，太阳终究不能放出全部的光彩，终究只是消损了锐利光芒的"白日"。"暧暧"二句即接续"寒雾开白日"一句而来。寒雾渐开，白日东升，故江边村庄渐渐地能隐约可见，水边树木在诗人眼中也历历分明起来。此诗中，动词"开""见""出"连用，精确地连缀出清新自然的风景渐变过程。

又如《落日同何仪曹煦》以个人踪迹为线，更具有叙述与描写相兼的意味：

> 参差复殿影，氛氲绮罗杂。独入天渊池，芰荷摇复合。
> 远听雀声聚，回望树阴沓。

此诗宛若几个连续的电影镜头，我们随着摄影机镜头的推拉摇移，便能观看到一组连续的黄昏小景。镜头首先摇向参差罗列的华美宫殿之前，以绮罗氛氲的印象传达出百官下朝时人潮涌动的热闹气氛，而后镜头便从纷喧的人群集中到诗人一人身上，于是我们就跟随着他独行的脚步来到宁静的天渊池边，与诗人一同欣赏满眼满池芰荷摇摆回合的风姿。正当诗人陶醉于芰荷之美时，突然耳边传来鸟雀集聚的鸣叫声，诗人为叫声引动，自然要回首寻绎鸟声所自，而回望处，却只见树间密叶杂沓，浓稠一片，又如何能见得其中鸟影？此诗的层次，是吸取了谢灵运诗以移步换景的笔法写风景的经验的，但不同的是，谢朓将这种方式由日夜兼行的山水游览运用到了园林小景之中，而且诗人主体的动作变化（"独入""远听""回望"）始终贯穿在写景之中，与景物描写紧密相关，这使得写景的层次更加细致精巧了。

总之，相比于谢灵运等元嘉诗人，谢朓诗中的风景结构方式呈现着多样化与细致化的趋向。基于对空间透视关系的敏锐把握，他发明了远景微茫、近景精微的景物结构方式，且能依照远近关系层递布置景物，这都使他的诗在整体布局上酷似充满空间质感的绘画，与发源于中古南朝时代的山水画多有不谋而合之处，这也再次证明了作为中国传统艺术形式的山水诗与山水画在发轫之初便交互融通的道理。而那些依照时间进程依次铺写景物的诗歌，则巧妙地融入了某些叙述性的因素，在侧重空间表现艺术的风景描写中注入了时间因素。

## 二、"窥情风景"的多元因素

刘勰讲"窥情风景"，对情与景的关系已经有明确认识，而谢朓诗之所以被后人称道，还有一个重要的原因，便是情景的交融。关于谢朓诗深于情的特点，前人多有阐发。如沈德潜《说诗晬语》即认为："齐人寥寥，谢玄晖独有一代，以灵心妙悟，觉笔墨之中，笔墨之外，别有一段深情名理。"[①]黄子云《野鸿诗的》认为："玄晖句多清丽，韵亦悠扬，得于性情独深。"[②]刘熙载《艺概》则认为："谢玄晖诗以情韵胜，虽才力不及明远，而语皆自然流出，同时亦未有其比。"[③]小谢诗情景交融

---

① （清）王夫之等撰《清诗话》，上海古籍出版社，1999年6月第1版，第533页。
② （清）黄子云《野鸿诗的》，上海古籍出版社，1978年版。
③ （清）刘熙载《艺概》，上海古籍出版社，1978年12月第1版，第56页。

的特点,也已经是文学史上的公论,但对于谢朓诗歌中"情"与"景"是如何交融的,也就是谢诗中"情"与"景"二元素交融的具体方式,则还是一个值得深入分析的问题。

## (一)情景交融与特定意象场景

在《文心雕龙》中,刘勰对于创作实践中"情"与"景"、"心"与"物"的关系问题,已经有所表述。所谓"窥情风景""情必极貌以写物",也就是认为欲言情而必写风景,将心中涌动的情思化为美好的风景,从能够"瞻言而见貌,即字而知时"的极其逼真的物色描写中委婉地寄托主体的思绪与意兴。"写气图貌,既随物以婉转;属采附声,亦与心而徘徊"则以互文的骈句形式,提出了心物交融的具体方式。既要"随物以婉转",又要"与心而徘徊",也就是说既要客观再现自然物色之美,又要根据感情表达需要对自然物色进行主观的选择,也就是诗人须要选择与自己的主观情思相映衬的特定意象,通过对特定意象本真美的描摹将心中情思传达给读者。宋元嘉时期,鲍照作为一介寒士,为生计不得不常年奔波在羁旅途中,沿途所见的寒雾急流、遒风宿云、落日高林之景象,无不象征着他旅途之苦辛、身心之焦虑与疲惫,在对这些特定景象的逼真描写中,作为读者,我们能强烈地感受到诗人的心绪。鲍照诗在奇险的自然美中蕴涵着自己孤独不平的气质,他的羁旅行役诗开创了以特定景象传达特定情感的情景交融方式。在小谢诗歌中,与羁旅行役相关的题材日益增多,旅途中常见的苍江水流、落日黄昏,也都在诗人含情凝望的双眼中化为有情之景。这些意象,皆承着鲍照的传统而来,而小谢独能去粗取精,将鲍照繁芜的行旅意象单纯化,以简省的笔墨写出了诗人绵绵的情思。

在谢朓眼中,苍江水流总是波涛漫漫,寥无涯际,饱含着诗人的无尽思绪。如《暂使下都夜发新林至京邑示西府同僚》中传诵千古的不朽发端"大江流日夜,客心悲未央",滔滔莽莽的江水,其来无端,日夜奔流,与诗人无止息的悲愤心情两相对照。方东树称"一起兴象千古,非工起调云尔"[①]。"大江流日夜"的景象,高古苍凉,具有排山倒海般

---

① (清)方东树《昭昧詹言》,第191页。

的力量，将诗人心中充溢的愤懑与不平表现得雄浑壮阔，气势不凡。《之宣城郡出新林浦向板桥》的开端"江路西南永，归流东北骛"则以两两相对的骈句形式写出诗人乘着逆流向西南行驶，滔滔急流却向东北奔驰的情景。江流以入海为归，所以奔腾得才那样迅速，而且奔去的方向，正是诗人刚刚离开的京都建康方向，诗人却与江流背道而驰，离乡而去，艰难地航行在漫漫无涯的逆旅途中。面对此情此景，诗人如何能不心生惆怅呢？"永"与"骛"的对照，从逆流与顺流的不同水速中正熔铸着诗人微妙的感情，真是语不及情，而情自无限。有此两句交代，方有下句之"天际识归舟，云中辨江树"的含情凝眺之景。又如《将发石头上烽火楼》的"荆吴阻山岫，江海含澜波"之句中，江海中的点点波光澜影，未尝不是诗人眼中闪烁着的点点泪光；《离夜》中"翻潮尚知恨，客思眇难裁"将"翻潮"与"客思"对照，道出诗人恨别的复杂情绪；《新亭渚别范零陵云》中之"云去苍梧野，水还江汉流"以云去水还之景传达与友人盘桓难舍之离情。至如《答张齐兴诗》中之"荆山从百里，汉广流无极"、《和刘西曹望海台》中之"沧波不可望，望极与天平"、《和江丞北戍琅邪城》中之"苍江忽渺渺，驱马复悠悠"的景象，则只需闭目凝思，口诵诗句，心头便自有一缕淡淡的哀愁涌出，而都不必细究这哀愁从何而生了。

　　黄昏日暮的景象也常常为诗人感怀，《和宋记室省中》的发端"落日飞鸟还，忧来不可极"就遵循着由景兴情的思路。关于此诗，唐人还有一段争论。元兢《古今诗人秀句》记载说，他曾与诸学士共览小谢诗，见《和宋记室省中》，诠其秀句，诸人皆以"竹树澄远阴，云霞成异色"一联为最，元兢以为这两句固然是绝唱之句，但未若"落日飞鸟还，忧来不可极"一联之妙。元兢认为"落日"二句的好处是："谓扪心罕属，而举目增思，结意唯人，而缘情寄鸟，落日低照，即随望断，暮禽还集，则忧共飞来。"[①]认为这二句不唯描写物色，且是借景抒情，因此比单纯的物色描摹要巧妙。日落黄昏是诗人笔下的常见之景，诗人们对落日之景的把握，一般多着眼于绮丽光色的变幻，在大谢诗中，"石

---

① （唐）元兢《古今诗人秀句序》，见郭绍虞主编《中国历代文论选》，1979年8月第1版，第322页。

浅水溅溅,日落山照耀""云壑敛暝色,云霞收夕霏"如此,在小谢诗中,"云霞散成绮,澄江静如练""竹树澄远阴,云霞成异色"亦如此,但这一句抛却了精致的物色描绘,直接将"落日"与"飞鸟还"的简朴意象陈列于笔端,在简远的构图中流荡着无穷的韵致:落日西沉的景象,是绚丽辉煌的,亦是苍茫宏阔、静穆寥落的,它滤去了诗人一日的劳碌,逗引出诗人心中隐隐的愁绪;自日边渐渐飞还的一只暮鸟,把诗人杳邈的神思牵引得愈发深沉,使这浑阔的黄昏气象间都弥漫上了淡淡的悲感。王夫之称赞此二句为"简贵",又称"'落日飞鸟还',合离之际,妙不可言。要此景在日、鸟之外,亦在'日''鸟'之间"[①],诗人含情的视线,是随着落日沉逝与鸟归的影踪而游走的,则"落日飞鸟还"的图景之中,已自然弥漫着"忧来不可极"的情思了。

"夫景以情合,情以景生,初不相离,唯意所适。截分两橛,则情不足兴,而景非其景"[②]。情与景这两元因素,本来就是不可分的,因为诗人总是以充满感情的眼睛到自然中寻找诗情的,无论这感情是出于审美的需求还是带着强烈的主观心理色彩,只要诉诸文字,景物描写中就必定包含着"情"的因素。但是要使情景二元因素在诉诸语言后,能达到自然泯合的境界,从自然美的图景中传达出特定的思绪、特定的情感氛围,是需要高超的艺术技巧。情与景之所以在小谢诗中能交相融汇,散发出无限动人的力量,与谢朓对诗歌艺术的悉心经营是密不可分的。上面举列的谢朓诗,从下字用语、意象选取以及构图上都体现出诗人的用心。

## (二)小谢"起首入兴"的发端与平远视角

比如小谢每每被时人与后人称道的成功"发端"就是谢诗能情景互渗的一个重要原因。谢鲍等元嘉诗人的诗歌常分为记叙—写景—议论三段,一般以记叙行程的平叙来发端,谢朓则继承了《诗经》的比兴手法,在开篇就直接引入所见之景,以景物来起兴,使无形之情变成了有

---

① (清)王夫之《古诗评选》,张国星校点,文化艺术出版社,1997年3月第1版,第248页。
② (清)王夫之《姜斋诗话》,见《清诗话》,上海古籍出版社,1999年6月第1版,第6页。

形之物呈有彩之色，直接诉诸读者的视觉形象，笼罩全篇，使千载之下的我们仍旧能够一下子就沉浸到当时的情境之中。上文所举列的"大江流日夜，客心悲未央""江路西南永，归流东北骛""荆山从百里，汉广流无极""沧波不可望，望极与天平""落日飞鸟还，忧来不可极"等，就都是发端之景，如果将这些诗句置于传统的中间部分，恐怕就不会有如此"寥天孤出"的震撼效果了。方东树称："昔人称小谢工于发端，此是一大法门。古人皆然，而康乐、明远、颜延之尤可见。大抵蓄意高远深曲，自无平率，然如颜延之特地有意，久之又成装点客气可憎，故又须兼取公干之脱口如白话，紧健亲切。"①方东树认为好的发端既要"蓄意高远深曲"，又要"脱口如白话"，谢朓的发端能以物色描绘来含蓄曲折地表达出主观的情思意趣，同时语言又明白如话，是谢朓整合前人经验后的独特创造，到唐代王昌龄《诗格》"起首入兴体"②一目中，便被总结为"景物入兴"与"景物兼意入兴"二式，作为学诗方法为唐人普遍模仿，对唐诗的影响是很深远的。

而且，从这些意象单纯而意味无穷的诗句中，也可见出诗人锤炼语言的功力。鲍照羁旅诗中的风景意象，大都还带着元嘉诗歌深秀繁密的特色，"急流腾飞沫，回风起江濆"③"乱流灇大壑，长雾匝高林"④"凉埃晦平陆，飞潮隐修樾"⑤的景象，描写的笔触还都很重涩密实；同时鲍照写景诗也偶然会有疏朗平浅的一面，为谢朓所承袭，如鲍照《拟古诗》之"蜀汉多奇山，仰望与云平"、《吴兴黄浦亭庾中郎别诗》之"风起洲渚寒，云上日无辉。连山眇云雾，长波迥难依"、《送别王宣城诗》"广望周千里，江郊霭微明"、《还都道中诗》"夕听江上波，远极千里目"中天涯望尽的观望方式，在谢朓诗中就屡屡出现；《日落望江赠荀丞诗》之"旅人乏愉乐，薄暮增思深。日落岭云归，延颈望江阴。乱流灇大壑，长雾匝高林。林际无穷极，云边不可寻。唯见独飞鸟，千里一扬音。推其感物情，则知游子心"的情境，被谢朓去繁借简，重新

---

① （清）方东树《昭昧詹言》，第187页。
② 张伯伟《全唐五代诗格汇考》，凤凰出版社，2002年4月第1版，第174页。
③ 《还都道中诗三首》一。
④ 《日落望江赠荀丞诗》。
⑤ 《发后渚诗》。

演绎,点化为"落日飞鸟还,忧来不可极"的轻妙之境。谢朓从鲍照诗中发掘出了平远取景的透视角度,这一取景的角度是我们在上一节已经探讨过的,平远角度能如实地表现景物间的层次关系,特别是绵渺的远景。而同时,平远的透视角度本身还是一种有意味的形式,它具有无限的时空延展性,能够思接千载,视通万里,我们只需顺着时空延展的方向,跟随着诗人含情凝望的视线,便能在自诗人眼中辐射出去的广渺时空中体会到诗人心中流动的情思,而时空无限,情思也自无限。王夫之说"语有全不及情而情自无限者,心自为政,不恃外物故也。'天际识归舟,云中辨江树',隐然一含情凝眺之人,呼之欲出。从此写景,乃成活景。故胸中无丘壑,眼底无性情,虽读尽天下书,不能道一句"[1],平远之景象正是因为含纳了诗人深情绵渺的识辨之目光,方能以有限之景语道出无穷的情思,而这不恰是"窥情风景"文艺思想的具体实践吗?绘画中的"平远"一境,讲求"平远之意冲融而缥缥缈缈",在冲融缥缈的画意中,也是贯注了诗人绵渺的情思的。这"大江流日夜""沧波不可望,望极与天平""荆山从百里,江汉流无极""苍江忽渺渺""落日飞鸟还"的广渺之景,在宋元山水画中不都是常见的图景吗?

### (三) 新体形式对情景关系的促进

在谢朓诗中,情景之所以能够交融,与诗歌形式由繁而简的发展趋势有关。上面已经说过,谢朓从鲍照诗中发掘出了苍江水流、落日黄昏这些常见意象与平远取景的视角,但能删繁就简,以少总多,达到"味飘飘而轻举,情晔晔而更新"[2]的效果。正如葛晓音先生所说:"如果说东晋早期和谢灵运的部分山水诗力求以万象罗会的方式体现出宇宙空间的广大无垠,那么小谢的山水诗给后世诗人的启示则是:化繁为简、扩大艺术想象中的空间,以简约的意象包蕴不见于文字的万趣万ultima。"[3]化繁为简,不仅是诗歌意象的浓缩,也是诗歌篇幅的凝练。《新唐书·宋之问传》讲到沈、宋律诗,明确把"回忌声病""约句准篇"同视为律

---

[1] (清)王夫之《古诗评选》,张国星校点,文化艺术出版社,1997年3月第1版,第245页。
[2] (南齐)刘勰《文心雕龙·物色》。
[3] 葛晓音《山水田园诗派研究》,辽宁大学出版社,1993年1月第1版,第55页。

诗的形式标准，其实，这两项变革自永明诗歌革新运动以来就已经在逐渐酝酿了。永明体的两项重要成就，一为声律的发现，二为诗歌篇幅的精简。永嘉时代谢灵运的诗歌以山水游览诗为主，篇幅冗长，多在20句左右，少于16句的诗歌极少。永明时期，诗歌篇幅已经大幅度缩减。今就逯钦立所辑的《先秦汉魏晋南北朝诗》统计，谢朓五言诗共有140首，其中十句式诗有32首，八句式诗有43首，四言式诗有14首，这几种形式约占全部诗作的64%，特别是后来被固定为律诗体式的八句式诗比例甚高，占了总数的31%。

关于齐梁之际诗歌篇幅的变化，已有学者作过专题论述。以最具代表性的五言八句式来说，吴小平在《论五言八句式诗的形成》[1]一文中，对五言八句式的理论根据和实际形成过程进行了考察。吴小平认为，"中和"之美是齐梁"新变"文学理论的一个特征，这种"中和"之美具体体现在诗文的篇制上，就是要"首尾可观"。刘勰就提出"首尾圆合""首尾周密"的要求，萧统《答玄圃园讲颂启令》说"得书并所制讲颂，首尾可观，殊成佳作"，《答晋安王书》说"得五月二十八日疏并诗一首，……首尾裁净，可为佳作"，齐高帝批评谢灵运"康乐放荡，作体不辨有首尾"，梁简文帝批评谢灵运"时有不拘，是其糟粕"，"学谢则不屈其精华，但得其冗长"。在篇制的长与短之间，他们要寻求的是"得赊促之中""折之中和"的平衡。如刘勰在论述文章的分章问题时说："然两韵辄易，则声韵微躁；百句不迁，则唇吻告劳，妙才激扬，虽触思利贞，曷若折之中和，庶保无咎"，范文澜先生注《文心雕龙》，引了《南齐书·乐志》[2]里的话，认为"观此文知彦和所谓折之中和者，是四韵乃转也"。四韵乃转，也就是八句一章，八句的篇幅正体现了"中和"之美。在实际创作中，吴先生认为，第一，齐梁人首先是从诗歌的长篇巨制中，认识到八句的中和之美的，因此，他们创作了大量的

---

[1] 吴小平《论五言八句式诗的形成》，文学遗产，1985年第2期。
[2] 《南齐书·乐志》曰："永明二年，尚书殿中曹奏：'……又寻汉世歌篇，多少无定，皆称事立文，并多八句，然后转韵。时有两三韵而转，其例甚寡。张华、夏侯湛亦同前式。傅玄改韵颇数，更伤简节之美。近世王韶之、颜延之并四韵乃转，得赊促之中。颜延之、谢庄作三庙歌，曾各三章，章八句，此于序述功业详略为宜，今宜依之。'……诏'可'"。转引自吴小平《论五言八句式诗的形成》，文学遗产，1985年第2期。

以八句为一章的长篇诗歌。如四言诗，王融便有《赠族叔卫军》十五章，谢朓有《侍宴华光殿曲水奉敕为皇太子作》九章、《三日侍华光殿曲水宴代人应诏》十章、《三日侍宴曲水代人应诏》九章，这些诗都以八句为一章。第二，根据《南齐书·乐志》的记载，这种以八句为一章的诗歌形式，首先是以乐府并且是雅乐的面貌出现的，倘若从这些长篇巨制中截取一章，八句四韵式就可以完全独立了。萧齐以前，五言诗很少分章，即使分章也不以八句为单位，萧齐以后，八句一章的形式纷纷涌现，并且由一诗多章发展到一诗一章，五言八句诗也脱颖而出。从题材上看，八句四韵式产生于雅乐，雅乐歌辞大都是四言，这从《三百篇》的《大雅》、《小雅》沿袭而来；八句四韵式从四言过渡到五言，必然有一个过程。因此，当时既涌现出大量的五言八句式诗，也出现了不少四言八句式诗。而且，有那么一批熟悉诗歌形式和技巧的诗人，四言诗和五言诗都是他们常用的形式。谢朓、王融、沈约等人，既是五言大家，又是四言能手，既能写典重雅正的雅乐，也能写平易晓畅的徒诗，在具体创作中，他们只是根据题材的需要而采取不同的形式。八句四韵式从四言到五言的过渡，正是在他们手里完成的。最后，从题材上看，五言八句式诗集中体现了宫体诗题材狭小的特点。直接酝酿出五言八句式诗的母体是宫廷乐府，这对五言八句式诗本身有着相当程度的限制，使得它与乐府诗保持着深厚而密切的关系，也从根本上囿住了五言八句诗的题材，使它的题材范围很难越出宫廷以外。

吴先生对五言八句式诗理论根据和五言八句体式源于乐府长篇的分析细微入理，让人颇受启发，只有最后一点，五言八句的题材范围很难越出宫廷以外这一观点似乎值得商榷。以谢朓来说，在他43首五言八句诗中，乐府有5首，咏物有9首，其他的几乎都是奉和诗、赠和诗、送别诗，如《奉和随王殿下诗》十六首中的十首、《和别沈右率诸君》、《离夜》、《送江水曹还远馆》、《临溪送别》、《和王中丞闻琴》等，不能说谢朓五言八句诗的题材范围难以越出宫廷之外。如果我们稍微注意一下就能发现，谢朓的这些五言八句式诗，几乎都作于诸人集会的公众场合。永明诗人集会时，常会作一些同类共咏的题目，如在"同沈右率诸公赋鼓吹曲名先成为次"活动中，谢朓有《芳树》、《临高台》两篇，同时沈约作《芳树》、《临高台》，范云作《当对酒》、《巫山高》，王融作《巫山高》、《芳树》，刘绘作《有所思》、《巫山高》，这些诗都和谢朓诗一样，采用的是五言八句的形式；居于宣城时，谢朓与檀秀才、江朝请、陶功曹、朱孝廉等人同赋杂曲名，谢朓作《秋竹曲》，檀秀才作《阳春曲》，江朝请作《渌水曲》，陶功曹作《采菱曲》，朱孝廉作《白雪曲》，也都是五言八句形式；再如竟陵文人团体还曾有"同咏乐器""同咏坐上器玩""同咏坐上所见一物"的游戏，谢朓与友人诗也都是五言八句形式；谢朓赴任荆州前夕，众友人为他送行，谢朓作有《离夜诗》，王融、范云、沈约、刘绘都有《饯谢文学离夜诗》，江孝嗣、王常侍各有《离夜诗》，这些诗作共用五言八句形式。总之，五言八句式的反复运用说明，它的出现并非偶然，它适应了永明时代诗人们常常同台竞技的现实需要，是在永明诗人们集体化的诗歌艺术探讨中出现并逐渐固定下来的，在艺术上是最接近完美的一种形式。同时，永明时期，文人之间的酬唱、赠和、送别活动渐多，要在有限的时间里、众人集结的场合赋诗，客观上也要求诗歌应缩减篇幅，锻造诗意，改变古体诗冗长繁富的风貌，促使古体诗向新体转变。永明诗人把五言八句的新体形式，从传统的乐府诗拓展到体物传真的咏物诗，又从咏物诗拓展到人情往来的送别诗、赠和诗，而我们知道，咏物与送别赠和诗都是到永明时期兴盛起来的，相对于乐府和山水游览来说是新题材，这恰恰说明，永明诗人团体从一开始就做着将新体五言八句诗与新的题材相结合的努力，从永明时代起，五言八句诗就已经表现出了超越宫廷题材的卓绝能力。谢朓诗中，新体与长篇古体是各自适用于不同题材的。在私人化的游览诗、羁旅诗里，他依然沿用着谢灵运长篇古体的题材与体式，如《游敬亭山》、《晚登三山还望京邑》，还有一系列的宣城郡斋诗；在众人游戏、唱和的场合，采用的是新体形式。

而且，诸人之间的集会，酬唱赠和，面对的对象皆是人，而不是山水游览诗中的原始自然，于是，婉转地传达人与人之间微妙的感情，必然是诗歌描写的要求了。永明诗人的抒情又与汉末诗人的抒情不同，《古诗十九首》由质朴的汉乐府民歌转化而来，真率自然，不求雕章琢句和奇巧构思，以娓娓的诉说与反复的咏叹，直接道出心中之情。虽然也时有景物描写，但多用于比兴，且有不少化自《诗经》、《楚辞》的典故。永明诗人则非常注重巧思奇想，在八句的玲珑篇幅中，融进十九首婉转抒情的特点，汲取了山水游览与咏物诗体物写真的有益经验，将感情融入美丽的风景，在风景中注入感情，使情景交互，诗境缠绵而含蓄。实际上，这种特点也不是五言八句式独有的，从题材方面，永明时期的乐府诗已逐渐改变了汉末叙事抒情的特质，出现了抒情写景的交融；从形式方面，作为由古体长篇向五言八句的过渡，谢朓那些五言十句诗中也表现出了这种倾向。如乐府题材的《秋夜》诗：

秋夜促织鸣，南邻捣衣急。思君隔九重，夜夜空伫立。

北窗轻幔垂，西户月光入。何知白露下，坐视阶前湿。

谁能长分居，秋尽冬复及。

相思之人自月光入户之初便自阶前伫立，一任白露将台阶湿透，犹自浑然不觉。这浑然不知时移的境界，正体现了相思之人的痴情。方东树评曰："起四句叙。'北窗'四句景，而五六又于景中见情，甚妙。"①

再如《临高台》：

千里常思归，登台瞰绮翼。才见孤鸟还，未辨连山极。

四面动清风，朝夜起寒色。谁知倦游者，嗟此故乡忆。

诗人登台眺望，极目所见，唯有隐隐远山、归飞孤鸟与一片苍寒之色，诗人无尽的相思，都随着凝望的视线化入这无尽的虚空之中。方东树评此诗曰："此因登高临望而思乡也。起二句，先点题情，得势倒点题面。以下四句，皆登望中之景。而景中皆有情，景亦活矣，非同死写景。此古人用法用意之深妙处。收句敷衍，结首句，章法奇而完密"②。关于新体形式的特征，我们可以从方东树的品论中得到很多启发，谢朓诗中之景，因为景中有情而成"活景"，而且谢朓新体形式的诗，是很讲究首尾圆合的，对章法结构十分讲究，钟嵘说的"末篇多踬"的现象只存在于长篇古体诗中，在短篇的新体诗中并不存在。

新体诗中，特别值得关注的是谢朓的送别诗。送别诗是永明年间发展起来的新诗体，谢朓的送别诗多为四言八句，偶有五言十句，且诗中多对仗工致的骈句，形式上已经与近体十分接近；而且，光润清美的风景物色，婉转深曲的别离之情，在简约精致的形式之中能够相惬相兼，

---

① （清）方东树《昭昧詹言》，第201页。

② 同上，第189页。

融通无碍，呈现出"圆美流转如弹丸"的诗美风格。先来看一首五言十句式的名篇，《新亭渚别范零陵云》：

> 洞庭张乐地，潇湘帝子游。云去苍梧野，水还江汉流。
> 停骖我怅望，辍棹子夷犹。广平听方籍，茂陵将见求。
> 心事俱已矣，江上徒离忧。

此诗起句已然不凡，不是平叙离别情事，而是以黄帝张乐、帝子游湘的典故暗示友人所去之地，而后以云去水还的阔大景象和诗人与友人百味交杂的悲慨情绪叠映，将思绪从遥远的苍梧之野拉回别离的江汉水边，景象阔大，正觉别绪黯然。诗人停车驻马，怅然若失；友人辍棹停船，游移不舍。"云去"二句与"停骖"二句之叙景写情，均自两方着笔，在两两相对的形式中写出子留我住，愀然神伤之意。结句更以谢朓擅长的平远取景方式将如此忧伤推衍至浩渺的烟波之上，将诗意宕开。如果将此诗的七八二句去掉，则此诗结构更为精炼，诗意依然完整，这说明诗歌结构由十句进境到八句，是有历史的必然性的。下面再看八句的。如《离夜》：

> 玉绳隐高树，斜汉耿层台。离堂华烛尽，别幌清琴哀。
> 翻潮尚知恨，客思眇难裁。山川不可尽，况乃故人悲。

该诗前六句皆为对句，"玉绳"二句是银河耿耿，照耀高树台阁之离别夜景，"离堂"二句则由外而内，将我们的视线引向华烛将尽、清琴流哀的别离之筵。之后，"翻潮"二句横空逆入，又将视线由离别之筵席转移到送别的水边，以知恨之翻潮与绵渺之客思相对，以跌宕奇警的构思，勾引出别离之悲情。"山川"二句，又换一幅笔墨作结，遥望远涉已足以使人愁烦，更何况又兼之以古人饯别之悲。此诗层层铺叙，在一个个场景的转换中将别离的悲情抒发到高潮。再看《送江水曹还远馆》：

> 高馆临荒途，清川带长陌。上有流思人，怀旧望归客。
> 塘边草杂红，树际花犹白。日暮有重城，何由尽离席。

高馆荒途，清川长陌，此诗一起便将如此广远荒寒之景直置眼前，令人如入当时别离之境。"临"字"带"字都是点睛之笔，把诗人的目光从饯别的高馆、脚下的清流这些身边之景带向了遥远的荒途、绵长的陌道，这怎能不让离人心头生起怅惘之思呢？接下来二句将镜头收回高馆之中，倒叙送别情事。"塘边"二句转回写身边之景，就眼前节候之景着笔，写塘边春草青青，红英纷杂；树间余花未落，绚白成采，春光如此美好，本应与友人一起驻足观赏，游目骋怀，谁知却恰逢着这伤心离别之时。王夫之说"以乐景写哀，以哀景写乐，一倍增其哀乐"①，这二句正得此意。"日暮有重城，何由尽离席"的结尾如余音绕梁，再次将目光投向友人即将奔去的远方，也再一次将文思跌宕开去，以日暮重城的凝重色调，烘托出流连不能尽兴的深情。再如《临溪送别》：

怅望南浦时，徙倚北梁步。叶下凉风初，日隐轻霞暮。
荒城迥易阴，秋溪广难渡。沫泣岂徒然，君子行多露。

此诗首叙送别情事，怅望的神情，低徊的脚步，已悄然牵出别离之感伤。中间两联皆为工致的对句，依依送别的深情，通过送别景色的描绘表现出来。当傍晚的第一缕凉风在叶下浮动的时候，夕阳恰好从轻霞暮色中隐没下去。这时，顺着友人将行的方向望去，只见荒城迥远，在暮色里化为一团模糊的阴寒之影，秋溪浩浩漫漫，似乎难以渡越。凉风叶下初拂，夕阳霞中隐没，诗人以清妙之景写别离的依依情思，荒城迥远易阴，秋溪浩漫难渡，诗人从眼中之景而悲友人行路之艰。结尾，诗人化用《诗经》典故，谓自己涕泣岂是徒然，也是挂念友人行路之艰难。此诗起结处说明情事，中间写景处又有情在，这种方式被后代诗人所效法，唐诗更是常常运用。

《与江水曹至滨干戏》纪录了离别之前的一次游赏活动，也成功地运用了新体形式：

山中上芳月，故人清樽赏。远山翠百重，回流映千丈。
花枝聚如雪，芜丝散犹网。别后能相思，何嗟异封壤。

此诗写得轻便小巧。山中芳月下，古人们清樽把酒，赏对良辰美景。但见远山叠翠，绵延百重云岭，曲流回旋，映照千丈碧潭；眼前花枝如雪，芜丝若网，似弥漫着不尽的情意。诗人不禁感慨，我们已经有这良辰美景可以共同回忆，何必为即将来临的分别嗟叹呢？

从这几首诗中，我们可以发现，这些诗中情景相惬的浑融境界，与诗歌的内部结构密切相关，谢朓对五言八句诗的内部结构进行了多种探

---

① （清）王夫之《姜斋诗话》，见《清诗话》，第4页。

索。《离夜》和《送江水曹还远馆》沿用了谢朓古体诗善发诗端的特征，《离夜》是由景入情的格局，《送江水曹还远馆》诗是景—情—景—情的交互格局，《临溪送别》与《与江水曹至滨干戏》则是情—景—情的结构。新体诗十分讲究首尾的圆融，就诗歌的发端说，《离夜》与《送江水曹还远馆》都体现了谢朓善于发端的特色，就眼前带有深沉感情暗示的离别景象写起，逐渐将读者带入当时情境；《临溪送别》和《与江水曹至滨干戏》的开篇则且叙且议，娓娓道出当时情事。谢朓五言八句诗的结尾也都就眼前景致生发而来，或者直接抒发，或者巧化典故委婉达情，或者将深情化入无尽的苍茫景象中，都言之有味，含蓄凝练。景句的描写更是诗中点睛之笔，后三首诗中都有两联景句，都以工整的对句组成，一联远景，一联近景，这就使得诗中景象错落有致，历历如画。可以说，五言八句诗中的每一个细节，都经过了诗人精心的打磨，因此而珠圆玉润，精光内敛，这些尝试都为唐代五言律诗奠定了基础。甚至，《临溪送别》和《与江水曹至滨干戏》无论从情—景—情的结构、情景交融的意境，还是远近搭配的景句、对仗的工致，都已经可以视为五律的雏形了。

### ■（四）情与景共同熔铸出的萧散之境

小谢诗中的风景，除了有"词彩葱蒨"的"清丽"一境外，还有萧散旷逸的一种。这种萧散旷逸的景致，弥漫着淡墨山水般的优雅色调，在淡淡的思绪中呈现出诗人萧条澹泊的人生意趣，又是另一番情景交融的境地。

前面已经提到，谢朓以"朝隐"的态度来对待现实的人生，在禄位之上又秉持着山林之趣，萧散的情趣便与这"朝隐"的人生态度息息相关，这在宣城时期的诗作中表现得尤其明显。出守宣城之前，谢朓在宦海已经几经沉浮，永明四年（486年）他追随齐武帝第八子随郡王子隆赴任荆州，不久遭王秀之谗害被敕还都，还都以后，先后任新安王中军记室，后又兼尚书殿中郎，此时，齐武帝病殁，受命辅政的萧鸾觊觎帝位，在皇族内部挑起了一场血腥的自相残杀，萧鸾即位后，谢朓又转官中书郎，不久便出守宣城。宦途险恶不能不使谢朓保持着紧张怵惕的心态，出守宣城给了处于政治漩涡中心的诗人一个脱身的机会，在赴宣城途中,他就大抒这种感慨。他在作于旅途上的《之宣城郡出新林浦向板桥》中说:"旅思倦摇摇,孤游昔已屡。既欢怀禄情,复协沧州趣。嚣尘自兹隔,赏心于此遇。虽无玄豹姿,终隐南山雾。"虽然还不免带着对故乡帝都的无限眷恋,虽然也有着孤游客居的羁旅情思,但无论如何,在诗人看来,宣城都是一个远离京城是非喧嚣的清静去处,在那里,他才能真正地"既欢怀禄情,复协沧州趣",实践着赏心怡性的"大隐隐于朝"的理想生活。在初到宣城的《始之宣城郡》中,他又反复地表明此种心迹:"下帷阙章句,高谈媿名理。疏散谢公卿,萧条依掾吏。""弃置宛洛游,多谢金门里。招招漾轻楫,行行趋岩趾。江海虽未从,山林于此始。"在宣城,他辞谢公卿之游,吏务之余,唯对林泉清流,尽享纵放自如的生活。

"朝隐"的生活使谢朓擅长在日常生活的常景中发现美,且在对日常都邑山水清丽之景的描写中带上了"萧散"之趣。

宣城时期的诗常有登望思归之作,依然采用古体的形式,在章法上都遵循着上半说景,下半说情,情从景生出的模式。谢朓身在禄位而持怀归隐逸之心的人生态度,使得他的诗中之情,总是能由眼前景象生发出思归的轻愁,由思归的轻愁又自然引申到栖隐山林、高蹈远隐的超然之意;正因为谢朓心中常有归隐山林的澹泊之思,所以他眼中的景色也必然透出旷逸萧散的风致:

> 案牍时闲暇,偶来观卉木。飒飒满池荷,翛翛荫窗竹。
> 檐隙自周流,房栊闲且肃。苍翠望寒山,峥嵘瞰平陆。
> 已惕慕归心,复伤千里目。风霜旦夕甚,蕙草无芬馥。
> 云谁美笙簧,孰是厌蘧轴。愿言税逸驾,临潭饵秋菊。
> ——《冬日晚郡事隙》

> 昧旦多纷喧,日晏未遑舍。落日余清阴,高枕东窗下。
> 寒槐渐如束,秋菊行当把。借问此何时,凉风怀朔马。
> 已伤慕归客,复思离居者。情嗜幸非多,案牍偏为寡。
> 既乏琅邪政,方憩洛阳社。
> ——《落日怅望》

> 借问下车日,匪直望舒圆。寒城一以眺,平楚正苍然。
> 山积陵阳阻,溪流春谷泉。威纡距遥甸,巉岩带远天。

切切阴风暮，桑柘起寒烟。怅望心已极，惝悦魂屡迁。
结发倦为旅，平生早事边。谁规鼎食盛，宁要狐白鲜。
方弃汝南诺，言税辽东田。

——《宣城郡内登望》

  《冬日晚郡事隙》中的风物，不过是冬日寻常之景，在这里却有了更多的情致。在园池残荷、映窗枯竹槮槮飒飒的风声中，诗人分明感到了肃杀的严冬气息，不禁"揽衣起彷徨"，他的目光穿越了檐隙房栊，眺向无尽的远处，但见寒山转苍翠，平陆渐峥嵘，好一个飘零的岁暮！归思本就是漂泊在外的诗人心中的难言之痛，这苍茫的远望之景又使人的心头萦起无端的愁绪。《落日怅望》也就眼前小景致写起：槐树畏寒，在秋风里渐渐缩紧了枝干，菊花次第开放，眼看就可以成把采摘了，这都是大自然最细微的小景致，高枕东窗的诗人却从中读出了季候变幻的讯息。"借问"二句由张协《杂诗》之"借问此何时？蝴蝶飞南园"与古诗之"朔马依北风"的诗意点化而来，凭空一问，牵出了千古以来天下游子的悲慨，诗人由自伤进而"伤人"，不仅为叹归的游子感伤，而且更替天下别离之人怅惘抒怀。再如《宣城郡内登望》，"寒城一以眺，平楚正苍然""切切阴风暮，桑柘起寒烟"的景象中已经带着凄苦之意，则下面的"怅望心已极，惝悦魂屡迁"自然是"即景引情"了。

  这些诗还大致袭用着元嘉诗以议论作结的方式，前面写景，后面道情，其实，即使没有"已伤慕归心，复伤千里目""已伤慕归客，复思离居者""怅望心已极，惝悦魂屡迁"这样的慨叹，诗人那淡淡的轻愁也已经从池荷窗竹、寒槐秋菊、暮风寒烟这些触目即是的萧瑟小景中，从寒山平陆这些极目所见的苍凉远景中渗溢出来了。宣城时期的生活，虽时有思乡之忧愁，但远离政治漩涡的诗人毕竟还是安闲自在的，因此在抒发了思归愁绪之后，这些诗的结尾无一例外地都归结到闲居隐逸之意上，"愿言税逸驾，临潭洱秋菊""既乏琅邪政，方憩洛阳社""方弃汝南诺，言税辽东田"皆以萧淡的语言表述着相同的意旨，是诗人宣城时期"萧散"生活的真实写照。

  萧散意趣的抒写与诗人的取景角度有着密切的关系。谢朓诗中的风景，常取于"高斋""高轩"闲望之际，或"高台""高馆"临眺之时。在谢朓诗中，常有这样带"高"字的发端：

## 第二章 谢朓：都邑风景审美范式

> 结构何迢递，旷望极高深。——《郡内高斋闲望答吕法曹》
> 高轩瞰四野，临牖眺襟带。——《后斋回望》
> 淮阳股肱首，高卧犹在兹。——《在郡卧病呈沈尚书》
> 落日余清阴，高枕东窗下。——《落日怅望》
> 高馆临荒途，清川带长陌。——《送江水曹还远馆》
> 积水照赪霞，高台望归翼。——《望三湖》
> 清淮左长薄，荒径隐高蓬。——《和沈祭酒行园》

这里的"高"，是指"高斋""高馆"等人工建筑的结构宏伟，地处高远，视野开阔，所见景象自然微茫旷远。这样的取景偏好，是注定要使诗中风景带上几分萧条荒远气的。而且，取景视角的高深旷远，也与高古萧散、悠然闲远的精神内涵相一致。如此取景的《郡内高斋闲望答吕法曹诗》就带有浓浓的"萧散"情趣：

> 结构何迢递，旷望极高深。窗中列远岫，庭际俯乔林。
> 日出众鸟散，山暝孤猿吟。已有池上酌，复此风中琴。
> 非君美无度，孰为劳寸心。惠而能好我，问以瑶华音。
> 若遗金门步，见就玉山岑。

这首诗也作于宣城任上。题中"闲"字已足见诗人情趣雅致。"高斋"结构迢递，尽目所见，皆是高旷深远之景，"结构何迢递，旷望极高深"一句，已定下全诗基调。诗人高斋闲坐，极目怅望，室外清景美不胜收。但见窗中远岫重云，舒卷开合而至；庭际乔林深木，络绎杂沓而来。一个"列"字，一个"俯"字，把静止的远山与乔林写得气象宏达，神气飞动，也将诗人于窗中庭际俯仰宇宙的自得之致展露无遗。"日出众鸟散，山暝孤猿吟"为谢诗名句，更是非有闲适之心者不能得之的好景。旭日渐升，众鸟飞散，山气沉暝，孤猿哀吟，宇宙自然的深邃幽邈，迢递高深，都可向此中静会之。此时，更兼有池上小酌，风中抚琴，这是何等的闲情雅致，诗人心境是何等的恬然安适！因此怡情山水的诗人不禁发出遗却尘俗、高蹈出世的感叹。历来诗论家对此诗都颇为赞赏，方延珪称"清新中逸气遒飞"[①]，钟惺说"语似陶，亦似王孟。'日

---

① （清）方延珪评点《昭明文选集成》，清乾隆三十六年刻本。

出众鸟散'，陶诗中妙语"①。陈祚明则认为："此诗嘹亮自然，调高节古，远追汉魏，无足多让。"②何义门认为："化艰为易，去重就轻，以其略浮词而取真色，所琢炼者在意象、物情之间耳。"综观各家，无不于诗人从容洒脱的风度心向往之，于此诗高古自然、萧条澹然的审美情趣深为赞许之。

萧条澹泊的风味，是需澄心静虑，于闲静之中方能味之的境界。心思细敏的谢朓寄情身边山水风物，他"高卧""幽栖"的萧散情趣泛溢于每一个日常生活的细节之中：

淮阳股肱首，高卧犹在兹。况复南山曲，何异幽栖时？
连阴盛农节，笤笠聚东菑。高阁常昼掩，荒阶少诤辞。
珍簟清夏室，轻扇动凉飔。嘉魴聊可荐，绿蚁方独持。
夏李沉朱实，秋藕折轻丝。良辰竟何许？凤昔梦佳期。
坐啸徒可积，为邦岁已期。弦歌终莫取，抚机令自嗤。
——《在郡卧病呈沈尚书》

雨洗花叶鲜，泉漫芳塘溢。藉此闲赋诗，聊用荡羁疾。
霡霂微雨散，葳蕤蕙草密。预藉芳筵赏，沾生信昭悉。
紫葵窗外舒，青荷池上出。既阖颍川扉，且卧淮南秩。
流独荡晚阴，行云掩朝日。念此兰蕙客，徒有芳菲质。
——《闲坐》

疲策倦人世，敛性就幽蓬。停琴伫凉月，灭烛听归鸿。
凉薰乘暮晰，秋华临夜空。叶低知露密，崖断识云重。
折荷葺寒袂，开镜眎衰容。海暮腾清气，河关秘栖冲。
烟衡时未歇，芝兰去相从。
——《移病还园示亲属》

凉风吹月露，圆景动清阴。蕙风入怀抱，闻君此夜琴。
萧瑟满林听，轻鸣响涧音。无为澹容与，蹉跎江海心。
——《和王中丞闻琴》

宣城任上，吏治清明，诗人过着"高阁常昼掩，荒阶少诤辞"的闲

---

① （明）钟惺、谭元春《古诗归》卷一三，《续修四库全书》第1589册，第490页。
② （清）陈祚明《采菽堂古诗选》卷二十，《续修四库全书》第1591册，第193页。

适生活，不是"幽栖"，胜似"幽栖"。即便是在"连阴盛农节，箬笠聚东菑"的炎夏酷暑之中，我们仍能从诗人"珍簟清夏室，轻扇动凉飔。嘉鲂聊可荐，绿蚁方独持。夏李沉朱实，秋藕折轻丝"的娓娓诉说中感到丝丝清凉之意。诗人疲于官场奔波告假还乡，尽享"幽蓬"野趣。静夜时分，诗人停琴望月，灭烛听鸿，陶醉于月夜之美中，不觉时移；听友人月夜抚琴，在清幽静谧的气氛中和古雅清澹的琴声中，隐约有高士林泉风致。总之，以萧散从容之心对待生活，则能处处生春，处处诗意弥漫。

  关于谢朓诗"萧散"的风致，前人已经多有评述，且常以之来与陶渊明并称。皎然《诗议》即曰："宣城公情致萧散，词泽义精，至于雅句殊章，往往惊绝。"① 葛立方《韵语阳秋》曰："陶潜、谢朓诗，皆平淡有思致，非后来诗人怵心刿目雕琢者所为也。"② 钟惺《古诗归》曰："谢玄晖灵妙之心，英秀之骨，幽恬之气，俊慧之舌，一时无对。似撮康乐、渊明之胜，而似皆有不敌处曰厚，然是康乐以下，诸谢以上。"③ 陶渊明与谢朓，两人立身处世的方式不同，诗歌却都能平淡中见思致，就是因为两人都有一种"萧散"的"情致"。当代学者王钟陵这样来阐释"萧散"："萧散者，萧条高寄，闲散游逸也。"④ "久在樊笼里，复得返自然"的陶渊明身居田园，远离宦途，当然能常有萧条高寄的情怀，陶渊明式的"萧散"，意味着从身到心对名利世俗的舍弃与远离；谢朓的"萧散"，则不离于世俗，意味着身处尘网之中而能保持一份超脱，能够不以俗务经怀，在凡俗的日常生活中感悟栖隐山林的乐趣。谢朓的"萧散"，带着晋宋名士"高风绝尘"的意态，且将之融入了官宦生活中，正是魏晋以来"应物而无累于物"的玄学理想人格的现实生活化，是名教与自然相统一的艺术样板。而且，在谢朓这里，"萧散"不唯是诗人的生活理想，更融入诗歌，成为一种审美的情趣。不要忘了，谢朓诗中萧淡的出语，都是由眼前萧淡的景致生发而来的。这些诗中的

---

① （唐）皎然著，见李壮鹰《诗式校注》，人民文学出版社，2003年11月第1版，第374页。
② （清）何文焕辑《历代诗话》，中华书局，1981年4月第1版，第479页。
③ （明）钟惺、谭元春《古诗归》卷一三，《续修四库全书》第1589册，第490页。
④ 王钟陵《中国中古诗歌史》，人民文学出版社，2005年第1版，第427页。

风物，在萧瑟中都呈现着淡墨山水般淡远雅逸的审美格调，常常萦绕在诗人心头的思乡之绪，也轻轻地融化在这淡墨山水般的优雅画境中，升华为一种冲澹的韵致、一种无言的滋味。一句话，谢朓式的"萧散"情致，更多的是以风景美的形式传递给我们的。也因此，谢朓方能"以山水作都邑诗，非唯不坠清寒，愈见旷逸"①。从选取与主观心绪相对应的风物来传达心中之情，到从淡墨山水般的如画之境中领悟从容萧散的情趣，可以说是小谢抒情模式的开拓，也是小谢情景交融的新进境。

## 第三节 都邑风景审美范式与永明诗坛

### 一、永明诗歌思潮与文人集会活动对体物技艺的推进

永明年间（483—493）是南朝的另一个文学繁荣时期。此时，萧齐统治者尚能吸取刘宋覆亡的教训，"克己求治，思隆惠政"，政治比较安定。《南齐书·良政传序》说："永明之世，十许年中，百姓无鸡鸣犬吠之警，都邑之胜，士女富逸，歌声舞节，炫服华妆，桃花绿水之间，秋月春风之下，盖以百数。"②永明之世的繁荣，我们从当时诗人所作乐府《永明乐》中便可看出。

在安定的形势下，在文学上也出现了繁荣的局面。由于王公大臣乐意招揽文人，所以文人集会酬和活动十分频繁，在这种文艺沙龙般的集会中，逐渐形成了比较固定的文人团体，最负盛名的是围绕着竟陵王萧子良形成的西邸文人集团。《梁书·武帝纪》记载：

竟陵王子良开西邸，招文学，高祖与沈约、谢朓、王融、萧琛、范云、任昉、陆倕等并游焉，号曰八友。③

《南齐书·刘绘传》也说：

永明末，京邑人士盛为文章谈义，皆凑竟陵王西邸。④

---

① （明）钟惺、谭元春《古诗归》卷一三，《续修四库全书》第1589册，第490页。
② （梁）萧子显撰《南齐书》，中华书局，1972年版，第913页。
③ （唐）姚思廉撰《梁书》，中华书局，1973年版，第2页。
④ 同②，第841页。

## 第二章 谢朓：都邑风景审美范式

除了为首的"竟陵八友"以外，同游的文人还有许多，根据《南史·王僧儒传》记载：

> 司徒竟陵王子良开西邸，招文学，僧儒与太学生虞义、丘国宾、萧文琰、丘令楷、江洪、刘孝孙并以善辞藻游焉。①

此外，虞炎、柳恽、江革、范缜、孔休源、张融、周颙等人，也常出入于竟陵文人团体中。大规模的人才集中造成了艺术论辩的活跃空气，形成了一个以竟陵八友为核心的学术交流中心，对诗歌艺术从理论与技艺等方面进行了全方位的探讨，形成了永明新体诗，进一步推动着诗歌由古体向近体转变。永明诗歌最为人所称道的莫过于它在声律方面的成就，以至于当时就已经将"永明体"的含义定位为声律的发现。《南齐书·陆厥传》即这样记载：

> 永明末，盛为文章。吴兴沈约、陈郡谢朓、琅邪王融以气类相推毂。汝南周颙善识声韵。约等文皆用宫商，以平、上、去、入为四声，以此制韵，不可增减，世呼为"永明体"。②

《南史·庾易传附庾肩吾传》亦曰：

> 齐永明中，王融、谢朓、沈约文章始用四声，以为新变，至是转拘声韵，弥为丽靡，复逾往时。③

实际上，永明前后的诗歌思潮作为诗歌发展史上的一个重要阶段，其贡献是绝不可能仅仅局限于声律一隅的，它涵括着诗歌理论与诗歌技艺的多方面新变，除了声律论的研讨与运用以外，沈约"三易"说的理论与实践，谢朓"好诗圆美流转如弹丸"说的诗美风格论，诗歌写作中写景技巧的提高与变创，"情""景"二元素的融合，骈偶与对仗技巧的进步，形式由长篇古体向短篇近体的紧缩与熔炼等，都是永明诗坛的新成就，永明"新体"之"新"，是包含了方方面面的因素的。

对于永明诗歌的范畴，我们这里也要做一点说明。南朝政权更替频繁，南齐只在历史上存在了短短三十余年就被梁代替，永明年间的诗人除了王融、谢朓、刘绘几位早殁的诗人以外，大都由齐入梁，历经齐

---

① 见（唐）李延寿《南史》，中华书局，1975年11月第1版，第1460页。
② （梁）萧子显撰《南齐书》，中华书局，1972年版，第898页。
③ 同①，第1247页。

梁二代，他们自然也把永明诗风带入梁代，对梁代诗人发生了重要的影响，梁代前期的诗坛基本上是永明诗风的余绪。因此我们所说的永明诗歌，并不单指永明年间的诗歌而言，永明前后直至梁朝萧纲人主东宫之前的这段时期，我们都将之囊括于永明诗歌思潮之内。

永明诗歌是以诗人团体的形式出现的，诗人们在互相探讨中逐渐形成了较系统的诗歌理论，作为诗歌创作的理论指导。最有名的是沈约的"三易说"与谢朓的"好诗圆美流转如弹丸"说。《颜氏家训·文章》谓"沈隐侯曰：'文章当从三易，易见事，一也，易识字，二也，易读诵，三也'。"[①]"三易说"是针对晋宋以来艰深生涩的文风而言，这是永明诗人共同的艺术追求。钟嵘《诗品》就提到"近任昉、王元长等辞不贵奇，竞须新事"，也指出他们虽求用事新奇，而语言转为平易的特点。就上面分析过的谢朓写景诗来说，永明诗人的语言虽然尚带着元嘉诗坛生涩的特点，但基本上是顺着谢灵运、谢惠连、谢庄诗中明丽自然的一路开拓而来的，是沿着平易自然的道路一路走来的。尽管钟嵘相当严厉地批评过当世文人贵于用事的风气，曰"句无虚语，语无虚字，拘挛补衲，蠹文已甚。但自然英旨，罕值其人"，然而客观地说，与崇尚繁富的元嘉诗人比，永明的写景诗歌还是因为语言的平易更多地显示出了"即目""直寻"的逼真之美。同时，语言的平易明白并不意味着作诗的不经心，不琢磨。针对谢朓的"好诗圆美流转如弹丸"[②]说，讲求师法的宋人曾有这样的评论：

（吕）紫微公作夏均父集序云："学诗当识活法，所谓活法者，规矩备具，而能出于规矩之外，变化不测，则亦不背于规矩也。是道也，盖有定法而无定法，无定法而有定法，知是者，可以与语定法矣。谢玄晖有言'好诗流转圆美如弹丸'，此真活法也。"所引谢宣城"好诗流转圆美如弹丸"之语，余以宣城诗考之，如锦工机锦，玉人琢玉，极天下巧妙，穷巧极妙，然后能流转圆美。近时学者往

---

① 见郭绍虞主编《中国历代文论选》，上海古籍出版社，1979年3月第1版，第352页。
② 《南史·王昙首传附王筠传》载：（约）尝启上，言晚来名家无先筠者。又于御筵谓王志曰："贤弟子文章之美，可谓后来独步。谢朓常见语云：'好诗圆美流转如弹丸'。近见其数首，方知此言为实。"见（唐）李延寿《南史》，中华书局，1975年11月第1版，第1247页。

往误认弹九之喻，而趋于易，故放翁诗云："弹九之论误人"。①

我们此前对谢朓诗的详细分析可以印证宋人的上述评论。谢朓那些达到"流转圆美"境界的诗篇，在艺术上都极为精致工美，处处含蕴着以人巧及于天工的努力，是构意宛曲，出语平易，绝不是随意为之。也因此，沈约之"三易说"其实不是意味着作诗行文趋于简易，而恰恰意味着他们对诗歌艺术本身有了更高的要求。在写景诗中，永明诗人将风景描写与日常的生活相融合，描写更加细密，开始摒弃元嘉诗大全景式的铺写方式，注意选取特定的角度集中描绘，又在景物描写中自然注入诗人的感情。针对永明写景诗中的这些新特点，我们将在下面详细论之。

## 二、永明诗坛多样化的风景题材

永明诗坛最杰出的诗人谢朓取景日常生活化、写景细密化、情景交融的诗歌特征也代表了当时诗坛整体的创作倾向。元嘉诗人多致力于表现大自然的原始之美，探求境外之奇，永明诗人则将审美的目光拉回到了众态纷纭的现实人间来，从日常生活中寻找风景之美，将日常生活诗意化了。日常生活诗意化也就意味着风景描写题材的多样化，于是在永明诗中，举凡都市生活之繁华、园林山水之精雅、行旅风景之奇丽，皆能一一入诗，触目可见。关于其多样化的风景题材，下面我们从五个方面分而述之。

### （一）都市风景诗

永明年间安定的政治形势促进了经济的发展和都市生活的繁荣，因此人文景观与自然风景融合的都市风景进入了诗人们的审美视野。萧子良《行宅诗序》中说"往岁羁旅浙东，备历山水之美，名都胜境，极尽登临。山原石道，步步新情。廻池绝涧，往往旧识。以吟以咏，聊用述心"②，将"名都胜景"包括在"山水之美"以内，应是生活于都市的永

---

① （宋）刘克庄《江西诗派小序一卷》，见丁福保辑《历代诗话续编》，中华书局，1983年8月第1版，第485页。
② 逯钦立《先秦汉魏晋南北朝诗》，中华书局，1983年9月第1版，第1383页。本节中所引诗歌均出自此书第1375—1671页。

明诗人的共识。在谢朓诗中,夜色中银河映带下的华美宫城,是"金波丽鳷鹊,玉绳低建章",落日余晖中的桂华流瓦,是"白日丽飞甍,参差皆可见",中书省肃穆弘敞的紫殿彤庭,都被诗人饱含深情地吟咏着。再如谢朓总揽建康胜景的《入朝曲》:

> 江南佳丽地,金陵帝王州。逶迤带绿水,迢递起朱楼。
> 飞甍夹驰道,垂杨荫御沟。凝笳翼高盖,叠鼓送华辀。

起首二句已然不凡,一从空间横向着墨,交代建康的地理形势,一从历史纵向着笔,概览建康的政治迁变,笔端带着轩举之势,透出诗人以身处如此繁华帝都为豪的感情。接着以细笔铺写建康景致,从眼前的绿水朱楼、飞甍驰道、垂杨御沟,到凝笳高盖、叠鼓华辀,以最具代表性的风物,写出了帝都气象。而特别值得注意的是诗人微妙的观察角度。诗人站在高处由近而远眺望建康城池,只见一湾绿水环绕着连绵的宫城,如玉带般逶迤而去;层层朱楼,依绿水逶迤迢递而起,嵯峨入云;驰道两旁宫宇罗列,飞甍交错,随着由近而远的视线延伸,驰道渐远渐窄,似被无数飞甍夹住一般。"带""夹"二字正形象地传达出了诗人特殊的视觉感受,透露出永明诗人观察视角的细致性。再如:

> 周雅听休明,齐德觏升平。紫烟四时合,黄河万里清。
> 翠柳荫通街,朱阙临高城。
> ——王融《长歌引》
>
> 金城十二重,云气出表里。万户如不殊,千门反相似。
> 车马若飞龙,长衢无极已。箫鼓相逢迎,信哉佳城市。
> ——王融《望城行》
>
> 迢递楼雉悬,参差台观杂。城阙自相望,云霞纷飒沓。
> 章华游猎去,纪郢从禽归。溶溶紫烟合,郁郁红尘飞。
> 朝发江津路,暮宿灵溪道。平衢广且直,长杨郁裹裹。
> ——宗夬《荆州乐三首》
>
> 登高眺京洛,街巷何纷纷。迴首望长安,城阙郁盘桓。
> 日出照钿黛,风过动罗纨。齐童蹑朱履,赵女扬翠翰。
> 春风摇杂树,葳蕤绿且丹。宝瑟玫瑰柱,金羁玳瑁鞍。

淹留宿下蔡,置酒过上兰。解眉还复敛,方知巧笑难。
佳期空靡靡,含睇未成欢。嘉客不可见,因君寄长叹。

——沈约《登高望春诗》

在谢朓、王融、宗央的诗中,还是主要以人文建筑与天然山水的融合来铺写都市气象,沈约的《登高望春诗》则将如织的游人都纳入到都市胜景中了,描写美女时,紧抓住她们日光晃动的头上钗黛与随风飘飘的身上罗绮的细节来做特写,则美女风神于纤毫之间毕现。

## (二)园林风景诗

再如晋宋以来发展起来的园林景观,也成为永明诗人的主要表现对象,赋予了他们许多创作的灵感。由于齐永明年间的诗人多有小谢那种身居庙堂而不废山水之乐的"朝隐"情趣,因此身边的人工园林就被他们视为心灵休憩之所了。以当时执掌文坛的沈约来说,他在《休沐寄怀诗》说"虽云万重岭,所玩终一丘。阶墀幸自足,安事远遨游"。眼前的一丘,已经足以使他得到山水游赏的满足,哪里还用得着像元嘉诗人那样长途跋涉地到原始自然中去领略山水清韵呢?《报刘杳书》又说:"生平爱嗜,不在人中,林壑之欢,多与事夺。犹获少存闲远,微怀清旷,结宇东郊,匪云止息,政复颇寄夙心,时得体偃",《答谢宣城诗》说:"从宦非宦侣,避世不避喧","晨趋朝建礼,晚沐卧郊园",看来,在京畿地带结宇构园,出则在朝,入则幽居,沈约这些齐梁间的士人们不只在人格理想层面,即使在现实生活的层面也已经熟谙"朝隐"之道了。六朝时,会稽是私家园林集中之地,建康附近的东田是私家园林集聚之所,谢朓曾有《游东田诗》纪录东田美景,沈约也"立宅东田,瞩望东阜,尝为《郊居赋》以序其事"①。

由于久憩园林之中,沈约的园林景物描写诗甚至比谢朓的更加细致,如《休沐寄怀诗》:"紫篁开绿筱,百鸟映清畴。艾叶弥南浦,荷花绕北楼。送日隐层阁,引月入清畴。爨熟寒蔬剪,宾来春蚁浮",写出了宜居适性的园林风光;而且,从园林中,诗人还能体验到陶渊明那生意盎然的田园生活风味。如《行园诗》"寒瓜方卧垅,秋菰亦满陂。紫

---

① 《南史》卷五十七。

茄纷烂漫，绿芋郁参差。初菘向堪把，时韭日离离。高梨有繁实，何减万年枝。荒渠集野雁，安用昆明池"，在对寒瓜、秋菰、紫茄、绿芋、初菘、时韭这些田园风物的随意吟哦中，充满着返璞归真的自得之趣。又由于六朝园林的布置，多是在风光清美的城郊依山傍水修构而成，因此原生态大自然荒寒、朴野的味道，在园林中依旧能感受到。沈约《宿东园诗》的景象就颇有野趣："野径既盘纡，荒阡亦交互。槿篱疏复密，荆扉新且故。树顶鸣风飙，草根积霜露。惊麏去不息，征鸟时相顾。茅栋啸愁鸱，平冈走寒兔。夕阴带层阜，长烟引轻素。"此诗写秋冬之际怒风呼啸、霜露惨凄的园林景象，直似鲍照那些充满着凄风苦雾的行旅风景，如果不看题目，真不知道这里写的也是园林风物。

再如萧衍有《首夏泛天池诗》，以工致的对偶句铺写天渊池初夏风物，清新可爱。

薄游朱明节，泛漾天渊池。舟楫互容与，藻蘋相推移。
碧沚红菡萏，白沙青涟漪。新波拂旧石，残花落故枝。
叶软风易出，草密路难披。

### (三) 山水纪游诗

与谢朓一样，谢灵运开创的山水纪游诗传统被永明诗人承继下来了，永明诗歌中依然不乏山水纪游之作。在这样的诗中，谢鲍等人造句奇警生涩，状景奇丽生新的特点依然保留着。如刘绘有《入琵琶峡望积布矶呈玄晖诗》：

江山信多美，此地最为神。以兹峰石丽，重在芳树春。
照烂虹蜺杂，交错锦绣陈。差池若燕羽，崱屴似龙鳞。
却瞻了非向，前观已复新。翠微上亏景，青莎下拂津。
巉岩如刻削，可望不可亲。昔途首遐路，未获究清尘。
誓将返初服，岁暮请为邻。

此诗对从琵琶峡望到的积布矶"神丽"之景作了真实的再现，"照烂"四句写出一束日光照耀在雨后的峡谷中，产生了双出的彩虹。《尔雅·释天》疏说："虹双出，色鲜盛者为雄，雄曰虹。暗者为雌，雌曰蜺。"在这里，"蜺"通于"霓"。这虹霓交织的奇妙幻影，又如五彩锦绣，在诗人眼前交错罗布。恍若幻境的积布矶山石，有的似参差的燕羽，有的似斑驳的龙鳞。积布矶的景致变化万千，随观者的脚步而转，移步换形，诗人退却一步观看，发现已非先前之景，向前仔细探看，却又是另一番景致了：矶上翠木茂密高耸，转瞬间已遮挡了游走的日光，虹霓幻境随即消逝不见，只余下水边青莎簇簇，轻拂着水面。仰视中，岩石危峭，宛若削成，可望而不可亲近。刘绘对积布矶风景的描写是学习了谢灵运移步换形的体式的，同时又能集中笔力描写雨后日光照耀峡谷彩虹出现的瞬间幻境，显示出永明风景描写细密化的走向及注意选择表现角度的趋势。谢朓的和诗也很精彩，同是写积布矶，他的角度又与刘绘不同：

> 昔余侍君子，历此游荆汉。山川隔旧赏，朋僚多雨散。
> 图南矫风翮，曾非息短翰。移疾觐新篇，披衣起渊玩。
> 惆怅怀昔践，仿佛得殊观。赪紫共彬驳，云锦相凌乱。
> 奔星上未穷，惊雷下将半。回潮溃崩树，轮囷轧倾岸。
> 岩筱或傍翻，石菌芜修干。澄澄明浦媚，衍衍清风烂。
> 江潭良在目，怀贤兴累叹。岁暮不我期，淹留绝岩畔。
> ——《和刘中书绘入琵琶峡望积布矶诗》

从开篇叙述来看，此诗是谢朓看了刘绘赠诗后，追述过往游览经历的诗作。他写的是暴风骤雨袭击中的积布矶。"赪紫共彬驳，云锦相凌乱"与"照烂虹蜺杂，交错锦绣陈"同是描写峡中奇幻光色，但刘绘诗中光色是雨后日光照耀产生，谢朓诗中光色则是山雨欲来之际峡中亮起闪电霹雳时的瞬间奇景。此时，乌云迅速集结在峡谷上空，天空的星星还未来得及全部隐去，惊骇的雷声已经从天而降，响至半空。随即，暴雨倾盆而至，谷中水潮飞溅，激烈回旋，瞬刻之间，崩倒了摇摆的树木，淹没了倾斜的岩岸，岩间的绿竹翻向一旁，菌类从修长的树干上打落。狂风暴雨过后，阳光复出，清风明浦，积布矶又妩媚澄澈如初了。这两首诗依然保留着谢鲍游览诗的古体形式，但显然更注意选择表现的角度。永明年间诗人间的唱和赠答十分频繁，诗人们常常开展同题竞作的活动，这就必然要求诗人们摒弃全景式描写，不断挖掘新异的观察视角集中抒写，以自出己意，不与人同。这两首描写琵琶峡积布矶风光的诗，之所以呈现出不同的风貌，就是因为诗人表现视角的差异。

再看刘绘弟刘琰的《上湘度琵琶矶诗》，又是另一种风情：

兹山挺异崿，孤起秀云中。陵池激楚浪，纷纠绝宛风。
　　烟峰晦如昼，寒水清若空。颉颃鸥舞白，流乱叶飞红。

　　此诗采用的是全景视角，但放弃了谢鲍式的繁富，以四言八句的简练篇幅便绘出琵琶矶的奇丽。首联勾勒异崿孤起，秀出云中的总体印象，而后进一步点缀以峡石激浪，纷纠谷风，写出"度"峡时的惊险情状。接下来四句又以细致的工笔尽写峡中之美，烟雾朦胧的山峰幽晦如画，寒凉的碧水清洁若空；白鸥于水间上下翻飞，红叶随风飘飞又随水流逶迤而去，这样的风景，真是缥缈、空明、绮丽兼而有之，让人读之而生向往之意。此诗中，诗人的全景视角是由精致的细节组成的，尤其是"烟峰"两联，动静相宜，"颉颃"一联中空中流荡的点点鸥白与片片飞红，红白相映，宛然一幅充满生趣的风景画。

　　与元嘉诗人比，永明诗人的山水游览诗篇幅多比较简练，他们更注意选择表现的视角，更加讲究以精致而具有概括性的细节来传写风景之美。我们可再举几例：

　　　　石险天貌分，林交日容缺。阴涧落春荣，寒岩留夏雪。
　　　　　　　　　　　　　　——孔稚圭《游太平山》

　　山石巍峨高峻，将天空分隔成一段段，林木交错，太阳似乎都缺损了，诗人从仰望的视觉感受入手，写出太平山山高林密的地理特征。

　　　　长林带朝夕，孤岭枕江村。疏松含白水，密筱满平原。
　　　　荒坟改冻叶，低垅变年根。西光长槚落，促尔膝前尊。
　　　　　　　　　　　　　　——虞骞《游潮山悲古冢诗》

　　单从题目看，此诗就表现出比谢鲍诗更具体化的特征，诗人不仅仅是"游潮山"，而且进一步地"悲古冢"，将人生的悲凉感融入到自然山水的体悟中来了。"长林带朝夕，孤岭枕江村"，这是一道亘古不变的永恒之景，从这永恒中又透着满目的孤独凄凉意。"疏松含白水，密筱满平原"是可堪入画之景，因为前面两句的铺垫，也弥漫着淡淡的萧条，"荒坟改冻叶，低垅变年根"悲古冢，诗人哀叹荒芜的坟垅又一次寒叶飘零，如此年复一年，似乎在诉说着永恒的寂寞，则诗人心中的感慨，真是言之不尽了。

　　谢朓喜爱的平远视角也为永明期间的其他诗人们所钟爱：

　　　　冠者五六人，携手岩之际。散意百仞端，极目千里睇。

## 第二章 谢朓：都邑风景审美范式

>叠岫乍昏明，浮云时卷闭。遥看野树短，远望樵人细。
>
>——虞骞《登钟山下峰望诗》

志同道合的五六人，携手百仞之端，极目千里，散意抒怀。观远岫重叠，乍昏乍明，山云浮荡，时卷时闭。远望中的山间野树，是如此短小，山间采木的樵夫，也不过是细微的一点。此诗开篇的场景萧散，颇有孔子"吾与点也"之趣，而接写望中之景，采用的是谢朓诗中常出现的平远视角，仅抓住远山浮云的朦胧动感与野树樵人因距离远而显得渺小的视觉特点来对眼前景进行概括式描写，使得景象简练而有韵味。

>江干远树浮，天末孤烟起。江天自如合，烟树还相似。
>沧流未可源，高飘去何已。
>
>——范云《之零陵郡次新亭诗》

钟嵘评范云诗"轻便婉转，如流风回雪"，不仅是就诗歌风格而言，也指的是具体的写作方法。回环式的句法是范云诗的特征，如他的《赠俊公道人》诗，"秋蓬飘秋甸，寒藻泛寒池。风条振风响，霜叶断霜枝"是句内复字回环，《送沈记室夜别》中"秋风两乡怨，秋月千里分"是两句间复字回环，这首诗的回环句法就更奇特了，先是"江干远树浮，天末孤烟起"以江与树、天与烟相组合，写出远望中江岸上远树若浮，天边孤烟飘然腾起的浩渺景象，而后的"江天自如合，烟树还相似"则复以江与天、烟与树组合，写江与天连绵难辨、烟与树浑然一体的整体印象，如此前后呼应，左右回旋，写尽眼中苍茫之意，颇有"流风回雪"之妙。

就永明文坛来说，沈约的山水纪游诗数量是比较多的，陈祚明《采菽堂古诗选》就说"休文诗体全宗康乐，以命意为先，炼气为主，辞随意运，态以气流，故华而不浮，隽而不靡"[1]，赞赏沈约诗与谢灵运诗相似，具有意气沉着、以意运辞的特点，其实，在山水纪游诗方面，沈约也是永明诗人中最得谢灵运精髓者，他的山水纪游诗多采用大谢游览诗的纪游笔法，风格清新，角度新颖，颇有意味，在句法构造、语言描述中，又能去大谢之繁缛，充满灵动妙趣。如：

>夙龄爱远壑，晚莅见奇山。标峰彩虹外，置岭白云间。

---

[1] （清）陈祚明《采菽堂古诗选》卷二三，《续修四库全书》第1591册，第227页。

倾壁忽斜竖，绝顶复孤圆。归海流漫漫，出浦水溅溅。
野棠开未落，山樱发欲燃。忘归属兰杜，怀禄寄芳荃。
眷言采三秀，徘徊望九仙。

——《早发定山诗》

全诗都以工整对句组成，而每组对句构造之法又各不相同，使得全诗工整中带着流动之致。"标峰"二句以高峰与彩虹、山岭与白云交相辉映，"绝壁"二句从"忽""复"的虚字斡旋中见出旅程中景象变换之迅速。"野棠"二句着眼于自然界花木次第相连的开落顺序，"山樱发欲燃"构思奇巧，赋予我们灿烂的色彩联想。

危峰带北阜，高顶出南岑。中有陵风榭，回望川之阴。
岸险每增减，湍平互浅深。水流本三派，台高乃四临。
上有离群客，客有慕归心。落晖映长浦，焕景烛中浔。
云生岭乍黑，日下溪半阴。信美非吾土，何事不抽簪。

——《登玄畅楼诗》

此诗先点出玄畅楼居于危峰之上的形势，总写登临所见之水岸。诗中的点睛之笔乃在"落晖映长浦，焕景烛中浔。云生岭乍黑，日下溪半阴"两联，写落晖倒映在水中，水中光色绚烂奇幻，似有无数红烛在水中燃烧，"焕景烛中浔"的构思奇特至极。而顷刻之间，云生岭黑，日下溪阴，由落晖灿烂到暮色深沉，大自然光线明暗的瞬间变化得到了形象的再现。

眷言访舟客，兹川信可珍。洞澈随清浅，皎镜无冬春。
千仞写乔树，百丈见游鳞。沧浪有时浊，清济涸无津。
岂若乘斯去，俯映石磷磷。纷吾隔嚣滓，宁假濯衣巾。
愿以潺湲水，沾君缨上尘。

——《新安江至清浅深见底贻京邑游好诗》

此诗写新安江，而仅扣住题中"至清浅深见底"六字来写水之清澈的特点。"洞澈随清浅，皎镜无冬春"写无论深浅，江水都澄澈见底，无论冬春，水面都如皎洁的明镜，不带一丝浑浊之气。沿江的千仞高峰，森森乔木，皆倒影在空明的水中，更觉水之深。百丈之深处，游鱼倏忽往来的身影依旧历历分明。

嗷嗷夜猿鸣，溶溶晨雾合。不知声远近，唯见山重沓。

既欢东岭唱，复伫西岩答。

——《石塘濑听猿诗》

仅选取"听猿"这一场景来写石塘濑听觉印象，写得生意盎然。诗人水边独伫，万籁俱寂，四野幽旷，唯闻猿啼阵阵，声声入耳。猿啼本似悲鸣之音，听之使人不胜悲恸，但此时，心境恬适的诗人却将之视为一种闲情野趣，作为自然的清音来倾心聆听，不知不觉，时间已经由"夜"而"晨"，天边浓雾弥漫，自然回合，极目远望，只能见到远山重沓，却依旧不能辨清猿声之所自。重林叠嶂，云雾缭绕，猿声忽远忽近，络绎不觉，诗人刚聆听了东岭的猿唱，西岩那边的猿唱又响起了，这一唱一答的猿声，真是饶有生趣。

长枝萌紫叶，清源泛绿苔。山光浮水至，春色泛寒来。

——《泛永康江诗》

山光随着潋滟的水波，浮动到眼前，春色夹带着料峭的寒气，扑面而来。"浮""泛"二字巧妙，极富跃动感，写出季节转换之际的微妙感受。

江淹是齐梁间一位比较特殊的诗人，他并非贵族出身，他的活动游离于永明诗人团体之外，因此诗风也异于时人，如《赤亭渚诗》中的"水夕潮波黑，日暮精气红。路长寒光尽，鸟鸣秋草穷"，再如《陆东海谯山集诗》中的"青莎被海月，朱华冒水松。轻风暖长岳，雄虹赫远峰"，都具有雄浑沉着的气势。

### （四）酬唱赠和诗

永明以来，诗人之间的酬唱赠和逐渐成为诗歌中的重要内容，诗人们往往以之来描写眼前风景，表达心中之情，为情与景的融合提供了契机。永明九年（491年），谢朓从随王萧子隆赴荆州刺史任。别前有一次大规模的送别活动，永明诗人们作了一批送别诗。谢朓有《离夜诗》，其他诗人如王融、沈约、范云、刘绘、江孝嗣、王常侍等都有《饯谢文学离夜诗》，都采用了五言八句的新体形式，而且大多能就眼前景生发别离之情，显示出永明诗人对新的艺术表现方式的集体探求。较为出色的是王融与范云的诗作。来看王融的：

所知共欢笑，谁忍别笑歌。离轩思黄鸟，分渚蔼青莎。

翻情结远旆，洒泪与行波。春江夜明月，还望情如何。

再看范云的：

阳台雾初解，梦渚水裁绿。远山隐且见，平沙断还绪。

分弦饶苦音，别唱多凄曲。尔拂后车尘，我事东皋粟。

王融诗由堂上的宴别写到渡口的送别，"翻情"二句将别离之情融入到远旆行波之中，在风景中注入流动的情感。特别是结尾二句，设想别后思友之情形，不是直抒胸臆，却虚拟了一个"春江夜明月"的优美情境，这一情境不断为后人效仿，最终产生了《春江花月夜》那样的名篇。沈诗中最为精彩的是三四两句，铺写出远山若隐若现、洲渚似断还连的平远景象，一派迷蒙，恰与凄清的别离之情相映衬。

在人情往来的场合中，送别是最让人感怀的场景之一，送别文学在永明以来也成为重要的题材。江淹有《别赋》，曰："黯然销魂者，唯别而矣已"，真为千古送别之人抒怀。在诗歌中，送别诗比例也在增加，其中不乏动人之作。除上面的诗以外，又如张融的《别诗》：

白云山上尽，清风松下歇。欲识离人悲，孤台见明月。

山上白云逐渐消尽，松下清风也已消歇，别离之人犹自依依难舍；别后之景，唯有明月高悬。前面可见别离之难，后面又见别后之思。而且，"白云""清风""明月"在高风绝尘的六朝代表的是士人对潇洒逸远的人格的追求，此诗的作者，便自称"天地之逸人也。进不辨贵，退不知贱"[1]，可见，在这首意象清纯的小诗中，包纳了写景、言情与抒怀的多重意蕴。

范云"轻便婉转，似流风回雪"[2]般的笔法也尤其适合于表现婉切缠绵的感情，如：

洛阳城东西，长作经年别。昔去雪如花，今来花胜雪。

——《别诗》

孤烟起新丰，候雁出云中。草低金城雾，木下玉门风。

别君河初满，思君月屡空。折桂衡山北，摘兰沅水东。

---

[1] 《南史·张融传》，见（唐）李延寿《南史》，第834页。

[2] （梁）钟嵘著、曹旭集注《诗品集注》，上海古籍出版社，1994年10月第1版，第312页。

## 第二章 谢朓：都邑风景审美范式

兰摘心焉寄，桂折意谁通。

——《别诗》

前一首诗中，全篇诗意，均在"雪""花"两端回旋，塑造出分别与相聚之时的风景氛围与人的感情。后一首诗将"新丰""云中""金城""玉门"的边塞地理名称嵌入孤烟、候雁、雾霾、风沙的边塞风景中，描绘出浑涵苍凉的风景，与思人的惆怅之情交相融汇。

### （五）咏物诗

永明前后，诗歌朝着日常化、细密化的方向发展，咏物诗也大幅增加。这时期咏物诗的兴盛与文学风气密切相关。在围绕竟陵王开展的西邸文学沙龙中，就一类题目每人分咏一物是他们宴会上的常见游戏，见于谢朓诗集中的有三次。一次是"同咏乐器"，谢朓作《琴》，沈约作《咏篪诗》，王融作《咏琵琶诗》；一次是"同咏坐上器玩"，谢朓作《乌皮隐几》，沈约作《咏竹槟榔盘诗》；另一次是"同咏坐上所见一物"，谢朓作《席》、《咏竹火笼》、《镜台》、《灯》、《烛》，沈约也作《咏烛火笼诗》，柳恽也作《咏席》，此外，王融有《咏幔》，虞炎作《咏帘》。这些题咏日常生活器物的诗，充分表明了永明诗歌日常化细致化的倾向，尽管这些游戏性质的咏物诗不免过于琐碎。

纵览室内，诗人们能把日常生活器物写入诗中，那浏览户外风光，将日常景物一一题咏也就是必然的趋势了。元嘉时期就有一些描写四时节候风物的诗，比如颜延之有《秋夜诗》、《斋中望月诗》，鲍照有《玩月城西门廨中诗》、《喜雨诗》、《苦雨诗》、《咏秋诗》、《冬至诗》、《冬日诗》，谢惠连就有《泛湖归出楼中望月诗》、《喜雨诗》、《咏冬诗》，袁淑有《咏寒雪诗》。专门吟咏四时节候的诗在永明年间成为普遍题材。如王俭有《春诗》二首，谢朓就有《春思诗》、《秋夜诗》、《咏风诗》，王融有《奉和月下诗》，虞义有《春郊诗》、《咏秋月诗》，沈约也有《初春诗》、《春咏诗》、《伤春诗》、《秋夜诗》等。这些诗中流动着轻清婉丽的格调，笔触细腻纤微，体现出永明诗人对轻巧秀美的优美小景的偏爱。

兰生已匝苑，萍开欲半池。轻风摇杂蕙，细雨乱丛枝。
风光承露照，雾色点兰晖。青荇结翠藻，黄鸟弄春飞。

——王俭《春诗》二首

光风转蕙晦,香雾郁兰津。暄迟蝶弄翮,景丽鸟和春。

——虞羲《春郊诗》

弱草半抽黄,轻条未全绿。年芳被禁籞,烟华绕层曲。
寒苔卷复舒,冬泉断方续。早花散凝金,初露泫成玉。

——沈约《伤春诗》

雕云度绮钱,香风入蛛网。独知此夜月,依迟慕神赏。

——王融《奉和月下诗》

清风送凉气,薄暮荡炎氛。虹照涟漪水,电出嵯峨云。
落晖散长足,细雨织斜纹。

——虞骞《拟雨诗》

  在永明诗人眼中,他们的咏春诗总是光风流转,颜色妍媚,一派醉人的南国情调:风光照露,香雾兰晖,青黄翠藻,蝶鸟弄飞,落花散金,早露如玉,不过是寻常风物,一经永明诗人的润饰点化,便流光溢彩,摇曳生姿。即使是清幽的月下,也有雕云香风来骀荡人的心性;秋夜的沉沉落月,也伴着氤氲的紫烟;雨来的时刻,天空就织起美丽的斜纹。永明诗人对词句是极尽雕琢润饰之功的,平易优美的叠词、双声叠韵词、和谐的色彩词、精致的修饰词和精巧恰切的比喻俯拾皆是,尽显圆美流转之美。

  与元嘉诗人不同的是,永明诗人心思更细腻,观察更细敏,他们将对美的感悟带到生活的每一个角落,触目皆成美妙的诗情画意。永明诗人能深入审美对象本身,细细把玩,把吟咏对象从春夏秋冬的四时节候进一步细化至身边的四时风物,绿竹、杨柳、梨花、梧桐、落梅、栀子、蔷薇、桂树、寒松、园橘、芙蓉、春草、青苔、杜若、早蝉、孤雁等,都牵动着诗人情思。咏物诗的写作,不外乎两种目的,或者是精致地摹写物态,写物之妙;或者是托物寄怀,有比兴之义。在永明咏物诗中,体物的真切是判别诗之高下的首要标准。前面在论及谢朓诗时,已经引述过《南史·王昙首附王筠传》中的一则记载,王筠作草木十咏"直写文辞,不加篇题",沈约评价是"此诗指物呈形,无假题署"。同时代的钟嵘在论述五言诗的长处时也指出:"五言,众作之有滋味者也。岂不以指事象形,穷情写物,最为详切者焉!"沈约与钟嵘的论述中共同凸显出当时人对"形"之美的重视,永明咏物诗中那些给人最深印象的作品,都如沈约所说,"指物呈形,无假题署"。前面我们已经分析过谢朓的《咏风诗》与《咏蔷薇诗》,下面再来看其他的诗人。比如丘迟的咏物诗,就很有"点缀映媚,似落花依草"①的美妙情态:

氤氲发紫汉,杂沓被朱城。倏忽银台构,俄顷玉树生。
绵绵九轨合,昭昭四区明。

——《望雪诗》

芳叶已漠漠,嘉实复离离。发景傍云屋,凝晖覆华池。
轻蜂掇浮颖,弱鸟隐深枝。一朝容色茂,千春长不移。

——《芳树诗》

发溜始参差,扶阶方沃若。杂叶半藏蜻,丛花未隐雀。
葳蕤乱碧紫,苍黄间浓薄。

——《玉阶春草诗》

《望雪诗》继承了谢惠连《雪赋》按时间铺写降雪过程的写法,而语词之华美妍丽过之。写雪降时的天上人间,乃是"紫汉""朱城",雪后晶莹剔透的世界,乃是"银台""玉树"的仙境。《芳树诗》先绘出芳树的漠漠枝叶,离离果实,而后写芳树之繁茂高大,在璀璨的阳光中上傍结云的高宇,下覆华美的宫池。接着又以工笔点缀上沾满浮粉的花间轻蜂和在浓密的枝叶间若隐若现的小鸟,将芳树刻画得栩栩如生。《玉阶春草诗》的描写也是次序井然:首联点出阶前春草初生,参差沃若的情态,接着进入细致刻画:春草叶脉错杂,丛花低矮,尚不浓密,还不能把蜻蜓、鸟雀隐藏其中;风光灿烂中,碧绿浓紫、深黄浅黄的缤纷色彩在草间点点跃动,令人眼花缭乱。

再如沈约的咏物诗:

萌开箨已垂,结叶始成枝。繁阴上蓊茸,促节下离离。
风动露滴沥,月照影参差。得生君户牖,不愿夹华池。

——《咏檐前竹诗》

缘阶已漠漠,泛水复绵绵。微根如欲断,轻丝似更联。

---

① (梁)钟嵘著、曹旭集注《诗品集注》,上海古籍出版社,1994年10月第1版,第312页。

> 长风隐细草,深堂没绮钱。萦郁无人赠,葳蕤徒可怜。
>
> ——《咏青苔诗》
>
> 白水满春塘,旅雁每回翔。唼流牵弱藻,敛翮带余霜。
> 群浮动轻浪,单泛逐孤光。悬飞竟不下,乱起未成行。
> 刷羽同摇漾,一举还故乡。
>
> ——《咏湖中雁诗》

沈约体物细腻,咏物诗中常有传神之句。《咏檐前竹诗》中"风动露滴沥,月照影参差"二句,以静夜中的清风朗月做烘托,传写出竹露滴阶、竹影婆娑的美好风韵;《咏青苔诗》"微根如欲断,轻丝似更联"二句,以白描手法淡淡写出青苔似断复连的绵绵形态;《咏湖中雁诗》中"群浮动轻浪,单泛逐孤光"二句,写群雁悠闲地浮游在湖面,带起层层轻浪;孤雁水面泛泳,顽皮地追逐着日照下的粼粼波光。这二句写雁的同时,带出一片湖光水态,真是神至之笔。一般来说,飞翔的雁群会井然有序,"悬飞竟不下,乱起未成行"却抓住此处雁群悬飞在湖面上空,杂乱未及成行的形态入诗,充满自然生趣。谭元春说:"'群浮'、'单泛'、'悬飞'、'乱起',尽湖雁多寡、上下、迟疾、斜整之状,可作一湖雁图"。①

可以看出,为达到"指物呈形,无假题署"的效果,永明诗人的咏物诗在艺术上都是十分考究的。这些咏物诗大多篇幅简短,以四言八句的新体形式为主,少则六句,多则十句,在有限的篇幅内,以井然有序的时间和空间顺序,次第展开描写,完整勾勒出所写物象的全貌;其次,能够敏锐地捕捉到所写物象最鲜明的特征,挖掘到理想的角度来描写,从而能传神地再现出物象的风姿神韵;此外,永明咏物诗也非常讲究字句的修饰,使这些咏物诗如打磨过的精金美玉,光润鲜妍,婉转流美。

---

① (明)钟惺、谭元春《古诗归》卷一三,《续修四库全书》第1589册,第497页。

# 第三章
# 何逊与阴铿：羁役风景审美范式

自南朝宋以来，风景物色成为独立的审美对象走入诗歌，也经历了一个嬗变的持续过程。元嘉时期谢灵运以探险者的好奇发现了一片片或深杳重密、或清丽秀美的原始自然风光，永明年间辗转于大小都邑之间的谢朓则把关注的目光拉回到身边的园林风物、都邑风景，梁陈之际的诗人何逊（472—约519）与阴铿（生卒年不详）出身于寒族，没有谢氏家族那样的雄厚家资与高贵门第可以倚仗，他们为理想与生计都不得不常年漂泊于宦游途上，这就决定了除了寻常的园林风光外，旅途中凄清的羁旅风景必定要成为他们诗中的主要风景线。在风景题材中，不仅前人钟情的黄昏景象被他们反复抒写，而且前人诗中少见的早行夜宿之景也被他们所关注；由于他们多行走于水途之上，于是苍江急流等水景也大量进入审美的视野。可以说，羁旅风景在阴、何的诗中得到了集中的展现，风景诗的内容愈加丰富。

在诗歌的艺术风格上，何逊与阴铿沿着永明婉丽一路走来，在对精微之景的把握中注入自己的心理感觉，使小景更富情趣化，同时又能避免永明轻弱的弊病，能以劲健的笔力来写雄阔的山水景象，体现出婉丽与雄浑相兼的风格，由此能在梁陈诗坛独树一帜；在诗歌结构上，他们做出了新的探索，将新体形式运用得更加成熟，从中体现着对情与物关系的进一步探求；在语言技巧上，注重句法的锤炼，句法遵循前人而更加灵活多变，成为后人楷式。

何逊出身于"儒雅"传家的官宦之家，其曾祖何承天官至宋御史中丞，但并非世族，而且到何逊时，家境已经败落，这些何逊在诗中曾反复提及。他自称"吾宗昔多士，文雅高缙绅。小子无学术，丁宁困负薪"①,"家世传儒雅,贞白仰余徽。宗派已孤狭,财产又贫微"②。虽然何逊八岁便能赋诗,弱冠州举秀才,少有才名,但这些都并未给他的仕宦生涯增添多大的助益。梁天监中,中年何逊起家奉朝请,踏上入仕之路,但他因出身寒门,大部分时间都只能在诸王藩邸中辗转往来,位不过幕僚,职不过记室,终生潦倒,郁郁而终。因此,何逊对人生况味有着特别深刻的心灵体验,生命流逝的无奈,长途漂泊的孤苦,前途渺茫的忧虑,人情冷暖的感叹,亲朋离别的苦痛,这些古诗十九首中透出的深沉的人生悲慨,我们在何逊这里又一次得到了深切的体会。阴铿虽不像何逊那样潦倒终身,但早年也如何逊一样辗转于诸王幕府之间,对人生有着比生来优越的士族文人更丰富的体验。同时,何逊与阴铿又能把这种深情与心灵的体验融汇到新的诗歌形式中,融汇到身边一草一木、一景一物的吟咏中,情与景在阴何这里融合得更加了无痕迹。

## 第一节 羁役风景审美范式的内涵

### 一、由古人评价看阴、何风景审美的风格与特征

谢朓之后,何逊和阴铿是备受后人关注的梁陈诗人,他们把宋初以来的写景艺术推向了更加完美的境地。对此,后人多有评述:

何逊诗实为清巧,多形似之言。

——(北齐)颜之推《颜氏家训·文章》篇③

何逊诗,语语实际,了无滞色。其探景每入幽微,语气优柔,读之殊不尽缠绵之致。

——(明)陆时雍《诗镜总论》五则④

何仲言诗经营匠心,唯取神会。生乎骈丽之时,摆脱填缀之习,清

---

① 何逊《赠族人秣陵兄弟》,见李伯齐《何逊集校注》,齐鲁书社,1998年版,第220页。本文中所引何逊诗均出自此书第27—322页。
② 何逊《仰赠从兄兴宁寘南》。
③ (北齐)颜之推《颜氏家训·文章篇》,见郭绍虞主编《中国历代文论选》,上海古籍出版社,1979年8月第1版,第352页。
④ 见丁福保辑《历代诗话续编》,中华书局,第1409页。

机自引，天怀独流，状景必幽，吐情能尽。

——（清）陈祚明《采菽堂古诗选》①

何仲言体物写景，造微入妙，佳句实开唐人三昧。如"少壮轻岁月，迟暮惜光辉"，"远江飘素沫，高山郁翠微"，"岸荠生寒叶，村梅落早花。游鱼上急水，独鸟赴行楂"，"石蒲生促节，岩树落高花"，"月映九微火，风吹百合香"，"清池映疏竹，飞蝶弄晚花"，"天边看远树，水底见行云"，"雾夕莲出水，霞朝日照梁"，"浪白风初起，江暗雨欲来"，"露湿寒塘草，月映清淮流"，"晓灯暗离室，夜雨滴空阶"，"疏树翻高叶，寒流聚细文"，"蛱蝶萦空戏"，"水影漾长桥"，皆妙句也。世徒称其"枝横却月观，花绕凌风台"，何耶？鲁直云"比来工五字，句法妙何逊"，不虚也。

——（清）叶矫然《龙性堂诗话初集》②

水部诗气韵清微，孝绰、子坚非其曹耦。

——（清）乔亿《剑溪说诗》③

何逊之后，继有阴铿。阴、何气韵相邻，而风华自布。见其婉而巧矣，幽芳微馥，时欲袭人。

——《诗镜总论》④

阴子坚诗声调既亮，无齐、梁晦涩之习，而琢句抽丝，务极新隽；寻常景物，亦必摇曳出之，务使穷态极妍，不肯直率。

——陈祚明《采菽堂古诗选》⑤

从上述评论中，我们可以注意到，历来诗家对何逊写景艺术的肯定中，多以"幽微""状景必幽""造微入妙""清微"这样的字眼形容之。阴铿诗中景致，也是"见其婉而巧矣，幽芳微馥，时欲袭人"。就题材内容而言，阴、何"探景每入幽微"，"状景必幽"。"幽微"者，探幽入微，造微入妙。何逊与阴铿将笔触伸向了比永明诗人更为幽深微细的世

---

① （清）陈祚明《采菽堂古诗选》卷二六，《续修四库全书》第1591册，第275页。
② 见郭绍虞编选、富寿荪校点《清诗话续编》，上海古籍出版社，1983年12月第1版，第960页。
③ 同上。
④ 见丁福保辑《历代诗话续编》，第1079页。
⑤ （清）陈祚明《采菽堂古诗选》卷二九，《续修四库全书》第1591册，第327页。

界，寻常生活中的小景在阴何笔下更为灵巧轻妙，景物间的层次更加细微丰富；而阴何笔下的羁旅风光，也更加注重于浑阔整体大景中的细节刻画，写大景而能以精确鲜明之笔出之，不流于粗疏的印象轮廓的勾勒，这些都使得阴、何诗中的风景描写更为深幽，更为细腻，道出了前人未曾道出的风景。而且，正如谢朓诗中风景的精工细腻总透出闲雅安适的情调一样，阴、何诗中风景的幽渺微妙也以优柔绵缓的语气贯穿终始，在深幽的风景物色中，诗人总能融入自己独到的心灵体验，使物色描写流露着缠绵的韵致。

风景之美是要通过语言传达出来的，与题材的深入发掘相对应，诗人要将微妙细致的风光栩栩如生地呈现于眼前，就必定要进行语言形式美的创新，以更加微妙的语言来展现更加微妙的风景，从而达到"状难写之景如在眼前"的效果。何逊与阴铿历来以句法的佳妙为人称道，从"造微入妙""婉而巧矣""琢句抽丝，务极新隽；寻常景物，亦必摇曳出之，务使穷态极妍，不肯直率"这些品论中，我们也能感觉到阴、何诗造语唯求别致的特色。他们写寻常景致，却不以直接的实笔摹写，而要以新奇的视角来体察，以巧妙委婉的笔墨徐徐描摹，以穷尽物态景色的妍媚。

如果说谢朓等永明诗人诗中的寻常景致，是以精细熨帖的诗语来描绘出如工笔画般富有细腻质感的效果，那么何逊与阴铿笔下的风景，则进一步由日常的精工细密而寻幽探胜，入乎精巧微妙了。阴、何写景的精微笔墨与特殊的诗语配置方式，需要我们细细来体味。

## 二、精微的笔墨与景语的诗意配置

### （一）幽微小景——情趣化的风景意态与富有连续性的动态展示

在大谢的诗中，他关注的是大的空间中景物之间的对称关系，从而形成了一山一水相对而出的格局，整体感十分强烈，加之谢灵运以实笔正面描写的方式，造成了密丽的整体风格，令后人不免有"逸荡过之，颇以繁芜为累"的叹息。谢朓则能够去"芜"取精，择取自然风景中的大小之两端，以一联阔大景象、一联精微小景来涵括整体，其中小景的描写，已经开始注重其鲜明、生动的特质。何逊与阴铿笔下的自然小景，正是沿着谢朓等永明诗人这轻婉秀美的一境走来的，不断发掘着日常生活中幽微细致的风物之美。他们不再像大谢诗那样对自然风光进行全景展示，而是注意切入角度的巧妙，将目光聚焦于寻常生活中那些不易被人察觉的精致小景的光色物态，并且赋予它们各种人情意态，在婉美轻妙的动态中透出诗人生活的情趣。

1. 情趣化的风景意态

谢灵运擅长在视觉印象中融入科学的理性来把握物态之美，谢朓则基本是以逼肖的语言来表现视觉印象中的光色之美与瞬间的动态媚景，但无论大谢还是小谢，均还比较侧重于风景美的客观呈示。何逊与阴铿则在客观美的描摹中融进了更多主观的心理感觉，从而使他们笔下的风光日色、轻蜂飞蝶都姿态摇曳，情趣盎然。小景描写的情趣化是何逊、阴铿诗中小景描写值得注意的新动向。

先看何逊。如何逊《酬范记室云》中的名句：

草滋阶欲暗，林密户稍阴。风光蕊上轻，日色花中乱。

这两联写景十分精美。春草滋生，蔓上台阶，林叶渐密，遮挡户牖，春草林木的繁衍兴盛，把台阶户牖都映衬得似乎有些阴暗。此诗的前一联，承继了谢灵运善于呈示物物之间关系的体物方式，以对客观原理的揭示展示"即目"的庭院风景，而同时，"欲"与"稍"两个虚字的分寸感又极好，恰到好处地点出了这"阴"与"暗"的程度之轻，与其说这阶"暗"户"阴"是眼前实景，倒不如说是"草滋""林密"的繁茂长势让诗人产生的心理感觉，于是，春日清朗、欣欣向荣的季候感便呼之欲出了。这一联诗人先渲染出春日的整体氛围，下一联便抓住花间光色的流转这一细节来描摹春日的灿烂光色。光色印象一直被风景诗人们倾心追慕，大小谢都以摹写光色见长，特别是小谢笔下的风光流转，总将轻风与日光对举，使风之浮动与日色彼此交映，写大景象有"日华川上动，风光草际浮"，小细节有"日华承露掌，风动万年枝"。与小谢比，何逊的句子显然更为精微轻妙。小谢诗中的"动"字与"浮"字都是动词，再现出日色风光在水面、草尖晃漾的整体光感，一片旖旎，是一种浑阔之美，何逊对小谢此句想必是欣赏至极的，以至于诗中也有"草光天际合，霞影水中浮"的相似之语，不过一写晨光，一写夕照罢了。"日华承露掌"中"华"字以形容词来表现日光在金色承露掌上流转的轻盈意态，显示了谢朓对写景句法的有意尝试，但太过平实的句法以及"承露掌""万年枝"等词带出的端雅的宫廷趣味，使这联景句虽然庄丽却缺乏灵动，不过这种以形容词写风光的技巧却被何逊吸取入诗，与何逊对句法的探求两相契合，转而弥精。看"风光蕊上轻，日色花中乱"二句景象，微风吹过，照耀在娇嫩花蕊上的日光随花轻轻颤动，花瓣的颜色也因风与光的共同作用而变化，呈现出深深浅浅的明暗层次来。在句法构造上说，这二句与"日华川上动，风光草际浮"相似，不过对光色的关注却由"川上""草际"延展到了"蕊上""花中"，如此细微的光色变幻，还真是前人所未曾探究的领域。显然，要再现这种几乎要用放大镜才能观察到的情境的精微之美，以"动""浮"这些概括性强的词语是不能曲尽其微妙之处的。在此，何逊对谢朓名句中的动词进行了巧妙的置换，以描述感觉的形容词代替了彰显动势的动词，我们看，"轻"与"乱"都是表示物之性状的形容词，风光日色本无质无量，却曰"轻"曰"乱"，这就使风光具有了人的味道，传写出了风光好像美人般在花间蕊上轻舞的缭乱姿态，空灵又轻妙。"轻"与"乱"所表现出来的，既是当前客观的视觉真实，又体现出风光之美带给人的审美惊奇感。这样的景致是极其微妙细致的，是大谢与小谢的言语笔墨绝难传达出来的，何逊能承继前人而推陈出新，体现出了他"造景每入幽微"的独到功夫。

注目于常人难以察觉的幽微小景，在视觉印象之美中融入更多主观的微妙体验，发掘其中蕴涵的生活情趣，是何逊和阴铿诗的一大特色，值得我们注意。在句法上，何逊总以字字精密而确凿的语言，来传达出景象的逼真质感。再如"飞蝶弄晚花，清池映疏竹"写清夏的黄昏情趣：在清池倒映着疏竹的清淡背景中，点缀以飞蝶游戏晚花的情态，"弄"字真写出了飞蝶的妩媚之态；再看"疏树翻高叶，寒流聚细文"，秋风渐起的萧瑟氛围，都从高树上仅存的几片黄叶的竭力翻转中、在清寒水面上细纹簇簇的凝聚中展现出来；"黄花发岸草，赤叶翻高树"也是深秋之景，"赤叶翻高树"与"疏树翻高叶"意象结构方式相似，景

象却不同,此句与"黄花发岸草"互相映衬,宛若现代的摄像镜头,将深秋的斑斓色彩融入动态的风景,写出了深秋之色。又如:

月色临窗树,虫声当户枢。飞蛾拂夜火,坠叶舞秋株。

——《秋夕叹白发》

晓河没高栋,斜月半空庭。窗中度落叶,帘外隔飞萤。

——《和萧谘议岑离装怨》

何诗下语用字都非常新警别致,以之描摹出不同的情境。"飞蛾拂夜火,坠叶舞秋株"中"拂""舞"二字亦将普通的秋夜小景点化得栩栩如生。"窗中度落叶,帘外隔飞萤"中,以带有时间流逝感的"度"字与带有空间阻隔感的"隔"字,传写出别离之人缠绵不舍的感情。

何逊的风景诗还是旅途风光的真实纪录。如:

天末静波浪,日际敛烟霞。岸荠生寒叶,村梅落早花。

游鱼上急水,独鸟赴行楂。

——《南还道中送赠刘谘议别》

此诗作于何逊外任五载之后的返家途上。日暮时分,浪平流缓,烟霞敛束,依旧是春寒料峭的天气,村落中的早梅犹自落花,岸边的野荠新叶初生;水中的景象更是饶富情味:游鱼追逐着急水而上,独鸟跟着行舟奔赴向前。何逊是深受永明诗风影响的诗人,此诗前四句以不事雕琢的平白语言娓娓描述眼前景象的方式便颇见永明特色,而后两句中流露出来的巧妙之致却是何逊本色。此句中,"独鸟"的意象颇可玩味,曰"独鸟"而不曰"飞鸟",已经隐然含有诗人幽独的情怀在内,则此句非仅是物象意态的刻画,更带出诗人此时孤独却也悠然自得的情趣。后来李白《独坐敬亭山》有"孤云独去闲"之句,太白之"孤云"与何逊之"独鸟",当有相同的意趣。

除了以拟人手法曲尽物态人情之外,何逊诗中甚至还有如此新奇的比喻,生鲜有趣,使人过目不忘:

鱼游若拥剑,猿挂似悬瓜。

——《渡连圻》

可以说,无论是在园林游赏中还是奔波在羁旅途上,何逊都在不遗余力地捕捉和挖掘着生活中的情趣,一如既往地表达着自己对生活细节的热爱与执着。他这些诗句,声情并茂而又自然流丽。也许是何逊生活的时代尚在永明诗风的笼罩下,何诗去古未远的原因,何逊在诗句构造上主要还是因循了前人,多采用将作为诗眼的动词居中的结构方式,不过境界却更为广阔丰富,诗意的配置也更为新警而个性化。

相比何逊,后出的阴铿诗则更为工巧,处处显示出诗人写景状物但求别致的意趣。如《渡青草湖》诗中"行舟逗远树,度鸟息危樯"[①]的景象:一望无际的江面上,苍茫一片,天边的行舟如一点黑色的句读,点缀在暧暧远树间;鸟儿难以一口气飞到对岸,只好停在高高的樯杆上稍作中途休息。平远视线中洞庭湖面远而阔的地理特征,全从两个精致的小细节中传递出来。

另外,诗歌由梁入陈,境界格调愈发悠游婉转,这与诗人们善用虚词的形式特点是密切相关的。在阴铿诗中,虚词往往成对出现,点缀在精致的风物间,绘出草木依依的情态,塑造出的意象十分别致新巧。如:

落花轻未下,飞丝断易飘。藤长还依格,荷生不避桥。
——《和登百花亭怀荆楚诗》
栏高荷不及,池清影自浮。
——《渡岸桥诗》
花月分窗进,苔草共阶生。
——《班婕妤怨》
稍昏蕙叶敛,欲暝槿花疏。
——《游始兴道馆诗》

落花空中轻转,久久不下,游丝被风吹断,轻易就飘散而去。"轻"而"未下"、"断"而"易飘"的句法类似于动补的结构,"未""易"二字的斡旋使语多疏缓流荡之气,是阴铿对风景句法的新尝试。而草藤蔓延依窗格而上、新荷初生直触桥身的景象,也因为"还依"与"不避"的语言描述变得饶有风姿。其他如"栏高荷不及,池清影自浮",造语轻巧,绘出情态;"花月分窗进,苔草共阶生"若改为四言形式则是"花月窗进,苔草阶生",与四言相比,显然添一"分"字、一"共"字更

---

① 见逯钦立《先秦汉魏晋南北朝诗》,中华书局,1983年9月第1版,第2452页。本节所引用的阴铿诗均出自此书第2449—2459页。

为委婉动人。这样的风景,真称得上是"婉而巧矣,幽芳微馥,时欲袭人"。

2.富有连续性的细节展示

在何逊、阴铿的诗中,风景描写往往探幽入微,除了不遗余力地挖掘日常生活中富有情趣的风景意态之外,阴、何还常以巧妙的句法来惟妙惟肖地描绘风景瞬间的动态过程,展示富有动态的连续性细节,这对谢朓那种描摹瞬间物态的方式又是一种推进。如:

檐外莺啼罢,园里日光斜。游鱼乱水叶,轻燕逐风花。

——何逊《赠王左丞》

随着檐际的莺啼逐渐消歇,日光也在不知不觉中倾斜下来,脉脉地洒满静谧的小园。鱼儿于水中自在地穿梭畅游,丛丛水草,都被拨动缭乱,在水面荡出圈圈的水纹;燕子在空中轻盈地玩耍,随清风追逐着飘散的落花。鱼儿与燕子,都如贪玩的孩子般俏皮可爱,仿佛在与水叶和落花做着互相追逐的游戏。"游鱼"两句景语自然让我们联想到了谢朓的名句"鱼戏新荷动,鸟散余花落",相对照来看,二人的诗句均捕捉到了细微的瞬间动态,谢朓句沿袭着谢灵运的构句法而来,侧重于揭示瞬刻之间鱼戏与荷动、鸟散与花落之间的因果关系,极富层次感;何逊句其实也暗含着这层因果关系,而更侧重于表现"游鱼""水叶""轻燕""风花"在动作发生瞬间的美妙意态。谢朓诗中依然保存的理性分析元素,在这里已然被转化成了情趣的展示,透露着活泼泼的生活情味。这是何诗句法妙于小谢处。以词法来说,"游鱼乱水叶,轻燕逐风花"也多有创新之处。陈祚明说:"三四并佳,'游鱼'句尤隽,以'水叶'字新。杜工部'轻燕受风斜'虽别有思理,亦应熟诵此句于胸中,不觉流出。"[1]的确,"游鱼""轻燕""风花"的意象在六朝诗中是常出现的,"水叶"则是何逊自出心裁的新词,由之可窥见他对诗歌的锤炼功夫;杜甫对此句极为欣赏,他的"轻燕受风斜"一句明显由"轻燕逐风花"脱化而来,传写出轻燕受阻的"斜"之意态,别有思理,却不如何逊句之灵动轻妙,自然天成。除此以外,这两句诗也于轻灵婉转中包含着比前人更加丰富的景物层次,如"轻燕逐风花"句,"风花",随风

---

[1] (清)陈祚明《采菽堂古诗选》卷二六,《续修四库全书》第1591册,第275页。

飘转之落花，这个意象本自佳绝，颇具婉转柔美之态，而又曰"轻燕逐风花"，则婉转摇曳之美又加一重，在短短五言中表现出了花随风飘、轻燕逐花的连续动态过程。可以看出，从大谢的"海鸥戏春岸，天鸡弄和风"，到小谢的"鱼戏新荷动，鸟散余花落"，再到何逊的"游鱼乱水叶，轻燕逐风花"，在有限的形式内，诗人对景物动态的描摹、对景物层次的把握都愈加精微细腻了，而且因对连续生动的细节的捕捉使笔下小景带上了某种情节性的因素。

这种包含着丰富的景物层次、富有连续性的细节展示，也是阴、何小景抒写的创新，在阴铿的诗中也常能采撷到：

莺随入户树，花逐下山风。栋里归云白，窗外落晖红。

——《开善寺诗》

春风骀荡，窗边繁盛的花枝，摇曳着探入户牖，枝间啼鸣的黄莺，亦随着摇荡进户内，似乎在好奇地窥测寺内的情景；落花飘散飞去，好像在与下山的清风做着追逐的游戏。佛寺内的雕梁画栋之间，悠然飘浮着外面归来的白色云气，窗外的山际林壑，辉映着斑斓绚丽的落晖红霞。阴铿此诗捕捉的依然是自然景致瞬间的连续动态，而句法更巧妙，在阴铿之前的风景句中，名词前一般以单字的形容词或者动词来修饰，如上面何逊诗中的"游鱼""轻燕"即是，在"莺随入户树，花逐下山风"一联中，却是以"入户""下山"两个动宾词组来分别修饰"树"与"风"，且从一联来看，每句都有两个动词，两个动词间还构成了连动关系，从而有效地传达出黄莺追随花枝而入户、落花追逐清风而下山的活泼趣味。以"轻燕逐风花"与"花逐下山风"相比，前者具有"轻燕"与"风花"两个意象，后者虽然只含有"风花"一个意象，但此句中的"风花"意象却因融入了"下山"一词而分外别致，情态倍增。"栋里归云白，窗外落晖红"则以精致的色彩对仗再现了人巧天工浑然一体的暮色。从窗间户际吐纳风云清景一向是诗人们喜用的视角，郭璞《游仙诗》以"云生梁栋间，风出窗户里"来想象仙士栖居的诗意幻境，谢灵运也以"绝溜飞庭前，高林映窗里""群木既罗户，众山亦对窗"来如实纪录始宁别墅的客观地貌，谢朓以"窗中列远岫，亭际俯乔林"来描绘静坐窗间所见的山水胜景。与前人相比，阴铿的这四句诗更能打破坐瞰山水的局限，以婉巧精致的笔触将户内与户外的景致融为一体，将郭璞的诗意幻想与大小谢的客观描绘融合贯通，把充满生活气息的人境趣味注入超凡入圣的仙佛之境中。于是，人与万物和谐相亲的天人合一境界，佛寺名刹庄丽雄浑又不乏幽野清妙的味道，尽在其中。

可以看出，为表现出动态小景中的丰富层次，诗人在句法上也有新的特点。这类小景多运用以动词连用、主要动词居末的形式。在这样的句式中，两个动词往往构成连动关系，适宜表现连续的动态。除了"莺随入户树，花逐下山风"之外，再如"黄鹂隐叶飞，蝴蝶萦空戏"二句的景象：黄鹂穿梭花间，时隐时现，蝴蝶空中萦绕，游戏欢乐；"独鹤凌空逝，双凫出浪飞"写独鹤凌空，画出一道美丽的弧线，慢慢消逝在视线之外，同时双凫出浪，跃出水面，构成天空与水面上下对映的动态场景。

当然，阴、何诗中的小景描写方式是多样化的，除了情趣化与富有连续性的细节展示的特征以外，何逊、阴铿诗中的风景描写还有其他妙处。比如倒装的句法：

风声动密竹，水影漾长桥。

——何逊《夕望江桥示萧谘议杨建康主簿》

亭嘶背枥马，墙啭向风乌。海上春云杂，天际晚帆孤。

——阴铿《广陵岸送北使诗》

风动密竹而发声，水漾长桥而留影，但诗人却不依正常思维曰："风动密竹声，水漾长桥影"，在这里，巧妙的前置将关注的重心由如何产生"声"与"影"的过程分析转移到了密竹桥影正在晃漾的动态描摹上。"亭嘶背枥马，墙啭向风乌"在前代诗人那里可能会被处理为"枥马背亭嘶，风乌向墙啭"，阴铿这样构句，不仅适应了用韵的需要，而且以"背枥马"与"向风乌"的意象独到而精确地烘托出了离别之伤情。

总之，阴、何将小景的描写由谢朓的园林风物延伸到了园林亭阁、羁途旅程中那些前人难以察觉的角落，在平凡的生活中总能发现某种带有幽默性质的元素，从展示鲜活的生活情趣而不仅仅是客观理性分析的角度，对这些精微的小景进行纤巧的描画；这与"幽微"小景相配适的句法，亦更为新奇别致，不仅作为诗眼的动词或形容词运用得更为精微、轻灵、婉美，而且句中的景物层次比前人也更为丰富、婉转、生动、灵妙。这些，都使得阴、何开启了"幽微"小景的写作范式。

## (二)大景:雄阔与鲜明兼之

由上文的分析中我们已经可以看出,"幽微",并不只意味着风景描写对象的精致小巧化,更意味着言语笔墨的精巧细腻。谢灵运为了再现原始自然的奇丽,为精确刻画对象形貌,创造了许多生新奇奥的诗歌语言,读来总有艰涩隔膜之感。经过永明时期的诗歌语言革新后,语言艺术本身在后出的何逊、阴铿这里显然已经成为了诗人们着力追求的对象,他们诗中的风景描写,是在赏玩客观美景,更是在对自家的言语笔墨进行赏玩。阴、何迥异于永明诗人之处,不仅在于他们的日常园林小景描写艺术造微入妙,而且在于他们对羁旅风光艺术的开拓。因为常年江湖漂泊的经历,描写水行夜宿之景、于写景中浸染着诗人无限的羁旅情思,尤为何逊与阴铿所擅长。这也使得阴、何笔下的风景相类于具有相似身世经历的鲍照,鲍诗中的急流飞沫、苦雾寒流、落日川渚、愁云晚风等羁旅风光在阴、何诗中再次复现,当诗人面对着苍茫的大自然时,呈现其雄奇阔大的风貌自是题内应有之义,阴、何诗中的羁旅风光当然也会体现出不同于园林小景的开阔境界和雄浑气象。不过,鲍照诗依然带有元嘉诗篇幅冗长、内容繁芜、语言生新涩重的特征,阴、何诗中的羁旅风光描写却已然是一派平白明丽的齐梁笔墨。他们将赏玩自家精致笔墨的兴致从小景刻画带入整体风光的描述中,炼取细节来写大景象,写雄阔之景而出之以精微的笔墨,形式精练,构句工致新颖,使大景描写虽阔大而不粗疏,形成了写大景却能够雄浑而鲜明的诗美范型。

繁霜苦雾的旅途景象时常为诗人所摄取,鲍照诗中便常见这类风光,如"乱流灙大壑,长雾匝高林",绘出无数条水流争相向大壑汇拢的壮观形态,传达出绵延的浓雾将高耸的林木团团包裹的情景,再如"高埔宿寒雾,平野走秋尘"等,描述了高高城垣上寒雾浓集的印象与平野间秋尘横走的气势。这些诗还皆以形态的描绘为主,何逊的《下方山》描述的是秋冬清晓早行之景,也写繁霜苦雾,笔法上却另辟蹊径:

　　寒鸟树间响,落星川际浮。繁霜白晓岸,苦雾黑晨流。

寒冷冬日,木叶凋零,光秃的枝桠间,偶有几声凄清的鸟鸣;晨星稀疏,倒映水中,随波浮荡,闪烁着隐隐微光。如此寒凉的天气中,繁霜凝结,苦雾弥漫,加之此时天色尚暗,光线微弱,故而平视前方江岸,唯见一层朦白霜色,俯视近边水流,则呈一片昏黑之象。《下方山》着眼在繁霜苦雾的恶劣天气中的整体印象,笔法却是细致入微的:"落星川际浮"的景象已经十分奇警,"繁霜白晓岸,苦雾黑晨流"更是精确地捕捉到了特定气候特定视角中的独特视界,从寻常的浑茫景象中提炼出了黑白分明的视觉之美。这就使得他的风景描写突破了谢朓远景浑阔迷蒙、近景精微鲜明的思维定势,获得了写整体景象能兼得浑阔与鲜明之妙的全新艺术效果。我们可以发现,何逊的这种艺术创新其实并不是完全写实的,而是捕捉了大自然的重要特征而加之以强烈的渲染夸张,此联便是以"白""黑"两大色调的强烈对比制造出了令人惊异的视觉效果。在何逊这里,创作角度的选取与言语笔墨的把玩都变得愈加重要,风景描写的技巧性要求愈来愈高了。新的构思创意总与语言形式相表里,这一联的句法也常为后人称道,前人评此联是"'白''黑'二字作虚字用,有作意"①,"以声色字为虚活用者"②,在这里,何逊有意以颜色字代替普通的动词,作为全诗"诗眼",将"声色字"运用得灵活而巧妙。

在以精微之笔写阔大的旅途之景方面,后出的阴铿比何逊更具典型性。阴铿诗中也惯用色彩的对比来呈现鲜明的画面,他诗中的颜色字习惯放在句末的位置,以此来与整体氛围的渲染相适应。如前面提到的《开善寺诗》中"栋里归云白,窗外落晖红"二句,又如《晚泊五洲诗》:

戍楼因崿险,村路入江穷。水随云度黑,山带日归红。

此诗最能见出阴铿"寻常景物,必摇曳出之"的特色,句法极其考究。戍楼凭依山崖而呈险峻之势,村路延展入江方才穷尽,短短十言,已将戍楼山崖、村路江水之景尽纳眼底,且着力突出了戍楼之险峻、村路之绵长。晚云逐渐昏暗,明亮的水光也随之被暮色淹没,昏黑之色在水面蔓延开来,落日晖光斜照在远山之上,为山体抹上了一层淡淡的金红。"水随云度黑,山带日归红"以连动句式包纳进了水光山色

---

① (清)陈祚明《采菽堂古诗选》卷二六,《续修四库全书》第1591册,第279页。
② (明)谢榛《四溟诗话》,见丁福保辑《历代诗话续编》,第1210页。

随晚云落日逐渐变色的过程，"黑""红"二字凸现了向晚之时，高远处的天间云际依旧绚烂明亮，而低近处水面正昏黑黯淡的视觉真实，将"黑""红"二字点之于句末，更在对照中强化了这种视觉色彩之美。这自然让我们联想到谢灵运的名句"云壑敛暝色，云霞收夕霏"，同样写黄昏间光色渐变的过程，大谢句侧重以拟人化动词描绘大自然欣欣自得的情态，阴铿句则将大自然动态过程的描摹与强烈的整体色彩感有机地融汇为一体。

由此，我们也可以在与前人的比较中见出何逊、阴铿诗中颜色词的运用特征。大小谢或者极力还原自然界中的鲜丽之色，如"原隰荑绿柳，墟囿散红桃""白云抱幽石，绿筱媚清涟"，或者钟情于清疏淡雅之色，如"塘边草杂红，树际花犹白""花枝聚如雪，芫丝散犹网"，但总的来说还都偏向于以色彩来展示局部景象之清美，很少以之来表现整体印象。何逊、阴铿则以"白"与"黑"、"白"与"红"、"黑"与"红"这样的大色调对比来铺写弥天盖地的阔大气象，笔力沉着而健劲，可说是对颜色词运用的新尝试。

从上述对何逊、阴铿写景特色的解析中，我们已经发现，他们在句法方面的一个创新便是将形容词和副词引入景致描写，以之为全句"诗眼"，获得了因精确而传神的效果。这在阴铿诗中表现得尤其明显，阴铿常把副词放于中间第三字位置，把形容词放于最后第五字位置。

如《晚出新亭诗》中副词运用得十分精当：

　　潮落犹如盖，云昏不作峰。远戍唯闻鼓，寒山但见松。

全诗尽传"晚"字神韵。如果说"潮落犹如盖"直接比喻的描写方式还在正常思维范围内，"云昏不作峰"则以反向思维来构造诗意，意为清朗白日，云朵聚集状似形态各异的峰峦，至向晚黄昏之际，已散漫融合为一片模糊之影，不复有白日情状。戍楼远景，当云昏之际，自非目力可辨，然鼓声尚有余音在耳，寒山一带，形状已然模糊，如潮水之"犹如盖"，只有松之高耸者能呈其姿于眼界之中！诗人以"犹""唯""但"均写剩余之景，以此写出黄昏向晚之境界。再如《五洲夜发诗》中的造句也有同工之妙：

　　夜江雾里阔，新月迥中明。溜船唯识火，惊凫但听声。

黑夜沉沉，兼有雾气弥满，也是非目力能辨的境况。然而依移动的点点船火，尚可感知近旁船只过往；而那被船只惊扰的栖鸟，则仅能靠声音去辨识其飞去的方向！"唯""但"二字着力于细微的视觉与听觉现象，以此写出了雾里夜江的真实情境。此外，"夜江雾里阔，新月迥中明"的诗意配置也颇堪玩味。雾里夜江，视界可以说是浑茫一片，却以"阔"字形容之，迥中新月，亦算不得朗澈，却曰"明"，这看似与日常的生活经验相悖。一般来说，在天气晴朗的白日，若是"带天澄迥碧，映日动浮光"的景象，诗人独立船头，视野可说是相当明晰而开阔。如今，在"夜江""雾里"又如何能说"阔"呢？这就需要我们设身处地地去想象当时的情景：夜雾茫茫，因此看不清两侧江岸，船似在无边的世界中行移，这无边无界之景，不也是一种"阔"吗？这种"阔"，是因迷远而愈显浑阔。同时，新月亦隔着重重迷雾，将光亮从遥远的天际传递过来，正因夜色如此昏沉，诗人方觉得这新月之光分外明亮，似乎能直接照进孤寂的心头。可以说，此句中所用的"阔""明"二字，是以超出我们惯性思维之外的新奇视角，展示出特定情境下的视觉真实和心理感觉真实的。再如《和侯司空登楼望乡》诗中的"寒田获里静，野日烧中昏"二句，句法与"夜江雾里阔，新月迥中明"如出一辙，而取象构意也堪称奇特。秋获中的原野，寒意初显，一派寂静；日色向晚，兼有野烧的烟尘缭绕，愈发昏暗。寒田静，野日昏本是寻常之景，而置之于"获里"与"烧中"的生活情景中，便具有了"这一个"的独特现场感，具有了确凿无误的精确性；诗人将田家收获、秋日野烧这些百姓生活场景纳入风景描写，又使得"昏"而"静"的黄昏气象带上了清淡而温暖的人间情味，比之于谢灵运那纯粹的黄昏景象描写与谢朓那种伤怀思乡之情的直接抒写，更能使游子感到心灵的慰藉，也因此更具有普世的情怀，表现出更为醇厚、阔大的意境。

综上所述，何逊、阴铿的整体大景描写也是自有特色的，他们着力捕捉的是整体景象中最触动自己视觉、听觉与心灵的细节，把小景描写中的精微笔墨、巧妙构思及句法结构方式等经验都引入其中，写大景象却能够以精致明丽的笔墨出之，恰当地运用形容词、颜色词、副词来凸显甚至是有意识地强化主要的感觉特征。与小景描写所达到的婉美、轻灵的审美效果不同的是，何逊、阴铿试图以这些方式把本具有浑茫特质的大景描写得雄浑阔大而又准确鲜明，如细腻的特写镜头般触手可及。

从观察视角看,何逊、阴铿也总能够独出心裁地寻绎到前人未曾尝试过的角度,甚至反常人之意来锻造诗意,因此,虽然何逊、阴铿诗风景描写的内容不过是寻常之境,但却总能摒弃前人程式,处处带给我们审美的惊奇感。

　　行文至此,我们便也可以对何逊、阴铿诗写景精微化的倾向与诗意配置方式做一番总结了。从精微的景象中所凸显出来的,是对风景细节的高度重视。无论小景中的情趣还是大景的鲜明感,无不是由精心摹写的细节传递出来。细节在何逊、阴铿这里意味着对细微生命情态的特别关注,不仅在园林风景中,何逊、阴铿由对园林间景物层次的关注转移到花间蕊上的日色流动、鱼戏水叶、燕逐飞花、飞莺入户、轻蝶弄花这些极其细微的生命情态上来,而且在漂泊不定的羁旅生涯中,那些鲜活的生命情态也常常牵引着诗人的情思,游鱼飞鸟都进入诗歌成为诗人孤独旅程的见证者;细节在何逊、阴铿这里还意味着抓住整体景象中最鲜明的特征,制造出令人惊异的醒目效果。无论是小景的情趣化,还是大景有意强化主要特征的表现方式,都透露出何逊、阴铿试图突破大小谢以客观分析与正面描述来体物的方式,表露出以别出心裁的艺术想象来状景的趋向。与之相应的,精微便意味着言语方式的"探幽入微",意味着"寻常景物必摇曳出之",意味着风景句中的词语运用更为精确新警,风景句中蕴涵的层次更为丰富灵动,甚至能表现连续的动态过程。

## 三、羁心与风景的双重关照

### ■(一)何逊:深情缱绻的风景视界

　　何逊,字仲言,东海郯(今山东郯城)人,他出身于"儒雅"传家的官僚世家。何家虽然历代居官,但却不是世族,在讲究门第的南朝,仍为寒素之家。这样的家世,对他的一生遭际和诗文创作,都有着深刻的影响。何逊少年知名,约在齐武帝永明四年(486年)即在其20岁时,被州举为秀才,受到当时文坛名流沈约、范云等人的赞赏,与当时的"神童"刘孝绰并称"何、刘"。但是,何逊在成名之后却隐居山栖，终齐之世未入仕。个中原因，除了齐王室内部斗争激烈、政治险恶外，重要的一点还在于政府对入仕之人门第的限制。宋、齐政府明文规定："甲族（世族）二十登仕，后门（即寒族）以过立（30岁以上）仕吏"①。萧梁侍齐之时，何逊已经36岁，我们由此可推知他入仕时的年龄已经接近不惑了。梁世与宋、齐一样，优容世族。世族弟子一登仕，多为秘书郎或著作佐郎，而且可以很快升迁。寒门弟子入仕只能做州县佐吏。《梁书·何逊传》对他的生平做了如下记载："天监中，起家奉朝请，迁中卫建安王水曹行参军，兼记室。……迁为安西王参军事，兼尚书水部郎。母忧去职。终为庐陵王记室。"②何逊的仕宦生涯，除了曾一度得到武帝的宠信外，大部分时间多在诸王藩邸之间辗转，位不过幕僚，职不出记室，终身失意，抑郁而终。漂泊无定的羁旅生涯，注定了他的诗歌中充溢着挥之不尽的羁旅行役之苦，仕途渺茫之忧，友朋难舍之念，思乡怀归之叹。正因感受之切，所以他所抒之情必真。对何逊诗深于情的特点，前人也多有阐发：

仲言意境清微，幽芳独赏，叙怀述悰是其所优。当梁之时，去艳修真，会归本素，亦可称大雅君子矣。

梁时柳恽、何逊皆抒写本素，远却时氛，可谓独立之士。

——（明）陆时雍《诗境总论》③

阴、何并称旧矣。何抒写情愫，冲澹处往往颜、谢遗韵。

——（明）胡应麟《诗薮》④

何仲言诗经营匠心，唯取神会。生乎骈丽之时，摆脱填缀之习，清机自引，天怀独流，状景必幽，吐情能尽。

——（清）陈祚明《采菽堂古诗选》⑤

仲言诗虽乏风骨，而情词婉转，浅语俱深，宜为沈、范心折。

——（清）沈德潜《古诗源》⑥

---

① （唐）姚思廉撰《梁书》卷一《武帝纪上》，中华书局，1973年5月版。
② （唐）姚思廉撰《梁书·何逊传》，中华书局，1973年5月版，第693页。
③ 见丁福保辑《历代诗话续编》，第1409页。
④ （明）胡应麟《诗薮》，中华书局，1958年10月第1版，第154页。
⑤ （清）陈祚明《采菽堂古诗选》卷二六，《续修四库全书》第1591册，第275页。
⑥ （清）沈德潜《古诗源》，中华书局，1963年6月第1版，第267页。

何逊生活于齐末梁初时代，现存诗作多作于入梁之后。此时诗坛风气已经渐渐绮靡艳丽，在宫廷贵族的诗歌风会活动中，五言诗的技巧日渐成熟，而由于生活范围的局限，动人心魄的本真情感抒发正是贵族诗人的作品中所匮乏的。这就是陈子昂所说的："余尝暇时观齐梁间诗，彩丽竞繁，而兴寄都绝，每以永叹。"何逊及其后阴铿诗，虽然也不似建安诗歌那样在慷慨悲凉中融汇兴寄之意，却很善于以绵绵诗笔来抒发本真的羁旅情思，即前人所谓的"去艳修真""抒写本素"之意。难能可贵的是，何逊本真的情愫抒写与幽微细致的体物精神又是互相关联的，所谓的"状景必幽，吐情能尽"是也，"其探景每入幽微，语气悠柔，读之殊不尽缠绵之致"是也。正因为情真景切，何诗方能"语语实际，了无滞色"，方能"以本色见佳，后之采真者，欲摹之而不及"。这自然让我们想起王国维的"能写真景物，真感情者，谓之有境界"①，倘若"真景物"与"真感情"能够泯合一体，自然就达到理想的境界了。要达到情景交融的理想诗美境界，需要的是抒情艺术与写景艺术的各自精熟以及在此基础上融合二者的高超技艺。何逊诗是否达到了这一境界呢？关于阴、何诗的写景艺术，前文已经多有阐发，下面我们重点探讨的是阴、何诗的抒情艺术与情景交融艺术。

1. 何逊诗的抒情艺术

在竞求"新变"的齐梁诗坛上，何逊是古体与今体兼长的诗人。当时文坛宿将范云即曰："顷观文人，质则过儒，丽则伤俗；其能含清浊，中古今，见之何生矣。"②汉末古诗常常成为何逊模仿的对象，何逊游宦四方的经历与敏感的心灵和汉末文人们颇有相似处，相似的经历给何逊提供了接近汉末游子内在心灵的契机，不仅学其形式而且触摸到了古诗的灵魂，使何逊的学古诗具有缠绵悠长的情味。古诗那"婉转附物，怊怅切情"的回环之美，在去古未远的何逊诗中依旧能感受到。如：

宿昔梦颜色，咫尺思言偃。何况杳来期，各在天一面。

---

① 王国维《人间词话》，上海古籍出版社，1998年12月第1版，第2页。
② （唐）姚思廉撰《梁书·何逊传》，中华书局，1973年5月版，第693页。

踟蹰暂举酒,倏忽不相见。春草似青袍,秋月如团扇。
三五出重云,当知我忆君。萋萋若被径,怀抱不相闻。

——《与苏九德别》

巩洛上东门,薄暮川流侧。浑浑车马道,行人不相识。
日夕栖鸟远,浮云起新色。寸心空延伫,对面何由即?
飞轮倘易去,易去因风力。

——《学古》

这两首诗都明显带有向古诗学习的痕迹。这两首诗都具有古诗的重要特征:无论是写景还是说理,无不赋以浓重的感情色彩;诗的结构依照内在情感的转换来安排,诗歌始终围绕着一个情感主题反复咏叹。《与苏九德别诗》的前六句直接化自乐府古诗《饮马长城窟行》"青青河畔草,绵绵思远道。远道不可思,宿昔梦见之。梦见在我傍,忽觉在他乡。他乡各异县,辗转不相见"的诗意,同时又融入"踟蹰暂举酒,倏忽不相见"的生活情节,以想象中的别后寂寞情景来写当时的别离伤感。在这两首诗中,"春草似青袍,秋月如团扇""日夕栖鸟远,浮云起新色"这些景物描写都直接化自古诗常用的典故,无不带有强烈的抒情色彩,比兴烘托的意味远远大于描写的意味。王夫之对这两首诗极为赞赏,称《与苏九德别》诗"空中缭绕,随地风华,真《十九首》亲骨血也!"[①]《学古》诗是"极意学古,正以无意得之,神理风局无一不具美者。此与'宿昔梦颜色'乃仲言集中一双玉箸,直东晋以后百余年所希有。江文通且让其高,况他人哉?"[②]何逊诗的确表现出了古诗那种缱绻无已的相思之情。

西晋以来,诗歌逐渐雅化,西晋的诗歌由于受赋的影响,在内容上多是述圣颂德的应酬之作,风格典雅、博奥而工丽;东晋虽以玄言诗取代了西晋的颂体与酬和之作,却"质木无文,平典似道德论",语言愈益板滞僵化;刘宋代晋之后,"庄老告退,而山水方滋",否认了淡乎寡味的玄言诗,却依然沿袭了晋人典正的艺术观,元嘉诗歌均有重涩生典的特征。总之,雅化给诗歌带来的是文辞艰深奥涩、繁富芜杂、情思寡

---

① (清)王夫之《古诗评选》,第278页。
② 同上。

薄等弊病。齐梁以来,清新自然、明白如话的南朝乐府民歌为文人所欣赏,永明以来的诗人以民歌清新自然、婉转多情的风格来改造文人诗,扬弃了晋宋诗典重板滞的语言词汇,形成了平易晓畅的语言风格。何逊诗便是这种语言风格的典型,而他有的诗歌,在结构上也有明显地模拟民歌的痕迹。如他的《送韦司马别》诗:

  送别临曲渚,征人慕前侣。离言虽欲繁,离思终无绪。
  悯悯分手毕,萧萧行帆举。举帆越中流,望别上高楼。
  予起南枝怨,子结北风愁。逦逦山蔽日,汹汹浪隐舟。
  隐舟邈已远,徘徊落日晚。归衢并驾奔,别馆空筵卷。
  想子敛眉去,知予衔泪返。衔泪心依依,薄暮行人稀。
  暧暧入塘港,蓬门已掩扉。帘中看月影,竹里见萤飞。
  萤飞飞不息,独愁空转侧。北窗倒长簟,南邻夜闻织。
  弃置勿复陈,重陈长叹息。

  之所以提出这首诗来做讨论,是因为它以"顶真格"的形式来铺写离情别绪,婉转周致,颇见民歌《西洲曲》的影响,这种抒情方式在齐梁文人诗中是独具一格的尝试。此诗以六句转意,同时转韵,转韵处皆蝉联而下,以上段末几字作为下句的开头,按照时空的变幻依次铺写出临江送别、高楼远望、归途思友、归家所见、思不成眠五个生活场景,句意连接紧凑而又层次分明,读来顿挫生姿,缠绵不绝,大有余音绕梁三日不绝之妙,恰切地展现出诗人对友人的一脉深情。沈德潜谓:"每于顿挫处,蝉联而下,一往情深"①,道出了此诗别致处。在一个个生活场景的铺写中,情与景交错为用,景与情谐,写景的语言又多用民歌中惯用的叠字来渲染绵绵之情。如在第一个场景中,"悯悯分手毕,萧萧行帆举"描绘出了催发之际客主恋恋的情态,第二个场景中,"逦逦山蔽日,汹汹浪隐舟"写诗人在友人走后登临眺望,只见连绵的山峦遮蔽了白日,日渐昏黑,友人的小舟在汹涌的波浪中起伏,旅途艰险,诗人对友人的担忧和关切也就自在其中了。

  何逊不仅擅长拟古,模仿民歌,而且还能将古诗以及民歌流畅自然的叙述方式与新体对仗的形式糅合在一起,以简约凝练的构思来抒情写

---

① (清)沈德潜《古诗源》,中华书局,2006年4月第2版,第269页。

意。如《与沈助教同宿溢口夜别》诗：

  我为浔阳客，戒旦乃西游。君随春水驶，鸡鸣亦动舟。
  共泛溢之浦，旅泊次城楼。华烛已消半，更人数唱筹。
  行人从此别，去去不淹留。

  这首诗与《与苏九德别》诗一样，采用的是第一人称的叙述方式，不同的是，诗人的第一联与第二联分别就"我"与"君"双方言之，构成了隔句对的形式，将事情的原委交代得一清二楚，随后的第三联叙述二人的交游，第四联也是对句形式，以"华烛已消半，更人数唱筹"的时间流逝之快来烘托别离之难，第五联以古诗式的叹惋结束全篇，对离情的抒发也达到了高潮。与古诗比较，这首诗的变化在于形式的凝练、对仗的应用，在构思方面，也由古诗那种反复咏叹的抒情方式转而注意以具体的场景描述来表达感情，《与苏九德别》诗中，诗人是以直接抒发和比兴式的写景表现与苏九德离别之情，这首诗中，诗人则以饱含深情的叙述展现出了与友人"同宿溢口夜别"的完整场景。

  从何逊抒情诗的具体分析中，我们还可发现，何逊抒情诗中已经出现了以具体化的场景来写情事的新特征。同时，生活场景的具体化，也就意味着要对事件发生场景的真实再现，那么，不仅当时人物的情感，而且场景中人物的行为细节、事件发生时的自然风景、特定场景中人与景、物与我的关系等，就都理应成为诗人关注与表现的焦点。下面，就让我们对这些问题进行逐一探讨。

### 2. 抒怀写意为主的古体诗与其中物我关系的探求

  上一章在讨论谢朓诗的时候，我们已经论及情景交融艺术与诗歌体式结构的关系，何逊诗歌的体式虽然结构多样，但作为古体向近体过渡时期的诗人，何逊诗依然以长篇的古体诗为主，因此我们的探讨就先从他的古体诗开始。这些古体诗往往篇什较长，都在二十句左右，以抒怀、叙事为主，恰当地穿插身边风景，风景描写在诗中并不是表现的主体。这时，景与情的关系就显得很微妙，如果景不能与情融合无间，风景再美，也会感觉突兀孤立，如何能使这有限的风景融入到整体的抒怀言情中去呢？藉此问题，我们还可以来讨论何逊诗透露出的观物方式。来看他的诗：

家世传儒雅，贞白仰余徽。宗派已孤狭，财产又贫微。
栖息同蜗舍，出入共荆扉。松笔时临沼，蒲简得垂帷。
幸逢四海泰，日月耀增辉。相顾无羽翮，何由总奋飞。
一朝异言宴，万里就睽违。远江飘素沫，高山郁翠微。
相思对森森，相望隔巍巍。死灰终不然，长岑且未归。
当怜此分袂，脉脉泪沾衣。

——《仰赠从兄兴宁寘南》

二纪历兹辰，投分敦游处。况事兼年德，宴交无尔汝。
中岁多乖违，由来难具叙。及君相藩牧，伊予客梁楚。
出国乃参差，会归同处所。以兹笃惠好，何用忘羁旅。
重得申平生，何年更睽阻。笼禽恨局促，逸翮超容与。
饯道出郊垌，把袂临洲渚。长飙落江树，秋月照沙溆。
远送子应归，棹开帆欲举。离舟欢未极，别至悲无语。
安得生羽毛，从君入宛许。

——《赠江长史别》

  这些篇幅都在20句或20句以上的长篇古体诗与谢灵运的长篇古体诗一样，兼具着咏怀诗的性质，以大段抒怀来开篇，中间穿插着对沿途风景的真实纪录。不同的是，何逊这几首诗均为人情往还的赠诗或赠别诗，包含着具体的情事，在自叹身世之后，铺写相思、别离之情景是必然的内容，因此风景是构成当下场景的重要元素，起到了烘托和渲染感情的作用。《仰赠从兄兴宁寘南》先以"一朝异言宴，万里就睽违"叙述两人相隔之遥，接着以"远江飘素沫，高山郁翠微"勾勒出苍江森森，高山巍巍之景象，产生的是电影中的空镜头效果，一下子便能使读者直接感受到无限的空间阻隔。《赠江长史别》首先是层层铺叙与友人的感情，而后自然引入到送别情景。"饯道出郊垌，把袂临洲渚"，诗人与友人挽手而行，一直将友人送到最远的江郊野外，船棹已开风帆欲举，别离之人尚踯躅难舍，相对无言。此时之景，恰是"长飙落江树，秋月照沙溆"，风从遥远处袭来，晃动着江边的树木，秋月凄清，映照着寂静的沙岸，在如此具有现场感的景象描写中，怎能不使人产生身临其境之感呢？别离者秋月照拂下悲凄的神情，风中飘散的衣袂，都在这当时风景的渲染中一一浮现，仿佛触手可及。风景，在此既是客观美的存在，又是感情的载体，与情节叙述中的人和事一样，都成为特定场景的特定组成部分。如果我们把这首诗的结构改动一下，抛掉前16句的感情抒发，只保留后半部的10句，则可以将之视为一首情、景、事、理兼备的新体送别诗，这首诗已经向我们昭示了何逊诗由古体向近体转变的契机。

在这两首诗中，何逊是在有意识地择取与事件感情相映衬、相一致的客观景物特征，以之来渲染氛围、烘托感情。这种情感表现方式在具有特定情节性的送别诗中成为常见的模式。

除了这种模式外，何逊诗中的情景关系还有另外一种模式，我们还是先通过具体的作品来体会：

> 弱操不能植，薄伎竟无依。浅智终已矣，令名安可希。
> 扰扰从役倦，屑屑身事微。少壮轻年月，迟暮惜光辉。
> 一涂今未是，万绪昨如非。新知虽已乐，旧爱尽暌违。
> 望乡空引领，极目泪沾衣。旅客长憔悴，春物自芳菲。
> 岸花临水发，江燕绕樯飞。无由下征帆，独与暮潮归。
> ——《赠诸游旧》

> 疲身不自量，温腹无恒拟。未能守封植，何能固廉耻。
> 一经可人言，三冬徒戏尔。虚信苍苍色，未究冥冥理。
> 得彼既宜然，失之良有以。常言厌四壁，自觉轻千里。
> 日夕聊望远，山川空信美。归飞天际没，云雾江边起。
> 安邑乏主人，临印多客子。乡乡自风俗，处处皆城市。
> 所见无故人，含意终何已。
> ——《入东经诸暨县下浙江作》

在《赠诸游旧》诗中，诗人对情景关系的处理则采取了另外一种方式，以"旅客"之"憔悴"和"春物"之"芳菲"两相对照，以物之无情来反衬人之有情。所谓"旅客长憔悴，春物自芳菲"，诗人引颈望乡，怅然泪下，岸花与江燕却各自临水争发、绕樯翩飞，何等自在快活。《入东经诸暨县下浙江作》诗也是如此，"归飞天际没，云雾江边起"是对旅途暮景的客观描述，而这对诗人的意味，只是"山川空信美"，异地山川美则美矣，但却不能给满腹羁心愁情的诗人以稍许的安慰。在这种物我关系中，大自然总是以其永恒的生机昭示着生命的美好与岁月不可

169

逆转的无奈。在其他诗歌中，何逊也对这种物我关系有过反复的表述，如《暮春喜晴酬袁户曹苦雨》诗："春芳空悦目，游客反伤情。乡园不可见，江水独自清"；甚至诗人还直接将这种物我关系注入风景描写句中，如《行经孙氏陵》诗有"山莺空曙响，陇月自秋晖"的句子，以山莺曙响的生机、陇月秋晖的恒长来映照孙氏身后的千古寂寞。"空"与"自"等成为了这种观物方式的标志性字眼。

这种观物方式在前人诗文中也是有的，但何逊是第一个在诗歌中对此进行反复自觉表述的诗人。在这种观物方式背后，隐含着宇宙永恒、人生苦短的生命迫促感。其意义，除了以客观之物色反面衬托诗人内心的羁心愁情外，同时还包含着尊重客观本真之美，不以主观感情干扰曲解自然美的自觉意识。正因为有这种自觉，所以何诗能够在汲取了古诗婉转深情之长处的同时，还能避免古诗物色描写笼统化的比兴模式，体物细微入妙，把南朝诗的"形似"之美推至新的境界。这一点，是我们在分析何逊与阴铿诗时需要特别注意的，这种观物方式甚至影响到了诗歌的结构形式设置，对此，我们在下文还要做重点分析。

或者以与感情色调相一致的风景来正面烘托渲染，或者以客观风景之美来反面映衬，何逊在诗歌创作中对情景关系做了自觉的思考，这两种观物方式也成为中国诗歌中物我关系的两种基本模式，影响深远。擅长取法阴、何的杜诗中的许多景句，从体物方式到字句结构都带有何逊诗的痕迹。何诗中常用的"自"字，就多次为杜甫取法。宋杨万里《诚斋诗话》云："句有偶似古人者，亦有述之者。杜子美《蜀相》诗云：'映阶碧草自春色，隔叶黄鹂空好音。'此何逊《行孙氏陵》云：'山莺空树响，陇月自秋晖'也。"[1] 除了杨万里提到的这首诗外，又如《遣怀》诗"愁眼看霜落，寒城菊自花"[2]、《江亭》诗"寂寂春将晚，欣欣物自私"[3]、《野人送朱樱》"西蜀樱桃也自红，野人相赠满筠笼"[4]等，都是如此结构。

何逊对物我关系的自觉认识体现在他诗歌的方方面面，也影响着诗

---

[1] 丁福保辑《历代诗话续编》，中华书局，1983年8月第1版，第136页。
[2] 高步瀛选注《唐宋诗举要》，上海古籍出版社，1978年2月版，第478页。
[3] 同上，第480页。
[4] 同上，第566页。

歌结构的设置。除了上文提到的在抒怀言情中偶然穿插写景的古体结构外，由景入情的两段式结构与情景交错为用的新体形式在何诗中是最普遍的。

3. 由景入情的体式与风景的独立审美价值

上文提到，尊重自然本真之美、客观再现风景之美是何逊对物我关系的自觉认识的一个重要方面，这种对客观物色具有独立审美价值的自觉意识体现在上一章所探讨过的对"幽微"景致的描绘中，也体现在他由景入情的诗歌结构经营中。自永明以来，随着诗歌描写的日常生活化，咏物、咏节候之景的诗与赠答诗增多，何逊诗沿着永明诗人开拓的方向一路走来，并且开始尝试融合咏物写景与赠答内容于一体的新的诗歌形式。这种意图我们单看诗题便能明晓，如《望廨前水竹答崔录事》、《暮秋答朱记室》、《落日前墟望赠范广州云》、《夕望江桥示萧谘议杨建康主簿》、《入西塞示西府同僚》、《秋夕仰赠从兄寘南》、《入春夕早泊和刘谘议落日望水》、《暮春喜晴酬袁户曹苦雨》、《野夕答孙郎折》、《日夕出富阳浦口和朗公》，这些诗题都是先物色后情事，兼有双重性质。也正因诗题已经具有叙事的性质，所以传统三段式中开端的记叙部分，就可以被省略掉，同时末段的玄言也被置换成永明以来的情语，成为先景后情、由景入情的两段式格局。要使景与情能够泯合无间，水乳交融，这种两段式格局带来的问题必然是如何由自然之美的描写过渡到羁思旅情的抒发，也就是两个部分如何承递的问题。何逊的处理方式是承继鲍照、谢朓而来的，他诗中的物色是有选择性的，多被放置在日夕黄昏、深秋暮春、苍江急流等这些自身便带有特定情感象征色彩的大背景中。这些景象本身就是一种无言的诉说，日暮黄昏的景象再美好，都会透出一丝淡淡的轻愁，撩动人的怀乡思归之情；旅途的苍江急流再雄阔，都会带着几分悲情的色调，与旅人心头的漂泊感相激荡。这样的风景描写，采取的可说是"赋兼比兴"的模式。同时，在后半部的情感抒发环节，必然要求抒情能婉转细致，与前半的景语呼应，娓娓道出人情之常。这种由景入情的结构方式，是谢朓"落日飞鸟还，忧来不可极""大江流日夜，客心悲未央"的思维方式的延展，体现着何逊试图融合"巧构形似"的体物写真技艺与情辞婉转的抒情艺术的努力。

那么，何逊这种尝试的效果又如何呢？

落日黄昏的景象总能牵动游子敏感的神经，大谢、鲍照、小谢诗中的夕景描写主要集中在对整体光色的把握上，何逊则把笔触伸向了身边的细物，以咏物的细微笔墨来关照夕照下的风物。如：

> 萧萧藂竹映，澹澹平湖净。叶倒涟漪文，水漾檀栾影。
> 相思不会面，相望空延颈。远天去浮云，长墟斜落景。
> 幽疴与岁积，赏心随事屏。乡念一邅回，白发生俄顷。
> ——《望廨前水竹答崔录事》

诗人先将镜头聚焦于廨前的水竹，"萧萧""澹澹"晕染出一幅清澹之景，"叶倒涟漪文，水漾檀栾影"又借助连绵词汇曲尽水竹相映的婆娑影姿，在铺写过水竹之后，诗人才缓缓推出自己"相望空延颈"的形象，这形象又与"远天去浮云，长墟斜落景"的夕景相交织，产生了孤独寂寥的况味，接着诗人再叙说自己身患沉疴，被相思煎熬的情形自然就顺理成章了。从这首诗中，我们是能看出诗人融合体物与抒情的努力的，此诗前四句就是一首纯粹的体物诗，后半部则可视为抒怀诗，因选取的景象与整体格调相谐调，两者之间的过渡也就还比较自然。然而并不是每首诗的写景与抒情之间都能承递得比较自然，我们再看下面这两首：

> 夕鸟已西度，残霞亦半消。风声动密竹，水影漾长桥。
> 旅人多忧思，寒江复寂寥。尔情深巩洛，予念返渔樵。
> 何因适归愿，分路一扬镳。
> ——《夕望江桥示萧谘议杨建康主簿》

> 缘沟绿草蔓，扶楥杂华舒。轻烟澹柳色，重霞映日余。
> 遥遥长路远，寂寂行人疏。我心怀硕德，思欲命轻车。
> 高门盛游侣，谁肯进畎渔。
> ——《落日前墟望赠范广州云》

这些诗的前半部分，在景物层次安排上，多沿袭了谢朓一联阔大景象、一联细致景象相搭配的构景模式，专力体物，其中以大景渲染黄昏色调、小景来描绘身边的物色情态。前一首诗中，"风声动密竹，水影漾长桥"二句句法奇矫,风动密竹而有声,水漾长桥而留影,这里却将作为结果的"声""影"嵌于句中,以倒装句法产生了警策的效果。后一首诗中,"缘沟绿草蔓,扶楥杂华舒"中"蔓""舒"在不经意间写出绿草杂花的自在舒展之意,"轻烟澹柳色"中"澹"字显示出夕照中烟霭与柳色和谐相融时的微妙律动之美,极富诗意。这种以工笔与写意交织的昏景描绘,是以体现自然美为宗旨的。这两首诗分别以"旅人多忧思,寒江复寂寥"和"遥遥长路远,寂寂行人疏"为过渡,逐渐呈现出诗人略带清愁忧思的自我形象,由物色转为情感的倾诉。值得注意的是,《夕望》一诗中,"寒江"一句的句意,与前四句的景象似有不甚契合之处;《落日》一诗,"寂寂行人疏"的句意,亦与前四句未全融洽。这种现象,或许正是诗人同时尊重客观真实和主观真实的反映。

以上都是由日落黄昏之景象入诗的例子,何逊诗中还有以旅途之景入诗的,如《入西塞示南府同僚》诗由激荡的清晓江景来抒写胸中涌动的不平之思:

露清晓风冷,天曙江晃爽。薄云岩际出,初月波中上。
黯黯连嶂阴,骚骚急沫响。回楂急碍浪,群飞争戏广。
伊余本羁客,重睠复心赏。望乡虽一路,怀归成二想。
在昔爱名山,自知欢独往。情游乃落魄,得性随怡养。
年事以蹉跎,生平任浩荡。方还让夷路,谁知羡鱼网。

此诗明显分为前后两截。前八句以实笔摹写出西塞山急流险滩的自然形势,笔势沉雄而带苍莽之气,比之何逊那些轻巧灵妙之作又是一番新境界。三四句为千古名句,古人以石为云根,第三句状缥缈薄云从黯黯连嶂间缓缓飘溢而出的景象,第四句中"初月"疑为"残月"之误,因为拂晓时分是看不到新月的,写出从摇荡的船上看,纤纤弯月倒影于骚骚飞沫,似乎在随汹涌的波浪上下扶摇的景象,"出""上"二字传写出了晓云孤月在特定时空中的动态质感。这四句以实笔直写早间江景,而有如在眼前的逼真效果,有"不隔"之妙。王夫之说:"秀脱之句,率尔至极。则景阳'蝴蝶'、康乐'青草'始开之先。乃其洗露虽鲜,尤尚丝毫不犯。'天际识归舟'为稍犯矣,'初月波中上'则又加遒爽。"① "不犯"，当指钟嵘所说的"即目"所见之景，出之天然，不加雕削。小谢句因故意注入了诗人追寻的目光而稍有琢磨之意，何句则不唯天然，而且一洗齐梁绮丽婉转之态，更增遒劲爽朗之姿。杜甫"薄云岩际宿，孤月浪中翻"二句即由此脱化而来，与何逊句比，杜甫句中"宿"字与"翻"字更有苦心经营的意味，老杜"颇学阴铿苦用心"的锤炼功夫，我们是自可从中去体会的。面对如此浩荡之江景，谁又能不心情激荡？这样便自然引入到"浩荡"的"羁客"情怀抒发中去了，此诗的景与情的衔接还是很顺畅的。再看一首笔触较为清省的诗：

> 寒鸟树间响，落星川际浮。繁霜白晓岸，苦雾黑晨流。
> 鳞鳞逆去水，弥弥急还舟。望乡行复立，瞻途近更修。
> 谁能百里地，萦绕千端愁。

——《下方山》

此诗只有十句的简短篇幅，以冷色调的凄清冬景与渐近故乡时刻矛盾的旅人情思相交织，可说是何逊由景入情的体式中最成功的一首。开篇四句的景象，我们在前面已经解析过，写尽早间行程的无限凄苦情状，而后面六句诗人对"归途渐近，未到之顷"时刻那种微妙而复杂的心情抒写也同样出色。"鳞鳞"状波浪如鳞片般层次相连，"弥弥"状河水满溢貌，诗人逆水行船，心急船慢，由"逆""急"的对照写出诗人盼望归家的急切。因思家心切，诗人独立船头，仰而伫望，路程是离家愈来愈近了，可是此时的心情反而思绪万千，愁肠翻滚，对家人状况的担忧，功名未就的失落，漂泊江湖的辛苦，瞬间都积聚心头。这短短的百里水程，对诗人而言真是痛苦的煎熬，竟显得如此漫长。"近乡情更怯"的心情，在这短短的六句中被展现得淋漓尽致。可见，何逊诗之"探幽入微"，实可就情、景两端同时求之，无论是寻常风景抑或是寻常情致，都能摇曳出之，以浅语写出妙境深情，说何逊诗"状景必幽，吐情能尽"，可谓得之。

总之，由景入情的两段式结构是何逊对诗歌体式的特殊尝试，透射出他对"景"的独立审美价值的关注以及他试图糅合物与心、景与情

---

① （清）王夫之《古诗评选》，张国星校点，文化艺术出版社，1997年3月第1版，第277页。

的努力。但是总的来看，因为精美而纯粹的风景描写本身就是艺术的佳构，足以成为令人赏心悦目的美的对象，那暗含在精美形式下的一点点"先咏他物以引起所咏之辞"的比兴意味，就难以引起人们的想象，如果后半段所抒之情不够生动的话，两段式就比较容易造成重在前半写景而忽略后半言情的印象。正如谢灵运三段式中的玄言部分总被人斥为"玄言尾巴"，与前面的写景"瞮分两截"一般，两段式也往往存在着这种整体结构不够饱满的缺憾，比如读了上面所举的几首写夕景的诗，我们都会有这样的感受。即使是《下方山》这样讲究抒情艺术的诗，"繁霜白晓岸，苦雾黑晨流"的视觉之美给我们的印象也是远远大于后半部的抒情的。再如我们熟悉的《酬范记室云》，读过诗后，我们也只会去玩味"风光蕊上轻，日色花中乱"的轻灵之美，至于接下来何逊要对尊敬的前辈范云表达的情意，是很难成为我们关注的焦点的。王世贞《艺苑卮言》曰："何水部柳吴兴篇法不足，时时造佳致。何气清而伤促，柳调短而伤凡。"① 就何逊诗的这种体式言之，此评确实很恰切。

看来，对风景描写艺术来说，这种由景入情的诗歌体式是非常有效的，何诗中许多脍炙人口的奇章秀句，均出自这种体式；当然对感情抒发来说，它的意义就不是那样明显了，甚至会因写景的精彩而削弱感情的力度。采用两段体式的诗，尚缺乏浑然一体的整体意境感，可见，先景后情的两段式结构并非理想的情景二元整合的诗歌形式。

4. "情景相入"② 的体式与特定情节中的情与景

在以抒怀写情为主、篇幅冗长的古体诗中，风景只是偶尔穿插出现，在诗中的比例甚小，这种体式还不足以凸显"景"的独立审美价值；在先景后情的体式中，优美的景物描写的光芒又容易遮蔽抒情的力量。在这两种体式中，情与景处于不对等、不均衡的状态，二者总是难以密和。因此，要达到情景交融的理想境界，诗歌体式中理应包含着这样三个因素：第一，深入挖掘特定时刻的风景自然之美，以精美工致的语言传写客观之美，而且客观风景美的色调氛围应该能与主观的心境相谐调、相融洽；第二，恰当地表达特定境况中的感情，以含蓄婉转、缱

---

① 丁福保辑《历代诗话续编》，中华书局，1983年8月第1版，第997页。
② （清）王夫之《古诗评选》，张国星校点，文化艺术出版社，1997年版，第310页。

绻深长的语言曲尽真挚的情意,人的情感表达亦要与风景描写融于一体;第三,为使景与情的衔接自然,浑融一体,还需要完善诗歌的篇章结构。情与景的比例应该适当,篇幅冗长的大段抒怀当紧缩凝练,景语要精确生动,二者在结构上彼此含融,前后呼应,共同传达特定氛围中的情与景。何逊创作了许多四言八句的新体诗,便都是因为兼备这些因素而体现出"状景必幽,言情务尽"的特色:

  客心愁日暮,徒倚空望归。山烟涵树色,江水映霞晖。
  独鹤凌空逝,双凫出浪飞。故乡千余里,兹夕寒无衣。
         ——《日夕出富阳浦口和朗公》
  暮烟起遥岸,斜日照安流。一同心赏夕,暂解去乡忧。
  野岸平沙合,连山远雾浮。客悲不自已,江上望归舟。
         ——《慈姥矶》

  同样是就日夕之景来写游子思归之意,这两首诗突破了由景入情的体式,情景相含,已初具近体规模。《日夕出富阳浦口和朗公》是情—景—情格局,《慈姥矶》诗则是景—情—景—情格局,舍弃了古体结构中大段的内心独白,情的表达在有限的形式内被高度地凝练化了。前一首诗开篇便推出诗人在日暮中愁倚江边,空望归舟的形象,"愁""空"二字确定无误地渲染出了全诗的基调,使我们一下步入诗人的情感世界中。眼前烟岚气霭升腾,绚烂的霞光流布,树色和江水轻笼着绮丽美妙的光影色调,却又带着日薄西山、逐渐昏沉的苍茫之意。此时,恰有独鹤凌空而逝,双凫出浪纷飞,在轻妙空灵的意态中,散发着悠悠的静意。诗意的美丽,被诗人的生花妙笔永恒地定格在了这一瞬间,诗人对转瞬而逝的美的珍爱、叹惋之情也尽在不言中。此诗的结尾,以故乡千里,天寒无衣凄然作结,回应开篇,则全诗浑然为一整体。《慈姥矶》如两段式结构的诗歌般先引景入诗,铺写远岸炊烟缭绕、夕晖斜照的江岸景象,而后申明观望之意在于藉此排解乡思悲愁。"野岸平沙合,连山远雾浮"再现了沉沉暮霭中的苍茫气象,无穷的大自然再一次使游子徒增伤悲,已不能归,只能怅望他人之归舟了。至此,诗人的感情由舒解乡愁到愁不能禁,步步深入。这种情景交错的写法,不仅没有影响到景致的真切,反而呈现出了情感变化的微妙层次。

  从这两首诗可以看出,这种"情景相入"的形式起合自如,在结构上更为圆满，比繁富的古体形式和由景入情的形式更能有效地融合情景。试想，我们如果把这两首诗的格局都改为先景后情，前四句一味写景，后四句全部写情，诗意便顿时逊色不少。何逊这类初具唐人气象的小诗有起有合，起承转合又灵动自如，任凭一片感情神行流转，了无经营痕迹，在古体与律体之间，又别是一体，自有独立之价值。另外，从这两首诗中，我们还可以发现，何逊诗的感情表达舍弃了古体中大段的直抒胸臆式的倾诉方式，他通过特定场景中人的神情动作的描述来自然呈现感情：悲愁的相思，全凝聚于"徙倚空望归""江上望归舟"的神情动作中。这样的诗句本身，也正含有情景依存的内容：诗人怅然徘徊、归舟望断的身影，与山烟树色、江水霞晖、野岸平沙、连山远雾这些景象一起，熔铸成了优美而感伤的黄昏画境，在此画境中，景中有人，人即是景，全诗是"情中景"与"景中情"的有机结合体。

而且，何逊这些采用情景交错体式诗歌的重要特征是在诗歌中更多地融入了"事"的因素，诗歌中描写的风景，抒发的感情，总是围绕着具体的事件特定的场景进行，如同用一个完整的电影镜头拍摄某一个情节般，这个情节是由主人公的神态、行为、感情、当时的景物等因素融合而成的。何逊的送别诗更为典型。如名篇《临行与故游夜别》：

历稔共追随，一旦辞群匹。复如东注水，未有西归日。
夜雨滴空阶，晓灯暗离室。相悲各罢酒，何时同促膝。

诗题已经告诉我们这是一首写予昔日同僚老友的夜间送别诗。首联以对句平叙离别之事，在"历稔"与"一旦"的对比中，诗人已在暗自积蓄情感的力量，颔联汲取了乐府诗比兴的手法和流畅的叙述方式，以东流之水来比喻此地一别难有后会之期的怅惘心情，具有倾泻而下的感情气势。前四句的形式，都酷似于后来律诗中的"流水对"，将乐府古诗流转自然的叙述巧妙化入了新体对仗的形式，已显示出何逊中和古今诗人之长的功力。五六句接以景语，以简约工致的骈对再现出别时场景。寒夜凄清，窗外雨声淅沥，敲打着空寂的石阶。诗人以"滴"字描绘雨声，可见此时雨只是残雨或小雨。可以想象，如果别宴气氛热烈，喧声盈耳，雨点敲打空阶的声音自然是捕捉不到的，而恰恰是相对无言，只能以酒代替人来诉说不尽的离愁时，滴滴雨声方能声声入耳。这雨声，滴在空阶，也打在离人的心头。这样，便以室外之有声衬出了室内之无声，写出离人的苦悲。别离难舍，只恨时光迫促，不觉间已经东方既白，天色熹微，席上烛火渐渐消损了光芒。陆时雍评此二句曰："惨甚！闲闲两语，景色自成"，又曰："'夜雨滴空阶，晓灯暗离室'，深写得苦"①，确非虚语。这二句的妙处不唯捕捉到了送别场景中的两个典型的环境细节，以之来烘托别离之情，而且还在骈偶的特殊形式中，包含着一个由夜晚而黎明的时间过程，暗示着别宴时间之长、友人间的情谊之厚。本因悲别离之苦而把酒消忧，而酒入愁肠反化作一腔悲酸之泪，诗人们干脆"相悲各罢酒"，抛却杯中物，只将满腔情思化为一句"何时同促膝"的浓稠感叹，将缠绵悱恻的感情绵延到了诗外，获得了味之无穷的余韵。而且，这"同"字又照应了开篇"历稔共追随"之"共"字，标示了结构的完满与事件叙述的完整。这种情、景、事融合为一的表述同样出现在《与胡兴安夜别》中：

    居人行转轼，客子暂维舟。念此一筵笑，分为两地愁。
    露湿寒塘草，月映清淮流。方抱新离恨，独守故园秋。

  此诗也是通篇对偶的形式。不同的是，诗人略去了送别之筵席、送别之人江边寒暄的过程，只捕捉了将别未别的最后一刻的情节："客子"登舟，即将起航；"居人"回车，车辕行将调转方向，"别"近在眼前了！只此十句，包纳了多少将别未别时刻的丰富细节！蕴涵了多么难以言传的深情！踟蹰相望，相对无言，此地一个筵席之上的共同欢笑，就要强分为两地的愁情了！"一筵""两地"，眼前情景，别后滋味，已合情景事而言之；"露湿寒塘""月映清淮"，已然酒醒何处况味，是景中含情，且层深处有事也。

  这种情、景、事融合为一体的场景描写甚至也影响了何逊怀古题材的诗歌，我们可将他与谢朓的同题作品做一个比较，如：

    穗帷飘井干，樽酒若平生。郁郁西陵树，讵闻歌吹声。
    芳襟染泪迹，婵媛空复情。玉座犹寂寞，况乃妾身轻。
            ——谢朓《同谢谘议咏铜雀台》
    秋风木叶落，萧瑟管弦清。望陵歌对酒，向障舞空庭。

---

① 《古诗镜》卷二十二。

## 第三章 何逊与阴铿：羁役风景审美范式

寂寂檐宇旷，飘飘帷慢轻。曲终相顾起，日暮松柏声。

——何逊《铜雀妓》

铜雀台是曹操于建安十五年建造的宏丽宫廷建筑，曹操临死之前吩咐儿子们将自己葬在铜雀台对面的西岗，命侍妾歌妓住在铜雀台上，早晚供食，每月初一和十五还要在台上奏乐歌舞，一如生前。这一历史题材在南朝为众多诗人歌咏过，谢朓与何逊的诗都是其中的出色之作。谢诗与何诗都构想了曹操死后歌妓们在铜雀台上对陵空舞的情形，且都以歌妓口吻出之。谢朓诗是情节构想与心中感慨并出，每一联第一句都是想象当时场景，后一句则诉说心中之情。何逊则抛却了这种心迹剖析式的感慨，虚构了铜雀妓歌舞的一个完整场景，——渲染了秋风落叶、管弦萧瑟的氛围，在空庭向障望陵歌舞《对酒》歌之情形，尤其是结尾两句，将歌舞妓一曲终了相顾而起的神情与日暮西陵上的松柏声交织在一起，则英雄孤寝之寂寞，生死遥隔之哀伤，生命无常之无奈都绵延到了诗外。在何诗中，全诗的每一笔，都从具体的情境描写中带出，不做直接的抒发议论，因此比谢朓诗更为意境浑融。

在五言八句的有限形式内，诗人不仅使情景交错相生，还尽量将情与景做了最优化的配置，骈文对仗的句法，古诗流畅自然的叙述方式，永明诗人平易明快的言语笔墨，具有时间性和情节叙述性的景物描写，人物现场的行为细节，富有力量的直接感叹，都使整首诗情景事浑融一体。兼具了这些因素的婉美的诗歌，自是"情词婉转，浅语俱深"[1]，"意境深而物象浅"[2]，情景相入，彼此互融。

何逊诗历来因清丽的风景与深婉的情致，被认为颇得小谢风致。小谢诗中之情景多清淡雅逸，即使是感伤的送别诗，也会有几分自在的情致飘出诗外，若"云去苍梧野，水还江汉流"[3]"叶下凉风初，日隐轻霞暮"[4]"花枝聚如雪，芜丝散犹网"[5]"塘边草杂红，树际花犹白"[6]等

---

[1] （清）沈德潜《古诗源》，中华书局，1963年6月第1版，第267页。
[2] （明）陆时雍《诗镜总论》，见丁福保辑《历代诗话续编》，第1409页。
[3] 谢朓《新亭渚别范零陵云》。
[4] 谢朓《临溪送别》。
[5] 谢朓《与江水曹至干滨戏》。
[6] 谢朓《送江水曹还远馆》。

虽为感伤的别离之景，但更重在体现大自然生命的律动，感伤的意味是淡淡的。对何逊来说，化不开的羁心愁情深深浸透在他的骨髓之中，小谢的那份自在萧散在他这里全然成为了哀婉的低吟，他的诗，以叙怀述悰的本色见佳，以幽芳独赏的韵致动人，"语语实际，了无滞色"①，因此在"山烟涵树色，江水映霞晖"②"野岸平沙合，连山远雾浮"③"夜雨滴空阶，晓灯暗离室"④"露湿寒塘草，月映清淮流"⑤"繁霜白晓岸，苦雾黑晨流"⑥的清微意境中所照见的，不唯是当时之景，更是诗人敏感多情的心灵，何诗中的风景，更带有"赋兼比兴"的味道，比小谢诗更多心灵之光的折射。然而心灵之光的折射，并没有遮蔽生活场景的精确生动，从艺术构思来说，何逊新体诗中的风景描写之所以能体现出更多的心灵折光，关键一点在于他常常选取某个生活事件中的一个情节点，为这个情节点注入当时风景，在环境的渲染中还原生活的场景，以此向我们传达出特定场景中的人的感情。而且，从广泛的意义上讲，情节中那些深情缱绻的人物，其实也是风景整体的部分。

### 5. "景"的延展——生活场景

何逊为诗中的风景注入情节性，使自然的风景与诗人缱绻的深情交融互渗，整体意境上比谢朓等永明诗人诗更为浑融。此外，何逊还将描写的笔触由羁旅山水伸向了广泛的社会生活，将"景"的内涵由自然风景延展到了社会场景，诗人在诗中的角色也由深情描述自我心灵体验转移到以同情理解之心来观察、纪录他人生活的片断。这些场景都是诗人在生活中的所闻所见，如《早朝车中听望》写诗人在车中听闻车马纷喧、百官早朝，《同虞记室登楼望远归》记登楼望游子远归，《车中见新林分别甚盛》旁观新林浦边达官显贵的盛大送别场景，都显示出何逊

---

① （明）陆时雍《诗镜总论》，见丁福保辑《历代诗话续编》，第1409页。
② 何逊《日夕出富阳浦口和朗公》。
③ 何逊《慈姥矶》。
④ 何逊《临行与故游夜别》。
⑤ 何逊《与胡兴安夜别》。
⑥ 何逊《下方山》。

崭新的观察视角。这类诗中,最动人的是《看伏郎新婚》与《见征人分别》:

> 雾夕莲出水,霞朝日照梁。何如花烛夜,轻扇掩红妆。
> 良人复灼灼,席上自生光。所悲高驾动,环佩出长廊。

——《看伏郎新婚》

这首诗纪录了一个很特别的场景——婚礼。夕晖雾霭中出水的莲花,清晨斜照在屋梁的霞光,何其绚烂华美,却都比不上花烛之夜轻扇掩面的娇美新娘!新郎容光焕发,婚宴上光鲜异常,人们都沉浸在喜乐和缠绵的气氛之中,可惜美好的筵席终将离散,客人都在叮咚环佩声中辞别而去。看来,深于情的何逊不唯善于捕捉离别伤怀的时刻,对生活中令人感动的美好时刻的刻画也同样出色。而且,正因能时时记念于生活的美好,方能在羁旅思乡之时、目睹人间悲愁时,有着比他人更为细腻入微的内心感受。看《见征人分别》:

> 凄凄日暮时,亲宾俱竚立。征人拔剑起,儿女牵衣泣。
> 候骑出萧关,追兵赴马邑。且当横行去,谁论裹尸入。

此诗捕捉的是征人与亲人壮别的情景。张玉谷云:"此赋所见而壮之也。前四以日暮亲宾相送,挑出征人奋往之形;缀'儿女'句以为反衬,愈醒豁,且即以引下自表壮怀。后四作征人喻儿女看,点清去路,更就不望生归透过一层作结,用笔劲甚。"此诗前四句宛若一幅神形逼肖的送别图,场景的气氛、色调、人物的动作、神情皆栩栩如生。四野苍苍,暮色凄迷,送行的亲朋故旧在路边愀然伫立。这时,征人拔剑而起,高挥过头,以特殊的方式庄严地向亲人告别,小儿女尚少不更事,只是本能地牵扯着父亲的衣角哭号,不让离去。下四句是征人对小儿女的抚慰之语,更是征人矢志立功报国的自我表白,涌动着一股豪迈气概。在对生活场景的再现中,再次体现出了何逊擅长观察生活细节的能力。在这个场景中,征人"拔剑起"和儿女"牵衣泣"的动作细节最为精妙,"拔剑起"的动作表现出了出征前的悲壮气氛、战士报国的决心,"牵衣泣"则传写出了特定情境中小儿女恋恋不舍的娇憨神态。这些真实的细节描摹为我们还原出了一位有侠骨更兼有柔肠的战士形象,比前人"投躯报明主,身死为国殇"①,"男儿不惜死,破胆与君尝"②的直抒胸臆式描写,更能揭示现实生活的真相,更能让我们感到温暖的人情味道。生活场景的艺术价值正在于此。

当然,这些以细节描摹纪录他人生活场景的诗在何诗中为数并不太多,但这毕竟是一种新的开拓,对后人不无影响。杜甫的"诗史",便是在对一个个社会生活场景的"实录"中书写出来的,他的《三吏》、《三别》等,无不充满着真实的生活细节描写,甚至于《兵车行》中"车辚辚,马萧萧,行人弓箭各在腰。爷娘妻子走相送,尘埃不见咸阳桥。牵衣顿足拦道哭,哭声直上干云霄"③的场景描写,与何逊《见征人分别诗》的情景又何等相似!这更让我们意识到,诗歌史上的每一次进步,都是追循着前人的足迹而来的,何逊在诗歌发展史上的影响,并不止于那些耳熟能详的"清词丽句"。

总之,作为谢朓之后齐梁诗坛最富才气的诗人,何逊诗典型地继承了永明诗歌清丽婉美的风貌,体物造微入妙,明察秋毫,将前人不易察觉到的小景致捕捉入诗。尤为难得的是,何逊诗敏感的心灵与游离于贵族诗坛之外的经历使他的诗充溢着齐梁诗人普遍缺乏的真挚情感,因此他的诗即便描写笔触朴质自然,也自具有打动人心的神奇力量。作为诗体转换的过渡时期的诗人,他还对情感与景物的关系做了多方的探讨,这使得他的诗歌结构呈现着多样化的面貌。此外,他还将风景的范围由园林拓展至羁旅征途上,由自然图景绵延至社会生活的场景,使我们对"景"的理解更为宽泛,也给后代诗人带来许多有益的启示。

## (二)阴铿:苍凉声情中的雄浑气象

阴铿生活在梁陈之际,不是贵族出身,身份卑微,甚至《陈书》中的《阴铿传》都放在《文学传》最末,而且附在《阮卓传》下,只有约

---

① 鲍照《代出自蓟北门行》,见钱仲联增补集说校《鲍参军集注》,上海古籍出版社,1980年10月第1版,第165页。

② 吴均《胡无人行》,见逯钦立《先秦汉魏晋南北朝诗》,中华书局,1983年9月第1版,第1721页。

③ 杜甫《兵车行》,见(清)仇兆鳌《杜诗详注》,中华书局,1979年10月第1版,第113页。

二百字的简短篇幅。《陈书》记载他幼年好学,能诵诗赋,长大后博涉史传,尤善五言诗,为当时所重,仕梁,官湘东王萧绎法曹参军;入陈为始兴王陈伯茂府中录事参军,以文才为陈文帝所赞赏,累迁招远将军、晋陵太守、员外散骑常侍。约在陈文帝天嘉末年去世。阴铿与何逊一样,虽身份卑微,不属士族高门,但都在当时即以五言诗扬名,为当时人称赏,可见阴、何诗确实是能代表梁陈诗成就的。阴铿经历也与何逊相似,早年在诸王幕府中辗转的经历也有类于何逊,不过他受帝王见赏后的仕宦生涯转为平顺,不像何逊那样潦倒终身。阴铿的传世作品较少,逯钦立先生《先秦汉魏晋南北朝诗》辑录的有36首,但从这为数不多的作品中,我们依然能领略到阴诗的好处。

1. 景语的核心位置

从诗歌体式看,由何逊而阴铿,诗歌的情感表现方式也有明显的变化。何逊是齐梁之际的诗人,那时,虽然诗人们开始了对新体形式的追求,但仍不成熟。何逊诗还大量采用古体结构,十二句以上的诗有26首,在这些诗中,事件叙述与情志抒发往往占去大量篇幅;在那些篇幅较短的新体之作中,多是情景并重的布局,他八句诗中的景句一般为四句或两句,在篇幅上有时与写情句平分秋色,有时还逊于写情句,不过他的诗也因此而带有古诗那种缠绵悱恻的抒情色彩,语气悠柔,情致婉转。阴铿诗已经基本摒弃了齐梁诗中尚存的长篇古体结构,他的诗歌都在十二句以下,在阴铿36首风景诗中,十二句的有5首,十句的有10首,八句的有16首,而且在布局上都明显倾向于写景,进一步将何逊"情景相入"的体式固定为情(事)—景—情的结构,景句的比重明显增多,在他的十二句、十句和八句诗中,景句一般为八句、六句或四句,而且几乎都被放在了中间的核心位置。十二句的如:

鹫岭春光遍,王城野望通。登临情不极,萧散趣无穷。
莺随入户树,花逐下山风。栋里归云白,窗外落晖红。
古石何年卧,枯树几春空。淹留惜未及,幽桂在芳丛。

——《开善寺诗》

洞庭春溜满,平湖锦帆张。沅水桃花色,湘流杜若香。
穴去茅山近,江连巫峡长。带天澄迥碧,映日动浮光。

行舟逗远树，度鸟息危樯。滔滔不可测，一苇讵能航。
　　　　　　　　　　　　　　　　　　　　——《渡青草湖诗》
　　　蘋藻降灵祇，聪明谅在斯。触石朝云起，从星夜月离。
　　　八川奔巨壑，万顷溢澄陂。绿野含膏润，青山带濯枝。
　　　嘉禾方合颖，秀麦已分歧。寄语纷纶学，持笔讵必知。
　　　　　　　　　　　　　　　　　　　　——《闲居对雨诗》

　　这几首诗几乎是纯然的写景诗，因此开端往往是以景与事的交融代替了何逊诗那种情与事的叙述，而整首诗的精华，显然都在中间。《开善寺诗》中间四句前文已有详尽分析，以轻灵的意态与浑阔绚烂的色彩描写出开善古寺的郊野风光，"古石何年卧，枯树几春空"则又平添几分历史的沧桑感，在灵妙之外又加一分古雅，切合"萧散"之致。《渡青草湖诗》描写的是渡湖时所见的瑰丽浩渺景色。"沅水桃花色，湘流杜若香"化入桃花源与屈子典故，从视觉与嗅觉方面引发我们对青草湖的无限联想，"穴去茅山近，江连巫峡长"则将道教修行圣地茅山和巫山神女的历史典故融入对青草湖源头与流向的描述中，为青草湖增添了迷离恍惚、神奇变幻的色彩。"带天澄迥碧，映日动浮光"是从阔大方面着笔，写出天水交映、澄明晃漾的光影印象，"行舟逗远树，度鸟息危樯"下笔又极其精微，摹写出水面平远透视中景物的特殊空间关联。《闲居对雨诗》中"八川奔居壑，万顷溢澄陂"夸张出大雨之声势，"绿野含膏润，青山带濯枝"再现出雨后清润亮泽的绿野青山，语言却平实朴素，不饰雕琢。

　　再看十句诗与八句诗：
　　　新宫实壮哉，云里望楼台。迢递翔鹍仰，连翩贺燕来。
　　　重檐寒雾宿，丹井夏莲开。砌石披新锦，梁花画早梅。
　　　欲知安乐盛，歌管杂尘埃。
　　　　　　　　　　　　　　　　　　　　——《新成安乐宫》
　　　江陵一柱观，浔阳千里潮。风烟望似接，川路恨成遥。
　　　落花轻未下，飞丝断易飘。藤长还依格，荷生不避桥。
　　　阳台可忆处，唯有暮将朝。
　　　　　　　　　　　　　　　　　　——《和登百花亭怀荆楚诗》
　　　游人试历览，旧迹已丘墟。巴水萦非字，楚山断类书。

## 第三章 何逊与阴铿：羁役风景审美范式

荒城高仞落，古柳细条疏。烟芜遂若此，当不为能居。
——《登武昌岸望诗》

客行逢日暮，结缆晚洲中。戍楼因嵯崄，村路入江穷。
水随云度黑，山带日归红。遥怜一柱观，欲轻千里风。
——《晚泊五洲诗》

大江一浩荡，离悲足几重。潮落犹如盖，云昏不作峰。
远戍唯闻鼓，寒山但见松。九十方称半，归途讵有踪。
——《晚出新亭诗》

怀土临霞观，思归想石门。瞻云望鸟道，对柳忆家园。
寒田获里静，野日烧中昏。信美今何益，伤心自有源。
——《和侯司空登楼望乡诗》

这些诗采用的都是标准的情（事、景）—景—情格局，可以看出，这种结构使整体境界显得完满圆和，使情、景、事三元因素保持着平衡。这些诗的前几句，几乎都是情、景、事的整合，多据题意而来。处于核心位置、讲究精致对仗的景语充满警秀之语，总能成为全篇的亮点。《新成安乐宫》当是侍宴应制之作，以翔鸥贺燕、重檐丹井、砌石梁花等华美意象装点出仙宫玉宇般的新殿，虽对仗工整，不过构思上无太大新意，这首诗并不能代表典型的阴铿特色。阴铿诗中景语多工巧别致，自然风物都带着巧构的意趣。《和登百花亭怀荆楚诗》中间三联，且不说"落花轻未下，飞丝断易飘。藤长还依格，荷生不避桥"的心眼之纤微婉转，即便是满目风烟、遥遥川路的远阔景象，诗人也要出之以"望似接""恨成遥"的旖旎缠绵之语，不过细细品味之，诗人在这种妩媚的语言中，不正道出心中剪不断、理还乱的怅惘之思吗？《登武昌岸望诗》中追思旧迹的慨叹，也具体融汇在隐约萦成非字状的巴水与断如鸟兽之文的楚山间，"荒城高仞落，古柳细条疏"又透过眼前古柳细条的疏阔空间，发现了荒弃的古城与作为背景的万仞高山的巨大落差，写出了富有景深效果的荒芜之景。

在情（事、景）—景—情的结构下，诗歌的开端与结尾要表现的内容在阴铿这里也相对固定下来。开端往往是概括地交代事件背景、感情基调和总体景物印象。阴铿的发端很具特色，往往起调高阔，而语言又简明有力。《开善寺诗》中"鹫岭春光遍，王城野望通"二句，不仅以一"遍"字展现出钟山春光烂漫的开阔景象,而且以"鹫岭""王城"相对举,以一"通"字将佛界与人间完全融通起来,在明媚的景象之外又生发出富有哲理意味的联想,可谓起调极工。《渡青草湖诗》的开端"洞庭春溜满,平湖锦帆张"以一"满"字写出青草湖水涨满溢之情形,以一"张"字写出诗人顺风而行的气势,为后文蓄势。《新成安乐宫》首先摄入新宫壮丽、耸入云霄的直观印象,《晚出新亭诗》的开端"大江一浩荡,离悲足几重"更具有摄人心魄的力量,自小谢"大江流日夜,客心悲未央"化出,风格朴拙而健劲,却充满了苍凉的声情。

而恰恰是因为采取了这种井然有序、收放自如的三段体式,阴铿虽往往如小谢那样发唱警挺,却能避免采用冗长的古体所带来的"末篇多踬"的弊病。阴铿诗结句虽然平易素朴,出奇之处不多,但多是就诗意与景象做出的恰当感情抒发,与全诗基调倒也吻合妥帖。试看上述诸诗,无不如此。

从语言的构成看,阴铿诗的中间景语都由整齐别致的对偶句构成,对偶句的性质决定了景句具有独立于诗之整体之外的自足力量,景语本身已是一个可独立赏析的单元。发端有的为对句,有时则不对;结句则大都非对句,以和前面部分相区别,同时,也能藉散句的形式形成开放式的结尾,将诗意扩散开去。这种语言构成方式昭示了新体诗发展的方向,后代律体结构的基本模式,在阴铿的诗中,已经显现出来了。

### 2. 风景化的社会生活场景

在何逊的羁旅诗中,成功的风景描写总是被放置于特定的场景之中,风景与当时场景中的人物行为一起,渲染出特定情节点的氛围,这时,情景相合,密合无间。在带有生活场景的诗中,阴铿诗也自然有这种特点。不同的是,何逊诗中除了某一个情节点中的风景描写,还有直接的情感叙述,在阴诗简约的形式中,情感叙述已经几乎完全转化为景象的描写。如他最负盛名的《江津送刘光禄不及诗》:

> 依然临送渚,长望倚河津。鼓声随听绝,帆势与云邻。
> 泊处空余鸟,离亭已散人。林寒正下叶,钓晚欲收纶。
> 如何相背远,江汉与城闉。

此诗的独特之处从诗题中便能看出,一般的送别诗均写执手话别,此诗却抒写送而"不及"独自怅望之情景。一二句承题目中"不及"二字交代事件,"依然""长望"的字眼都带着明显的抒情性。中间六句状写当时之情景:初到码头时,友人船只尚未走远,开船的击鼓声犹然在耳。船渐行渐远,孤帆远影碧空尽,鼓声亦杳绝不复再闻。天色渐晚,林寒下叶,渔夫收纶,离亭人散,唯有泊处的孤鸟伴诗人赏味这寂寥的情境。"鼓声随听绝,帆势与云邻"以阴铿特有的句法,写出了凝注着诗人殷殷追随心眼的景色变化过程,是以风景的形式来写生活情境,传达特定生活情境中的感情;换句话说,就是将生活情景(包括感情)本身凝炼成为了风景。

何逊诗在一定程度上还保留了委婉的事件叙述,事件叙述部分在阴铿的诗中更为简约了,一方面事件叙述被转移到了题目中,题目交代得愈加详细,另一方面事件叙述被融化在了一片具体化的风景形象中;何逊诗中尚能看到的直抒情感的古诗方式在阴诗中也再难见到,在阴铿这里,感情多是在风景的诗意抒写中自然弥漫出来的。再看下面这首《和傅郎岁暮还湘州诗》:

苍茫岁欲晚,辛苦客方行。大江静犹浪,扁舟独且征。
棠枯绛叶尽,芦冻白花轻。戍人寒不望,沙禽迥未惊。
湘波各深浅,空轸念归情。

中间六句写景依然是阴铿式笔墨,看似寻常,每一句却无不精心独造。三四句句法考究,大江看似平静,犹自暗蓄急风险浪,扁舟独行,且将踏上征程,一"犹"一"且",铿锵有力,声势已足;接下来诗人分两层渲染想象中的傅郎旅途之景:想傅郎此去征程,必是野棠干枯绛叶都尽,芦荻冻彻白花飘摇,五六句是以色彩对仗手法来正面描绘;七八句诗思更是精心巧撰,反寻常之景而写之,戍楼之上,本应有威武之士四时驻望,水上沙禽,也常随处纷飞,被行船惊扰,此时,连戍士与沙禽都因寒冻而改变了日常惯例。如此正反烘染,则旅途之凄清情状毕现,岁末之"苍茫",客子之"辛苦",都在这历历如画的想象之中了。这也可以看作一首送别诗,跟何逊的《与胡兴安夜别诗》比,阴诗已经略去了人物行为、心理的精微描摹,将这些都融化到了多层次多角度的风景描摹中。从这个意义上来说,阴诗中的景句承载了更丰富的情感内蕴。

综观呈现在何逊与阴铿笔下的风景线，不唯为自然风光写照，还渗入了特定的社会生活痕迹，其特定的人类文明内容，总会勾起人们对社会生活现象背后的人之思想感情的想象。阴铿风景中的这种社会痕迹比何逊更为明显，作为社会生活标志的戍楼、野烧、船火等都直接进入景语的构造中。直接绵延入江方才穷尽的村间小路，凭依险崖高高耸峙的戍楼，都让人联想到归程之险阻漫长；远戍间传来的隐隐鼓声令人心惊，预示着战事未息、国无宁日、归家无望之苦悲；而获后寒田的静谧，秋日野烧的昏暧，自然会勾引起人心中对温暖家庭生活的渴望。望断故人心眼，满目羁心离愁，每一笔风景，都是一段羁客情愫的倾诉。

同样是抒写羁旅情愁，阴铿与何逊在意象与情感内蕴上各有所优，不尽相同。何诗中的景象，多采撷黄昏落日、远山江雾、野岸平沙、月露寒草等寻常自然风景，若信手拈来，全然不费工夫，凄清的寻常景致中的人之感情，自然也清微缠绵，常有一唱三叹的回环之妙。阴诗中的羁旅之景则不唯句法精心，选取的意象也与前人不同，他笔下的自然之景，若浩荡江潮、寒山松姿、雾里夜江、迥中新月等，不唯清丽，且普遍具有雄浑沉着的气势；戍楼村路、荒城离亭、鼓声帆影、寒田野烧等意象又来自于人类社会生活，印刻着社会现实的痕迹，本身就带有特定的社会情感色彩，将这些景象纳入诗歌，本身就是情感层次的丰富和情感厚度的加深。这就意味着将个人情思放在了历史和社会的大时空下，以个人的悲感与社会整体的感慨相叠映，则虽然亦是悲愁，但却不再缱绻于个人之儿女情长，反因蕴涵着普世的生命意识而具备了一种厚重、苍劲的味道，别具苍凉、悲壮之声情。

## 四、雄浑朴质与精致婉美相兼的整体风格

在对阴、何眼中的风景之美与心中的羁旅情愁有过系统分析之后，我们终于可以对阴、何诗歌的整体诗美风格做最后的总结了。与前面两节的论述一样，我们在这里依然从前人对阴、何的品评入手，因为古人这些简短精粹的话语常常能一语中的，成为我们灵感的来源、思维的触发点。先看何逊：

## 第三章 何逊与阴铿：羁役风景审美范式

顷观文人，质则过儒，丽则伤俗；其能含清浊，中古今，见之何生矣。

——范云①

盖出雄浑于婉丽，仲言犹为近古也。

——张纮《何水部集跋》②

范云对"文"与"丽"关系的关注，针对诗歌创作中"质"与"丽"、"古"与"今"的关系，当时诗人就已经开始了自觉的反思。"今"当指在永明以来日渐讲求诗歌形式之美的丽靡诗风，与之相对，"古"就指的是太康之前汉魏古诗那种不饰雕琢的质朴风味和雄浑之气。在实际创作中，对形式美的过于讲求就容易伤于俗弱浮靡，缺乏动人的情味和健劲的力量，追求风格质朴又会过于平典，"质木无文"，缺乏华彩，"古""今"中和，融合古诗之"质"与齐梁之"丽"于一体，方能接近理想的诗美标准。而在当时的文坛宿将范云看来，年轻的后起之秀何逊的诗超出寻常诗人处，正在于此。何逊承继了永明诗人清丽婉美的风格，且能探幽入微，造微入妙，将体物状景的技艺推至新的境界，同时，沉沦下僚、羁旅终生的切身经历与敏锐易感的心灵又极大地丰富了诗人的情感世界，寒士的孤清耿介、羁心悲慨、对友朋故旧的深情挚意，又都使他独立于齐梁贵族文学沙龙的氛围以外，而更与羁宦四方的汉魏文人相亲，这又使他的诗呈现出古诗那种自然浑朴的声情。因此，何逊是齐梁诗坛罕有的能将永明以来的"清词丽句"与古诗的"怊怅切情"成功融于一身的诗人，张纮称赞何逊因"出雄浑于婉丽"而"近古"，可谓得之。另外，太康以前的汉魏古诗普遍以整体浑融的抒情而呈现出雄浑气象，何逊诗之"雄浑"，则不仅指诗歌整体意境的雄阔浑融，还与描写对象本身的自然特质有关，直接体现为风景描写的特色。我们看《入西塞示西府同僚诗》中的"露清晓风冷，天曙江晃爽。薄云岩际出，初月波中上。黯黯连嶂阴，骚骚急沫响。回楂急碍浪，群飞争戏广"、《宿南洲浦》中的"解缆及朝风，落帆依暝浦""沉沉夜看流，渊渊朝听鼓""霜洲度旅雁，朔飙吹宿莽"的江上风光，本就是雄

---

① （唐）姚思廉撰《梁书·何逊传》，中华书局，1973 年 5 月版，第 693 页。
② 见李伯齐《何逊集校注》，齐鲁书社，1988 年版，第 367 页。

浑苍阔的。再次，"雄浑"还意味着将古人遒劲的笔力和内在的风力贯穿到了精微的风景刻画中，体现出"劲而密"的特质。如《暮秋答朱记室》诗：

> 游扬日色浅，骚屑风音劲。寒潭见底清，风色极天净。
> 寸阴坐销铄，千里长辽迥。桃李尔繁华，松柏余本性。
> 故心不存此，高文徒可咏。

王夫之就此诗对何逊诗有如此品论："仲言落笔遒劲有余，以此微损度韵，往往令杜陵以其思力窜取。顾仲言劲而密，叔庠劲而疏，两取方之，仲言之去古未远矣。唯其密也劲，在句而不在篇，字句自有余势。近不许叔庠入室，远不许子美升堂，正赖此尔。如'寸阴坐销铄，千里长辽迥'，岂一往遒劲，人所测邪？"①

在此，王夫之指出了何逊诗"劲而密"的特色，笔势遒劲有力，造句精致细密，以此区别于气势浑阔而造语粗疏的吴均、取法何逊精于思理度韵的杜甫。王夫之所举的这两句诗勾勒出秋日光阴寸寸流逝、万里长空一片空净辽远的景象，"销铄""辽迥"的下语显然是精心琢磨过的，却又十分古拙朴质，与流利滑熟的时风迥然有异，从中酝酿出下文风骨凛然的抒情。这样的景物描写，词巧而力劲，寓雄浑于婉丽，犹有建安健劲风力。

再看阴铿，在历代诗人的品评中，我以为以陈祚明的这段话最为中肯：

> 阴子坚诗声调既亮，无齐、梁晦涩之习，而琢句抽丝，务极新隽；寻常景物，亦必摇曳出之，务使穷态极妍，不肯直率。此种情思，更能运以亮笔，一洗《玉台》之陋，顿开沈、宋之风；且觉比《玉台》则特妍，较沈、宋则尤媚。六朝不伦于晚唐者，全赖有此大雅君子，振起而维挽之。宜乎太白仰钻，少陵推许，榛途之辟，此功不小也。后人评览古诗，不详时代，妄欲一切相绳。如读六朝体，漫曰此是五古，遂欲以汉、魏望之，此既不合。及见其渐类唐调，又欲以"初""盛"律拟之，彼又不伦，因妄曰六朝无诗；否亦曰六朝之诗自成一体可耳，概以为是卑靡者，未足与《风》、《雅》之列。不知时各有体，体各有妙，况六朝

---

① （清）王夫之《古诗评选》，第276页。

## 第三章 何逊与阴铿：羁役风景审美范式

介于古近体之间，风格相承，神爽变换，中有至理，不尽心于此，则作律不由古诗而入，自多俚率凡近，乏于温厚者。故梁、陈之诗，不可不读。读梁陈之诗，尤当识其正宗，则子坚集其称首也。更且无论前古后律，脱换所由；就此一体，亦有妙境，乌容不详！今俊逸如子坚，高亮如子坚，诗至是可以止矣！

——《采菽堂古诗选》卷二九①

陈祚明认为，"时各有体，体各有妙"，介于古近体之间的六朝诗就是"一体"，自有妙境，自有至理，故读诗者不容错过。梁陈诗中，阴铿诗可称其首，其中原因，一在于阴诗"声调既亮"，音韵谐畅，渐渐革除声律草创时期的晦涩之病；二在于他巧于构思琢句，状物精致入微而又别致工巧，"寻常景物亦必摇曳出之"，充分体现了梁陈的婉美精丽之风格。除了这两点以外，阴铿超出梁陈诗人之上者，还在于"此种情思，更能运以亮笔，一洗《玉台》之陋，顿开沈、宋之风；且觉比《玉台》则特妍，较沈、宋则尤媚"。显然此处之"亮"不同于第一处之"声调既亮"之"亮"，而是指此段话最后一句中的"高亮"之意，与"大雅君子"的称誉相关，主要是就沉稳气势和健劲的气骨而言。前面已经说过，阴铿的羁役行旅诗饱含着苍凉的声情，以精巧的形式中包纳着大气雄浑的气象，抒发着对历史和人生的感慨。如"寒田获里静，野日烧中昏""荒城高仞落，古柳细条疏""远戍唯闻鼓，寒山但见松""戍楼因堪险，村路入江穷"这些景象，这在"连篇累牍，不出月露之形；积案盈箱，唯是风云之状"②的梁陈宫廷诗坛，真是难能可贵。而我们知道，初唐诗坛承袭着梁陈绮靡的宫廷诗风而来，直到沈、宋为初唐诗坛注入稳健雄浑之气。故陈祚明说阴铿"一洗《玉台》之陋，顿开沈、宋之风"。又因阴诗体物言情唯求别致精巧，有梁陈之妩媚，而技艺又远在当时诸人甚至沈、宋以上，故陈说他的诗"且觉比《玉台》则特妍，较沈、宋则尤媚"。以我本人的阅读经验来看，陈祚明的此番比较是颇为恰切的。

总之，自永明以来，诗歌朝着细密化的方向发展，日益精致圆润、

---

① （清）陈祚明《采菽堂古诗选》卷二九，《续修四库全书》第1591册，第327页。
② 周祖譔编选《隋唐五代文论选》，人民文学出版社，1999年1月第1版，第2页。

阴柔纤美，但清丽婉美便容易繁缛，容易力弱，何逊、阴铿沿袭着永明诗人清丽婉美的风格，将精美的小景写得更轻妙，更富情趣；同时，他们又能将视野投向羁旅行役途中的骚骚急流、碧水长空这些开阔的风景，把这些景象写得清丽而雄浑。在绮靡柔美的宫体诗风行的梁陈时代，何逊和阴铿诗能够在婉美纤丽的时风中注入劲健雄浑之气，于婉巧之中透出的健劲气骨，精丽之中杂糅着的古雅格调，正是诗歌的新进境。可以说，在何逊与阴铿的诗中，体现着兼综齐梁情韵与古诗风力于一体的趋向，在当时的诗坛，他们是最接近于完美的诗歌标准的诗人。我们认为，唐人之所以对阴、何推崇备至，不仅在于他们诗中呈现出梁陈诗歌的高超技艺，而且是因为他们撷齐梁之精华而又具超出齐梁的健劲之气。这些，都预示着由六朝至唐的诗歌境界的开拓。

## 第二节　羁役风景审美范式与梁陈诗坛

### 一、"文笔之辩"与梁代细腻体物技艺的普及化

自永明诗歌革新以来，诗坛便逐渐有了新的气象。像何逊一样，许多诗人注目于清美的小景致，笔触精微而生动，元嘉诗坛繁密重涩的诗风逐渐代之以平易流丽、圆美婉转的风格，但依然有一部分人固守着晋宋以来典雅重涩的语言风格，由此引起了梁代的强烈文学论争。

梁代的文学派别分为三派，守旧派以裴子野为代表，趋新派以萧纲为领袖，折中派以萧统为核心。我们可以从他们的言论来了解当时的诗坛动向，先来看趋新派的文学主张：

至如文者，唯须绮縠纷披，宫徵靡曼，唇吻遒会，情灵摇荡。

——萧绎《金楼子·立言》[①]

在"文""笔"之辩的讨论中，"文"集中体现了时人对文学之美的追求，既要文辞优美、声韵谐畅，又要情感抒发而能委婉动人。正是基于对"情灵"的独特关注，趋新派展开他们对守旧派的批判：

---

[①] 郭绍虞主编《中国历代文论选》，上海古籍出版社，1979年3月第1版，第340页。

比见京师文体,儒钝殊常,竞学浮疏,争为阐缓。……未闻吟咏情性,反拟《内则》之篇;操笔写志,更摹《酒诰》之作;迟迟春日,翻学《归藏》;湛湛江水,遂同《大传》。……

又时有效谢康乐、裴鸿胪者,亦颇有惑焉,何者?谢客吐言天拔,出于自然;时有不拘,是其糟粕。裴氏乃是良史之才,了无篇什之美。是为学谢则不届其精华,但得其冗长,师裴则蔑绝其所长。谢故巧不可阶,裴亦质不宜慕。……

至如近世谢朓、沈约之诗,任昉、陆倕之笔,斯实文章之冠冕,述作之楷模。

——萧纲《与湘东王书》①

今之文章,作者虽众,总而为论,略有三体:一则启心闲绎,托辞华旷,虽存巧绮,终致迂回,宜登公宴,本非准的。而疏慢阐缓,膏肓之病,典正可采,酷不入情。此体之源,出谢灵运而成也。次则缉事比类,非对不发,博物可嘉,职成拘制。或全借古语,用申今情,崎岖牵引,直为偶说。唯睹事例,顿失清采。此则傅咸五经,应璩指事,虽不全似,可以类从。次则发唱警挺,操调险急,雕藻淫艳,倾炫心魂。亦犹五色之有红紫,八音之有郑、卫。斯鲍照之遗烈也。

——萧子显《南齐书·文学传论》②

由萧纲与萧子显的表述可以看出,晋宋那种古奥典丽、重涩繁密的风格在梁前期的诗坛还是颇为一些人所尊崇的,在趋新派看来,时人不加选择地学习前人,大谢有"如初发芙蓉,自然可爱"的长处,也有"颇以繁芜为累"的缺憾,裴子野文风古质,"是良史之才",却"了无篇什之美",时人学习他们不能得其精华,只得其短。这样的学习方式有碍于"情性"的抒发,因此并不可取。那么,趋新派所谓的"吟咏情性"又是如何落实到具体的诗歌创作中的呢?趋新派的文风又是怎样的呢?我们可从守旧派对他们的抨击中来体味:

自是闾阎年少,贵游总角,罔不摈落六艺,吟咏情性。学者以博依为急务,谓章句为专鲁,淫文破典,斐尔为功。无被于管弦,非止乎

---

① 郭绍虞主编《中国历代文论选》,上海古籍出版社,1979年3月第1版,第327页。
② 郁沅、张明高编选《魏晋南北朝文论选》,人民文学出版社,1996年10月第1版,第340页。

礼仪，深心主卉木，远致极风云。其兴浮，其志弱，巧而不要，隐而不深。

——裴子野《雕虫论》①

虽然是对新体的批判，但我们却可从中了解趋新派的流行趋向：趋新派不重典正古雅之体，而以"吟咏性情"为务；情之所钟者，是"卉木""风云"之类的细景闲趣；这类诗的风格，则是"巧而不要""隐而不深"。"巧而不要"，意为追求绮巧而不惜笔墨，务求精工细刻；"隐而不深"，意为虽有含蓄婉转之致但不重兴寄，无求意旨遥深。从这些描述，我们能发现在实际创作中，在宫体诗创作之外，趋新派诗人"吟咏情性"而必钟情于"卉木""风云"类自然风物的时尚。这种状况，正是宋初以来"情必极貌以写物，言必穷力而追新"文学倾向的自然发展，是与永明以来重视体物言情的诗歌风气相契合的，反映出趋新派以谢朓、沈约为楷模的实际情形。试以之来对照生当其时的何逊诗作，可知这种描述确透露出了梁代诗坛真实的创作状况。而且，趋新派诗人也反复表述了对自然风景的赏爱：

追寻平生，颇好辞藻，虽在名无成，求心已足。若乃登高目极，临水送归，风动春朝，月明秋夜，早雁初鹦，开花落叶，有来斯应，每不能已也。

——萧子显《自序》②

至如春庭落景，转蕙承风；秋雨旦晴，檐梧初下；浮云生野，明月入楼。时命亲宾，乍动严驾；车渠屡酌，鹦鹉骤倾。伊昔三边，久留四战；胡雾连天，征旗拂日；时闻坞笛，遥听塞笳；或乡思凄然，或雄心愤薄。是以沉吟短翰，补缀庸音，寓目写心，因事而作。

——萧纲《答张缵谢示集书》③

刘勰《文心雕龙·明诗》曰："应物斯感，莫非自然"。在萧子显看来，四时风物都能感荡心灵，激发诗情。在萧纲的论述中，他所列的能

---

① 郁沅、张明高编选《魏晋南北朝文论选》，人民文学出版社，1996年10月第1版，第324页。
② 同上，第341页。
③ 同上，第353页。

够感发"性情"的情形可概括为三种：自然清景、亲宾集会、军戎边塞。在实际的诗歌创作中，这些内容都与自然风景相关，第一种专以细致的风景描摹见长，自不待言；集会游宴场合也必以园池风光为点缀，才见风流儒雅之致；描写军戎边塞，也必着笔于雄奇艰危的地理风貌。

梁中大通三年（513年），萧统逝世，萧纲入主东宫，自此以后，趋新派的文学观念渐成诗坛主流，贯披梁陈两代。梁诗与后来的陈诗都以宫廷为中心，形成了以帝王为中心的宫廷文人团体。梁陈诗以绮靡的宫体诗为人所熟知，而且因为人们对梁陈宫体诗的过分关注，使我们忽略了梁陈诗人体物写景之作的成就。其实在梁陈时期，自宋初以来"巧构形似"的体物写景之风也依然非常盛行，一点也不亚于前代。

虽然何逊与宫廷诗人们的生活经历与地位有别，对人生况味有着比生活闲适的宫廷诗人更深刻的体验，但在体物写景上，则体现着共同的时代趋向。梁代风景诗无论是从题材还是笔法上，都如何逊诗那样，追寻着谢朓、沈约等永明诗人开辟的"细密"一路而来，以园林风景、池苑风物为主，兼写羁旅途上的风光，于细景闲趣的描摹上多费笔墨，苦心经营。

梁代风景诗的具体描写内容十分丰富，一方面因为帝王的爱好，在君臣宴集之际，诗人们作有大量的侍宴、侍游唱和诗，但这些诗作往往囿于场合，还多少残存着晋宋诗古雅典重的风格，佳作较少；另一种是作于日常闲居的生活之中，往往以细腻的景致展现士人的清雅之趣，清丽流畅，颇多可读之作。如刘孝绰的《夜不得眠诗》《秋夜卧疾》，萧子范的《夏夜独坐诗》，萧纲的《晚出后堂诗》《晚景纳凉诗》等，这些诗将敏锐的诗思渗透在生活的方方面面，展示着寻常的春花秋草、风音月色的诱人魅力。当然永明以来的咏物诗更为诗人们热衷，他们笔下的吟咏物象，笔触更为深细，如檿柳、初桃、新苔、寒凫、单雁、早蝉这些物象，比单纯的绿竹、杨柳、梨花、梧桐等更为具体，且带着特定的感情色彩；至于朝日、雾色、浮烟、月影、水中烛影、楼影这些前人诗未曾涉及的物象，则把笔触延展到了形质飘忽、较难把握的审美艺术世界。

梁诗以日常生活中细景闲趣的描摹为主，体现出清丽婉巧的审美情趣。在梁朝诗人中，梁简文帝萧纲是对梁中叶以后的诗风影响最大的诗人，存诗也较多。由于宫苑生活的限制，他的诗虽然少有阔大的景象，但已经有许多造境别致、体物细腻的诗作。如：

神襟愍行迈，歧路怆徘徊。遥瞻十里陌，傍望九层台。
凤管流虚谷，龙骑藉春菱。晓光浮野映，朝烟承日回。
沙文浪中积，春阴江上来。柳叶带风转，桃花含雨开。
圣情蕴珠绮，札命表英才。顾怜碱砆质，何以丽琼瑰。

——《侍游新亭应令诗》①

杂色昆仑水，泓澄龙首渠。岂若兹川丽，清流疾目徐。
离离细碛净，蔼蔼树阴疏。石衣随溜卷，水芝扶浪舒。
连翩泻去楫，镜澈倒遥墟。

——《玩汉水诗》

日移凉气散，怀抱信悠哉。珠帘影空卷，桂户向池开。
乌栖星欲见，河净月应来。横阶入细笋，蔽地湿青苔。
草化飞为火，蚊声合似雷。于兹静闻见，自此歇氛埃。

——《晚景纳凉诗》

晚日照空矶，采莲承晚晖。风起湖难度，莲多摘未稀。
棹动芙蓉落，船移白鹭飞。荷丝傍绕腕，菱角远牵衣。

——《采莲曲》

这四首诗代表了萧纲风景诗的四种题材。第一首诗是侍游诗，依然带有些许晋宋以来雅正重涩的应制诗面貌，但已经有清丽的写景句穿插其间，"晓光"二句描写晨光在野间浮动、烟霭经光的折射而愈显迥远的景象，逼真恰切；"沙文"二句则把笔触移至江边，着力于江潮夹带着春荫而来，同时在岸上积聚起重重沙纹的景象；接着"柳叶"二句以精微之笔点出妩媚之色与摇曳之态，见出写景必"探幽入微"的兴致。第二首诗是一首山水游览诗，"离离"二句以叠韵对抒写了萧散清幽的野趣，"石衣"二句与上一首诗中"柳叶"二句一样，写出了细景中的婉美情态。第三首诗通篇铺写园林风物，以灵敏的观察力写出晚间纳凉小景，是梁陈写景诗的典型范例。"乌栖"四句自然流丽，"草化"二句

---

① 逯钦立《先秦汉魏晋南北朝诗》，中华书局，1983年9月第1版，第1931页。本节中所引的梁诗均出自此书第1823—2112页，庾信诗出自第2347—2385页。

则带着生活的幽默,饶富情趣。第四首诗是一首乐府小诗,永明之际的乐府诗句式尚不固定,萧纲把许多乐府诗改造成了五言八句的新体形式。这首诗吸取了乐府小诗自然流丽的长处,声情婉转动人,三四句捕捉到了船行于荷间时荷瓣飘散、白鹭惊飞的瞬间场景,五六句则进而细写荷丝菱角萦绕,似欲牵衣绕腕的缠绵情态。如果说三四句尚是永明诗人常见的写景方式,五六句则已然是典型的梁陈意态了。

可见,无论是哪一种写景诗,在萧纲这里,都体现出状景幽微,以婉巧之思来状写摇曳之姿的时代特征。他很擅长于轻清流转的意态描摹,笔触与何逊诗一样清绮细腻,总能从寻常小景致中发现盎然的生活情趣。再如《入溆浦诗》:"泛水入回塘,空枝度日光。竹垂悬扫浪,凫疑远避樯",此诗先将目光凝聚于日光在空枝间流转的意态,写出了随水泛漾、日色迟迟的情味。后两句写出行船带浪,致使悬竹接水、飞凫避樯的情形,有轻灵空妙之感。《经琵琶峡诗》"夕波照孤月,山枝敛夜烟"中,以"敛"字写出山间夜烟蒙笼于枝头的模糊印象,为晚间物色传神;《开霁诗》中"水纹城上动,城楼水中出",从水中城楼倒影逐渐清晰的视觉印象来表现雨过天晴之际水面回复平静的过程,视角十分别致;《赋得入阶雨诗》有"渍花枝觉重,湿鸟羽飞迟"二句,前人写雨多是对雨声雨势的直接摹写,萧诗则以侧笔写出花渍鸟湿之后重滞迟缓的形态,也由此见出诗人赏雨的兴致。如此小景,在萧诗中很是丰富,再如《兰置酒》中的"日色花上绮,风光水中乱"、《饯别诗》中的"窗阴随影度,水色带风移"、《咏朝日诗》中的"光随浪高下,影逐树轻浓"等,都描写的是随物婉转的光影流动。

对细致小景的关注,正可以看出梁代诗人对诗歌技艺的精心研练。但若写景过于细密,语言过于求巧,满纸风云月露之状,就不免有繁琐绮碎之病,如《晚景纳凉诗》便有此弊。当诗人注意精简画面,且能以略带朴拙之气的语言来调和轻妙之语时,便能描绘出如画的诗境:

星芒侵岭树,月晕隐城楼。暗花舒不觉,明波动见流。

——萧纲《夜游北园诗》

叶密鸟飞碍,风轻花落迟。城高短箫发,林空画角悲。

——萧纲《折杨柳》

这两首山水小诗的构图简净，笔致清隽，写出了特定时刻的光色与物态之美。《夜游北园诗》中，岭树间隐约的星光、城楼上朦胧的月晕，悄然开放的花朵，随月光泛漾的水波，都淡淡地晕染出了暗夜的氛围；《折杨柳》诗中，"叶密"句以慢镜头的方式展现出鸟儿因叶密而受阻、落花因轻风而缓下的情景，颇有春光媚人之感，而"城高"二句则转写高城空林中盘旋的旅人箫声，也为清媚的景色增添了几分高旷之气。

在以宫廷皇族为中心的文人团体中，简文帝萧纲与庾肩吾、元帝萧绎、刘孝绰等诗人们经常互相唱和，研讨诗艺，他们的风格也基本相似，都擅长于清丽而有巧致的体物之作。如庾肩吾的诗：

路高村反出，林长鸟更稀。寒云间石起，秋叶下山飞。

——《游甑山诗》

在梁陈宫廷诗人这里，都邑园林风物、山水行游风光与旅途之景在描写的技法上并无太大区别。庾肩吾善于将精确的空间位置关系与景物的物态、色泽描摹结合在一起，言语流易，风格稍显清疏。《游甑山诗》中高路与俯视中的野村、绵长却稀见飞鸟的林路、远岩间生起的寒云、飘飞下山的秋叶，都构成了一幅萧疏的秋夜图景。

又如庾信早期的写景诗：

荷风惊浴鸟，桥影聚行鱼。日落含山气，云归带雨余。

——庾信《奉和山池诗》

竹动蝉争散，莲摇鱼暂飞。面红新著酒，风晚细吹衣。

——庾信《咏画屏风诗》二十二

雨住便生热，云晴即作峰。水白澄还浅，花红燥更浓。

——庾信《喜晴诗》

试逐赤松游，披林对一丘。梨红大谷晚，桂白小山秋。
石镜菱花发，桐门琴曲愁。泉飞疑度雨，云积似重楼。
王孙若不去，山中定可留。

——庾信《寻周处士弘让诗》

庾信早期的宫廷诗作景色妍媚，清丽如画。《奉和山池》诗中，"荷风"二句集中于天晴雨霁、日落云归之际微小的动态风景：林鸟在荷间享受微雨的滋润，忽然荷间一阵风起，惊鸟四散，桥影随水光风色晃漾，吸引了浮游的池鱼。再如《咏画屏风诗》二十二，虽是咏画，却渗透着真切的生活体验,"竹动"二句捕捉了瞬间的连续动态小景,写竹动瞬间惊蝉争散、莲摇刹那池鱼飞跃出水面的景致;"面红"二句又兼写著酒之后面色微醺之际尽情享受细细吹衣晚风的生活感受,有无限的风雅情趣。《寻周处士弘让诗》中,"梨红"二句以"红""白"二色融入晚景秋色的渲染中,工致中带有宫廷诗人少有的生活气息。《喜晴》一诗则多以比较拙涩的副词镶嵌于风景的物态光色中,获得了巧拙相兼的效果,避免了浮薄柔媚之病。可见庾信是充分继承了齐梁诗人细密工巧的写景经验,而又能力求创新的。

梁元帝萧绎也有一些风景诗作清新自然,饶有思致:

波横山度影,雨罢叶生光。日移花色异,风散水纹长。

——萧绎《晚景游后园诗》

日照池光浅,云归山望浓。入林迷曲径,渡渚隔危峰。

——萧绎《游后园诗》

烛暗行人静,帘开云影入。风细雨声迟,夜短更筹急。

——萧绎《夜宿柏斋诗》

《游后园诗》中,"日照"二句以"浅""浓"写出黄昏间特有的光色山影特征,"入林"二句又依移动的脚步来写行游风致,"迷"字见出林径之萦曲,"隔"字写隔着洲渚遥遥可见远处危峰,依视觉空间上的纵深延展感,令人有如对山水画幅般的精确空间感。再如《夜宿柏斋诗》"风细雨声迟"以室外自然清景烘托静夜氛围,"夜短更筹急"写室内生活场景,以自然之静谧安宁反衬客居之人心中的不平静,已经显示出融合自然与生活场景的努力。

在永明时代,如这般轻妙的小句还仅见于谢朓、沈约等著名诗人诗中,且数量有限,经过梁代诗歌革新之后,以精微的语言描绘清丽自然的寻常景致,表现精致优雅的生活情趣,在梁代宫廷诗中,已经是对诗人的一项基本要求了。在梁诗中,优美清畅的小景致可以说比比皆是,几乎所有的诗人都有可圈可点的风景秀句。除了我们上面的诗例外,又如:

风音触树起,月色度云来。——刘孝绰《夜不得眠诗》

迥岸高花发,春塘细柳悬。

——庾肩吾《奉和泛舟汉水往万山应教诗》

> 晚荷犹卷绿，疏莲久落红。——徐悱《夏日诗》
> 桡度菱根反，船去苻枝低。——萧绎《泛芜湖诗》
> 柳色浮新翠，兰心带浅红。——朱超《秋登白花亭怀荆楚诗》
> 月斜树倒影，风至水回文。——庾丹《秋闺有望诗》
> 花落圆文出，风急细流翻。光浮动岸影，浪息累沙痕。
> ——沈君攸《赋得临水诗》

从这些诗句我们可看出，在梁代宫廷诗人的手中，风景描写已经逐渐脱去了永明诗中尚存的重涩之病，语言趋向于清浅明丽，明白如话；而且，他们尤其重视选取写景的角度，立意新巧别致，以细腻工致的笔触展现轻灵小巧的艺术境界。

边塞风光也一直为诗人所注意，但由于生活环境的限制，南朝诗人所创作的乐府边塞之作多是想象模拟之作，缺乏切身的体会，因此佳作甚少。梁代诗人庾信和王褒在出使北地后被长期羁留，对苍茫壮阔的北国风光有了切身的了解，环境的变化丰富了他们创作的题材和视野，使得他们能将成熟的诗歌技巧运用到塞北风光描写中。如庾信诗：

> 楼船聊习战，白羽试抡军。山城对却月，岸阵抵平云。
> 赤蛇悬弩影，流星抱剑文。胡笳遥警夜，塞马暗嘶群。
> 客行明月峡，猿声不何闻。
> ——《和赵王送峡中军诗》

> 上将出东平，先定下江兵。弯弓伏石动，振鼓沸沙鸣。
> 横海将军号，长风骏马名。雨歇残虹断，云归一雁征。
> 暗岩朝石湿，空山夜火明。低桥涧底渡，狭路花中行。
> ——《奉报赵王出师在道赐诗》

山城上升起的孤单缺月、岸阵间低压的平云、黑暗中潮湿的山岩、空山的野火，这些苍茫凄寒的边塞风景，处处浸染着诗人独特的身心体验；而状似悬蛇的弓影、如流星般闪烁的剑芒、沙石间鸣响的阵鼓声，处处都透着边塞战场特有的紧张氛围。这种对边塞风光与生活的抒写，显出与齐梁婉巧不同的苍莽气质，开了唐代边塞之作的先声。

## 二、以宫廷为中心的"赋得"诗创作与陈代体物技艺的新气象

陈代诗歌与梁诗一样,以帝王为中心,多产生于君臣唱和的文会场上。《陈书·姚察传》记载:"于时江总、顾野王、陆琼、陆瑜、褚玠、傅𫖮等,皆以才学之美,晨夕娱侍。"[①] 他们的诗歌与梁人一样,有着大量的体物写景之作。陈后主在《与詹事江总书》中,就曾这样阐发自然清景对诗歌创作的感发:

吾监抚之暇,事隙之辰,颇用谭笑娱情,琴樽间作,雅篇艳什,迭互锋起。每清风朗月,美景良辰,对群山之参差,望巨波之混漾,或玩新花,时观落叶,既听春鸟,又聆秋雁,未尝不促膝举觞,连情发藻,且代琢磨,间以嘲谑,俱怡耳目,并留情致。[②]

陈代诗人对前人优秀的体物写景之作是十分崇尚与钦羡的,这可从诗人的诗歌题材中看出。他们不仅与前人一样,有大量的乐府诗作,而且还特别擅长"赋得"之作。所谓"赋得"之作,往往是择取前代诗人的警语秀句,顺其诗意敷衍成篇。通过这种方式,便能把一个经典的意象扩展成一个由一系列意象组成的完整意境。如陈代著名诗人张正见的诗中就有多篇赋得之作,如《赋得题新云诗》、《赋得白云临酒诗》、《薄帷鉴明月诗》、《秋河曙耿耿诗》、《浦狭村烟度诗》、《赋得垂柳映斜溪诗》、《赋得岸花临水发诗》、《赋得风生翠竹里应教诗》、《赋得山中翠竹诗》、《赋得梅林轻雨应教诗》、《赋得鱼跃水生花诗》、《赋新题得寒树晚蝉疏诗》、《赋得秋蝉咽柳应衡阳王教诗》等。以《浦狭村烟度诗》来说,这首诗本出自梁简文帝萧纲的《龙丘引》:

龙丘一回首,楚路苍无极。水照弄珠影,云吐阳台色。

浦狭村烟度,洲长鸟息游。荡逐归春心,空怜无羽翼。

张正见的《浦狭村烟度诗》则就萧诗中的五六两句展开:

茅兰夹两岸,野燎烛中川。村长合夜影,水狭度浮烟。

收光暗鸟弋,分火照渔船。山人不炊桂,樵华幸共然。[③]

---

① (唐)姚思廉撰《梁书·陈书》,岳麓书社,1998年版,第193页。
② 郁沅、张明高编选《魏晋南北朝文论选》,人民文学出版社,1996年10月第1版,第389页。
③ 逯钦立《先秦汉魏晋南北朝诗》,中华书局,1983年9月第1版,2494页。本节中所引陈诗均出自此书第2449—2599页。

"水狭度浮烟"直接取自"浦狭村烟度",稍微变换了句法,景致相同,在水路狭长的延展空间中染之以缥缈的夜烟,空灵而神秘。"村长合夜影"的意象也提炼于萧诗"村烟""洲长"的描写中,在此以长村夜影与狭水浮烟相对,意境更为浑融。此外,"收光"二句还写出了夕照在鸟弋上悄悄暗敛、船间逐渐亮起渔火的时间过程,大大地充实了"浦狭村烟度"的风景内涵。

从这样的赋得写景之作,可以看出他们对前代诗人的写景艺术是经过了反复的琢磨与研习的,模仿前人是陈代诗人学习写景的入门途径;通过大量的乐府诗与赋得之作,陈代诗人得以充分地锻炼诗歌技巧,大量地演练新的语言规则,也使得陈诗在继承前人的同时又体现出新的特征。

梁诗妍媚新巧,诗人们善于以瞬间的光色与动态呈示来表现轻灵婉转的情趣,但也由此带来轻冶滑熟、境界窄狭的弊病。陈诗虽也多出自宫廷诗人之手,却与阴铿诗一样,能在精微的笔触中融之以沉着的力量,在写景诗的艺术风格与境界上都体现出超越前人的努力。

陈诗中的风景具有明媚绮艳的风貌。光色表现是风景诗的永恒主题,梁诗中的花光日色注目于空枝间的日色回合,水波上的浮光荡漾,一切皆由细微处着眼,景致中的色彩也总以淡墨晕染,很少出之以强烈的颜色对照。陈诗写光色时,笔触则鲜亮大胆,如:

烧田云色暗,古树雪花明。

——张正见《征虏亭送新安王应令诗》

城花飞照水,江月上明楼。

——张正见《溢城诗》

叶尽桐门净,花秋菊岸明。

——张正见《与钱玄智泛舟诗》

分沙映冰浦,照鹤聚寒流。

——张正见《赋得雪映夜舟诗》

野雪明岩曲,山花照迥林。

——陈后主《献岁立春光风具美泛舟玄圃各赋六韵诗》

藤交近浦暗，花照远林明。

——陈后主《上巳玄圃宣猷堂禊饮同共八韵诗》

陈诗中的光色比梁诗更为明艳亮丽。在陈诗中，"明""照"二字是诗人颇为钟情的字眼，诗人总是在前景与后景对比的空间层次布置中点缀以鲜亮之色，将明丽照眼的意象与广阔的背景相映衬，在醒目的对比中获得鲜明精确的艺术效果。如"古树雪花明"，以明亮雪色与苍深古树的对照，造成了奇警的效果，"野雪明岩曲"有同样妙处，"城花飞照水，江月上明楼"以"照"形容飞花映水的妍媚，以"明"形容绮楼于月色之中的明艳之色，"花秋菊岸明"以"明"形容水岸秋菊之色的绚烂，"照鹤聚寒流"以"照"写出鹤影之明洁，"山花照迥林""花照远林明"以"照"字点出幽林之中的花色之鲜丽。

可见，在意象与句法的配置上，陈诗显示出了新的特点。永明诗人如小谢常以一联苍茫远景、一联精微近景的方式来布局，梁诗发展了小谢诗的精微之处，擅长于展现近距离观察视角中的丰富景物意态，陈诗则以简练而有力度的笔墨，在前景与背景的对照中显现明亮的光色效果，在精致明媚中显出沉着阔大之气，矫正了梁诗写景过于细碎的弊病。而且，在一句之内，诗人们营造着前景明亮、背景苍阔的效果，在两句之中，也常以明暗对比凸现画面效果，如"烧田云色暗，古树雪花明""藤交近浦暗，花照远林明"即是。

有时，陈诗中也常在空间位置的经营中点缀以梁诗少用的高明度的强烈色彩对照，写出醒目的景象。阴铿诗中有"水随云度黑，山带日归红"[①]"栋里归云白，窗外落晖红"[②]的佳句，再如江总的诗：

芦花霜外白，枫叶水前丹。——《赠贺左丞萧舍人诗》

岸绿开河柳，池红照海榴。——《山庭春日诗》

云愁数处黑，木落几枝黄。——《赋得携手上河梁应诏诗》

繁霜遍野的苍茫背景中格外耀眼的芦花，激滟寒水前映衬的似火红枫，正渲染出深秋的苍茫与明丽，"外""前"精确地描绘景物关系，显现出了绘画的效果。"岸绿"二句分别以高明度的柳绿榴红来装饰长岸

---

[①] 《晚泊五洲诗》。

[②] 《开善寺诗》。

山池，以颇具力度的"开""照"二字渲染出色彩的浓度，以倒装的句法来凸现"岸绿""池红"的视觉之美，尽显春日之明媚绮艳。"云愁"二句则以重涩的"黑""黄"二色修饰愁云落木，又将颜色做了量化的处理，以"数处黑""几枝黄"的对照写出远天阴云密布，眼前有落木萧疏的早秋气象。总之，诗人们比较偏爱渲染醒目的色彩效果，且能将色彩镶嵌到精确的空间位置中，有质实真切的审美效果。也正因此，在明艳之中，陈诗又往往带有幽古沉着的气质。

陈代写景诗中的幽古沉着气质是渗透于方方面面的。梁诗句法多精细入微，逐句精巧，构思新切，但因题材较为单一，写景难免流于俗套，流于柔媚浮薄。唯有庾信诗能够"间秀句以拙词"，以拙句率语夹杂在清秀之句中，带有古拙厚重之美。如"雨住便生热，云晴即作峰""水白澄还浅，花红燥更浓""泉飞疑度雨，云积似重楼"之句便是。陈代诗人显然是有意识地矫正梁诗之弊的，他们承继了庾信的这种尝试。在上一节的分析中，我们已经发现阴铿诗便具有这样的特点，如"落花轻未下，飞丝断易飘。藤长还依格，荷生不避桥"[1]，"栏高荷不及，池清影自浮"[2]，"潮落犹如盖，云昏不作峰。远戍唯闻鼓，寒山但见松"[3]。再如江总诗：

野花不识采，旅竹本无行。鹊惊疑欲曙，蝉噪似含凉。

——《侍宴瑶泉殿诗》

山疑刻削意，树接纵横阴。户对忘忧草，池惊旅浴禽。

——《春夜山庭诗》

连崖夕气合，虚宇宿云霾。卧藤新接户，欹石久成阶。

——《静卧栖霞寺房望徐祭酒诗》

在这些诗句中，透出一种新奇拙朴的趣味，表现出陈朝诗人心期林壑、游心物外的野趣。在陈诗中，即便是以精致笔触描写风雪花月的园林景致，也往往会多几分沉着之力：

草长三径合，花发四邻明。尘随幽巷静，啸逐远风清。

——张正见《赋得落落穷巷士诗》

---

[1] 《和登百花亭怀荆楚诗》。

[2] 《渡岸桥诗》。

[3] 《晚出新亭诗》。

雪尽青山路，冰销绿水池。春光落云叶，花影发晴枝。
——张正见《初春赋得池应教诗》

华灯共影落，芳杜杂花深。
——张正见《赋新题得兰生野径诗》

影照龙门水，声入洞庭风。
——张正见《赋得威凤栖梧诗》

山明云气重，天尽鸟飞高。
——张正见《秋晚还彭泽诗》

树冷月恒少，山雾日偏沉。
——陈后主《雨雪曲》

苔色随水溜，树影带风沉。沙长见水落，歌遥觉浦深。
——陈后主《献岁立春光风具美泛舟玄圃各赋六韵诗》

石涧水流静，山窗叶去寒。
——江总《摄山栖霞寺山房夜坐简徐祭酒周尚书并同游群彦诗》

露浸山扉月，霜开石路烟。
——江总《赠洗马袁朗别诗》

野静重阴阔，淮秋水气凉。
——江总《秋日侍宴娄苑湖应诏诗》

陈诗着力挖掘风景空间的延展感与深远感，并侧重于整体氛围的把握。如"苔色随水溜，树影带风沉。沙长见水落，歌遥觉浦深"，写苔色随水泛漾，犹带梁诗风致，而对之以因携带风势而显得沉重的树影意象，则已然是陈诗风貌；潮水落去，愈显沙岸绵长，这还是大谢笔法，而由远处隐隐传来的缥缈歌声，愈发感到水浦遥深，以听觉表现空间之深远，又是陈人的新创。又如"山明云气重，天尽鸟飞高"，秋夕中的澄明山色映之以浓重的晚云，又以对高飞之鸟的目光追随写远天望断的情形，笔势有力。在这些诗句中，除了对空间层次的准确把握外，诗人们偏爱使用"静""沉""深""重"这些具有沉稳气势的字眼，使笔下景致精巧而不流于浮靡。这些都是陈代诗人的匠心独运之处。

陈诗中也有一定数量的游寺诗、羁旅诗，对新的写景技艺的探寻使得他们能以幽古苍深的笔触来恰当地表现这些题材。如阴铿的《开善寺诗》、《晚泊五洲诗》、《晚出新亭诗》、《五洲夜发诗》等。再如：

> 时宰磻溪心，非关狎竹林。鹫岳青松绕，鸡峰白日沉。
> 天迥浮云细，山空明月深。摧残枯树影，零落古藤阴。
> 霜村夜乌去，风路寒猿吟。自悲堪出俗，讵是欲抽簪。
> ——陈后主《同江仆射游摄山栖霞寺诗》

此诗尽写夜宿深山古寺的闻见。迥远的夜空中浮云缥缈，空山中有皎月映照反更显空静，岩间枯树古藤疏影零落，这都是夜中所得的视觉感受；夜乌向着霜村啼叫而去，寒猿啼叫时而于风路间回旋，这是听觉的把握。深山古寺的幽古，皆被表现得淋漓尽致。

> 秋城韵晚笛，危榭引清风。远气疑埋剑，惊禽似避弓。
> 海树一边出，山云四面通。野火初烟细，新月半轮空。
> 塞外离群客，颜鬓早如蓬。
> ——江总《秋日登广州城南楼诗》

此诗为羁途登临之作，故境界之苍阔，非庭院风物所可比拟。"远气"二句，未用直接描摹的方式，而从诗人的心理感觉切入，将远气冲融的印象、禽鸟惊悚的神态留待读者去想象。"海树"二句的构图简明，笔触有力，勾勒出四面山云缭绕、一簇远树点缀海边的阔远景象，"野火"二句以细烟初出的野火与空中半轮新月，尽显夜间的高远与平远境象。

在篇法上，陈诗也已经非常成熟，五言八句诗已成为主体，中间两联以对句写景的格式也基本固定下来。乐府诗、赋得之作、宫廷游宴诗等都以五言八句为多，其中不乏情境交融、意境清雅幽深的诗作。如：

> 早秋天气凉，分手关山长。云愁数处黑，木落几枝黄。
> 鸟归犹识路，流去不知乡。秦川心断绝，何悟是河梁。
> ——江总《赋得携手上河梁应诏诗》

> 征途愁转筛，连骑惨停镳。朔气凌疏木，江风送上潮。
> 青雀离帆远，朱鸢别路遥。唯有当秋月，夜夜上河桥。
> ——张正见《秋日别庾正员诗》

第一首诗中，"云愁"二句的景象前面已有分析，精心别致，渲染出萧疏的秋日氛围,"鸟归"二句赋予归鸟、去流以人的离情别绪,饶多言外之意。全诗不仅造境别致,而且始终贯穿着离别之人的惆怅意绪,虽为赋得之作,却熔铸着诗人真实的生活体验。第二首诗中,开篇之"愁""惨"已经烘托出全篇基调,三四两句写别时朔气江风,笔势苍劲壮阔,五六句以"青鹊""朱鸢"这些精美的装饰物代指离船与车马,又带出一丝梁陈绮艳。此诗的结句尤为精彩,眼前的离别之人终将散去,而当秋之月却夜夜照临河桥,见证着人间无数次的相思离别,由此,诗人所抒写的别离之思,就不唯是一己之感,且有为天下别离人抒怀的意味了。通过以亘古不变之自然映照永恒情感的方式,有效地拓展了诗意的空间,这种方式为唐人取法,表现更为阔大的诗境,如"秦时明月汉时关"之类的境象,便是逐渐由陈诗中此类的意象演化而出的。

  总之,与齐梁诗相比,陈代写景诗承继着前人脚步而来,却又分明体现出诗人对新的审美世界的精心营构。他们不仅能够以精巧细致的笔触如前人那般描摹小景,而且着力突破这种体物过于"幽微"带来的境界狭窄之弊。在光色表现上,他们的笔触更为大胆,色调明丽;且能将高明度的色彩放入远阔深沉的背景中,显出沉着的气势。在语言表现上,他们也在婉巧中间夹之以生拙之句,透出自然的趣味;而且,陈代诗人还偏好表现幽古苍深的山寺景象或羁役风景,开辟出新的审美境界。陈代风景诗,具有有别于宫体之秾艳纤丽的风貌与气质,显示出了风景诗歌融合精微与阔大、清丽与古拙的风格于一体的走向,这也恰恰说明了,诗歌作为一种艺术形式,是有其自身的发展规律的,有时并不受时代氛围的限制。

# 第四章
# 沈佺期与宋之问：宫廷风景审美范式

## 第一节 宫廷应制风景审美范式的内涵

自谢灵运以来，诗歌便沿着由古体向近体的方向发展，经过宋、齐、梁、陈几代诗人的琢磨，在艺术上日臻完美。隋唐一统之后，在南北融合的崭新时代背景下，又经过隋唐宫廷诗人对南朝诗艺的精心学习与演练，到沈佺期、宋之问时期五律终于定型。而体物写景的艺术，也是在这个过程中逐渐成熟完善起来的。因此，我们从尊重诗歌自身发展规律的目的出发，将沈佺期、宋之问所代表的初唐诗歌与南朝诗歌共同纳入我们风景诗歌的研究体系中。

初唐时期，由于太宗、武后及中宗等几代帝王对南朝绮丽的诗风都十分倾慕，以帝王为中心的游宴赋诗活动十分频繁，创作了大量的宫廷应制诗，在很大程度上推进了诗歌技艺的发展。宫廷诗具有同题竞技的性质，它要求诗人必须能在特定的时间内就特定的题材进行当场赋咏，要在诗歌竞技场中取胜，诗歌的技艺当然是首要的因素。因此，南朝以来的各种诗歌技艺，诸如对偶、声韵、辞藻、三段式的篇法等都在宫廷竞技中被诗人们运用得更加纯熟，锤炼得更为完善，完成了由古体诗向近体诗的转变。沈佺期（656—714）与宋之问（656—713）之所以被认为是这一时期最优秀的诗人，便主要是基于他们在律诗定型化和精密化方面的贡献。宋之问与沈佺期都于高宗上元二年（675年）进士及第，都曾于武周时期在宫中修撰包罗了儒、释、道三教的大型类书《三教珠英》，中宗时期改弘文馆为修文馆，以文词之士充学士，沈、宋皆预其选。沈、宋二人经历相似，都是纯粹的宫廷文辞之士，他们的诗歌集中代表了当时宫廷写景诗的成就。就沈、宋诗中的风景描写来说，也从题材与技法上形成了一套宫廷诗的写景模式：他们的风景题材，多能融大自然山水之清丽于池苑台阁的华贵精美，摹写出的是人间的胜境；在技法上，沿袭着南朝的精微笔触，注重句法锤炼而又注重体现整体的意境，使风景骈句的形式更为精密，并逐渐将八句诗的中间两联固定为景联的模式；同时，不仅将篇法固定为三段式，而且对开篇和结句的艺术也都有了新的探索。而且在整体风格上，沈、宋的宫廷诗都体现着重气势和气象的时代趋向。特别要提出的是，他们还把宫廷诗中锻炼成熟的写景技艺广泛运用于私人化的游览、送别、感怀等场合，为精致的描写范式注入了新的内容，产生了许多意境浑融的佳作。因此，我们这里的宫廷诗写景范式并不只就宫廷应制诗言之，凡是吸纳了宫廷诗写景范式的各种题材，都在讨论范围内。

此外，沈、宋风景诗的贡献还在于对大谢山水纪行诗体的复兴和创新。宋之问青年时代即隐居嵩山，师事著名道士潘师正，与其弟子司马承祯及隐士田游岩等交游，为"方外十友"之一，在宫廷任职时期，他也时常在陆浑与蓝田别业中隐居，自叹"宦游非吏隐，心事好幽偏"[①]，自有偏赏幽野的性好。神龙元年（705）年，因诣附张易之兄弟坐贬泷州（今广州罗定）参军，景龙三年（710年）又被流放钦州（今属广西）。两次南贬的经历虽然是诗人人生的重大挫折，但也使他得以领略到迥异于北方与江南的岭南山水，以大谢的山水行旅诗体为沿途的山水自然和地理风貌做了逼真的写照。沈佺期在早年的游宴与应制诗中，也已经有追法谢灵运、鲍照等元嘉诗人的痕迹，当他与宋之问一样，于神龙元年被流放驩州（今越南荣市）时，也同样以诗笔纪录了沿途风光。

# 一、沈、宋之前隋唐宫廷诗中的风光物色

公元589年，隋朝灭陈，统一南北。政治上的统一、地域的打通使

---

① 宋之问《蓝田山庄》。

各地诗人交流增多，促使南朝的江左士族与北方的山东旧族、关陇豪族文化交汇整合。隋文帝杨坚出自并无悠久文化传统的关陇军事集团，他对江左文化抱有偏见，不太重视文化建设，且以行政手段来限制绮艳华靡的南朝文风，一时间诗风变为典正。隋炀帝却对江左文化特别热爱，与江左士族过从甚密，他即位之后，南朝的诗风很快复苏。隋炀帝是存诗最多的隋代诗人，他诗中的优秀之作，已经能在优美细腻的意境中展露出比梁陈宫廷诗作更为开阔的气象，体现着南北融合的初步成就，如"暮江平不动，春花满正开。流波将月去，潮水带星来"①"寒鸦飞数点，流水绕孤村。斜阳欲落处，一望黯销魂"②即是。但毕竟隋朝时间短暂，又处于南北诗风初步融合的时期，诗歌水平普遍不高，因此优秀的诗作并不多，景物诗大多都是摹仿齐梁诗人的句法声律，在诗歌艺术上并没有达到南朝优秀诗歌的创作高度。

入唐以后，由于唐太宗与隋炀帝一样，对南朝绮丽声词情有独钟，以唐太宗为中心的唐初宫廷诗也表现出了向南朝诗风学习和模仿的倾向。贞观时期的宫廷文人，如虞世南和褚亮都师承南朝宫廷诗人徐陵，太宗作诗，每每向虞世南请教；太宗后期，上官仪是宫廷中最重要的诗人，太宗每作诗文，皆遣其视稿，并令他唱和，凡有宴集，上官仪都参与其中。由于皇帝的爱好与这些宫廷诗人的显贵身份，不但由陈、隋入唐的江左诗人持南朝旧习不变，出身关陇的北方诗人也都以学习南朝绮丽的诗歌艺术为时尚，这些都推进了南朝诗歌技艺的跨代普及。

初唐时期，为了能使宫廷诗人们在短时间内掌握作诗程式，汇集了各种典故辞藻的类书十分繁盛。类书的作用在于吟咏诗文时能够启发诗思，采撷丽藻。在诗歌的格律化进程中，诗歌的精致化除了声韵谐畅以外，最重要的因素就是对偶。刘勰在《文心雕龙·丽辞》中提出"正对""反对""言对"与"事对"之说，并言"言对为易，事对为难"，在类书大量出现以后，从分类罗列的"事对"中，诗人们已经能够信手拈来地驾驭各种典故辞藻了。而且，此时的诗人在学习前人诗艺的同时，还进行着新的探索。上官仪在对偶技巧的运用和规范方面，首次提出了

---

① 隋炀帝杨广《春江花月夜》，见逯钦立编《先秦汉魏晋南北朝诗》，中华书局，1983年9月第1版，第2663页。

② 同上，第2673页。

"六对""八对"之说,"六对"针对词法,"八对"针对句法,对对偶的技巧和规则进行了更加细致的分析和总结,为诗人们提供了更为方便的作诗楷式,对律诗的最终成熟具有重要的推动作用。

从体物艺术的角度来说,贞观时期可以说是对齐梁诗歌的模仿期和齐梁诗风的复兴期。初唐宫廷诗主要创作于君臣宴集的文人风会中,因此诗人们笔下的风物,亦多是宫苑台阁中的园林风致。园林小景以南朝诗人谢朓为滥觞,为阴、何与梁陈诗人们追随,以精致细腻、工巧别致的笔触,敏锐捕捉日常生活中细微的光色物态之变化,体现着士大夫贵族优游闲适的生活情趣。这类细景闲趣与光色物态的摹写方式与笔法都是初唐宫廷诗人所倾力追慕的,初唐诗人的风景摹写依然承袭着齐梁的丽靡,新巧的韵致有增无减。如由陈隋入唐的诗人虞世南,他的风景描写诗多清新明丽,如:

横空一鸟度,照水百花然。绿野明斜日,青山澹晚烟。
——《侍宴应诏赋韵得前字》①
竹开霜后翠,梅动雪前香。兔归初命侣,雁起欲分行。
——《侍宴归雁堂》
动枝生乱影,吹花送远香。
——《奉和咏风应魏王教》
归云半入岭,残滴尚悬枝。
——《初晴应教》
春苑月裴回,竹堂侵夜开。惊鸟排林度,风花隔水来。
——《春夜》

"横空"四句诗描写晚景中的融朗光色,花光欲燃,绿野青山空翠透亮,又复有晚烟雾岚缥缈其间,捕捉住了黄昏光色既明亮又略带朦胧的特征,在广阔的背景中,横空而度的"一鸟"成为画面的聚焦点。又如《初晴应教》诗,聚焦于将散未散的归云、尚悬于枝间的雨滴,着力刻画初晴之际这个特定的时刻,观察的角度可谓细致入微。再如"动枝生乱影,吹花送远香""惊鸟排林度,风花隔水来""兔归初命侣,雁起

---

① (清)彭定求等编《全唐诗》,中华书局,1960年4月版,第473页。本章中所引唐人诗,除沈佺期、宋之问外,均出自《全唐诗》第2册、第3册。

欲分行"等诗句，洞察花枝颤动之际的乱影、清风隔水遥递的暗香、林间夜鸟惊飞的声响、雁群欲分行而未分的意态，相比阴、何那种"寻常景物，必摇曳出之"的精微婉巧的状景方式，可谓出于蓝而胜于蓝了。再如上官仪的诗：

> 步辇出披香，清歌临太液。晓树流莺满，春堤芳草积。
> 风光翻露文，雪华上空碧。花蝶来未已，山光暧将夕。
> ——《早春桂林殿应诏》
> 密树风烟积，回塘荷芰新。雨霁虹桥晚，花落凤台春。
> ——《安德山池宴集》
> 落叶飘蝉影，平流写雁行。槿散凌风缛，荷销裛露香。
> ——《奉和秋日即目应制》
> 云飞送断雁，月上净疏林。滴沥露枝响，空濛烟壑深。
> ——《奉和山夜临秋》

同样是宫苑林池中风花月露的纤巧之态，虞世南的诗风清丽澄净，"绮错婉媚"的上官仪诗则更为华贵富艳，充分显示出宫廷诗富于装饰性的特点。即使是细物的柔媚之态，也是一种"富艳的媚态"[①]："风光翻露文，雪华上空碧"聚焦于清露上随风翻漾的晨光、被风吹散飞向碧空又泛溢着日色光华的雪屑。其中，"风光""露文""雪华""空碧"本身又都是隐含着动态关系的复合意象，则诗中所要表达的绮巧情致，真需细细品味方能得其佳妙。又如"落叶飘蝉影，平流写雁行"二句，从落叶如蝉影般轻盈的意态、平流中的雁行倒影来感知秋日意境，取境不可谓不颖巧。前一首诗中，在月上疏林一片澄净的夜色中，以飘忽的飞云配置孤雁离群的意态，令画面顿然有了萧索之意，此时，枝间清露之滴沥，深壑间烟气之空濛，又传达着山夜特有的敏锐声响与视觉中的纵深感。

总之，贞观时期的宫廷诗人们，多仿效齐梁，从精微处观察景物，以别出心裁的巧思来探求寻常景物中别样的意态风韵。不过，初唐诗人所处的社会环境毕竟已经与日向颓靡的南朝不同，唐朝初建，全国一

---

① 葛晓音《论宫廷文人在初唐诗歌艺术发展中的作用》，见《诗国高潮与盛唐文化》，北京大学出版社，1998年5月第1版，第30页。

统,整个社会都是一种万象更新的气象,人的胸襟与气魄日益开阔与博大,也能自然沉淀出南朝诗人普遍缺失的气质。这种内在精神气质的变化,也已经在逐渐地影响到风景诗的内在力量。即使在精微的景致抒写中,在精工中也显示出沉着浑厚之气来。如上官仪《入朝洛堤步月》诗:

> 脉脉广川流,驱马历长洲。鹊飞山月曙,蝉噪野风秋。

《唐诗纪事》卷六引《古今诗话》说:"高宗承贞观之后,天下无事,仪独持国政。尝凌晨入朝,步月徐辔咏诗曰:'脉脉广川流……'音韵清亮,群公望之犹神仙焉。"① "脉脉"二句犹有古意,带出诗人"独掌国政"、位居宰辅的富贵悠然神态,"鹊飞"二句以鹊飞、山月、熹微的曙光,蝉噪、野风、微寒的秋意熔铸出整体风景印象,在句法配置上也不像应制场中诗歌那样追求刻意的绮巧,而是显出健劲与沉着的力量,已经隐然有盛唐风致。

贞观之后的高宗永徽、龙朔年间,在诗坛并行的是以"绮错婉媚"为本的"上官体"与许敬宗的颂体诗文。对此时的诗风,杨炯在《王勃集序》中有过这样的描述:"龙朔初载,文场变体。争构纤微,竞为雕刻。糅之金玉龙凤,乱之朱紫青黄,影带以徇其功,假对以称其美。骨气都尽,刚健不闻。"② 其中,"争构纤微,竞为雕刻"正是"上官体"特色,"糅之金玉龙凤,乱之朱紫青黄"则是颂体诗所长。这时期的诗作多是华美的宫廷藻饰词语与纤巧的体物之语的复合体,一般都比较平庸。

总的来看,在南朝之后的隋及贞观、龙朔诗坛,处于南朝诗向盛唐诗的过渡期,虽然这一时期的诗人力图学习齐梁以来体物精微细腻的笔触,并且在立意的新巧上也很有齐梁风致,但写景的艺术成就并没有突破齐梁。在阴、何诗与陈诗中普遍存在的融清丽精微的句法与沉着气势于一体的佳妙景句,在这一时期的诗歌中还不多见,诗人的水平也参差不齐。就诗人的整体水平来说,这一时期的写景艺术成就是不能与齐、梁、陈的诗歌成就比肩的。既能融合南朝诗人成就,而又能自出新变,展露新的时代气象,还有待于后来在武后、中宗诗坛上崛起的沈、宋。

---

① (宋)计有功撰《唐诗纪事》,上海古籍出版社,1965年11月第1版,第28页。
② 周祖譔编选《隋唐五代文论选》,人民文学出版社,1999年1月第1版,第66页。

## 二、宫廷风景审美的元素

武后与中宗时期，在帝王的大力提倡下，重文的程度更甚于太宗朝。中宗景龙二年设立了纯粹的文学机构修文馆，按照自然节气的四时、八节、十二月，置大学士四员，学士八员，直学士十二员，将其时重要的诗人李峤、杜审言、沈佺期、宋之问等都囊括其中。这时期以帝王为中心的游宴赋诗活动十分频繁，宫廷游宴诗的创作更达到了前所未有的盛况。史载："武后游龙门，命群官赋诗"[①]，"中宗正月晦日幸昆明池赋诗，群臣应制百余篇"[②]。而且，这种宫廷赋诗活动还是有奖赏机制的，标准是速度快慢与优劣。如武后游龙门，群臣赋诗，"先成者赐以锦袍"[③]，中宗时，赐宴赋诗，群臣赓和，差婉儿"第群臣所赋，赐金爵，故朝廷靡然成风"，"当时属辞者，大抵虽浮靡，然所得皆有可观"[④]。中宗游宴赋诗，属和学士"以文华取幸"者有"韦元旦、刘允济、沈佺期、宋之问、阎朝隐等"[⑤]。在一系列的应制唱和活动中，沈佺期表现十分突出，宋之问更是出尽风头，龙门应制夺得锦袍，昆明池应制迥出流辈。他们的应制诗代表着初唐同类诗歌的最高成就，颇多可读之作。

提到沈、宋，自然想到的是律诗的成熟。唐代中期元稹在《唐检校工部员外郎杜君墓系铭》中云："唐兴，学官大振，历世之文，能者互出，而又沈、宋之流，研练精切，稳顺声势，谓之为律诗。"而后，北宋欧阳修、宋祁撰《新唐书》，在《宋之问传》中说："汉建安后迄江左，诗律屡变，至沈约、庾信以音韵相婉附，属对精密，及之问、沈佺期又加靡丽，回忌声病，约句准篇，如锦绣成文，学者宗之，号为沈、

---

① （宋）计有功撰《唐诗纪事》卷十一，上海古籍出版社，1965年11月第1版，第165页。
② 同上，卷三，第28页。
③ 同上，卷十一，第165页。
④ （宋）欧阳修、宋祁撰《新唐书·上官婉儿传》，中华书局，1975年2月第1版，第3488页。
⑤ 同①，卷九，第114页。

宋。"①律诗的成熟，除去声律的谐畅这一因素以外，最重要的是两种因素，一是对偶的日益精密，一是篇法的完善。而这两个因素恰恰都与风景描写的艺术息息相关。以下，我们便从这两个方面分而述之。

1. 精密化的风景对句

中国诗歌历来讲求秀句，景联的对偶在诗歌的技艺中是尤为关键的因素。李商隐在《漫成五章其一》中说："沈宋裁辞矜变体，王杨落笔得良朋。当时自谓宗师妙，近日唯观对属能。"②从总体评价来看，李商隐固然忽视了沈、宋在诗体演变中的重要转折作用，但却是精确地把握到了具有固定惯例和程式的宫体诗特征。无论如何，"对属能"确是初唐宫廷诗人着力经营的所在，是初唐诗人诗歌技艺的主要呈现方式。

风景对句自南朝谢灵运以来，在技艺上已经愈加精工，后出的诗人总能吸取前人有益的经验，又能够有所创新。谢灵运的骈句擅长于安排景物间的层次关系，来表现原生态自然的光色、空间层次和各种特殊的地理风貌，如"远山映疏木，近涧涓密石""晓霜枫叶丹，夕曛岚气阴""崖倾光难留，林深响易奔"。谢朓将这种构句的方式引入都邑园林风景，与表现的风景对象相适应，对句的语言在谢朓诗中也更为平和流丽，如"鱼戏新荷动，鸟散余花落""日华川上动，风光草际浮""余霞散成绮，澄江静如练"等。大小谢之后，阴何诗中的风景以园林小景与羁旅风光为主，写景往往能探幽入微，造微入妙，他们善于捕捉富有连续性的动态小景，写景极富人情妙趣，如"风光蕊上轻，日色花中乱""莺随入户树，花逐下山风"，又能将羁旅风光描摹得雄浑而鲜明，如"繁霜白晓岸，苦雾黑晨流""水随云度黑，山带日归红"。隋唐之际，宫廷诗人们正是沿着南朝诗人的艺术道路一路走来的，比如以"绮错婉媚"为特征的诗人上官仪，就总结出了"六对""八对"等对仗的形式，便于诗人们学习模仿，极大地促进了对仗艺术的发展。而上官仪本身的

---

① （宋）欧阳修、宋祁撰《新唐书·上官婉儿传》，中华书局，1975年2月第1版，第5750页。

② 见（清）彭定求等编《全唐诗》，中华书局，1960年4月版，第6215页。

风景句,如"落叶飘蝉影,平流写雁行""风光翻露文,雪华上空碧"等,依然如南朝诗人那般专注于精微光色与物态的细致描摹和艺术化再现,极力发掘即目所见的景致中的滋味和情趣。

与南朝诗人相比,沈、宋诗歌中的风景对句在构造上承继了南朝和早期宫廷诗人的一些惯例,比如以诗眼的锤炼来传景物之神,以连动的句法写出带有时间流动感的过程,以方位和描述性词语的搭配写出精确的空间层次,将诗眼置于末尾的位置以渲染整体氛围等,不过沈、宋的对句结构学习前人而更为精密别致。齐梁诗人们所关注的多是视觉印象中的纤巧物态和光色,写景具体而细微,带着些许精心营构的痕迹。在沈、宋这里,除了视觉印象中的景物以外,他们也开始观察那些嗅觉、触觉世界中的没有具体形质的风物,烟雾的弥漫、大气的流衍、香气的播散等,都为他们所捕捉;他们的笔触依然精微,却不一定那么具体关注于纤巧的光色物态,他们开始侧重于对风景整体的意境和情调的把握,以此烘托出华贵悠然的气象。

(1)沈佺期:空间层次配置法与整体境界的渲染

南朝诗人常以展示景物间微妙的层次关系的方式来进行诗意的配置,以此展现细腻的物态,如"风光蕊上轻,日色花中乱""莺随入户树,花逐下山风",在阴铿等梁陈诗人的诗中,则已经开始注重在这种诗意的配置方式中融汇以整体的氛围和情调,如"水随云度黑,山带日归红""寒田荻里静,野日烧中昏""烧田云色暗,古树雪花明"等。这种方式在沈诗中已经十分普遍,来看他诗中的风景对句:

泉临香涧落,峰入翠云多。

——《仙萼亭初成侍宴应制》①

潮声迎法鼓,雨气湿天香。树接前山暗,溪承瀑水凉。

——《乐城白鹤寺》

陇树烟含夕,山门月对秋。

——《秦州薛都督挽词》

---

① (唐)陶敏、易淑琼校注《沈佺期宋之问集校注》,中华书局,2001年11月第1版,第248页。本章中的沈、宋诗均依照此书。

向浦回舟萍已绿,分林蔽殿槿初红。

——《兴庆池侍宴应制》

"泉林香涧落,峰入翠云多"将诗意的意象化入自然平易的语言表述中,以流丽的语言绘出夏日时令之景,尤其"峰入翠云多"一句,写夏日青山因云气缭绕显示出万千之状,绘形绘色;《乐城白鹤寺》"潮声迎法鼓,雨气湿天香"二句将法鼓、天香这样典型的佛寺景象融入自然的潮声与雨气氛围中,写出法鼓绵延四方的声势,绘出雨气中氤氲的天香味道之浓厚,使白鹤寺在庄严中带出野逸的趣味。"树接前山暗,溪承瀑水凉"在诗意的配置上承继前人的同时又带着沈、宋时代的诗歌特征,"树接前山""溪承瀑水"写出景物的空间层次位置,"暗""凉"二字则呈示出整体的光色之感与冷暖之感。"陇树烟含夕,山门月对秋"在诗语配置上也颇可玩味,若曰"陇树含夕烟,山门对秋月",也能构成一幅不错的图景,但出之以"烟含夕""月对秋",则不唯句法更工妙,且更能传达出陇树含烟景象的昏暧色调与山门对月景象的苍凉感。

在句法内在结构上,如此配置也体现出探寻新的诗意空间的意象。由五言写景句变为七言写景句,最常见的方式便是具体方位或处所的添加,如宋之问"岩间树色含风冷,石上泉声带雨秋"便是,沈佺期的"向浦回舟萍已绿,分林蔽殿槿初红"也是如此,不过"向浦""分林"二语因具动态感而更为巧妙,这两句诗写出这样的景象:船向着岸边行驶,在回旋之际,蓦然看到浮萍已绿,分开交错的林木前行,视线又被点点微红吸引,掩映在殿阁间的木槿花已然蓓蕾初绽。这两句诗在诗句结构上与"树接前山暗,溪承瀑水凉"二句相似,在描绘出错落的空间层次的同时,突出了主体空间位移过程中不经意间触碰到的色彩带给人的视觉冲击。

总之,沈诗在承继了前人诗意配置方式的同时,又能注重整体境界的渲染,在工巧中透出自然朴拙的气质,以此来体现富贵悠闲的皇家气象,是十分适宜的。我们再来看两首五言排律中的写景:

川长看鸟灭,谷转听猿稀。天磴扶阶迥,云泉透户飞。
闲花开石竹,幽叶吐蔷薇。径狭难留骑,亭寒欲进衣。

——《仙萼池亭侍宴应制》

"川长"二句源自大谢移步换景的笔法，蕴涵了景中之人在视觉与听觉方面追随景物而"变"的过程，以平易语写出自然之理。"川长看鸟灭"直接来自于何逊的"川长看鸟远"①一语，"灭"字较"远"字更见空间远望之极限。"天磴"句写的是这样的景象：山间天然形成的野路比照着行宫的台阶直上，伸向迥远，白云与山中泉瀑透过户牖呈纷飞之状。这两句句法工巧，状景精确，采用的是小谢诗中常见的以户牖框取风景的方式，写出了定点透视中的景物层次，也点了"池亭"之题。而后，诗人又轻轻点缀以闲花幽草，以平朴的句法恰到好处地传达出野逸的趣味，最后，诗人还不忘补充以"径狭""亭寒"的地理天时景况，愈见纪游写实之真。虽然这是一首宫廷应制之作，但却摒弃了早期宫廷诗中的华辞艳藻堆砌，前四句精巧的句法配置更多地吸取了前人风景诗中的经验，体现出状景精确的特征，后四句则在朴拙的诗语中带着自然流丽的声情，透露出即将步向盛唐时期的诗歌特征。《白莲花亭侍宴应制》中的风景：

霜威变绿树，云气落青岑。水殿黄花合，山亭绛叶深。
朱旗夹小径，宝马驻清浔。苑吏收寒果，饔人膳野禽。

此诗被王夫之以"高朗"誉之。"霜威"二句以极具概括力的"变"字、"落"字点出秋霜侵林、云清气爽的山色，"水殿"二句则以极富季节感的"黄""绛"二色重染出深秋的绚烂色彩，而且，以"合"写殿宇、黄花的倒影在水中的浮荡回合之态，以"深"写因距离远产生的纵深之感，皆是远近透视中的真实视界。此四句的景象，都从整体的气候与色调着眼，传达出一派典型的深秋气象。而后，诗人又在山间小径中点缀以朱旗宝马，在自然野趣中又添富贵气。"苑吏"二句则从生活的细节中透射出人们生逢盛世，各得其所的自然安适。这首诗的景象，恰如一幅构图完整的山行图卷，如宋代画家马远的《踏歌图》一般，虽不着一笔秾艳之色，却能在山水的自然的诗意流淌中感受到承平气象。而诗人写景的笔法，也比较拙朴自然。

沈佺期的七言诗写景句多清新明丽，状景自然而有生活情趣。如

---

① 何逊《与崔录西别兼叙携手诗》。

"山鸟初来犹怯啭,林花未发已偷新"①,以拟人手法声情并茂地写出欣欣春意,"林中觅草才生蕙,殿里争花并是梅"②,从人寻花觅草的神情中带出早春的盎然生机,又如"云间树色千花满,竹里泉声百道飞"③"杨柳千条花欲绽,蒲萄百丈蔓初紫"④等,以"千""百"这样的字眼来状写云间草际的自然风物的繁盛之态,都已经脱尽齐梁的小巧之气,在流畅中透出大气的风格。

总的来看,沈佺期诗中的风景描写在继承前人技法的同时,在表现的内容与境界上则逐渐地走向浑融开阔,工丽精巧却脱尽齐梁的纤弱柔靡,已经隐约透出了盛唐气象。

(2)宋之问:新巧的对句法则与整体氛围的感知

宋之问的风景诗也体现出和沈诗类似的特征,不过,沈诗是继承前人而又有所创新,继承与创新的痕迹都比较明显。宋诗创新的因素则更多,无论是从描摹的对象上,还是从诗意配置上,无不如此。

前人多专注于视觉印象中的光色物态描摹,沈、宋则将关注点延伸到了那些复合了视觉、触觉、嗅觉等因素的综合性景象,还对气流、烟霭这些形态模糊的景象产生了兴趣。那么,又如何将这些无形的东西写得富有质感呢?

来看宋之问《奉和幸长安故城未央宫应制》诗中的风景:

寒轻彩仗外,春发幔城中。

据《唐诗纪事》卷九记载:"(景龙二年十二月)三十日,幸长安故城"⑤。本诗即是此时所作。据史料看,这次出巡的时间恰值寒冬腊月,放眼望去,当是萧条凄冷,了无生意,宋之问却言"寒轻"言"春发",似有违天时;而且"寒轻彩仗外"的句法也颇奇特,要理解此句之意,便需要充分利用对偶句两两相对、互文见义的结构特征,因此我们得先从句意显豁的"春发幔城中"入手。这一句意思是虽然外面寒气依旧逼

---

① 《人日重宴大明宫赐彩缕人胜应制》。
② 《奉和立春游苑迎春》。
③ 《奉和春初幸太平公主南庄应制》。
④ 《奉和春日幸望春宫应制》。
⑤ (宋)计有功撰《唐诗纪事》卷九,上海古籍出版社,1965年11月第1版,第114页。

人,但温暖的春意却已然在密实如城的帷幔内弥漫了,有此一句,则前句的意思应是皇家彩仗鲜亮夺目,连寒气都似乎被冲淡了,寒气只能轻轻地萦绕在皇家彩仗之外。在这里,"轻"字是很微妙的,这让我们想起何逊的"风光蕊上轻","轻"不唯是客观形态,更是瞬间掠过的一种心理感觉。况且,风光之轻尚能目视,寒气之轻则无色无态,只能是当时情境下的一种整体感觉。如此,不但写出了彩仗帷幔内外之"春"与"寒"对比强烈的真实的身体感受,而且烘托出雍容华贵的皇家气象,同时又委婉传达出了随驾出游的侍臣心头似有春意荡漾的荣耀之感,比一般的奉承迎合之作高明得多。那么,在这次出游活动中,其他诗人诗中的景句又是怎样的呢?宇文所安《初唐诗》中曾举过两个例子,一个是赵彦昭的:

寒烟收紫禁,春色绕黄图。

一个是刘宪的:

寒向南山敛,春过渭北浮。

赵的诗是明显的附和之作,一味堆砌华丽辞藻,毫无新意;刘宪的句法有巧思,气象也较宏大,但明显与腊月的季候特征不符,不能称得上是"体物写真"。宋之问对偶句法之精密,显然远在普通诗人之上。

再如:

曙阴迎日尽,春气抱岩流。——《幸少林寺应制》

曙光初现时,天空尚带昨夜的阴沉之色,"迎"字具有拟人的态势,将早间朦胧天色随日东出而逐渐消尽的过程生动写出,同时又洽合"应制"之旨,暗含天子威严、万象恭迎意味。后句写空气中的春气之流动,则是一种复合了触觉、嗅觉、视觉及心理感觉的综合性把握,何况诗人还将大谢"白云抱幽石"中"抱"这种颇具俏皮的人情色彩的词语移用来形容岩间春气的漫溢,这样,便赋予了无形态的东西以形态,以有形的语言传达出了无形的风景之妙。

宋之问的许多风景对句都有这样的特点:在对仗的一联中,往往一句的句意较为明确显豁,而另一句的意味却较为含蓄朦胧,往往利用"通感"传达出难以言传的微妙情境。再如:

砌蓂霜月尽,庭树雪云深。——《上阳宫侍宴应制得林字》

芳树摇春晚,晴云绕座飞。——《奉和梁王宴龙泓应教得微字》

"砌蓂霜月尽，庭树雪云深"要表达的意味也颇堪玩味，前一句尚可解释为砌上的蓂草在如霜的月色中荚实落尽，意思还较为实际，后半句则渲染出了在似雪的白云的烘托下，庭树呈现出翁郁的深沉色调。"芳树摇春晚，晴云绕座飞"中后句句法平易，带有宫廷集会华贵悠然的情调，前句则很是精巧，它打破了前代诗人依照正常思维来结构诗句的方式，此句若是在齐梁诗人手中，可能会是"春晚芳树摇"，意象明晰，给人最深印象的自然是婆娑的树影，而"芳树摇春"则由芳树摇曳的影姿绵延出无限的春意，又着一"晚"字，自然能点染出昏暧从容的氛围。

可以看出，宋之问也与沈佺期一样开始注重以精妙的句法来把握风景整体氛围和情调，宋之问的诗意配置方式，有时也如沈诗那样以描摹景物的动态和空间位置的方式来展示景物间精微的层次关系，如上面的"芳树摇春晚，晴云绕座飞"二句即是。再如：

攀岩践苔易，迷路出花难。窗覆垂杨暧，阶侵瀑水寒。

——《春日宴宋主簿山亭得寒字》

岩边树色含风冷，石上泉声带雨秋。

——《三阳宫石淙侍宴应制得幽字》

《春日》一诗中，"攀岩践苔易，迷路出花难"采用了谢灵运以来诗人们所惯用的"难""易"对，"迷路出花难"依照人们正常的认知顺序结构诗句，于朴拙中带出精巧，将人迷失于花丛中的情形和神态生动写出；"窗覆垂杨暧，阶侵瀑水寒"中"窗覆垂杨""阶侵瀑水"不过是池苑中寻常景象的客观再现，着以"暧""寒"二字分别写出了风景中的暧意和寒意，写出了景象给人的心理感觉，烘托出风景整体的调子。"岩边"二句在五言句的基础上著上"岩边""树色"的方位便从五言句成为七言句，诗人体物的模式却与上一首诗如出一辙：丝丝冷意，从清风飒飒的岩边树色中带出；淡淡的秋意，从杂带着轻雨的石间淙淙泉声中传来。

除了这种比较传统的方式以外，宋诗中也探索以新的诗意配置方式来感知风景整体的氛围。齐梁诗人那种"寻常景物，必摇曳出之"的精微刻画于此开始变革，他有意识地淡化景物间相互映衬或相互影响的关系，在诗中并不以显明的字眼来标示时间推移或空间位移顺序，而只是将相关的意象直接呈示给读者,再暗示给我们诗人面对风景时的感觉。这种空间蒙太奇式的风景组合方式,更大程度地延展丰富了诗歌的想象空间。如"庭树雪云深"这句诗,若置换为空间层次清晰的"庭树接云深",则能直接表现庭树繁密、绵延入云的空间纵深效果,而在"庭树雪云深"中,一"雪"字则使画面色彩更为绮美,还模糊了"庭树""雪云"间的层次界限,从而这"深"不仅是客观的效果,也是诗人对风景整体境界的感受。

我们可再举几句诗来体会这种空间蒙太奇式的诗语配置方式:

月幌花虚馥,风窗竹暗喧。——宋之问《冬夜寓直麟台》

暗草霜华发,空亭雁影过。——宋之问《旅宿淮阳亭口号》

"月幌花虚馥,风窗竹暗喧",写清风淡月的入夜之景,优美而传神。诗人并没有依照齐梁诗人的构思方式,以直接展示景物间动态因果关系的方式,将此间风景描述为"幌动花虚馥,风生竹暗喧",或者以展示景物间空间层次关系的方式,写成"幌间花虚馥,窗际竹暗喧",而是将月照窗幌、风过窗间之情形浓缩为"月幌""风窗"的精美意象,以此传达着夜间风景的视觉之美。而且,"虚""暗"二字写花、竹本在窗帷之外,此际月映而风动,花香透自幌外,故曰"虚";竹声传自窗外,故曰"暗"。"虚""暗"之间,便自然带出了夜间若有若无的芳香与声响,传达了此刻微妙的嗅觉和听觉美感。又如"暗草霜华发,空庭雁影过",以暗草霜华、空庭雁影的剪影渲染出了游子心中典型的秋夜情调,"暗"字与"空"字、"发"字与"过"字又都若信手拈来,自然质朴,浑然天成。

当宋之问脱离宫廷应制场合,回到隐居的山庄时,他诗中的风物便脱尽宫廷池苑风景的华美富丽,显出一派自然质朴的风貌来。如:

春泉鸣大壑,皓月吐层岑。——《夜饮东亭》

寒露衰北阜,夕阳破东山。——《初到陆浑山庄》

源水看花入,幽林采药行。野人相问姓,山鸟自呼名。

——《陆浑山庄》

虽然这些描写隐居生活的诗,诗风质朴,但也能看出与宫廷诗一致地体物求新的倾向和他对整体风景的把握能力。比如"春泉鸣大壑"一句,"春泉"本为潺潺小流,"大壑"却有着宏阔的气势,以具有强烈声响质感的"鸣"字来形容山泉在大壑中的回旋之声，正见山中春泉之密之繁；又如"皓月吐层岑"一句，"吐"字形象生动又铿然有力，以之描写明月迥出于重峦之上的夜景，足见空山旷野间的皓月之大、之明。《初到陆浑山庄》中以一"衰"字连接在前人诗中总是以微细纤巧形象出现的"寒露"与苍茫的"北皋"，带出深秋荒野的一脉苍凉之色；以"破"字形容夕阳毫无阻拦地直落山间的浑然景象，下笔极具气势。《陆浑山庄》中，"源水"二句写因源水看花、幽林采药而渐入深山，句法的巧妙已经浑然融化于随心而往的行迹之中；"野人"二句平易质朴，透出野逸世界中人与自然和谐交通的生趣。

总之，宋之问的风景句在承继前人艺术经验的基础上又力求新创，他以精密的句法，从嗅觉、触觉等综合把握的角度来描绘前人诗中未曾细致描摹的轻烟、气流、花香、风声等形态模糊的景象，又探索以新的方式来呈现更丰满的画面感，以之来把握风景整体的氛围和情调。在宋之问的语言中，还常在精巧工致中带出朴拙之气，预示着诗歌语言兼备精工和自然的发展趋向。

### 2. 意境浑融的近体结构与高华气象

除了对句方面的新创之外，沈、宋对近体诗歌的贡献还体现在整体的篇章结构方面。上一章已经说过，在阴铿等梁陈诗人那里，三段式已经逐渐固定为诗歌的基本结构体式。在三段式的诗歌中，开端部分主要采用情、景、事三者融合的方式，渲染出全篇基调；中间四句、六句或八句皆出之以景语；结句多是就诗意和景物做出的恰当情感抒发，虽然平易朴素，倒也能与全诗的基调相吻合。在宫廷诗的规范内，沈、宋将这一体式运用得更为精熟，固定为律诗的基本结构，且赋予了这种体式以新的时代特征。

宫廷诗是社交的产物，在宫廷应制活动中，诗歌必然要围绕体现雍容华贵的皇家气象的主题进行。于是，谢朓与阴铿诗那种由阔大的自然景象入题、工于起调的特征，被沈、宋继承并且得到了恰当的改造。在游宴应制的场合，宋之问常常携云、日、岭、天等大自然风物入于宫殿台阁的人文景观，一开篇便能烘托出一派高华气象。如：

> 凤刹侵云半，虹旌倚日边。
> ——《奉和九月九日登慈恩寺浮屠应制》
> 绀宇横天室，回銮指帝州。——《幸少林寺应制》
> 帐殿郁崔嵬，仙游实壮哉。——《扈从登封途中作》
> 高岭逼星河，乘舆此日过。——《夏日仙萼亭应制》
> 春豫灵池会，沧波帐殿开。——《奉和晦日幸昆明池应制》

宫廷诗是富于装饰性的，常以各种典故和华美的辞藻来取代对事物的普通指称，这便能获得华美富丽的艺术效果，而这种装饰性词语一旦同对阔大自然形势的描摹组构在一起，再配之以"侵""横""逼""开"这些极具气势的字眼，便更具有了一种盛大的气象。如"凤刹侵云半，虹旌倚日边"分别以"凤刹"和"虹旌"来代指慈恩寺与皇家彩仗，又分别与本句内的"云""日"相呼应，绘出香刹高耸入云、彩旌与日色交辉的宏达气象；《幸少林寺应制》中的以"绀宇"代指少林寺，"绀"为深青透红之色，王勃《益州德阳县善寂寺碑》曰："绀宇晨融，若对流霞之阙。"可见，宋之问诗中"绀宇横天室"景象又该是何等的融朗！"高岭逼星河"句也有相同的妙处。

在早期的应制诗中，往往一味沿袭齐梁工巧细密的风格，通篇对偶。在沈、宋时代，诗人已经在有意识地打破这种过于严密板滞的局面。诗歌的开篇有时以对偶的形式，有时则采用散文化的叙述方式，叙述与描写相兼，在盛大的气象中注入流宕之气。如宋之问的诗：

> 帐殿郁崔嵬，仙游实壮哉。——《扈从登封途中作》
> 高岭逼星河，乘舆此日过。——《夏日仙萼亭应制》
> 春豫灵池会，沧波帐殿开。——《奉和晦日幸昆明池应制》

沈佺期以七言诗闻名，他七言诗的开篇也颇多精彩之笔：

> 芳郊绿树散春晴，复道离宫烟雾生。
> ——《奉和春日幸望春宫应制》
> 碧水澄潭映远空，紫云香驾御微风。——《兴庆池侍宴应制》
> 南山奕奕通丹禁，北阙峨峨连翠云。——《从幸香山寺应制》
> 南渡轻冰解渭桥，东方树色起招摇。——《守岁应制》
> 金舆旦下绿云衢，彩殿晴临碧涧隅。——《嵩山石淙侍宴应制》

## 第四章 沈佺期与宋之问：宫廷风景审美范式

主第山门起灞川，宸游风景入初年。

——《陪幸太平公主南庄诗（一作苏颋诗）》

"芳郊绿野散春晴，复道离宫烟雾生"，写郊野林阁间晴朗春光散布、轻烟淡雾弥漫之景象，"芳郊"与"绿野"、"复道"与"离宫"，构成句内对，这种形式本身就具有了一种纡徐舒缓的情调，恰切地层层渲染出山水楼阁之绮丽，而"散春晴"三字又传神地带出了芳郊绿野间春光的柔和感与明媚感，构句巧妙却不露雕琢之态，十分高明。又如"碧水澄潭映远空，紫云香驾御微风"，开篇便入题写兴庆池水景，从宛如仙境的境象抒写中引入神仙般御风而至的帝王形象，这是带有强烈宫廷色彩的叙述方式。"主家山门起灞川，宸游风景入初年"以具有时空延展感的"起""入"二字带出山门倚川而起的自然形势及帝王初春赏景的兴致，颇有气象。可以看出，沈诗的发端并不如宋诗那样带着峥嵘的气象，却能将物色描写得摇曳多姿，清新流宕，在精美的字句锤炼中透出优雅闲适的富贵之气。

开篇具有引人入胜的气象，结句当有绵延不尽的意味，沈、宋宫廷诗也尝试以"开放式"结尾来获得绵延不尽的兴味。在小谢和阴、何诗中，结尾部分多结束于恰当的议论或者是情感的直接抒发中，沈、宋诗的结尾则更为具象化。在他们诗中，对景象的描述常常结束在回旋的音乐声中或袅袅的烟霭里：

天歌将梵乐，空里共裴回。

——宋之问《奉和九日登慈恩寺浮图应制》

欲知陪赏处，空外有飞烟。——宋之问《麟趾殿侍宴应制》

悠然小天下，归路满笙歌。——宋之问《夏日仙萼亭应制》

不愁明月尽，自有夜珠来。

——宋之问《奉和晦日幸昆明池应制》

承欢不觉暝，遥响素秋砧。——沈佺期《白莲花亭侍宴应制》

白龟来献寿，仙吹返彤闱。——沈佺期《仙萼池亭侍宴应制》

不知行漏晚，清跸尚裴徊。

——沈佺期《奉和圣制幸礼部尚书窦希玠宅》

歌吹衔恩归路晚，栖乌半下凤城来。

——沈佺期《奉和立春游苑迎春》

得益于宫廷应制场上的诗歌技巧训练，武后和中宗时期的宫廷诗人们从声韵、对句、篇法结构等方面都大大提高了诗艺的水平。沈、宋的宫廷应制诗也大多摆脱了早期宫廷诗的精细雕刻、矫揉造作之弊，出现了许多意境浑融、颇具气象的佳作。如宋之问《夏日仙萼亭应制》：

高岭逼星河，乘舆此日过。野含时雨润，山杂夏云多。
睿藻光岩穴，宸襟洽薜萝。悠然小天下，归路满笙歌。

又如沈佺期《奉和春日幸望春宫应制》：

芳郊绿树散春晴，复道离宫烟雾生。
杨柳千条花欲绽，蒲萄百丈蔓初萦。
林香酒气元相入，鸟啭歌声各自成。
定是风光牵宿醉，来晨复得幸昆明。

雨后润泽的原野，夏日山间缭绕的云气，春日的杨柳千条，葡萄树藤蔓百丈，无不舒展自然，生机流转；而这些又与宫廷应制场所的复道离宫、歌吹酒香以及君臣间的风雅酬唱相映生辉，融洽一体。虽然是应制诗，却既有着在朝为官的雍容华贵，又有着田园诗人的野逸闲淡，体现出"屈富贵于沉冥，杂薜萝于簪笏"的新的人格追求，这样的美学风格，是"'薜萝'意象与富贵气象的契合"①。虽然处于宫廷应制的社交场合，却能在其中体现出作为文人对景物的敏锐观察能力和作为人臣身在侍宴场中愉悦自足的感受，这样的应制诗，精美圆润而颇富情韵，突出体现着武后、中宗时期宫廷写景诗的成就。

从上面诗中，我们已经能看出，除了艺术形式上的日趋精美外，沈、宋宫廷写景诗不同于南朝及初唐贞观龙朔年间宫廷写景诗的重要一点，还在于沈、宋诗中透出的高华气象。如宋之问的以下三首诗：

帐殿郁崔嵬，仙游实壮哉。晓云连幕卷，夜火杂星回。
谷暗千旗出，山鸣万乘来。扈从良可赋，终乏掞天才。

——《扈从登封途中作》

北阙层城峻，西宫复道悬。乘舆历万户，置酒望三川。
花柳含丹日，山河入绮筵。欲知陪赏处，空外有飞烟。

——《麟趾殿侍宴应制》

---

① 韩经太：《灵境诗心——中国古代山水诗史》第二编，凤凰出版社，2004年4月第1版，第160页。

青门路接凤凰台,素浐宸游龙骑来。
涧草自迎香辇合,岩花应待御筵开。
文移北斗成天象,酒递南山作寿杯。
此日侍臣将石去,共欢明主赐金回。

——《奉和春初幸太平公主南庄应制》

《扈从登封途中作》中,"晓云"四句铺写出了皇家"千旗""万乘"出巡的壮大场面,"乘舆历万户,置酒望三川。花柳含丹日,山河入绮筵"也是如此。"涧草自迎香辇合,岩花应待御筵开"以涧草岩花的婉转之态衬写圣驾光临、天地间一片光华的游宴场景,"文移北斗成天象,酒递南山作寿杯",立意奇警,有着坐拥天地、山川入怀的气势。这些风景描写,关注的重点都不再是纤微之态,而是整体意境和氛围的传达;而这种整体的气氛,又多是雍容闲雅、华贵闲适的,融合着幸逢明时、春风得意的真实感受,处处透出唐人开阔的襟怀、豁达的气度。这种对气象和气势的追求,正是沈、宋所在的武后、中宗诗坛的显著特征。《唐诗纪事》卷三载,景龙三年正月晦日,中宗幸昆明池赋诗,群臣应制百余篇。上官昭容认为沈、宋二人诗作胜出,其中又以宋诗最佳,其评语是:"二诗功力悉敌。沈诗落句云:'微臣凋朽质,羞睹豫章才'。盖词气已竭。宋诗云:'不愁明月尽,自有夜珠来'。犹陟健举。"[①]对这一评判,"沈与众人皆心悦诚服",她以为宋之问结句的好处,正在于从不尚藻饰的自然之语中带出的健举、高朗气势。上官昭容是贞观宫廷诗人上官仪的孙女,武后、中宗时期宫廷文坛的主持者,她的审美趣味是颇能代表时代风气的。又如中唐的皎然,在对前人诗歌艺术进行总结时,对此时诗坛也有着与上官昭容相似的表述。《诗式》卷二的"律诗"一则:

评曰:楼烦射雕,百发百中,如诗人正律破题之作,亦以取中为高手。自有唐以来,宋员外之问、沈给事佺期,盖有律诗之龟鉴也。但在矢不虚发,情多、兴远、语丽为上,不问用事格之高下。宋诗曰:"象溟看落景,烧劫辨沉灰",沈诗曰:"咏歌《麟趾》合,箫管凤雏来。"凡此之流,尽是诗家射雕之手。假使曹、刘降格来作律诗,二字并驱,未知孰胜。[②]

---

① (宋)计有功撰《唐诗纪事》卷三,上海古籍出版社,1965年11月第1版,第28页。
② (唐)皎然著,见李壮鹰校注《诗式校注》,人民文学出版社,2003年11月第1版,第205页。

"象溟看落景"二句与"不愁明月尽"二句都来自宋之问《晦日昆明池侍宴应制诗》,"咏歌"二句来自于沈佺期《岁夜乐安郡主满月侍宴》,都是典型的宫廷应制之作,皎然以"诗家射雕之手"来赞誉之,且以为若与建安的曹、刘相比,亦毫不逊色,可见在皎然眼中,沈、宋的宫廷诗已经确实有含融建安风骨的健劲之力。

正是这种重气势、重气象、倡导健举笔力的写景倾向,使得这时期的宫廷诗逐渐脱尽齐梁纤微小巧之气,初显高华的盛唐气象。

## 三、宫廷写景范式的题材延展

理想的诗歌,是精美的艺术形式与丰满充实的情感内容的统一,由于视野与场合的限制,宫廷诗所能表现的情感内容相对来说毕竟是比较单调的。一旦诗人们将在宫廷诗中积累的艺术经验运用到更广阔的视野、更加私人化的场景中,纪录游宦生涯中那些给诗人留下了深刻印象的经历时,风景内容与情感表达都得到丰富与更新时,便能为这种宫廷的描写惯例增添新的审美意蕴和艺术魅力。

先来看沈佺期诗。在宫廷诗之外,沈佺期写得最好的作品是一些近体形式的游览纪行之作。他的宫廷诗诗风平稳而有沉着之力,应制之外的近体之作也大致沿袭了这种风格:

碧海开龙藏,青云起雁堂。潮声迎法鼓,雨气湿天香。
树接前山暗,溪承瀑水凉。无言谪居远,清净得空王。
——《乐城白鹤寺》

长歌游宝地,徙倚对珠林。雁塔风霜古,龙池岁月深。
绀园澄夕霁,碧殿下秋阴。归路烟霞晚,山蝉处处吟。
——《游少林寺》

洞壑仙人馆,孤峰玉女台。空濛朝雨合,窈窕夕阳开。
荒涧含轻雨,虚岩应薄雷。正逢鸾与鹤,歌舞出天来。
——《岳馆》

独游千里外,高卧七盘西。晓月临窗近,天河入户低。
芳春平仲绿,清夜子规啼。浮客空留听,褒城闻曙鸡。
——《夜宿七盘岭》

这几首诗的开篇都极具气势，承袭了宫廷诗发端高朗的特征，结句多出之以具体化的意象，中间的对句也精工细腻，在形式上精致而完美。如《乐城白鹤寺》一诗，"碧海开龙藏，青云起雁堂"以"龙藏""雁堂"这些传说与典故代指佛寺经堂，点出白鹤寺下连碧海、上接青云、俯仰于天地之间的地理形势，烘托出佛寺的庄严感。"潮声"四句前面已经有所分析，以雄浑笔力写出了白鹤寺迥立于世外的超然姿态和野逸趣味，逐渐铺垫出结句于"清静"中得悟佛法之意。

《游少林寺》以"长歌"二句直接入题，以"宝地""珠林"这些来自典故中的意象来借代古寺的方式也来自宫廷诗，而后诗人着重渲染从雁塔与龙池典型景象中凝刻的岁月沧桑，"绀园"二句写雨过天晴之际，阳光复出，古寺一片澄明，而随日色向晚，秋天的暮色在壁殿间逐渐由上而下蔓延，这个过程的描述极为真切地传达出古寺在日暮之时略带寒意的光色之感。结句也颇佳，在漫天烟霞与遍野的山蝉吟唱声中，诗人踏上归程，这便将无尽的诗意绵延到了诗外，也更见古寺的幽野古深。

再如《夜宿七盘岭》诗，首联破题，点明远游夜宿之意。"独游"化用了何逊《相送》诗"客心已百念，孤游重千里"之意，"高卧"则有谢安"高卧东山"的意味，表达出此时孤清而又有几分自得的幽独情怀。中间两联写景，"近""低"二字以描述错觉真实的方式传写出岭上夜宿的特征，"芳春"一联则把握住了将明时分一片朦胧中的视觉和听觉印象。结句则以隐约自褒城方向传来的曙鸡声来写对故乡的思念。

再看宋之问的近体诗。宋之问的近体诗作中，最出色的是他贬谪岭南期间所作的怀念故土兼写南国风物的诗篇。贬谪诗表现出丰富的情感性，包纳了诗人在特殊时期的身世之叹、寄亲赠友等多方面的内容。在贬谪期间所作的近体诗中，宋之问总能够将心中绵延的情思与旅途风物的渲染相融合，而且又常常能出之以巧妙的构思，使他的近体诗体现出与他的风景对句一致的尚好别致新奇的个人特征。如：

阳月南飞雁，传闻至此回。我行殊未已，何日复归来。
江静潮初落，林昏瘴不开。明朝望乡处，应见陇头梅。

——《题大庾岭北驿》

南飞的大雁，至大庾岭便不再南下，折回北归，诗人的脚步却不能停息，仍要继续南行。此诗的开篇两联在雁与人的对照中，突出了贬谪的无奈,接着,他将诗意又向前折进一层,设想明日过岭后望乡的情形,则此时眼前的陇梅便又成了遥望中的风景。如此结撰诗意,在巧妙中道出了前途遥遥的迷惘与吉凶难卜的隐忧。此诗中,景联描写出落潮后静谧的江面、瘴气笼罩中的昏暧山林,都与诗人此时的心境相谐调。再如《渡吴江别王长史》:

倚棹望兹川,销魂独黯然。乡连江北树,云断日南天。

剑别龙初没,书成雁不传。离舟意无限,催渡复催年。

此诗的结句尤可注意,诗人从催渡的鼓声中感悟到了时光催人之意,将友朋别离的愁绪与"岁月掷人去"的生命悲感融为一体。颔联在"江北树"与"日南天"的意象中杂糅以乡思与南下的肝肠寸断之感,有无限思致。

在宋之问的贬谪诗中,这种从眼前景物中得到感发,以之来做奇巧之思,委婉传达心中感慨的方式,还有以不甚分明的昏暧景象来烘托心境的方式,都已成了惯例,反复出现。又如《新年作》"老至居人下,春归在客先",以春色先于诗人过江而去来状写相思,也很新奇;《度大庾岭》中以"山雨初含霁,江云欲变霞"以将变未变之际的天气写出眼前的迷茫景象,《端州别袁侍郎》以"客醉山月静,猿啼江树深"着意刻画山月静夜中自江树深处传来的几声凄厉猿啼,以此来映衬"泪来空泣脸,愁至不知心"的离别之意。

宋之问贬谪诗中还可注意的一点是他善于融合情感与风景于一体的句法技巧。在梁陈诗中,诗人们已经常以"随""度""共""同"等字来展示景物间的连带关系,以之表现出连续的时间感或者整体的空间感,如阴铿的"水随云度黑,山带日归红",张正见的"岩高同落照,巷小共飞花"等,沈、宋的同时代人王勃的名句"秋水共长天一色,落霞与孤鹜齐飞"沿用的也是这种诗意配置方式。沈、宋则借用这种诗意配置方式将感情与具有特定意味和指向的风景物象连接起来,来展示情感的流向。如《晚泊湘江》诗以"路逐鹏南转,心依雁北还"来标示南向的行程与恋北的心志,《桂州陪王都督晦日宴逍遥楼中》"意随蕙叶尽,愁共柳条新"写北归的希望随着蕙叶凋谢而逐渐渺茫,新的悲愁则随新发的柳枝不断滋生,将微妙的情感变化融入了节候的悄然推移中。又如《度大庾岭》:"魂随南翥鸟,泪尽北枝花",将心魂与泪水分别附着在代表着南迁于故园的"南翥鸟"与"北枝花"之上,《新年作》中"岭猿同旦暮,江柳共风烟"写出诗人不得归乡,只能与岭猿江柳朝夕共度的漫长岁月感。

总之,一旦诗人们将在宫廷应制诗中培养起来的各种技巧应用到更加广阔的社会内容中去,使得题材的表现由狭窄的宫廷池苑的吟赏延伸到羁旅行役的情景构造中去的时候,便能赋予宫廷范式以新的活力。

## 第二节 山水纪游诗体的复兴与创新

除了大量的宫廷应制之作与酬唱之作以外,沈、宋在游宦生涯与贬谪岭南期间,还作有大量描写山水风光的佳作。这些山水纪游诗,对岭南及其他游历之地的奇异风光做了如实的写照,开拓了新的风景审美空间,成为沈、宋诗中一道不能不被关注的风景线。

自谢灵运开创了兼有行旅与游览双重性质的山水诗的写作范式,后代诗人每当写作此类性质的诗歌,往往取法大谢,他那著名的三段式的篇章结构、移步换景而与时铺排的描写方式等都被谢朓、何逊等后来诗人承袭下来。当初唐诗人写作这类诗歌时,自然也表现出取法大谢的创作倾向。

### ■(一)宋之问:最得大谢体精髓的诗人

宋之问青年时代隐居嵩山学道,为"方外十友"之一,又有陆浑和蓝田别业隐居,本身便有浓重的隐逸之趣。他对自然山水的兴趣,自早年的诗中已经隐然可见。看他的《入崖口五渡寄李适》诗,就可发现他对大谢游览诗的全方位追慕,无论是从游览方式、游览兴致还是游览景致,甚至由自然山水而畅神悟道的思维理路:

抱琴登绝壑,伐木沂清川。路极意谓尽,势回趣转绵。
人远草木秀,山深云景鲜。余负海峤情,自昔微尚然。
弥旷十余载,今来宛仍前。未窥仙源极,独进野人船。
时攀乳窦憩,屡薄天窗眠。夜弦响松月,朝楫弄苔泉。

因冥象外理，永谢区中缘。碧潭可遗老，丹砂堪学仙。
　　莫使驰光暮，空令归鹤怜。

首先，宋之问的游览方式明显有取法晋宋时人之意。《宋书·谢灵运传》记载："灵运……寻山陟水，必造幽峻。岩嶂千重，莫不备尽。……尝自始宁南山伐山开径，直至临海，从者数百人。"宗炳《画山水序》申述卧游山水的雅致："凡所游履，皆图之于室，谓人曰：'抚琴动操，欲令众山皆响'。"宋之问伐木清川间、抱琴绝壑中的自我形象体现出探幽索异、以之怡情养性的晋宋间人的山林之趣。第二，"路极意谓尽，势回趣转绵"中透出游山涉水时"柳暗花明又一村"的独得之趣，均让人想起谢诗中"怀新道转迥，寻异景不延""行源径转远，距陆情未毕"的句子，在辗转曲折的行程中见出诗人浓厚的游兴。第三，"人远草木秀，山深云景鲜"体现出宋之问对以深、远、秀、鲜为特质的原生态风景的尚好，这也明显可看到谢灵运的影响。第四，宋之问还如谢灵运那样，明确表示出由山水畅悟象外至理之意。而且，与自身的道教信仰相关，他还透露出于山水间寻仙修道的旨趣。正因为有如此明确的追慕大谢体式的心愿，又恰有两次贬谪岭南、能够遍览岭南奇丽山水的契机，所以复兴大谢山水诗体于宋之问来说也就是必然的了。

1. 灵活自如的章法结构

从篇章结构看，宋之问大部分的山水行旅诗依然采用的是三段式格局，而又能在其中融入自身的特征与时代特质。如《早入清远峡（一作下桂江龙目滩）》：

　　传闻峡山好，旭日棹前沂。雨色摇丹嶂，泉声聒翠微。
　　两岩天作带，万壑树披衣。秋橘迎霜序，春藤碍日辉。
　　翳潭花似织，缘岭竹成围。寂历环沙浦，葱茏转石圻。
　　露馀江未热，风落瘴初稀。猿饮排虚上，禽惊掠水飞。
　　榜童夷唱合，樵女越吟归。良候斯为美，边愁自有违。
　　谁言望乡国，流涕失芳菲。

全诗记叙的是早入清远峡之所见，详尽地铺叙出了一路景观，描绘出葱茏润泽的南国风光。在大谢诗中，常常有标志自身行程的字眼随时穿插在景物描写中，读大谢诗，有如随同向导在山水中游览的真实感受。此诗中,"寂历环沙浦,葱茏转石圻"以叠韵字"寂历""葱茏"和标志行程的"环""转"二字来结构诗语的方式就带有大谢特色。为体现自然风貌的幽深奇异,山水游览诗的语言往往比较生新,但宋诗虽有生新之意却不再像大谢诗那样繁密重涩,而是在景象的精心描摹中透出自然流丽的声情。如此诗中,诗人描绘雨色泉声中的丹嶂绿崖、傲霜野菊及蔽日的树藤,都以实笔出之,特别是"聒"字与"碍"字真切传达出山中泉水充溢和藤蔓蔽日的特殊景象。而"两岩天作带,万壑树披衣""翳潭花似织,缘岭竹成围"则以物色比拟的方式写出岩高天窄的峡中地貌以及南方山水植被蓊郁的特征。随着行程推进,晨雨消歇,宋之问又以"露馀江未热,风落瘴初稀"这样带有理性分析色彩的语言带出题中"早"字,写出将晴未晴之际的早间天气,"猿饮排虚上,禽惊掠水飞"不仅传达出一种清明高朗的气韵,而且生动刻画了瞬间景象的美感特征。不过,虽然岭南山水的奇丽总能吸引宋之问的注意力,但贬谪南荒之际的诗人并没有谢灵运诗畅神悟道的兴致,他的贬谪山水诗在风景描写后总是反复流露去国怀乡的穷愁悲叹。再如《发藤州》的结构也是如此。此诗先叙述自己日夜兼程奔波于旅途之上的经历,而后在行程中铺叙出一路风物:"石发缘溪蔓,林衣扫地轻。云峰刻不似,苔藓画难成。露裹千花气,泉和万籁声。攀幽红处歇,跻险绿中行",节奏明畅,完全没有大谢诗的重涩,尤其是"攀幽红处歇,跻险绿中行"二句,将攀幽涉险的行程化入了南国色彩鲜明的山水风貌中,颇有新意。但风景之后,诗人抒发的依旧是不能自已的身世感慨:"恋切芝兰砌,悲缠松柏茔。丹心江北死,白发岭南生。魑魅天边国,穷愁海上城。劳歌意无限,今日为谁明。"在这种三段式的结构中,继承的是大谢以繁富的骈句铺排来穷形尽相地刻画原生态山水风貌的特征,也继承了大谢诗中物与情相对独立、客观之美与主观之情不相干扰的写作风格。

当然,在有的诗歌中,宋之问也并不是景无巨细地展示路途景观,而是采用宫廷诗选取典型风物的方式来纪录旅程,由景入情的过渡也较自然平顺。如《发端州初入西江》:

> 问我将何去,清晨溯越溪。翠微悬宿雨,丹壑饮晴霓。
> 树影捎云密,藤阴覆水低。潮回出浦驶,洲转望乡迷。

  人意长怀北，江行日向西。破颜看鹊喜，拭泪听猿啼。
  骨肉初分爱，亲朋忽解携。路遥魂欲断，身辱理能齐。
  畴日三山意，于兹万绪睽。金陵有仙馆，即事寻丹梯。

  在这首诗中，宋之问将宫体诗秾丽的装饰色彩带入了行旅诗，恰到好处地渲染出大自然的异彩。"翠微悬宿雨，丹壑饮晴霓"写山间草木悬遗着宿雨的润泽之色，经过晨光的折射，呈现出五彩斑斓的万千气象的景色，其中"悬""饮"二字十分奇警。接下来"树影捎云密，藤阴覆水低"在空间层次的清晰描述中凸现草木的繁密之貌，"潮回出浦驶，洲转望乡迷"二句，巧妙地利用骈对的语言，由潮回洲转的自然形势联系到自己失路望乡的迷惘情绪，在大自然与诗人的心绪间建立起一种微妙的感应，这样自然打破了三段式中风景与情感抒发不相干涉的感觉，使得诗歌由旅途风光的描绘自然转入去国怀乡的抒写中。

  大谢山水纪游诗的章法本是以三段式为基础而又能根据游踪与情感表达的需求而灵活多变的，他那些突破了三段式的章法灵活的诗篇，叙述、描写、议论三元素灵活运用，交叉进行，情、景、理的融合往往比三段式更为自然融洽。而在继他而后的南朝诗人手中，由于诗人们自身并无大谢那般追索幽野风景的强烈兴致，因此他们偶一为之的山水纪行诗多不过是模仿大谢重涩繁密的语言方式，浮光掠影般地纪录沿途所见，对风景本身的佳妙之处缺乏精到细致的体味，更难在曲折的游程中融入自身微妙的情感变化，因此在结构上，大多采用大谢诗最基本的三段体式，写景部分与议论抒情部分相对独立。如我们所熟知的鲍照《庐山诗》、谢朓《游敬亭山》等都是这种体式。宋之问却深谙大谢山水纪行诗的章法之妙，他的山水纪行诗常打破情景分咏的格局，且叙且描，且描且议，以游踪为线使全篇串联为一个浑融的整体，将诗中情与景过渡得更为灵活自然。前面说过的《入崖口五渡寄李适》的结构便是如此。再如《下桂江县黎壁》诗：

  放溜觌前淑，连山分上干。江回云壁转，天小雾峰攒。
  吼沫跳急浪，合流环峻滩。欹离出漩划，缭绕避涡盘。
  舟子怯桂水，最言斯路难。吾生抱忠信，吟啸自安闲。
  旦别已千岁，夜愁劳万端。企予见夜月，委曲破林峦。
  潭旷竹烟尽，洲香橘露团。岂傲夙所好，对之与俱欢。
  思君罢琴酌，泣此夜漫漫。

在江回流转的动势中,诗人向我们展示出了黎壁雾峰攒聚、山密天小而飞浪急吼、险流回旋的险恶地理风貌。而此时,宋之问却又能在舟子之胆怯与自身吟啸且安闲的神态对比中,表明自己怀抱忠信的心志。而后的风景,也由江流的险恶过渡到静夜的清谧:夜月于林峦间逶迤而出,潭边竹烟慢慢消尽,呈现开旷之象,洲浦之上橘花覆露,遥递缕缕暗香。此番景象,自让人心旷神怡,即使身处贬谪时期,也能聊以忘忧,对之畅适。

2. 山水风光的个性化描摹

自谢灵运以来,山水行旅诗便具有以精准的笔触写出风景的真实质感,为一方山水作传神写照的性质。因此,如何体现异时异地的风景个性,便是诗人们要关注的问题。对宋之问来说,他的特色在于能将宫廷诗富于装饰性的色彩、精致的句法等运用到广阔的自然山水中,丰富了山水游览诗的艺术技巧。如《初至崖口》诗:

崖口众山断,嵚崟耸天壁。气冲落日红,影入春潭碧。
锦缋织苔藓,丹青画松石。水禽泛容与,岩花飞的砾。
微路从此深,我来限于役。惆怅情未已,群峰暗将夕。

此诗继承了鲍照以警挺之语描写全山气势、以奇丽之语描写山中景象的笔法,写出崖口众山横断、壁立千仞的摩天之势,苔藓与松石斑驳,犹如彩锦织成、丹青画就;"气冲落日红,影入春潭碧"写来气象阔大,句法精微,意象也不似前人那样质实,"气"与"影"本是形质模糊的,难以把握,此二句仿佛写出了烟岚气霭在远山落日间游动的景象和青山倒映深潭澄碧无边的印象,但这样的解释却难以传达出它给人的直觉的诗意感受和心理冲击,显然这种方式比单纯的写实性的描摹更高了一个层次,可以说是沈、宋师法前人而又有变创的新成就。此外,这首诗的结尾也颇可注意,将惆怅的主观感受扩散至逐渐黯淡渐近昏夕的群峰间,恰如电影中的空镜头一般,留给人无限的回味余地。总之,在景物描写方面,宋之问的山水纪行诗在谢、鲍山水的雄奇中融合以阴、何句法的精微,而且又增之以宫廷诗在意象描摹和约句准篇方面的经验,使山水纪游诗的技艺趋于完善。又如《夜渡吴松江怀古》中的景象:

>宿帆震泽口，晓渡松江渍。棹发鱼龙气，舟冲鸿雁群。
>寒潮顿觉满，暗浦稍将分。气赤海生日，光清湖起云。

此诗写将明未明之际的晓渡之景，写出了早间的天色变化。"棹发"二句为初行景象，仍旧沉浸在漫漫黑夜中，只能感到船行划破水面时带来的水气，听到雁群被惊扰发出的声息。"寒潮"二句写潮气笼罩江面，原本昏暗的洲浦在将明的天色中稍显轮廓，传达出特定时刻的真实视觉感受。"气出"则进一步依照时间的推移描绘出日出江上雾气消散、朝霞叠生、清光漫溢的壮观景象。这些诗句，细细分析起来，句法依旧精微巧妙，而所用言词却自然平易，全然不露刻意痕迹，显示出寓人巧于天工的艺术功力。而且，在精确传达自然之妙的同时，还带出了一种与齐梁不同的沉着、阔大气象。在沈、宋诗中，这种趋向是值得引起我们注意的。

宋之问贬谪岭南时所作的山水诗最具个性色彩，拓展了山水诗的审美空间。岭南风光几乎是前代诗人从未涉足过的题材，那里的风光对当时诗人们来说还是很新奇的。宋之问贬谪岭南，也得以对沿途的南国特殊风貌以诗笔进行传神写照。

岭南气候湿热，常有瘴气笼罩，清明之日甚少，宋诗对这气候特征在诗中反复描写。如《早发韶州》诗："日夜清明少，春冬雾雨饶。身经火山热，颜入瘴江消。触影含沙怒，逢人女草摇。露浓看菌湿，风飓觉船飘"，写岭南雾雨饶多、清明恨少、热火焚身、瘴气颜消的感受；《入泷州江》的气候则更为险恶，实笔写出热气蒸腾中的天气："潭蒸水沫起，山热火云生。猿躩时能啸，鸢飞莫敢鸣"；《早入清远峡》写早间峡中瘴气尚稀薄的景象，倒还带着几分清凉的适意感："露馀江未热，风落瘴初稀。猿饮排虚上，禽惊掠水飞"；《题大庾岭北驿》则以"江静潮初落，林昏瘴不开"写出日落时分瘴气笼罩的昏暗景象，以此烘托出心头的茫然。

宋之问对旅途中山水林木的描写也能写出各地的不同个性。如《下桂江龙目滩》：

>停午出滩险，轻舟容曳前。峰攒入云树，崖喷落江泉。

此是正午之景，天气晴明，峰顶上攒聚着簇簇林木高耸入云，山崖间有泉水喷涌落江,"攒"字写出形态,"喷"字见出气势。《下桂江县黎壁》写黄昏雾色中在急流中奔突时的视觉印象,则又与之不同:"江回云壁转,天小雾峰攒"。在左右绕转的旅程中,江山仿佛都在随之旋转,诗人只能捕捉到一线狭窄的天空和攒聚着的密集山峰。"攒"字写出了桂江沿岸山峰尖细而密簇的特点。

又如宋之问对岭南茂密植被的描写:

  越岭千重合,蛮溪十里斜。竹迷樵子径,萍匝钓人家。
  林暗交枫叶,园香覆橘花。谁怜在荒外,孤赏足云霞。

——《过蛮洞》

"林暗"一联句法精致,"林暗交枫叶"一句景象初看似不易理解,但根据骈对的形式特征,我们可由另一句来推知此句之意,"园香覆橘花"写橘树开花,满园飘香的景象,运用了倒装句法来突出嗅觉形象,则"林暗交枫叶"当凸显了这样的视觉之美:枫叶茂密交叠,山林愈显深暗。再如《经梧州》以"青林暗换叶,红蕊续开花"传写出南国岁月偷换、四季不甚分明的特征。

当然,宋之问山水诗的成就还不仅在于对大谢体的复兴和融入精微笔触等新的诗歌技巧的创新,还在于他以近体来写山水的成就。这类近体山水诗,从形式上说,并不像沈佺期的近体山水那样几乎完全依照宫廷诗的写景范式出之,而是更多地化用了古体山水诗的技巧,可说是古体山水诗的浓缩版本。如《泛镜湖南溪》:

  乘兴入幽棲,舟行日向低。岩花候冬发,谷鸟作春啼。
  沓嶂开天小,丛篁夹路迷。犹闻可怜处,更在若耶溪。

"舟行日向低"一句,写出近前小舟叠映着远处沉沉落日的画面,亦有无限悠然之意。"沓嶂"二句尤其精工,道出山嶂杂沓,仅见得一线天空的真实景象和竹篁夹路、需试探前行的迷惘情态。而结句则以"更在若邪溪"与"乘兴入幽溪"的首句呼应,将游赏的兴致更向前推进一层。此诗的风格清新自然,却不乏大谢诗状景的精确。宋之问诗总是善于汲取前人写景的艺术经验的,如《江亭晚望》:

  浩渺浸云根,烟岚出远村。鸟归沙有迹,帆过浪无痕。
  望水知柔性,看山欲断魂。纵情犹未已,回马欲黄昏。

"浩渺"二句是平远视界中的朦胧景象,接下来四句更多吸取了陈代诗人江总以拙朴句法配置诗意的方式,且在其中涵蓄了对宇宙自然的哲理感悟,结句将此诗情感定格在"回马欲黄昏"的画面中,创造了意味深长的诗境。这首诗是多元因素的复合体,谢朓含情凝眺视线中的平远景象,陈诗中极富意味的简明构图,大谢诗融玄言于山水的特色,新体诗通体圆融的结构特征,都被含融其中了。近体诗之所以在沈、宋手中初成规模,就在于他们善于融汇前人艺术经验而又能推陈出新。

在初唐诗坛,本有效法元嘉之体的风尚,其中,宋之问可说是最得大谢山水纪游诗精髓的诗人。他对大谢之体,无论是从纪游方式、景语配置方式、由山水畅神悟道的兴致,还是灵活多变、随意屈伸的章法结构,都有着深入的领悟。最主要的是,他还以精熟的山水纪游技巧对时人未曾领略过的岭南风光做了传神的写照,开拓了山水审美的诗意空间。

### (二)沈佺期:兼融鲍照雄奇之势与宫体精致之美

与宋之问一样,沈佺期的山水纪行诗也尝试以各种方式进行创作,在我们前面所举的诗中,主要是他五言近体形式的诗,如《乐城白鹤寺》、《夜宿七盘岭》等,风格多清新自然。沈佺期的古体纪行诗则常常来展示登山涉水的旅程风景,力图以奇矫的语言来展现"不与众山群"的山水个性。宋之问以对大谢风格的承继为主,怀抱着探幽索异的兴致来全方位地客观展示所到之地的山水风貌,沈佺期则更多地汲取了鲍照山水诗自整体气势着眼的特色,以夸饰性的语言刻画山水自然雄奇险怪的特征。如《辛丑岁十月上幸长安时扈从出西岳作》:

> 西镇何穹崇,壮哉信灵造。诸岭皆峻秀,中峰特美好。
> 傍见巨掌存,势如拓东倒。颇闻首阳去,开坼此河道。
> 磅礴压洪源,巍峨壮清昊。云泉纷乱瀑,天磴屹宏抱。
> 子先呼其巅,宫女世不老。下有府君庙,历载传洒扫。
> 皇明应天游,十月戒丰镐。微末忝闲从,兼得事蘋藻。
> 宿心爱兹山,意欲拾灵草。阴壑已冰闭,云窦绝探讨。
> 芳月期来过,回策思方浩。

此诗开篇便推出西岳华山"穹崇"的壮伟气象,感叹造化之神奇。接着集中笔力描写"特美好"的中峰,如巨掌般巍峨磅礴,势入清昊,气压洪源。这种大开大合的如大笔泼墨般的描写方式,自然让我们想到鲍照《庐山诗》。而且,"云泉纷乱瀑,天磴屹横抱"这种生新奇特却没有清晰层次感的构句方式,也与鲍照类似。又如《过蜀龙门》:

　　龙门非禹凿,诡怪乃天功。西南出巴峡,不与众山同。
　　长窦亘五里,宛转复嵌空。伏湍煦潜石,瀑水生轮风。
　　流水无昼夜,喷薄龙门中。潭河势不测,藻苊垂彩虹。
　　我行当季月,烟景共春融。江关勤亦甚,巘崿意难穷。
　　势将息机事,炼药此山东。

全诗皆围绕首句"诡怪乃天功"来展开摹写,而语言与意象也确能穷尽"诡怪"之意。"长窦"二句实笔写出龙门山横亘数里之势,以及悬壁环合、上嵌碧虚的奇特地貌;"伏湍"二句则传写出水面因湍流冲击潜石而呈现漩涡、瀑布被轮转般的旋风吹散的惊险之象。"藻苊垂彩虹"的景象又渲染出龙门的奇丽。尽管沈诗的语言似鲍照那样追求生新的效果,但也不是完全如此。在生新繁密的言语中,也间或有接近口语的平白朴拙之语,如"诸岭皆峻秀,中峰特美好""西南出巴峡,不与众山同"这样的句子。

在有的古体山水纪行诗中,沈诗也能在其中融入宫廷诗体物精微的特色,如:

　　孤山郴郡北,不与众山群。重崖下萦映,嶢岿上纠纷。
　　碧峰泉附落,红壁树傍分。
　　　　　　——《神龙初废逐南荒途出郴口北望苏耽山》
　　香界萦北渚,花龛隐南峦。危昂阶下石,演漾窗中澜。
　　云盖看木秀,天空见藤盘。
　　　　　　——《绍隆寺》
　　马危千仞谷,舟险万重湾。——《入鬼门关》

《神龙初废》诗中"孤山"二句朴拙平白,"重崖"二句则繁密涩重,而"碧峰"句的句法则精微细致,绘出了红碧相间的奇丽色彩,写出了泉附碧峰、树傍红壁的空间层次,展现了清泉的动态。《绍隆寺》中"云盖"二句则以平易的语言表现仰望视角中树藤与天空、与白云交映的直觉印象,"秀""盘"则写出了色泽和形态。《入鬼门关》二句以工致的对仗写出了地势的危险之状,"千丈"与"万重"的夸张型对仗方式为盛唐诗人广泛使用,以此体现阔大的气象。

沈诗的成就与宋之问一样,还体现在对多种诗体的熟练把握上。除了采用古体和五言近体的形式描写山水外,他还以乐府歌行体来描述景致。如《入少密溪》:

> 云峰苔壁绕溪斜,江路香风夹岸花。
> 树密不言通鸟道,鸡鸣始觉有人家。
> 人家更在深岩口,涧水周流宅前后。
> 游鱼瞥瞥双钓童,伐木丁丁一樵叟。
> 自言避喧非避秦,薜衣耕凿帝尧人。
> 相留且待鸡黍熟,夕卧深山萝月春。

此诗源出陶渊明《桃花源记》的境象,少了古体山水纪行中的探奇好险之趣,更多流畅清丽的兴致。再如乐府古题《钓竿篇》:"朝日敛红烟,垂竿向绿川。人疑天上坐,鱼似镜中悬",以自然明畅之语描绘出了一幅澄澈透明、宛若仙境的小景。

总之,沈佺期山水纪行诗学习鲍照雄奇的风格、夸饰的笔法,但与鲍照等元嘉诗人全面铺叙景物的方式不同的是,他能捕捉住典型的景物特色而集中展示,以此凸显出不同之地的山水个性。而且,他还在古拙的语言中夹杂以精微的笔法与平白的语言,显示出渐近盛唐的时代趋向。

## 第三节 沈、宋与初唐诗坛

### 一、武后、中宗时期宫廷诗人笔下的风光物色

武后、中宗时期,一批新的诗人如文章四友和沈、宋等人进入诗坛,为诗坛注入新的气象,无论是精神境界还是诗歌风貌都与龙朔文人不同,他们的许多诗作,体物精微别致、意境浑融,又具有高华阔大气象。除了沈、宋以外,"文章四友"中杜审言的诗歌成就也是很值得关注的,他诗中的风景诗语构意新颖,又透出与沈、宋相似的善于捕捉整体意蕴的功力。如:

> 径转危峰逼，桥回缺岸妨。……绾雾青丝弱，牵风紫蔓长。
>
> ——《和韦承庆过义阳公主山池五首》

"径转"二句，以实笔描写即目所见的方式，突出了山路回转之际，忽见危峰逼促、缺岸障路的第一印象，写出"不隔"之景；"绾雾"则着力描写纠绕在雾气中的青丝的柔弱感、随风飘逸的紫蔓的绵长感。在这首诗中，体现了诗人状景精确的特点和注重传达整体氛围感受的特征，再如：

> 旅客摇边思，春江弄晚晴。烟销垂柳弱，雾卷落花轻。
> 飞棹乘空下，回流向日平。鸟啼移几处，蝶舞乱相迎。
> 忽叹人皆浊，堤防水至清。谷王常不让，深可戒中盈。
>
> ——《春日江津游望》

全诗都写"晚晴"之景，表现方式与上一首相同。黄昏光色澄澈，水向着与落日水平的方向流去，给人以船在空中游移的错觉；此时所见的物色也是弥漫于朦胧烟气中的：柳姿柔弱，似欲随烟消尽，落花轻转，像要被雾卷去。

杜审言不仅能逐渐脱离齐梁人以实笔绘景的模式，写小巧的景物能自整体感受着眼，而且还能描写更为阔大的境界。如《度石门山》中的"江声连骤雨，日气抱残虹"，写出天边还残存着上一场雨后的彩虹，下一场雨又骤然而至的多变天气。又如《登襄阳城》中的"楚山横地出，汉水接天回"，笔触简练有力，勾勒了楚山汉水相接的浩大气势。《和晋陵陆丞早春游望》中的"云霞出海曙，梅柳渡江春"以奇巧的句法写出了宏丽的气象。这些景句，与同一时期的沈、宋诗句一样，均能突破贞观、龙朔诗人写物唯求纤微新巧、格调不高的局限，为诗歌提供了更为广阔的写景空间。

## 二、羁旅行役途上的广阔山水风貌

梁陈之时，阴、何诗中的风景，除了"状景每入幽微"的园林风物以外，还将笔触伸向了广阔的羁旅途中，以精工的笔触描绘出雄浑苍阔的气象。入唐以后，随着国家的统一，诗人们游历的地理线路自然更为绵长，所见景象更为丰富与广阔，诗人的心灵体验亦随之生动而深刻。

这一时期，即便如沈、宋及杜审言这样典型的宫廷诗人，虽然遭遇了贬谪的不幸，但也得以感受到了祖国山川的奇丽，那么对那些疏离于宫廷范式之外、致力于革新贞观以来绮靡的宫廷文风的四杰与陈子昂来说，壮丽山川给他们的心灵撞击就更强烈了。他们心中本有的雄豪健朗气质与壮丽的山川相遇合，往往能写出阔大的自然气象。因此，初唐诗人的另一个为我们熟知的贡献便是生活视野的开阔、诗歌题材的扩大，使得诗歌从宫廷走向社会，从台阁池苑转移到江山塞漠，并给诗歌注入了一股青春的朝气和活力。

以初唐四杰来说，他们大部分的时间，不是如沈、宋等宫廷文人那样陪侍在帝王身边、活跃在觥筹交错的宫廷应制场中，而是长期漫游或者游宦于四方，如王勃就曾漫游巴蜀，杨炯、卢照邻、骆宾王也都曾羁宦于巴蜀等地，其中骆宾王还有从军边塞的经历。较一般宫廷文人，他们的人生阅历，虽崎岖但也丰富得多。这使得他们在精致清丽的宫苑林池风物以外，还得以体验到苍茫远阔的旅途山川，受到雄伟奇丽的大自然的感召与启发，留下了一些山水纪行之作。如王勃漫游巴蜀之时，称自己"吾之而生，二十载矣，雅厌城阙，酷嗜江海"[①]。他"出褒斜之隘道，抵岷峨之绝径，超玄溪，历翠阜，追弥月而臻焉"[②]，沿途"采江山之俊势，观天地之奇作"[③]，自叹"山川之感召多矣，余能无情哉"[④]。虽然远离京城、仕途失意，但对年轻的诗人们来说，却也是一次次亲近祖国山川的契机，因此，在他们的羁役诗中，有着大谢那种以体物写真之笔来精确传写所到之地的地理风貌的意趣。

与羁旅行役的题材相关，描写早行夜宿的情状、旅途中的苍江落日、远江寒雾以及特殊的地理形势，依然是初唐羁旅诗的主要内容。以早行风景来说，谢朓曾有《京路夜发》诗："晓星正寥落，晨光复泱漭。犹沾余露团，稍见朝霞上。"刻画出清晓之际微妙的光色变化，何逊也

---

① 王勃《游山庙序》，见（清）董诰辑《全唐文》，中华书局，1983年11月版，第1845页。

② 王勃《入蜀纪行诗序》，出处同上，第1840页。

③④ 同上。

有《晓发诗》："早霞丽初日，清风渭薄雾。水底见行云，天边看远树"，以质实无华的语言写出初日映彻中的清新之象。像小谢与何逊那样以平朴之语写出早间光色流变的方式，在初唐诗中依旧能够见到，不过同时他们又融合了宫廷诗人精微的体物技艺。如杨炯的《早行》：

　　地气俄成雾，天云渐作霞。河流才辨马，岩路不容车。
　　阡陌经三岁，闾阎对五家。露文沾细草，风影转高花。

此诗写出了清晨由朦胧而转明的时间过程，由天边的雾气云霞，到目力所及处依稀可见的河流、岩路，再到眼前细草高花之上的露文闪烁、风影流动。摄景的镜头由广而细，在远阔的大背景中点缀以园林风物惯用的细景闲趣，流易和精微相兼，曲尽早行中的视觉印象。此诗从叙述方式与言语构造上，都体现出了追法南朝诗人的意趣，但大多数初唐诗人在描写这类风景时，整体语言已经显示出不同于前代诗人的新警凝练特色。他们着力描摹早间光色中的山川草木的形势情状，以及此时的整体氛围，表达诗人置身于此时此地的心理感受。如：

　　侵星违旅馆，乘月戒征俦。复嶂迷晴色，虚岩辨暗流。
　　猿吟山漏晓，萤散野风秋。故人渺何际，乡关云雾浮。
　　　　　　　　　　　　　　　——王勃《焦岸早行和陆四》
　　饬装侵晓月，奔策候残星。危阁寻丹障，回梁属翠屏。
　　云间迷树影，雾里失峰形。复此凉飙至，空山飞夜萤。
　　　　　　　　　　　　　　　　　　——王勃《易阳早发》
　　薄烟横绝巘，轻冻涩回湍。野雾连空暗，山风入曙寒。
　　　　　　　　　　　　　　　　　——骆宾王《早发诸暨》

第一首诗中，"复嶂"二句写出了叠嶂的轻雾间透出的几缕晴明光色，山岩间已经隐约辨出的暗流涌动；第二首诗中，"云间"二句写出云雾弥漫中，树影、峰形朦胧的视觉意象，令人有身临其境的真实感受。试看这里"迷晴色""失峰形"的描写，自然真实却又别致新颖，显示出诗人营构意象的独具匠心。而《早发诸暨》中的"薄烟"二句，以"横""涩"二字传达出清晨景象的阻隔感与水流的凝滞感，涩重的造境风格让人想起鲍照的羁旅诗中的风景。

除了从细微处悉心描摹景物意态之外，诗人们还承继了阴铿等陈代诗人以精微的句法来写阔大气象的写景方式，善于整合典型的时令景象，以雄浑的笔力表达总体的氛围感受。如"野雾连空暗，山风入曙寒"二句，一句写野雾连空的暗沉天色，一句写伴随着山风而来的持续清寒，分别从视觉与触觉着眼；"猿吟山漏晓，萤散野风秋"二句中，猿吟与山漏、萤散与野风之间，并无清晰的空间层次关系，也没有动态的连续性，而是共存于秋日晓间的大意境里，带着共同的秋晓色调。这种诗意配置方式，恰如电影中的蒙太奇，能在相类影像的叠加中自然呈示出风景的整体艺术效果。此诗的风景结构模式，与上官仪之"鹊飞山月曙，蝉噪野风秋"如出一辙，不过上官仪诗意象更带宫廷的精致、骆宾王诗更带江湖的朴野色彩罢了。从这种风景结构方式，亦能显示出由六朝工密精心向唐诗浑然无迹的方向进境的契机。

　　在四杰中，王勃与骆宾王的羁旅山水诗成就最高，王勃观察敏锐，常能从细微处表现各异的自然风貌。除了上面两首诗外，再如《深湾夜宿》中的"堰绝滩声隐，风交树影深"，写出因湾堰阻隔而听不到水声、因风的吹动树影显得更为深沉的夜景，尤其"风交树影深"一句，从探讨"风""影"关系的角度来体物，十分独到；《饯韦兵曹》中的"川霁浮烟敛，山明落照移"，观察到了雨霁过后，川上浮烟渐敛、山间落照游移的形态；《泥谿》中的"江涛出岸险，峰磴入云微"，则写出了江涛出岸瞬间给人的惊险感和远峰间石磴云中隐现的依微之态。这些诗句，不仅从人的视觉感受而且从心理感受着眼，在体物的精确中透出王勃对所见风景的独特理解。

　　描写羁旅途上的远阔自然风光，由谢灵运开其端。谢灵运发明了以摹写天地物象间映衬关系的方式，以之写出整体的山水印象。如"野旷沙岸净，天高秋月明"即是，这种方式不断为后人仿效和增饰，从何逊"天暮远山青，潮去遥沙出""野岸平沙合，连山远雾浮"的诗句，我们都能看到大谢诗的影子。当初唐诗人追循着前人的足迹踏上旅途时，纵览大自然的雄奇风光时，采用这种有效的模式来状写自然便是理所当然的了。在四杰诗，特别是骆宾王诗中，常有这样的诗句：

　　　　月迥寒沙净，风急夜江秋。——《渡瓜步江》
　　　　落宿含楼近，浮月带江寒。——《望乡夕泛》
　　　　野晦寒阴积，潭虚夕照空。——《初秋登王司马楼宴得同字》
　　　　谷静风声彻，山空月色深。——《夏日游山家同夏少府》

> 岸迥秋霞落，潭深夕雾繁。——《晓渡黄河》
> 洲迥连沙静，川虚积溜明。——《早发淮口望盱眙》

除了这些寻常的旅途风景外，因为骆宾王曾有出征边塞的经历，所以他的诗歌中便有许多反映边塞生活与风景的诗篇。其中，既有将士报国、建功立业的高昂斗志，也有征役无期、故乡难返的感慨；既有边塞生活的艰辛险恶，也有边塞风景的苍凉悲壮。如《从军中行路难二首》，写出边塞之条件艰苦、地理与气候条件之险恶：

> 杳杳丘陵出，苍苍林薄远。途危紫盖峰，路涩青泥坂。
> 去去指哀牢，行行入不毛。绝壁千里险，连山四望高。
> 中外分区宇，夷夏殊风土。交趾枕南荒，昆弥临北户。
> 川原绕毒雾，溪谷多淫雨。行潦四时流，崩查千岁古。

又如《从军行》：

> 平生一顾重，意气溢三军。野日分戈影，天星合剑文。
> 弓弦抱汉月，马足践胡尘。不求生入塞，唯当死报君。

在边塞场上，与野日天星的光芒相映照的，唯有壮士手中挥舞的刀戈之影、剑器之纹，驰骋于永恒的汉月边尘中的，唯有手带弓弦的马上骑士。在对边塞将士英雄形象的勾勒中，写出了唐军行军作战的高昂气势和壮士舍身报国的精神。虽然是一种悲怆型的壮美，但透出的却是唐人生命力的高扬，也因此他笔下的塞漠风光，在对边塞景象的体察中也自然透出这种悲凉壮阔的气势，如《边城落日》诗"野昏边气合，烽迥戍烟通"，《久戍边城有怀京邑》诗"层阴笼古木，穷色变荒芜"等无不如此。

可以看出，初唐诗人眼中的羁旅风景，多是苍茫壮阔的大自然风貌的真实写照，笔势壮阔。虽是羁旅风光，乡关之思却不似阴、何诗中那种浓重。从初唐诗人们"不学浮云影，他乡空滞留"[1]的爽利声辞中，分明可以看出这个时代诗人们普遍具有的豪迈乐观个性与积极向上的精神。

提到初唐山水诗的成就，不能不提到陈子昂。陈子昂是初唐诗文革新的关键人物，倡导以建安风骨来革新齐梁绮丽，时人对他已经有相当高的评价，卢藏用在《陈子昂文集序》中说他"崛起江汉，虎视函夏，

---

[1] 骆宾王《渡瓜步江》。

卓立千古，横制颓波，天下翕然，质文一变"①。他的山水风景诗也带有鲜明的个人气质，正如纪昀所说，是"俱以气格压一切"，摒弃了梁陈以来诗人们多注目于花光月露的细微景致的模式，而是放眼于旅途之上的蜀地风光，以简明有力的笔触勾勒出苍茫远阔的山水气象：

  巴国山川尽，荆门烟雾开。城分苍野外，树断白云隈。

——《度荆门望楚》

  川原迷旧国，道路入边城。野戍荒烟断，深山古木平。

——《晚次乐乡县》

  城邑遥分楚，山川半入吴。……野树荒烟断，津楼晚气孤。

——《岘山怀古》

可以看出，陈子昂的取景构图不似王勃、骆宾王那样精微具体。这些诗的前两句，景象大开大合，勾勒出眼前所见的地理形势，造成一种无限旷远的气势。后两句则直接将视线推至无限远处，描写目光望断处的山水大印象。在这类大印象中，如"城分苍野外，树断白云隈"二句，写出隔着远烟雾色遥见的天际平远之景：苍野之际的城市、与白云相隈的丛树，"分"字正有辨识之意，"断"字可见远景望断之神态。像这种平远视线中的迷远景象，陈子昂是很擅长的，他往往从苍茫的荒烟野雾中来分辨目力所及之处的古树孤帆、野戍津楼、离亭城池。再如《白帝城怀古》诗"岩悬青壁断，地险壁流通。古木生云际，孤帆出雾中"，《落第西还别刘祭酒高明府》诗"地连函谷塞，川接广阳城。望迥楼台出，途遥烟雾生"，《落第西还别魏四》中"离亭暗风雨，征路入云烟"，《送殷大入蜀》中"片云生极浦，斜日隐离亭"，等等。

葛晓音先生说："陈子昂通过取景构图的略小取大而提高了山水诗境的概括力。"②而从主体精神上说，陈子昂构图取景所体现出来的这种高瞻远瞩的大气势，又与其"前不见古人，后不见来者"的主体精神是一致的，都体现出唐人走向鼎盛之际的高昂自信的精神状态。

此外，陈子昂诗还明显表现出追法大谢的兴致。如《入峭峡安居溪伐木溪源幽邃林岭相映有奇致焉》：

  肃徒歌伐木，骛楫漾轻舟。靡迤随回水，潺湲溯浅流。

---

① 见郭绍虞主编《中国历代文论选》，上海古籍出版社，1979年11月第1版，第57页。
② 葛晓音《山水田园诗派研究》，辽宁大学出版社，1993年1月第1版，第134页。

## 第四章 沈佺期与宋之问：宫廷风景审美范式

烟沙分两岸，露岛夹双洲。古树连云密，交峰入浪浮。
岩潭相映媚，溪谷屡环周。路迥光逾逼，山深兴转幽。
麇鼯寒思晚，猿鸟暮声秋。誓息兰台策，将从桂树游。
因书谢亲爱，千岁觅蓬丘。

此诗无论是制题方式、移步换形的风景描写手法，还是以双声叠韵词状写行游情况的写法，还是探幽寻异的主体兴致、三段式的结构，都俨然是大谢体式。"烟沙"四句描写峡中"奇致"，以层次清晰的"分""夹"二字状写出烟笼江岸、洲渚间又有雾岛矗立的地理形势，"古树"二句描绘山水回旋中的远视之景，将远树入云似更葱、交错的远峰似在随浪浮游的错觉，真实写出。对山水纪游诗来说，大谢体确是一种行之有效的模式，诗人只需要在其中置换异时异地的"奇致"，便又成一篇山水佳作：

空濛岩雨霁，烂熳晓云归。啸旅乘明发，奔楼骛断矶。
苍茫林岫转，络绎涨涛飞。远岸孤烟出，遥峰曙日微。
前瞻未能眴，坐望已相依。曲直多今古，经过失是非。
还期方浩浩，征思日骈骈。寄谢千金子，江海事多违。

——《万州晓发放舟乘涨，还寄蜀中亲朋》

此诗中，"苍茫"二句，传达了山回水转中匆匆掠过的风景印象，由"转""飞"二句可见船行之速。"远岸"二句，写远岸遥峰间孤烟缕出、曙日微阴的景象，又有"目击可图"之真切。

四杰与陈子昂，都是革新初唐诗坛的领军人物。他们都批判贞观以来唯齐梁丽靡是从的宫廷诗风气，从他们本人的山水羁旅诗来看，确实体现出了重整体气势把握，甚至略小取大的写作特征，表现出了一种苍深刚健的气质。但四杰、陈子昂与宫廷之内的诗人沈佺期、宋之问、杜审言等并非对立的关系，实际上，他们之间还是关系相当密切的诗友。四杰与陈子昂早年都活动于宫廷之中，宋之问、杜审言、陈子昂还都是"方外十友"中人，一直过从甚密；宋之问与四杰中的杨炯更是知己之交，甚至连杨炯后事都全由宋之问操持。而且，从上一节的论述我们已经看出，在武后、中宗时期的宫廷诗坛已经有重气势与气象的自觉艺术追求，这与宫外的山水行役诗中体现出的苍健气象遥相呼应，共同为盛唐之音的到来做好了必要的铺垫与准备。

# 结　语

　　南朝至初唐绵延了三个多世纪，在盛唐诗国高潮来临前，是一个重要的历史阶段。这段时期的诗歌，处于古体与近体之间，独具特殊的文学史意义，很值得我们去关注。

　　每个时期的诗歌都以优秀的诗人为代表，目前学界的研究主要集中在对谢灵运、谢朓两大诗人的个案研究上，对何逊、阴铿、沈佺期、宋之问等以风景描写见长的重要诗人都缺乏系统的研究，对这一时期写景艺术的传承流变更缺乏整体的观照。因此我们在本书中，除了大小谢以外，也将其他重要诗人列入我们的研究范围；而且为了凸现每位诗人的文学史意义，对诗坛进行整体关照，我们特意采取了范式研究的方式。范式，就意味着要把对具体诗人风景诗艺的研究，放在文学史的横向与纵向坐标中进行，在比较中界定每位诗人的艺术特色，从而总结他们在风景诗艺传承流变过程中的贡献，阐释他们所处时代风景诗描写艺术的风貌。此外，目前对这一时期风景诗的研究也还多停留在诗歌整体的艺术风格方面，对从微观角度出发的具体诗艺，如写景诗的篇法、句法、情景交融、诗画兼容艺术等都缺乏细致的分析。而诗艺的进步，恰恰是体现在这些细致精微处的，因此本书始终将重点内容放在具体细微的艺术分析上,并以此为基础来观照诗人的整体诗美风格。

　　谢灵运、谢朓、何逊与阴铿、沈佺期与宋之问分别奠定了山水风景纪游诗、都邑风景诗、羁旅风景诗和宫廷风景诗的写作范式。他们不仅代表了所处时代的审美趣尚,映射出了同时代人写景艺术的倾向,而且由他们所奠定的这几种范式也不断地为后人所仿效,当后来者创作同类题材的风景诗歌时,总会在其中汲取有益的写作经验;而在南朝至初唐诗的范围内,虽然这几位诗人的写作题材有别,其实每个范式都不是独立的存在,他们的风景诗在艺术上都是既承继前人而又加变创,不断推陈出新。前面的范式与后面的范式之间,总是体现出"复"与"变"的历史辩证关系。

　　谢灵运具有探幽索异的兴致,以原生态大自然为审美对象,他的山水风景纪游诗在制题、章法和句法上都体现出鲜明的个性。本书不仅对谢灵运章法结构的几种体式进行了详细阐述,而且还对构成谢诗的纪行、写景、议论三元素进行了深入解析,概括出谢诗以移步换景而与时铺叙为主的布置方式。在由古体向近体进境的历程上,谢灵运诗歌的贡献主要在于骈句艺术的成就,虽早已有研究者指出过谢灵运的对句常常采用山水对的格局来描绘风景,但还没有人对大谢风景骈句的具体内涵进行过深入挖掘,因此大谢风景诗的骈句艺术是我们要集中探讨的课题。首先,我们从《文心雕龙·丽辞》篇入手,结合近体对仗的特征,将谢灵运诗歌中骈句的基本特征界定在一种宽泛与严格的中间状态。接着,我们又以《古诗十九首》为参照,说明了骈句写景相对于散句写景的拓进处,然后对魏晋以来的骈句发展历程进行了回顾。最后,我们重点分析了谢灵运风景骈句的三种形态。谢灵运以骈句这种具有包容性的语言形式,将无秩序的自然做出了有秩序的美的排列,以之来营构立体的空间之美,捕捉大自然的光色印象,描摹原生态的地理风貌。表现前两类风景的骈句,大多具有"初发芙蓉"般的清丽之美;第三类描摹常人不易寻取的原生态地理风貌的骈句,则与表现对象相适应,具有生新奇巧、繁密重涩的特征。谢灵运的风景骈句构造方式对后人产生了深远的影响,他的前两种风景骈句的结构范式为人们广泛应用于各种风景题材,而当后出的诗人面对着远离人境的原生自然,感受"探幽索异"的兴味时,第三种骈句的结构方式就成为最佳的模式。元嘉诗坛另外一个重要的诗人是鲍照,他开创了一类独具特色的羁旅风景,将深沉凄怆的羁旅之思注入山水风景的写照中,已开谢朓、阴何等以特定风景物色传达特定情绪的先河。

谢朓以都邑风景诗展示着贵族士大夫优雅闲适的生活情趣。谢朓诗中也有为数不多的山水游览诗,在取法大谢体式的同时,下语构句已经透出了浅易流畅的永明风味。随着诗歌题材由原始风光转向日常化的都邑风景,小谢诗中的风景描写也呈现出了"细密"化的倾向。本书着力描绘了小谢诗中流动的光色、妩媚的瞬间动态景致,揭示出了谢朓诗细腻的景物层次。谢灵运对光色表现的特点是将直觉把握与理性思索相结合,主要还是对光色整体的把握,谢朓则对光本身的变化抱有特别的兴趣,善于以熨帖的诗语来描摹光色之变。谢灵运诗中对景物动态的描摹还比较粗疏,谢朓则能从工笔细描间还原出细微的妩媚瞬间,绘出"诗中有画"而绘画又难绘出的"诗家之景"。谢朓诗中的风景,都得之于高斋闲望之际,因此鸟瞰的平远视线是他取景的主要角度。他诗中的布景方式,多以阔大的远景与精微的近景搭配为主,近景清晰真切,远景迷蒙澹远,远近层次分明。其中远景描写带有鲜明的江南烟水特征,与画论中"平远"的构图法则有异曲同工之妙。谢朓诗的另一个重要特色是"情景交融",本书对构成谢朓诗"情景交融"的多元因素进行了详尽阐释。从诗歌意象方面,谢朓承袭了鲍照羁旅风景的模式,旅途中常见的苍江水流、落日黄昏之景,都在诗人含情凝望的双眼中化入有情之景,但小谢能摒弃鲍照之繁芜,不仅笔墨简省,还对发端、构图等诗歌艺术悉心经营;在诗歌形式方面,谢朓诗体现出了将新的诗歌题材与新的诗歌形式相结合的努力。送别赠和诗是在永明时期逐渐兴起的新题材,谢朓在以五言十句或五言八句的新体形式写作这些题材时,汲取了山水游览诗与咏物诗体物写真的技巧,融合进《古诗十九首》婉转抒情的特点,又积极探索新体诗的内部结构安排,精心打磨新体诗内的每一个细节,使情景交互,诗境圆融。此外,小谢还能在淡墨山水般的如画之境中渗入主体从容萧散的情趣,这是小谢抒情模式的开拓,也是他情景交融的新进境。

何逊与阴铿诗以羁旅行役诗为主。在对阴、何写景艺术的诠释中,本书着重分析了阴、何诗精微的句法。阴、何诗中的小景描写,沿着谢朓等永明诗人的清婉秀美一径走来,将笔触伸向了比永明诗人更为幽深微细的世界,由永明的"细密"入乎"幽微",展示出了饶富情趣的风景意态和富有连续性的瞬间动态。在表现手法上,大谢诗与小谢诗都比较侧重视觉美的客观呈现,阴、何则在视觉印象之美中融入了更多主观化的微妙体验,从展示鲜活的生活情趣而不仅仅是客观理性分析的角度,来刻画纤巧的小景致;阴、何以连动的句法来惟妙惟肖地描绘风景瞬间的动态过程,展示出富有连续性的瞬间动态,对景物层次的把握比大小谢更为细腻了,相比于小谢那种描摹瞬间动态的方式也是艺术的进步。阴、何笔下的羁旅风光,注重于浑阔整体大景中的细节刻画,着力捕捉的是整体风景中最能触动自己视觉、听觉与心灵的细节,把小景描写中的精微笔墨、巧妙构思与句法结构方式等经验都引入其中,使大景描写虽阔大却不粗疏,形成了既雄浑阔大又精致鲜明的大景描写范型。总的来看,阴、何诗的风景描写更加注重选取体物的角度,句法更为精巧别致,处处都能带给读者审美的惊奇感。阴、何地位卑微，游离于梁陈贵族诗坛之外，常年在羁旅征途上漂泊辗转的经历极大地丰富了诗人的心灵世界，投射于他们笔下的风景描写中，使他们的诗也表现出了"情景交融"的典型特征，本书对此进行了不同于谢朓范式的多方探讨。我们通过对何逊诗的长篇古体、由景入情体式、"情景相入"体式等几种诗体结构的详细分析，分别总结出了何逊诗中物我关系的形态，何逊对风景独立审美价值的认识以及何逊新体诗围绕特定场景来描写，具有情、景、事、理交融的特征。阴铿诗以新体诗为主，我们重点分析了他新体诗的结构与新体诗中居于核心位置的景语，还指出了阴诗具有将生活场景风景化的特征。从诗美风格来看，在绮靡的宫体诗风行的梁陈时代，何逊和阴铿能在婉美纤丽的时风中注入健劲雄浑之气，于精丽中杂糅古雅的格调，预示着风景诗艺开拓的方向，这也是后人推崇阴、何的一个重要原因。

  沈佺期、宋之问是初唐宫廷诗的典型代表。从体物艺术的角度来看，隋与沈、宋之前的贞观宫廷诗坛虽然也表现出了融合南北诗风的努力，但主要还处于对梁陈诗歌的模仿与复兴阶段，一般以精微的笔触与新巧的思致来摹写寻常风物，在艺术成就上并没有突破梁陈诗。梁陈诗中已有的格韵幽古、句法精微的景句，在这一时期的诗作中甚少出现。到了沈、宋所处的武后与中宗时期，帝王重文甚于前朝，在对诗艺的充分演练中，沈、宋等诗人方将诗艺推向了新的阶段，完成了诗体的转换，律诗成熟。沈、宋的宫廷写景诗的对句结构学习前人但更为工致，且时有创新，诗歌结构更为浑融且整体透出高华的气象。在对宫廷写景范式的诠释中，我们重点分析了他们的风景对句。齐梁诗人们的风景句多描写视觉印象中的纤巧物态和光色，笔触具体细微，带着精心营构的迹象。沈、宋除了视觉印象中的景物外，也开始观察嗅觉、触觉世界中那些没有具体形质的风物，如烟气、晨流、天香等。他们虽然笔触依然如梁陈诗那样精微，但不再只关注于纤巧的光色物态，而是开始侧重于对风景整体的意境情调的把握，以此烘托出了华贵悠然的皇家气象。从诗意配置方式说，沈诗主要继承了前人的空间层次配置法，宋诗则能根据新的表现题材的需要来发明更加新巧别致的句法，他还试图变革齐梁诗人"寻常景物，必摇曳出之"的精微刻画法则，以空间蒙太奇般的风景组合方式丰富了诗歌的表现空间。沈、宋在宦游与贬谪岭南期间，还沿袭了谢灵运、鲍照等人山水纪游诗的写作范式，融合以宫体诗在约句准篇方面的经验，对沿途风光进行了如实的写照。特别是宋之问，无论是灵活多变的章法体式，还是独具个性的风景诗语，都深得大谢体之精髓。

在对南朝至初唐时期几大写景范式的阐释中，我们一直力图寻找不同的视角，从多方面开掘每位风景诗人的艺术个性以及他们对诗歌史的独特贡献。但由于学识与时间的局限，这种探究也仍旧是不够深入全面的，有颇多的遗憾。如第一章中，对大谢章法体式的分析过于冗长，对骈句生成与特征的阐释尚且不够全面透彻；鲍照风景诗的句法比谢灵运更为生警奇矫，对中唐的韩孟诗派等有直接的影响，这也是值得单独研究的课题。又如，从侧重于表现视觉印象之美的大谢与小谢诗中，我们已经发现了许多诗画相通而不同的元素，对诗与画作为不同的艺术表现形式的特征有了更加深刻的体认，但对这诗与画的关系，显然也还需要做更深一步的探究；在第三章"羁役风景审美范式与梁陈诗坛"一节中，我们发现梁诗体物精微婉巧，以精致的语言描绘清丽的诗境已经是对诗人的基本要求。陈代风景诗又能自觉地矫正梁诗熟滑窄狭的弊病，在精微的笔触中含蕴沉着的力量，在明艳绮丽中增添幽古朴拙的风格，显示出不同于宫体之秾艳纤丽的气质。在以往的研究中，梁陈风景诗的成就都被遮蔽在了"绮靡"的宫体诗风下,实际上梁陈风景诗的艺术成就是一个颇为值得关注的现象,本书的诠释也只是浅尝辄止。再如,虽然本文通过范式研究的方式对五世纪到七世纪的山水风景诗进行了系统的阐释,但是对每个范式的历史成因也还缺乏梳理。总之,通过对南朝至初唐时期风景诗艺的考察,我们确实发现了许多隐藏在文学史背后的真实历史细节,而本书在这方面的研究也才是刚刚开始,更深一步的探究,还有待于日后的努力。

# 参考文献

**文学类：**

曹融南《谢宣城集校注》，上海古籍出版社，1991年11月第1版。
陈祚明（清）《采菽堂古诗选》，《续修四库全书》，上海古籍出版社，2013年版。
丁福保辑《历代诗话续编》，中华书局，1983年8月第1版。
丁一泉《中国山水诗史》，华东师范大学出版社，1991年版。
董诰（清）辑《全唐文》，中华书局，1983年11月版。
方东树（清）著、汪绍楹校点《昭昧詹言》，人民文学出版社，1961年10月第1版。
葛晓音《山水田园诗派研究》，辽宁大学出版社，1993年1月第1版。
葛晓音《诗国高潮与盛唐文化》，北京大学出版社，1998年5月第1版。
顾绍柏《谢灵运集校注》，中州古籍出版社，1987年版。
郭绍虞主编《中国历代文论选》，上海古籍出版社，1979年8月第1版。
郭绍虞编选、富寿荪校点《清诗话续编》，上海古籍出版社，1983年12月第1版。
何文焕（清）辑《历代诗话》，中华书局，1981年4月第1版。
胡应麟（明）《诗薮》，上海古籍出版社，1958年10月第1版。
计有功（宋）撰《唐诗纪事》，上海古籍出版社，1965年11月第1版。
皎然（唐）著、李壮鹰校注《诗式校注》，人民文学出版社，2003年11月第1版。
李伯齐《何逊集校注》，齐鲁书社，1998年版。
李文初等《中国山水诗史》，广东高等教育出版社，1991年版。
李雁《谢灵运研究》，人民文学出版社，2004年版。
刘熙载（清）《艺概》，上海古籍出版社，1978年12月第1版。
刘勰（南齐）著、范文澜注《文心雕龙注》，人民文学出版社，1958年9月第1版。

刘义庆（南朝宋）撰、余嘉锡笺疏《世说新语笺疏》，上海古籍出版社，1993年12月第1版。
逯钦立《先秦汉魏晋南北朝诗》，中华书局，1983年9月第1版。
罗宗强《玄学与魏晋士人心态》，浙江人民出版社，1991年版。
彭定求等（清）编《全唐诗》，中华书局，1960年4月版。
钱志熙《魏晋南北朝诗歌史述》，北京大学出版社，2005年版。
钱仲联增补集说校《鲍参军集注》，上海古籍出版社，1980年10月第1版。
沈德潜（清）《古诗源》，中华书局，1963年6月第1版，2006年4月第2版。
陶敏、易淑琼校注《沈佺期、宋之问集校注》，中华书局，2001年11月第1版。
陶文鹏、韦凤娟主编《灵境诗心——中国古代山水诗史》，凤凰出版社，2004年4月第1版。
王夫之等（清）撰《清诗话》，上海古籍出版社，1999年6月第1版。
王夫之（清）评选、张国星校点《古诗评选》，文化艺术出版社，1997年3月第1版。
王国维《人间词话》，上海古籍出版社，1998年2月第1版。
王国缨《中国山水诗史》，中华书局，2007年8月第1版。
王玫《六朝山水诗史》，天津人民出版社，1996年版。
王钟陵《中国中古诗歌史》，人民文学出版社，2005年第1版。
吴小如等撰《汉魏六朝诗鉴赏辞典》，上海辞书出版社，1990年9月第1版。
萧统（梁）编、李善（唐）注《文选》，岳麓书社，2002年9月第1版。
严可均（清）辑《全晋文》，商务印书馆，1999年版。
严可均（清）辑《全梁文》，商务印书馆，1999年版。
严可均（清）辑《全齐文·全陈文》，商务印书馆，1999年版。
严可均（清）辑《全宋文》，商务印书馆，1999年版。
严羽（宋）著、郭绍虞校释《沧浪诗话校释》，人民文学出版社，1961年5月第1版。
郁沅、张明高编选《魏晋南北朝文论选》，人民文学出版社，1996年10月第1版。
张伯伟撰《全唐五代诗格汇考》，凤凰出版社，2002年4月第1版。
张玉谷（清）著、许逸民点校《古诗赏析》，上海古籍出版社，2000年12月第1版。
赵昌平《赵昌平自选集》，广西师范大学出版社，1997年版。
钟惺、谭元春（明）《古诗归》，《续修四库全书》，上海古籍出版社，2013年版。
周祖譔编选《隋唐五代文论选》，人民文学出版社，1999年1月第1版。
W.顾彬〔德〕著、马树德译《中国文人的自然观》，上海人民出版社，1990年版。

小尾郊一〔日〕著、邵毅平译《中国文学中所表现的自然和自然观——以魏晋南北朝文学为中心》，上海古籍出版社，1989年版。

宇文所安〔美〕著、贾晋华译《初唐诗》，生活·读书·新知三联书店，2004年12月第1版。

**史学类：**

房玄龄（唐）撰《晋书》，中华书局，1974年11月第1版。

李延寿（唐）《南史》，中华书局，1975年11月第1版。

欧阳修、宋祁（宋）撰《新唐书》，中华书局，1975年2月第1版。

沈约（梁）撰《宋书》，中华书局，1974年9月版。

萧子显（梁）撰《南齐书》，中华书局，1972年版。

姚思谦（唐）撰《梁书》，中华书局，1973年版。

**哲学、美学、艺术类等：**

陈鼓应《老子注译及评价》，中华书局，1984年5月第1版。

陈鼓应《庄子今注今译》，中华书局，1983年4月版。

李泽厚主编《美学译文丛书》，中国社会科学出版社，1982年4月第1版。

李泽厚、刘纲纪《中国美学史·魏晋南北朝编》，安徽文艺出版社，1999年5月第1版。

沈子丞编《历代论画名著汇编》，文物出版社，1982年6月版。

汤用彤《谢灵运〈辨宗论〉书后》，《魏晋玄学论稿》，上海古籍出版社，2001年版。

吴功正《六朝美学史》，江苏美术出版社，1996年版。

许慎（汉）撰、段玉裁（清）注《说文解字注》，上海古籍出版社，1988年2月第2版。

周积寅《中国画论辑要》，江苏美术出版社，1985年8月第1版。

莱辛〔德〕著、宗白华译《拉奥孔》，人民文学出版社，2005年版。

Sylvie Patin〔法〕著、张容译《莫奈·捕捉光与色彩的瞬间》，上海译文出版社，2004年初版。